The Astronaut

von

Yanina Geist

Bibliografische Information der Deutschen Nationalbibliothek: Die Deutsche Nationalbibliothek verzeichnet diese Publikation in der Deutschen Nationalbibliografie; detaillierte bibliografische Daten sind im Internet über http://dnb.dnb.de abrufbar.

Lektorat: Andrea Kalbe
Korrektorat: Attila Jo Ebersbach
Coverdesign: Alexander Kopainski

Verlag: BoD • Books on Demand GmbH,
In de Tarpen 42, 22848 Norderstedt
Druck: Libri Plureos GmbH,
Friedensallee 273, 22763 Hamburg

ISBN: 978-3-7597-5865-1

Das Erste ist nur für mich.
Manchmal muss man einfach an sich glauben und
das habe ich getan!

Oktober – Nele

Sonntag

»Wie stellst du dir das vor?«, fragt Lea völlig außer sich. »Du kannst doch nicht einfach alles hinschmeißen und nach New York ziehen. Du warst ja noch nicht einmal dort. Woher weißt du, dass es dir da überhaupt gefällt?«

»Genau das ist es ja, Lea. Ich will es probieren. Ohne groß darüber nachzudenken. Immer wenn ich zu viel über etwas grübele, mache ich es am Ende nicht. Deswegen gehe ich diesmal einen anderen Weg. Ich springe einfach ins kalte Wasser. Punkt.« Ich stehe von der Couch auf und gehe vor ihr auf und ab.

»Nele, komm schon. Das klingt so gar nicht nach dir. Steckst du gerade in einer Krise oder was soll der Scheiß?«

Wenn ich darüber nachdenke, was ich ja eigentlich nicht tun wollte, hat sie vielleicht recht. Aber wen interessiert es, ob ich aufgrund einer mentalen Krise durchziehe, was ich vorhabe? Der Punkt ist, dass ich es machen will. Ich nehme mir meinen Kaffee vom Couchtisch und trinke einen großen Schluck. Er schmeckt einfach köstlich. Schwarz ohne großen Schnickschnack. So wie ich ihn mag. Während ich den Kaffee im Mund habe, überlege ich mir eine Antwort. Ich will, dass mich meine beste Freundin versteht und unterstützt und mir nicht achttausend Gründe nennt, warum ich es nicht tun sollte. Aber ich wusste, wie ihre Reaktion sein würde. Lea war noch nie jemand, der mich ohne Einspruch unterstützt. Sie sucht immer das Haar in der Suppe und steht allem Neuen erst einmal negativ gegenüber. Natürlich nur, bis ich sie vom Gegenteil überzeuge. Wir kennen uns jetzt schon seit sechzehn Jahren und sind viele große und kleine Schritte im Leben gemeinsam gegangen. Wenn auch manchmal nur im Geiste. Schließlich kann man nicht überall dabei sein. Aber schlussendlich war es doch immer so, dass sie meine Entscheidungen akzeptiert hat. Es fing schon mit meinem ersten und bisher einzigen Freund an. Ich erinnere mich noch an ihren Blick und die gerümpfte Nase, als ich ihr das erste Mal von Andre erzählt und ihr ein Bild von ihm gezeigt habe. Damals war ich vierzehn Jahre und vom ersten Moment an verliebt. Ich wusste, dass es mit ihm ewig halten würde, denn ich spürte sofort eine Verbindung zu ihm. Sie meinte damals nur, ich solle mich nicht an den erstbesten Typen binden und dass er komisch aussähe. Komisch?! Was war das denn bitte für eine Umschreibung? Letztendlich waren wir zehn Jahre zusammen und ich finde ihn immer noch so attraktiv wie beim ersten Date. Nach gut einem Jahr Beziehung gab auch Lea zu, dass ich alles richtig gemacht habe. Andre sei ein toller Kerl und wir würden ganz sicher zusammenbleiben. Hah! Hatte ich's doch gewusst. Warum nicht gleich so? Aber vor gut sechs Monaten wurde ich dann doch eines Besseren belehrt. Ich mag Andre nach wie vor total gerne und er mich auch. Aber die Liebe blieb leider auf der Strecke. Und aus leidenschaftlicher Begierde wurde eine Freundschaft plus. Ein Paar sind wir jedenfalls nicht mehr. Doch ich denke, dass unsere Freundschaft für immer hält. Zumindest dafür hatte ich den richtigen Riecher. Die Connection zwischen Andre und mir ist nämlich noch da und ich glaube, sie wird uns nicht verloren gehen. Aber Lea mimt nicht nur bei großen Lebensentscheidungen erst einmal den Grantelbart. So nenne ich übrigens Menschen, die schlechte Vibes versprühen. Selbst bei belangloseren Themen wie meiner Wohnungseinrichtung hatte sie zu jedem Möbelstück, Küchen- oder Badutensil eine Meinung. Und diese war natürlich immer erst einmal negativ. Vor allem an meiner Couch hatte sie nur Dinge auszusetzen. Sie sei zu hart, zu blau, zu klein und ich würde zu viele Kissen und Decken darauf horten. In diesem Moment jedoch sitzt sie im Schneidersitz darauf. Ein Kissen auf ihrem Schoß, eines im Rücken und eins im Nacken. Und über ihr eine meiner Lieblingsdecken, unter die gefühlt acht Personen passen. Von wegen, mein Sofa ist überteuert und scheiße. Ich werde es auf jeden Fall vermissen.

Ich schlucke den Kaffee endlich hinunter und schaue meiner Freundin in ihre schönen grau-blauen Augen. Ich liebe ihre Augen. Wenn ich lesbisch oder ein Kerl wäre, würde ich mich sofort in ihre Augen verlieben. Aber wem mache ich etwas vor? Alles an ihr ist einfach der Hammer – ihre perfekt gebogenen Augenbrauen, ihr schmales Gesicht, ihre langen, gelockten braunen Haare. Egal ob in einem Zopf, als Haarknoten oder wie jetzt offen und wild. Heute trägt sie ein rotes Midi-Kleid, das ihrer Figur schmeichelt. Es bringt ihre Größe zur Geltung und betont ihre tollen Brüste. Die hat sie sich vor zwei Jahren von einem A-Körbchen auf ein C-Körbchen vergrößern lassen. Sie hat sich zwar schon immer selbst schön gefunden, doch ihre Brüste mochte sie nie. So what?! Ich bin im Gegensatz zu ihr ein Supporter und habe sie ermutigt, es zu tun. Keine vier Wochen später war es erledigt und sie hat seitdem kein einziges Mal über ihre Brüste gemeckert. Win-win-Situation.

»Ich weiß, dass das nicht nach mir klingt, aber genau darum geht es«, erkläre ich ihr. »Meine bisherigen Entscheidungen waren immer gut durchdacht und ich beschwere mich ja auch nicht. Ich wollte ein normales Leben und das habe ich nun auch. Aber in den letzten Jahren ist da doch der Drang nach mehr in mir entstanden. Ich glaube, dass es deshalb mit Andre und mir auch auseinandergegangen ist. Er wäre der perfekte Mann für ein gewöhnliches Leben. Mit einem tollen kleinen Haus, ein bis zwei Kindern, sicheren Jobs und keinen großen Abenteuern. Aber ich sehne mich nach mehr und das schon länger.«

Ich stelle meine leere Kaffeetasse direkt in die Spülmaschine, da ich eine kleine Ordnungsfanatikerin bin. Auch etwas, was ich in New York lockerer angehen will. Aber step by step würde ich sagen. »Ich weiß, dass du jetzt denkst, dass das nach einer Midlifecrisis klingt, und vielleicht ist es ja auch eine. Wobei es mit fünfundzwanzig Jahren etwas zu früh dafür ist, oder? Aber was habe ich davon, wenn ich es nicht riskiere? Ich will das wirklich durchziehen.« Ich unterstreiche meine Worte mit einem Lächeln in Richtung von Lea.

»Mhm … okay. Also begeistert bin ich nicht. Und ich werde dich auf jeden Fall noch ein paarmal mit kritischen Fragen löchern. Aber wenn es das ist, was du willst, stehe ich dir nicht im Weg. Wie auch? Du hörst ja eh nicht auf mich und denkst, dass ich meine Meinung bald ändere. Glaub ja nicht, ich würde dein gehässiges Ich-weiß-dass-Lea-bald-einlenkt-Grinsen nicht erkennen.«

Ich lache laut auf, und meine Freundin schafft es keine drei Sekunden, ihren boshaften Blick beizubehalten, bevor sie mit einstimmt.

Als wir uns wieder beruhigt haben, sieht sie mich durchdringend an. »Hier kommt meine erste kritische Frage: Wie willst du deinen Lebensunterhalt bestreiten? Ich gehe nicht davon aus, dass du in der letzten Zeit an ein Vermögen bekommen bist, oder?«

Ich seufze und ziehe eine Augenbraue hoch. Das ging schneller als gedacht. Das Fragengewehr ist auf mich gerichtet und ich werde ihr zeigen, dass ich nicht vollkommen blauäugig in diese Sache laufe.

»Haha, sehr witzig, du kleine Meckerziege. Ich habe morgen einen Termin mit meinem Chef, um einen Wechsel in unser New Yorker Büro zu diskutieren. Wie du weißt, ist Daniel in der ganzen Welt unterwegs und nicht selten in unserer Außenstelle in New York. Wenn alles läuft wie geplant, arbeite ich einfach von New York aus für ihn. Du weißt, er liebt mich und würde vermutlich fast allem zustimmen, solange ich nur für ihn arbeite. Was ich ihm natürlich nicht auf die Nase binden werde, ist, dass ich mich als Schauspielerin versuchen will.« Ich setze mich in den Ohrensessel neben der Couch und beobachte die Reaktion von Lea. Davon habe ich ihr bisher nichts erzählt, und ich kann ihre Tirade jetzt schon hören. Wie erwartet entgleisen ihre Gesichtszüge. Ihr Mund steht für kurze Zeit sogar offen. Ich muss mich zusammenreißen, um sie nicht auszulachen, da ihr vermutlich sonst der Kamm schwillt.

»Jetzt verarschst du mich aber! Als Schauspielerin?!«, ruft sie empört. »Wo kommt das denn auf einmal her?! Du hast seit der Schulzeit in keinem Stück mehr mitgespielt und auch nie erwähnt, dass du dich als Schauspielerin siehst. Wie kommst du darauf, dass du es in dieser Branche schaffen kannst? Vor allem in New York. Weißt du, wie viele Leute dort Schauspieler werden wollen? Außerdem haben da alle eine Schauspielschule besucht und verfolgen diesen Weg schon jahrelang. Warum, glaubst du, könntest du es ohne Erfahrung schaffen?«

Okay, das war jetzt doch härter als erwartet. Fühlt sich an wie eine fette Ohrfeige. Ich atme einmal tief durch, schlucke den Kloß in meinem Hals hinunter und sage mit erstaunlich fester Stimme: »Ich habe diesen Traum schon länger, aber da ich wusste, dass du mich gleich wieder runterziehen würdest, habe ich nichts gesagt. Ich musste mich erst einmal selbst dafür entscheiden, damit ich mich gegen dich durchsetzen kann. Wenn ich es mir recht überlege, ist das eigentlich ein Armutszeugnis für unsere Freundschaft. Du musst ja nicht hundertprozentig hinter mir stehen, aber dass du mich so runtermachst, finde ich richtig beschissen von dir. Ich brauche jetzt Unterstützung! Gerne mit einem kritischen Auge, aber im Endeffekt solltest du mich unterstützen!«

Mir fällt auf, dass ich ziemlich laut geworden bin und mir eine Träne übers Gesicht rollt. Das passiert oft, wenn ich wütend bin. Ich bin jemand, der heult, wenn er sauer ist, aber ausgetrocknet wie die Wüste bleibt, wenn er traurig ist. Verrückt, aber so ist es nun mal. Ich drehe mich einen kurzen Moment von Lea weg, um mich wieder zu fangen. Ich wollte eigentlich gut gelaunt meiner besten Freundin von meinen Plänen erzählen und ihr alles in Ruhe erklären, aber manchmal bringt sie mich einfach auf die Palme. Ich höre sie ausatmen – typisch für sie, wenn sie einen Fehler erkennt – und drehe mich wieder zu ihr, um sie anzusehen. Ihr Blick besagt, dass es ihr leidtut. Mal sehen, ob sie es auch in Worte fassen kann. Das gehört nämlich definitiv nicht zu ihren Stärken.

»Du weißt, dass ich es nicht so gemeint habe.«

Aha, keine richtige Entschuldigung, aber ein kleines Eingeständnis. Wenigstens etwas.

»Ich habe dich einfach unglaublich lieb und will nicht, dass du dich in etwas verrennst. Aber ich unterstütze dich natürlich. Egal, was du dir ausdenkst, ich helfe dir. Hier kommt sogar mein erstes Hilfsangebot: Wenn du dich nach New York verpieselst, kaufe ich dir deine Couch ab. Sie ist gar nicht so scheiße, wie ich dachte.« Zwinkernd lächelt sie mir zu.

Ich schaue diese verdammte Heuchlerin mit einem kleinen Grinsen an und entgegne: »Gar nicht so scheiße, was?! Du bekommst sie geschenkt, du blöde Kuh.«

Sonntag

Ein typischer Sonntag-Präabend. Ja, Präabend. Geklaut von Sheldon Cooper aus Big Bang Theory. Denn er hat recht. Die Zeit zwischen Nachmittag und Abend ist viel zu unklar definiert. Daher Präabend. Und wer Single ist, alleine lebt und seit Sonntag vormittag alleine zu Hause ist, weiß wie lange ein Mittag, Präabend, Abend und letztendlich die Nacht sich anfühlen können. Ich persönlich liebe solche Sonntage. Aber ich kenne viele, die sich gerade sonntags einsam fühlen. Ich wiederum bin manchmal einfach gerne alleine. Ich genieße die Ruhe und lasse meine Gedanken schweifen. Alle wichtigen Entscheidungen in meinem Leben sind wohl an einem einsamen Sonntagabend, oder schon am Präabend, gefallen. Zumindest stelle ich es mir so vor. Denn wann gehe ich sonst wirklich in mich? Nur an Sonntagen. Da ist ausreichend Zeit, um sein ganzes Leben zu überdenken. Und natürlich, um alles auf den Kopf zu stellen. Denn was gibt es Besseres, als mit einem völlig neuen Mindset in die neue Woche zu starten?

Also mache ich wie jeden Sonntag-Präabend etwas Yoga. Und nein, ich bin ganz und gar kein Profi. Und nein, ich schaue mir auch keine einstündigen Yoga-Videos auf YouTube an, von denen ich eh keine Übung wirklich mitmachen kann. Ich glaube, dafür braucht man mehr Interesse an der Sache und vor allem den Willen, es zu lernen. Ich mache einfach nur drei bis vier Standardübungen, um mich gut zu fühlen und meinen Kopf auszuschalten. Anschließend lasse ich mir ein Bad ein und kippe gefühlt alle Badezusätze in die Wanne, die ich finden kann. Mir geht es um viel Schaum, die Wirkung auf meine Haut ist da eher zweitrangig. Ich sitze auf dem Wannenrand und höre zu, wie das Wasser einläuft. Das Geräusch beruhigt mich ebenfalls, und ich weiß, wenn ich mich gleich ins warme Nass lege, ist mein Kopf bereit, wichtige Entscheidungen zu treffen. Was in diesem Fall heißt, dass ich im Geiste schon mal mein morgiges Gespräch mit Daniel durchgehe. Zu meinem kleinen Ordnungstick gehört nämlich auch die Angewohnheit, über bevorstehende Konversationen nachzudenken und diese zu planen. Ich kann zwar auch gut improvisieren, aber es kann ja nicht schaden, über alle Eventualitäten mal nachzusinnen. Und damit meine ich alle! Also brauche ich gleich einen klaren Kopf.

Als die Wanne voll ist, ziehe ich mich aus und checke noch mal, ob alle benötigten Utensilien auf der kleinen Ablage neben der Badewanne liegen. Hierzu gehören mein E-Reader, den ich liebevoll Simon getauft habe, meine Lieblingsteetasse, auf der eine Rose abgebildet ist, mein iPad, mein iPhone und natürlich mein Womanizer, der mein Leben seit seinem ersten Einsatz bereichert hat. Falls mein Kopf nämlich noch nicht arbeiten will, kommt er schnell mal zur Anwendung, und ich kann ohne Zweifel sagen, dass ich nach fünfzehn Sekunden voll im Hier und Jetzt bin. Ein Hoch auf den Womanizer!

»Hey Siri, spiel meine Relax-Playlist von Spotify.« So, jetzt ist alles, wie es sein soll. Ich steige in die Wanne und lasse meinen Körper langsam ins Wasser und den Schaum gleiten. Wie immer habe ich es etwas zu gut mit dem heißen Wasser gemeint und muss noch mal kaltes nachlaufen lassen. Also stehe ich wieder auf und warte, bis das Wasser eine angenehme Temperatur hat. Mein Handy leuchtet auf und ich nehme es in die Hand, um zu checken, wer mich bei meinem Baderitual stört. Eigentlich wissen alle in meinem Umfeld, wie der Sonntag bei mir läuft. Ich neige nämlich des Öfteren dazu, den Menschen in meiner Umgebung alles bis ins kleinste Detail zu erzählen. Natürlich nur meinen engsten Freunden, aber die wissen dann wirklich jede Einzelheit. Es ist eine Nachricht von Andre.

Hey Neli! Bist du schon in der Badewanne und genießt die Zeit mit Simon? Oder ist eher der Womanizer am Start? ;-)

Oh, perfektes Timing. Ich wollte tatsächlich erst noch eine Runde mit meinem elektronischen Liebling drehen, bevor ich mich dem Ernst des Lebens widme. Da kommt es mir gerade recht, dass Andre direkt mit der Tür ins Haus fällt und so eine Anspielung macht. Wir sind zwar getrennt, aber ich genieße den Sex mit ihm mehr als je zuvor. Seit der Druck der Beziehung raus ist und wir einfach nur Freunde sein können, macht es Spaß, mit ihm zu spielen. Wir sind da auf einer Wellenlänge und können Sex von Liebe trennen. Also lasse ich mich auf eine Runde Sexting gerne ein. Ich sinke wieder ins Wasser und platziere die Badewannenablage so, dass ich mein Handy und mein Spielzeug griffbereit habe. Dann antworte ich Andre auf seine Nachricht.

Andre, du hast wie immer das perfekte Timing. Ich habe mich gerade ins heiße Wasser gelegt und Simon hat noch Sendepause.

Die Antwort von Andre kommt prompt.

Ich kann es einfach spüren, wenn du nackt, heiß und feucht bist. Schickst du mir ein Bild?

Du weißt, dass ich keine Bilder versende. Aber stell dir einfach vor, wie wir beide in meiner Wanne liegen und meine Nippel die Wasseroberfläche so streifen, dass sie leicht zu sehen sind.

Oh ja, diesen Anblick habe ich schon immer gemocht. Der Gedanke daran lässt mich so hart werden, dass es schon wehtut.

Ich schmunzle, da ich weiß, wie schnell Andre bereit sein kann. Allein der Gedanke an Sex lässt seine Hose so eng werden, dass er nicht verbergen kann, wie groß sein Schwanz ist.

Dann mach etwas dagegen. Nimm ihn in die Hand und lass den Druck raus.

Ich bin dabei, Baby. Und ich denke daran, wie meine Hände über deine harten Nippel streichen und ich die Knospen immer wieder drücke. Genauso wie du es magst.

Meine eine Hand wandert zu meinen Brüsten. Meine Nippel sind so hart, dass ich ebenfalls den Druck rauslassen muss. Ich drücke immer wieder zu und spüre, wie mein Unterleib darauf reagiert. Ich stöhne auf und schreibe eine weitere Nachricht.

Du weißt, was mir gefällt. Ich stöhne deinen Namen, während ich meine Nippel bearbeite. Ich kann nur an deinen harten, pulsierenden Schwanz denken, der sich an meiner Mitte reibt.

Oh Baby. Und du weißt, was ich hören will. Nimm deine Finger und führ sie in dich ein. Stell dir vor, es wäre mein Penis. Und mach es so langsam, wie ich es machen würde, wenn ich dich quälen will.

Ich tue genau das. Ich gleite mit der Hand meinen Körper hinab und berühre meine Klitoris. Als ich nur minimal daran reibe, spüre ich, wie mein ganzer Körper pulsiert. Ich fange an, einen Finger in mich zu schieben, und bewege mein Becken nach vorne. Hitze steigt in mir auf, woraufhin ich meine Hüften so bewege, als würde ich mich gegen einen anderen Körper pressen. Ich nehme noch einen weiteren Finger dazu und reibe mit meinem Daumen weiter an meiner Mitte. Mein Stöhnen wird lauter, und auch wenn er nicht hier ist, kann ich Andres Erregung förmlich spüren. Meine Geräusche bringen ihn innerhalb von Sekunden zum Höhepunkt. Ich bewege mich immer schneller, eine Hand zwischen meinen Beinen und die andere an meinen Nippeln. Ich presse mein Becken gegen meine Hand und stoße weiter in mich hinein. Das Wasser schwappt durch meine Bewegungen in der Wanne hin und her und die kleinen Wellen fachen meine Begierde weiter an. Ich drücke meinen Nippel heftig zusammen und stoße einen kleinen Schrei aus. Mein Körper zuckt und ich erlebe einen so heftigen Orgasmus, dass ich anschließend zwei Minuten brauche, um wieder klar sehen zu können. Ich spüre das Wasser um mich herum nun noch intensiver und nehme die entspannende Musik wieder wahr. Oh mein Gott. Das war genau das, was ich gebraucht habe. Ich fühle mich klarer denn je.

Ich nehme mein Handy in die Hand und schreibe:

Oh mein Gott, du hast mir den Abend versüßt. Ich bin gerade so hart gekommen, dass ich das Entspannungsbad nun wirklich brauche.

Es dauert fünf Minuten, bis ich eine Antwort erhalte, aber ich wusste, dass eine kommen wird.

Neli, du hast mir den Abend versüßt. Ich musste mich eben erst mal kurz abduschen. Danke, Baby. Ich liebe es, mit dir zu baden.

Ich melde mich die Tage bei dir. Es gibt Neuigkeiten. Aber Näheres dann am Telefon.

Ich bin gespannt. Hab einen schönen Wochenstart. Bis bald :-)

Manchmal kann ich gar nicht glauben, dass wir unsere Trennung so gut hinbekommen haben. Ob man auf so etwas stolz sein darf? Ich für meinen Teil bin es. Andre weiß, dass ich auch noch andere Sexpartner habe, und ich weiß, dass er andere Frauen trifft. Wir erzählen uns keine Details, das wäre dann doch etwas komisch, aber es ist okay für uns. Ich möchte ihn nicht in meinem Leben missen. Sobald ich nach New York ziehe, ist die Sache sowieso vorbei, und das ist vermutlich auch gut so. Das ist dann der endgültige Schlussstrich unter der Freundschaft-plus-Geschichte, womit wir in den normalen Freundschaftsmodus wechseln können. Das macht die Frage danach, wie es laufen wird, wenn einer von uns eine neue Beziehung hat, dann auch unnötig. Davor habe ich bewusst die Augen verschlossen, um mir erst gar keine Gedanken darüber zu machen. Auch so eine Marotte, die ich über die Jahre perfektioniert habe.

Jetzt aber zur eigentlichen Mission. Wie starte ich in mein Gespräch morgen mit Daniel? Und die noch dringlichere Frage: Wie lenke ich alles so, dass es am Ende meinen Vorstellungen entspricht? Wir haben morgen früh um zehn unsere wöchentliche Abstimmung. Die Zeit ist gut. Da hat er schon zwei Kaffee intus, der Stress von der Autofahrt ins Büro ist schon wieder vergessen, und außerdem weiß ich, dass er im Vorfeld keine nervigen Termine hat. Vermutlich telefoniert er zwar schon im Auto mit diversen Geschäftspartnern in Asien, aber er ist ja kein Masochist, der seine Woche gleich beschissen starten will. Aus diesem Grund ruft er nur seine Buddies an, mit denen er zwanglosen Businesstalk macht. Das spielt mir auf jeden Fall in die Karten. Um aber absolut sicherzugehen, werde ich kurz vorher im Bistro seine Lieblingssünde holen. Ein Croissant und einen zuckerfreien Latte mit Hafermilch. Da sein Frühstück aus Kaffee besteht, wird er dazu nicht Nein sagen. Ich nehme mir dann auch noch gleich eine Kleinigkeit mit, so wird aus unserem steifen Meeting ein relaxtes Chef/Assistentinnen-Frühstück. Genau diese Atmosphäre will ich für uns morgen schaffen. Ob das bei meinen Kollegen schleimerisch ankommt, ist mir egal. Alle wissen mittlerweile, dass das Verhältnis zwischen Daniel und mir so gut ist, weil wir uns vom ersten Tag an gut verstanden haben. Und das eben nicht nur auf beruflicher Ebene, sondern auch zwischenmenschlich. Als Assistentin sollte das meines Erachtens auch so sein. Mein Chef soll mich als Vertraute ansehen und nicht nur als Kaffee-Bringerin, die seinen Terminkalender im Blick hat. Wobei ich die Sache mit dem Kaffee ja morgen mache. Aber aus freien Stücken und mit bestimmten Hintergedanken, die mir nutzen sollen. Schande über mich und ein Hoch auf die Sekretärinnen, die sich die Stellung als Assistentin hart erkämpft haben. Ich würdige das an allen anderen Tagen wieder. Versprochen!

Wobei Daniel mir niemals von sich aus zurufen würde »Frau Schmidt, bringen Sie mir bitte einen Kaffee«. Hat er noch nie und wird er auch nie. Das ist einfach nicht seine Art. Seit ich ihn kenne, ist er Single. Er wurde nie verhätschelt und kann sich seinen Kaffee selbst machen. Das war auch einer der ersten Sätze, die er im Vorstellungsgespräch vor drei Jahren zu mir gesagt hat und womit er gleich Pluspunkte bei mir gesammelt hat. Ich kann ehrlich sagen, dass ich meinen Chef vergöttere. Er ist genauso, wie ich mir den perfekten Boss vorstelle. Von seinem unverschämt guten Aussehen mal abgesehen, hat er eine rasante Karriere hingelegt. Mit seinen gerade mal vierunddreißig Jahren ist er in unserem Consulting-Unternehmen ein angesehener Senior Partner und wird mit Projekten betraut, die manch anderer mit weitaus mehr Berufserfahrung sich nicht zutrauen würde. Aber Daniel ist einfach souverän, weiß, wovon er spricht, und kommt durch seine lockere und sympathische Art überall gut an. Er hat die Fähigkeit, sich durchzusetzen, ohne als kalt oder arschig abgestempelt zu werden. Dafür beneide ich ihn wirklich. Ich habe zwar den Ruf der immer gut gelaunten Nele, aber als durchsetzungsfähig würde ich mich selbst nicht bezeichnen. Auch so ein Thema, das ich künftig angehen will. Aber wie gesagt, step by step.

Apropos, step by step. Was treibe ich hier eigentlich? Warum muss ich mir schon wieder ausmalen, wie ich das Gespräch führen will? War nicht der Plan, auch in Sachen Improvisation besser zu werden? In Hinblick auf meine Schauspielkarriere sollte das auf jeden Fall auf meiner To-do-Liste stehen und sogar Priorität haben. Okay. Neuer Weg. Ich halte an meinem Vorbereitungsplan für das Gespräch fest, gehe aber nicht alle Eventualitäten im Kopf durch. Ich mache das morgen einfach aus dem Bauch heraus. Kann ja nicht so schwer sein. Und es gibt ja auch eigentlich keinen Grund, warum Daniel Nein sagen sollte. Er liebt New York und nutzt vielleicht sogar die Möglichkeit, mehr Zeit im Büro am Big Apple zu verbringen. Ahhhhh, HALT STOP, auch in diese Richtung mache ich mir jetzt keine Gedanken. Kopf aus – Leben an!

Leben an bedeutet in diesem Fall, sich aus der Badewanne zu erheben, sich abzutrocknen, Haare kurz anzuföhnen und in gemütliche Kleidung zu schlüpfen. Und gemütliche Kleidung heißt die total unsexy Baumwollunterwäsche und der knallgelbe Frottee-Bademantel. Sexy as fuck, aber wen juckt es? Ich mache mir eine Instant-Nudelsuppe und lege mich auf die Couch. Denn jetzt heißt es Learning by Watching. Auf meiner »Wie-werde-ich-eine-gute-Schauspielerin«-Reise bin ich nämlich immer wieder auf den Tipp gestoßen, dass man sich Filme und Serien anschauen soll. Nichts leichter als das. Ich liebe Filme und Serien schon mein ganzes Leben, aber seit ich die Entscheidung gefällt habe, auch in diesem Bereich zu arbeiten, schaue ich mit ganz anderen Augen auf die Darsteller. Ich beobachte jede Mimik, jede Bewegung und das ganze Drumherum. Es ist so spannend, wie sich eine einzelne Szene immer wieder verändern kann, wenn man seinen Fokus verlagert. Einmal achtet man vielleicht auf die Person, die gerade spricht, beim nächsten Mal schaut man nur auf die Person, die zuhört. Manchmal achte ich auch nur auf die Sprache der Protagonisten und mache die Augen zu. Es ist verrückt, was man alles wahrnimmt, wenn man seine Sinne erst einmal dafür schärft. Um noch tiefer in die Schauspielkunst einzutauchen, habe ich mir ein Idol ausgesucht, dessen Werke ich mir nun chronologisch nach Erscheinungsdatum ansehen will. Ich möchte die verschiedenen Facetten des Schauspielers kennenlernen. Was kann eine einzelne Person aus zahlreichen fiktiven Figuren herausholen? Wie verändert er sein Schauspiel, sein Aussehen und seine Sprache je nach Figur. Mein auserkorenes Objekt für dieses Unterfangen ist der erst kürzlich mit einem Oscar ausgezeichnete Oliver Shaw.

Er ist das Aushängeschild des deutschen Schauspiels, wobei er eigentlich seit seinem elften Lebensjahr in den Vereinigten Staaten lebt und nie in einer deutschen Produktion mitgespielt hat. Aber wenn der eigene Landsmann ein Oscar-Preisträger ist, kann man ihn definitiv so betiteln. Oliver Shaw ist wirklich ein Ausnahmetalent. Unglaublich, dass es fünfzehn Jahre bis zu seinem ersten Oscar gedauert hat. Denn allein schon in seiner Auftaktrolle, in der er einen geistig behinderten Teenager gespielt hat, war er überragend. Schon damals wurde er von den Kritikern mit Lob überhäuft. Dreißig Jahre, Oscar-Preisträger und totaler Sympathieträger. Er ist wirklich eine Person, die den Titel Vorbild verdient hat. Aus diesem Grund ist er auch meine erste Wahl für einen Filmmarathon.

Wie auch immer er es geschafft hat – alle Filme, in denen er mitspielt, sind ausgesprochen sehenswert. In Interviews, die ich mir mehr als einmal angeschaut habe, hat er immer wieder betont, dass er nur Projekte unterstützt, an die er glaubt und in denen er sich wiederkennt. Leicht gesagt, wenn man sich um das Bezahlen von Rechnungen keine Sorgen mehr machen muss. Bemerkenswert ist jedoch, dass er diese Vorgehensweise schon von Anfang an praktiziert hat. Angeblich hat er vor seinem ersten Film mehrere Rollen abgelehnt, weil er meinte, dass diese für seine gewünschte Karriere nicht passend seien. Mit vierzehn Jahren?! Hallo?! Wie krass ist das denn?! Solche Aussagen fachen mein Fangirl-Ich noch weiter an. Ich hatte nie das Gefühl, dass ich von irgendwem oder irgendwas ein richtiger Fan bin. Meiner Ansicht nach sind Fans schon sehr auf etwas oder jemanden fixiert und das sehe ich bei mir irgendwie nicht. Klar begeistere ich mich mal über einen bestimmten Zeitraum für irgendwas, aber es ist nie so, dass ich fanatisch für etwas brenne.

ABER, bei Oliver Shaw könnte man schon sagen, dass ich in Richtung Fan tendiere. Ich beobachte ihn seit vielen Jahren. Lese alle Artikel über ihn und weiß mehr über sein Leben als über meins. Wenn jemand in meinem Umfeld einen dummen Kommentar zu ihm oder einem seiner Filme abgibt, gehe ich sofort in den Verteidigungsmodus – obwohl ich den Typen nicht einmal kenne. Verrückt, aber wahr.

Mit meinem Mund voller Nudelsuppe rufe ich die Watchlist auf meinem iPad auf, die ich vor ein paar Tagen erstellt habe. Es gibt insgesamt achtundzwanzig Filme mit Oliver Shaw in der Haupt- oder Nebenrolle. Kleinere Rollen gibt es von ihm nicht. Er ist entweder DER Hauptcharakter, einer der Hauptcharaktere oder hat eine große Nebenrolle. Ich gehe mal davon aus, dass dies ebenfalls von ihm so gewollt ist. Und der Erfolg gibt ihm recht. 28 Filme, ca. 3.400 Minuten. Das sollte doch zur Recherche reichen. Mein Umzug ist für Ende Dezember geplant. Heißt, ich habe noch gut drei Monate Zeit, was wiederum bedeutet, dass ich 9,3 Filme pro Monat schauen, analysieren und in ihre Einzelteile zerlegen muss. Wird anstrengend, ist aber gleichzeitig genau die Vorbereitung, die ich brauche. Ich werde vollkommen in die Oliver-Shaw-Story eintauchen. Und das bei jedem fucking Film. Wenn ich nervös werde, fange ich immer an zu fluchen. Daher fucking Film. Und nervös werde ich gerade, da mein neues Leben bald beginnen soll. Scheiße Mann, ich muss loslegen. Und das nicht nur mit Filmeschauen, sondern mit der ganzen Planung. Einatmen, ausatmen, einatmen, ausatmen, step by step.

Ich starte also den ersten Film und beobachte den jungen Oliver Shaw als Teenager mit geistigem Handicap. Zwei Stunden und 36 Minuten Film. Ich brauche jedoch fast vier Stunden, um ihn zu sehen, und bin fasziniert. Ich habe mir einige Szenen mehrmals hintereinander angeschaut. Oliver Shaw hat definitiv kein geistiges Handicap, aber auf der Leinwand kann man wirklich keinen Unterschied erkennen. Er spielt diese Rolle so überzeugend, dass man ins Zweifeln gerät. Wie hat er das gemacht? Woher wusste er, wie ein Junge mit geistigem Handicap in der Welt wahrgenommen wird? Im Internet kann ich keine Interviews von ihm aus dieser Zeit finden, daher kann ich nicht nachvollziehen, wie er sich auf diese Rolle vorbereitet hat. Er muss auf jeden Fall mit behinderten Menschen zu tun gehabt haben. Niemand könnte so ein Schauspiel abliefern, ohne Kontakt zu solchen Personen gehabt zu haben.

Es ist mittlerweile 22:15 Uhr und ich bin ins Bett gewandert. Mit meinem Handy bewaffnet versuche ich immer noch, Details über den Film zu finden. Nach unzähligen Artikeln, die mir allesamt wenig weitergeholfen haben, öffne ich die Instagram-App und schaue mir das Profil von Oliver Shaw an. Ich folge seinem Account, seitdem ich mir selbst ein Profil erstellt habe. Vielleicht war ja sogar er der Grund dafür, dass ich mir einen Account zugelegt habe. Vor Gericht würde ich das natürlich bestreiten. Ich bin ja schließlich kein richtiger Fan. Oliver Shaw teilt viel aus seinem Leben, wobei man auf den zweiten Blick erkennt, dass das Gezeigte nicht sein Privatleben ist. Er teilt eher Content aus seiner Karriere. Oftmals sind es Bilder von TV-Auftritten, Preisverleihungen, Charity-Veranstaltungen und so weiter. Etwas wirklich Persönliches findet man nicht. Vermutlich postet er die Bilder und Storys auch nicht selbst. Er wird dafür einen Medien-Manager haben. Schade, denn private Einblicke wären natürlich interessanter. Seine letzte Story wurde vor zwei Stunden hochgeladen. Es ist ein Bild, das aus einem Fahrzeug heraus aufgenommen wurde und New York City zeigt. Nichts Interessantes. Es soll wahrscheinlich nur zeigen, dass er sich in New York aufhält. Laut Wikipedia lebt er dort. Wir werden in derselben Stadt leben – krass. Wenn man überlegt, dass er ebenfalls in Hamburg gewohnt hat, haben wir schon zwei Gemeinsamkeiten. Das muss Schicksal sein. Ich scrolle durch seine Bilder und schaue ihn mir an. Er lächelt auf keinem einzigen, hat aber trotzdem eine positive, sympathische Ausstrahlung. Er ist entweder alleine abgebildet oder mit seiner Modelfreundin Irina Baldwin. Eine Fotografie schaue ich mir genauer an. Er ist groß, ich schätze (oder weiß es mit Sicherheit aus meinen zahlreichen Recherchen) 1,86 Meter, und hat dunkelblonde kurze Haare. Sein Haarschnitt hat sich noch nie verändert. Generell hat sich sein Aussehen nur minimal über die letzten fünfzehn Jahre verändert. Er hat breite Schultern und ist muskulös, aber nicht übertrieben. Er wird wohl auf seine Ernährung achten und Sport machen, aber nach seiner Figur zu urteilen, geht er vermutlich nicht siebenmal die Woche für vier Stunden ins Gym. Gott sei Dank. Wir reden hier natürlich nur über den privaten Oliver Shaw. Für Rollen verändert er sehr wohl sein Aussehen. Ein Drama, in dem er einen Navy Seal gespielt hat, war körperlich sehr herausfordernd für ihn. Soweit ich weiß, hat er in sehr kurzer Zeit achtzehn Kilo Muskelmasse aufgebaut, dazu hat er sich einen Bart und die Haare lang wachsen lassen. Aber sobald er wieder in den Oliver-Shaw-Modus zurückkehrt, sieht er aus wie immer. Er hat ein glatt rasiertes Gesicht und meistens sportliche, eher unauffällige Kleidung an. Auf Gala-Events trägt er gefühlt immer denselben schwarzen Anzug. Er sieht darin unglaublich heiß aus, deswegen ist es auch egal. Frei nach dem Motto *Never change a winning team* – oder in dem Fall, wenn du in einer Klamotte heiß aussiehst, dann trag sie doch einfach immer. Was auf jedem Bild hervorsticht, sind seine grünen Augen. Sie strahlen eine Wärme aus, die ich kaum in Worte fassen kann. Ich versinke in ihnen, als wären sie ein Berg aus grünem Laub, in das ich mich hineinfallen lassen will. Meine Güte, wie kann man solch eine Wärme durch ein Bild vermitteln?! Ehe ich mich versehe, habe ich das Nachrichtenfenster an ihn geöffnet und tippe wie wild auf mein iPhone ein. Ich schreibe und schreibe, wobei ich gar nicht wirklich über meinen Text nachdenke. Die Worte fließen einfach aus mir heraus. Als ich wieder im Hier und Jetzt bin, habe ich den Text bereits abgeschickt. Was habe ich da eigentlich gerade geschrieben? Ich lese Folgendes:

Oliver Shaw,

mein Name ist Nele Schmidt und ich lebe zurzeit in Hamburg Altona, werde jedoch Ende Dezember nach New York ziehen. Ich möchte als Schauspielerin durchstarten und habe heute zur Vorbereitung angefangen, mir deine Filme anzuschauen. Ich werde bis Dezember jeden Film von dir schauen und genau unter die Lupe nehmen. Heute stand Film Nr. 1 auf meiner Agenda: *The boy next door*. Ich habe fast vier Stunden gebraucht, um mir jedes Detail des Films anzuschauen. Es gab mehrere Szenen, bei denen ich einfach nicht glauben konnte, dass du diese Rolle so glaubwürdig gespielt hast. Mit gerade einmal fünfzehn Jahren. Das ist unfassbar. Ich denke, dass es mir für meinen weiteren Weg viel bringen wird, mir deine Arbeit anzuschauen. Ich bin gespannt, wo mich diese Reise hinführt und wie gut ich dich kennenlernen werde. Ich halte dich auf dem Laufenden.

Gute Nacht,

Nele Schmidt

Ähm, ja, okay. Was soll das? Glaube ich ernsthaft, dass es Oliver Shaw interessiert, dass ich seine Filme schaue? Eher nicht. Er wird diese Nachricht wohl auch niemals lesen. Wie viele Follower hat er eigentlich? Ah ja, gerade mal 52,4 Millionen. Dann besteht ja doch eine Chance. Schmunzelnd lege ich mein Handy auf den Nachttisch, nehme es dann aber doch noch mal zur Hand, um zu kontrollieren, ob ich mir auch wirklich den Wecker gestellt habe – und natürlich ist er gestellt. Was auch sonst? Ich mache das Licht aus und schließe die Augen. Ich sehe noch eine ganze Weile die Filmszenen von vorhin vor mir, drifte aber letztendlich ins Land der Träume.

Montag

Ich sitze an meinem Schreibtisch und gehe in Gedanken den Auftakt zu meinem Gespräch mit Daniel durch. Eigentlich habe ich heute bis auf ein paar E-Mails noch nichts Produktives zustande gebracht. Ich bin einfach zu nervös und weiß nicht, wie mein Chef auf meinen Vorschlag reagieren wird. Doch so, wie ich ihn kenne, unterstützt er meine Entscheidung bestimmt. Aber man weiß ja nie. Ich schaue aus dem Fenster. Die perfekte Aussicht, um runterzukommen, da mein Blick im angrenzenden Park verweilen kann. Dieser bietet eine gelungene Mischung aus Grünflächen und Verwilderung. Einfach idyllisch, und das inmitten von Hamburg. Dieser Ort, der schon seit jeher meine Heimat ist und den ich bis auf ein paar kleinere Reisen ins Ausland nie wirklich verlassen habe. Hamburg und seine Bewohner sind toll, keine Frage, aber ein Tapetenwechsel wird mich im Leben einen großen Schritt voranbringen. Davon bin ich felsenfest überzeugt – eine andere Wahl bleibt mir auch nicht. Veränderung fängt nun mal im Kopf an.

Mit meinem Handy, Geldbeutel und Firmenausweis bewaffnet ziehe ich um halb zehn los, um das Frühstück für Daniel und mich zu besorgen und auf der Toilette noch mal mein Äußeres zu checken. Dort angekommen, stelle ich fest, dass sie leer ist. Sehr gut, dann kann ich mein Spiegelbild in Ruhe auf mich wirken lassen. Meine grünen Augen kommen heute wieder besonders zur Geltung, da ich nach stundenlanger Recherche und anschließendem Üben mit YouTube-Videos mittlerweile das perfekte Alltags-Make-up auflegen kann. In letzter Zeit habe ich dafür immer wieder Komplimente bekommen, was mir einen richtigen Ego-Boost verschafft hat. »Wow – mir ist noch nie aufgefallen, wie grün deine Augen sind. Das sieht toll aus« oder »Dein Gesicht sieht richtig schön ebenmäßig aus«. Wenn Frauen einem solche Komplimente machen, vertraut man in der Regel darauf, dass sie auch so gemeint sind. Denn meistens ist deren Intention nicht, in deinem Höschen zu landen, sondern dir ein aufrichtiges Kompliment zu machen. Zumindest handhabe ich das so. Meine blonden, knapp über die Schultern reichenden, leicht welligen Haare fallen heute auch besonders gut. Danke, danke, danke! Das ist nämlich nicht jeden Tag so, und ich bin froh, dass sie mir heute keinen Strich durch die Rechnung machen. Auch mit meinem heutigen Outfit bin ich zufrieden: ein navyblaues Kleid, das einen runden Ausschnitt hat, meine Arme bedeckt und bis zu den Knien geht. Es gehört zu meinen Favoriten für den Büroalltag, und auch Daniel hat es schon mehrfach positiv kommentiert. Der Ausschnitt ist vielleicht etwas gewagt, aber bei meinen üppigen Brüsten wirkt jeder Schnitt betonend. So ist das nun mal mit Körbchengröße D. Außerdem darf man ja schließlich auch zeigen, was man hat und worauf man stolz ist. Meine Brüste sind mein Lieblingskörperteil. Trotz ihrer Größe sind sie spitz und straff und begrüßen jeden Gast mit einem lächelnden »Herzlichen Willkommen«. Manchmal finde ich es sogar schön, wenn ich jemanden dabei erwische, wie er meinen Busen betrachtet. Nicht bei komischen Creeps, aber bei Menschen, die ich attraktiv finde, gibt mir das ein positives Gefühl. Viele Frauen sehen das vielleicht anders. Ich jedoch mag es. Ansonsten bin ich mit meiner restlichen Figur auch zufrieden. Sportlich, aber nicht zu sportlich. Von der Größe her totaler Durchschnitt, und auch sonst ist mein Körper Mittelmaß. Und das meine ich überhaupt nicht negativ. Für meinen Schauspieltraum ist mein Äußeres genau richtig. Man kann einiges aus mir herausholen und mich in viele verschiedene Outfits stecken. Ich habe keinen Look, der einem bestimmten Genre zugeordnet werden muss. Mit dem richtigen Styling und Outfit kann ich alles und jeder sein. Das ist zumindest meine Meinung. Gewöhnlich im Alltag, aber außergewöhnlich, wenn es darauf ankommt. Das ist mein Ziel, und das werde ich auch erreichen. Positives Mindset und so.

Nach mehreren tiefen Atemzügen und einem letzten Blick in den Spiegel verlasse ich den sicheren Hafen Damentoilette und gehe in Richtung Cafeteria. Draußen ist es sonnig und ein leichter Wind umschmeichelt meine Haut. Mein Ziel ist fünf Minuten Fußmarsch entfernt, die ich noch einmal intensiv nutzen kann, um runterzufahren. Ich möchte keinen angespannten Auftritt bei Daniel hinlegen, sondern gelöst und fröhlich wirken. Was heißt wirken – ich bin fröhlich und gelöst. Wenn ich es nur oft genug wiederhole, glaube ich vielleicht selbst daran. In der Kantine ist einiges los. Unser Unternehmen hat keine festen Pausenregelungen, was bedeutet, dass eigentlich zu jeder Tageszeit Trubel ist. Viele halten ihre Meetings direkt hier ab oder treffen sich mit Kollegen aus anderen Gebäuden zum Austausch. Das Ambiente ist wie geschaffen dafür, denn alles wirkt einladend, modern und schick. Cremefarbene Wände mit Designerlampen, bunte Sitzmöglichkeiten und viele Pflanzen verleihen dem Raum ein einladendes Flair. Durch die verschiedenen Ebenen verteilen sich die Besucher sehr gut, weswegen sich der Geräuschpegel im Rahmen hält. An der Theke angekommen, werde ich von Kantinenfrau Lucy mit einem warmen Lächeln begrüßt. Sie nennt sich selbst Kantinenfrau Lucy, weswegen sich mir der Name fest eingeprägt hat. Anscheinend ist sie ein großer How-I-met-your-mother-Fan. »Guten Morgen Nele, wie geht es dir? Du siehst heute besonders hübsch aus.«

»Guten Morgen Lucy. Oh wie lieb von dir, dass du das sagst. Kann ich heute gut gebrauchen. Ich habe gleich ein Meeting mit meinem Chef und will mit ihm über ein etwas heikleres Thema sprechen. Da ist es nur hilfreich, wenn ich heute nett aussehe.«

Lucys Lächeln wird noch breiter und sie überreicht mir eine Tüte mit frisch gebackenen Croissants sowie einen Kaffeehalter mit zwei Bechern über den Tresen. Etwas verwirrt schaue ich sie an, da ich meine Bestellung noch gar nicht aufgegeben habe. Mit einem leichten Kopfschütteln geht sie in Richtung Kasse. »Was schaust du so verwirrt? Meinst du, ich könnte mir mittlerweile nicht denken, was du bestellst? Wie lange kennen wir uns jetzt schon?! Du nimmst für euer Montagsmeeting immer das Gleiche. Ich habe dir zwei Croissants, einen Latte mit Hafermilch und für dich einen regulären Latte Macchiato vorbereitet. Stimmt, oder?«

Meine Verwirrung weicht einem Grinsen. »Du bist die Beste, Lucy. Vielen Dank! Und klar hast du recht.«

Nachdem ich bezahlt habe, halten wir noch etwas Small Talk über Lucys Kinder und die Fortschritte an ihrem Haus. Seit gut einem Jahr opfert sie ihre ganze Freizeit für die Renovierung eines alten Hofs, den sie zu einem Wohnhaus mit angegliedertem Restaurant und Eventlocation umbauen möchte. Ihre Ideen sind richtig gut und ich kann mir sie als Gastgeberin perfekt vorstellen. Vielleicht habe ich in Zukunft die Gelegenheit, dort eine Feier auszurichten oder bei einer Hochzeit dabei zu sein. Laut Lucy eignet sich der Hof perfekt als Hochzeitslocation, da er schon jetzt einen total romantischen Touch hat und Liebe ausstrahlt. Ihre Worte, nicht meine. Beflügelt von dem angenehmen Gespräch mit Lucy mache ich mich wieder auf den Rückweg. Es ist mittlerweile zehn vor zehn, was meinen Zeitplan wieder einmal bestätigt. Ich liebe es, wenn meine Planung aufgeht.

An meinem Platz angekommen, nehme ich mir meinen Laptop, mein Notizbuch und meinen Lieblingskugelschreiber und gehe in Richtung Daniels Büro. Mit den beiden Heißgetränken und der Tüte Croissants bin ich ziemlich beladen, weiß aber genau, wie ich das Equipment balancieren muss, sodass mir nichts runterfällt. Jahrelanges Training. Gentleman-like wie Daniel ist, sieht er mich bereits kommen und öffnet mir seine Bürotür. Ein Hoch auf unsere Glasfronten. Ansonsten hätte ich mich ziemlich verrenken müssen, um die Tür zu öffnen.

Ich schenke Daniel mein schönstes Lächeln und sage hocheuphorisch: »Guten Morgen, liebster Chef. Gut in den Montag gestartet?«

Er erwidert mein Lächeln und nimmt mir den Kaffeehalter aus der Hand. »Guten Morgen. Jetzt wird es auf jeden Fall ein guter Montag. Schön, dich zu sehen. Die Reise letzte Woche hat mir echt zugesetzt. Du und mein Lieblingskleid seid da ein angenehmer Start in die neue Woche.«

»Das klingt doch gut, und um dir den Tag noch angenehmer zu machen, habe ich uns etwas zum Frühstücken mitgebracht.«

»Du bist ein Schatz. Was würde ich nur ohne dich tun?«, sagt er und zwinkert mir zu.

»Nicht so voreilig«, erwidere ich mit einem kleinen Lachen. »Wir haben heute einige Themen zu besprechen, die etwas ungemütlich für dich werden.«

»Ungemütlich? Mit dir? Niemals. Wir haben doch immer alles gelöst. Da mache ich mir keine Sorgen.« Daniel nimmt am Besprechungstisch in der Mitte seines Büros Platz und holt die Kaffeebecher aus der Halterung. Er hat schon zwei Tassen auf dem Tisch bereitgestellt, um unsere Kaffeespezialitäten umzufüllen. Er weiß, dass ich es hasse, aus den To-go-Bechern zu trinken, und ich bilde mir ein, dass er sich diese Eigenart von mir abgeschaut hat. Er füllt meinen Kaffee in eine Tasse, die einen lächelnden Smiley auf der einen Seite aufgedruckt hat. Auf der anderen steht »Just smile«. Er wiederum nimmt sich seine Lieblingstasse, die er natürlich von mir geschenkt bekommen hat und auf der ein Bild von Thor, dem Marvel-Gott, zu sehen ist. Den stählernen Körper von Thor ziert Daniels Gesicht. Ob es wirklich seine Lieblingstasse ist, weiß ich nicht. Aber es ist ein schöner Gedanke, dass er sie aus diesem Grund immer benutzt. Allerdings muss ich gestehen, dass er gar keine andere Tasse hat. Die Auswahl an Lieblingstassen ist dementsprechend begrenzt. Na ja, ich halte an meiner Vorstellung fest.

Das Büro von Daniel ist minimalistisch und clean eingerichtet. Das Farbschema besteht aus weiß und verschieden Grautönen. Eine Pflanze verleiht dem Raum etwas Grün, aber ansonsten ist meine Tasse das einzig Bunte. Daniel trägt heute einen dunkelblauen Anzug mit einem hellblau gemusterten Hemd darunter. Er hat einen perfekt gestylten Dreitagebart und seine Haare sehen aus, als würde er direkt vom Friseur kommen. Er hat seinen Look einfach drauf und sieht im Büro bis auf die Variation an Hemden eigentlich immer gleich aus. Immer gleich gut sozusagen. Dass er noch Junggeselle ist, liegt nicht an mangelnden Gelegenheiten. Die Frauenwelt hat Daniel auf dem Schirm, und mehr als eine Kollegin hat bereits ihr Glück bei ihm versucht. Mein Chef hat jedoch einfach keine Lust, sich zu binden. Er hält es mit seinen Beziehungen, besser gesagt mit seinen Affären, gerne locker und konzentriert sich auf die Arbeit. Mir soll es recht sein. So bleibt mir eine eifersüchtige Frau erspart, und unsere flirtige Art auf der Arbeit mag ich einfach. Ich würde das ungern verlieren. Manchmal wirkt es vielleicht etwas unprofessionell, aber wir können beide Berufliches und Privates sehr gut voneinander trennen. In der einen Sekunde tauschen wir ein paar schmutzige Worte aus und in der anderen reden wir total fokussiert über anstehende Projekte. So läuft das eben bei uns. Und das ist für uns beide in Ordnung.

Ich nehme gegenüber von Daniel Platz, und er schiebt mir meinen Kaffee rüber. Die Croissants habe ich auf zwei Teller verteilt und reiche meinem Chef seinen hinüber. Beim Vornüberbeugen wandert sein Blick in meinen Ausschnitt. Mit einem Schmunzeln lehne ich mich wieder zurück, wobei sich unsere Blicke treffen. Ich sehe, wie seine Augen aufblitzen, und kann sein Schlucken praktisch hören. Er räuspert sich und atmet mit einem verschmitzten Lächeln hörbar aus. Meine Augenbraun zucken amüsiert, bevor ich das Wort ergreife. »Guten Appetit! Lass dir das buttrige Vergnügen schmecken. Ich würde gerne als Erstes die Termine für die nächsten beiden Wochen durchgehen. Dein Kalender ist ziemlich vollgepackt und wir müssen die Reisen gut koordinieren, sodass dein Jetlag nicht zu groß wird.«

»Klingt gut. Dann leg mal los.«

*

Nachdem wir die anstehenden Meetings durchgesprochen und eine Präsentation für den morgigen Tag fertiggestellt haben, kann ich endlich mein Herzensthema zur Sprache bringen. Daniel ist kurz verschwunden, um auf Toilette zu gehen und uns Wasser zu holen. Das Frühstück ist mittlerweile aufgegessen und der Kaffee geleert. Als er zurückkommt, sitze ich bereits auf dem grauen Sofa, das ebenfalls in seinem Büro steht. Er nimmt in dem Sessel daneben Platz und stellt zwei Wassergläser und eine Karaffe ab. »Ich habe mich für Medium entschieden. Das trinkst du ja auch ab und an, oder?« Verblüffend, wie gut Daniel mich kennt. Aber ich kenne ihn auch richtig gut. Dieses Assistentinnen-Ding läuft bei uns beidseitig. Er kennt viele meiner Vorlieben und Gewohnheiten und ich kenne seine. Vom Bauchgefühl her würde ich sagen, dass er sich bei mir genauso wohlfühlt wie ich mich bei ihm. Besser kann eine Chef-Mitarbeiter-Beziehung eigentlich nicht sein. Warum genau will ich noch mal etwas anderes machen? Ah ja. Außergewöhnliches Leben und so. Memo an mich selbst: Vergiss das nicht, Nele!

»Ja, zwischendurch trinke ich gerne ein Glas Medium. Aber ansonsten stilles Wasser. Genau wie du.«

»Wie ich, du sagst es.« Unsere Blicke verschränken sich wieder, und diesmal bin ich diejenige, die schlucken muss.

Ich räuspere mich und merke, wie trocken mein Hals geworden ist. Nach einem Schluck Wasser bringe ich endlich das heikle Thema zur Sprache. »Daniel, es gibt noch etwas, was ich gerne mit dir besprechen würde.«

Er horcht sofort auf. »Du sagst meinen Namen nur am Satzanfang, wenn es ernst ist. Was ist los? Du wirst mich doch wohl nicht verlassen?!«

Leicht hysterisch lache ich auf. Er deutet mein Lachen als gutes Zeichen und die Anspannung fällt sichtlich von ihm ab. Leider interpretiert er mein Lachen etwas falsch, denn langfristig plane ich ja schon, nicht mehr für ihn zu arbeiten. Aber das werde ich ihm jetzt nicht erzählen. »Nein, nein. Ich möchte weiterhin für dich arbeiten. Keine Sorge.«

Er atmet erleichtert aus. Seine Reaktion finde ich zwar total süß, aber ehrlich gesagt ist sie krasser, als ich erwartet habe. Irgendwie kam es mir so vor, als hätte er wirklich kurz Panik bekommen. Meine Gedanken haben jetzt aber erst einmal Sendepause. Ich schiebe sie beiseite und rede weiter. »Ich möchte mich gerne räumlich verändern und denke schon seit Längerem über einen Umzug in eine andere Stadt nach. Um genau zu sein, stelle ich mir einen Neustart in New York vor.«

»Neustart? Das klingt aber verdächtig nach Lebensveränderung. Hat das etwa was mit Andre zu tun?«

Daniel weiß von meiner Trennung, und beim letzten Team-Event hatte ich ein klein wenig (also maximal) zu viel getrunken und ihm mein Herz ausgeschüttet. Er ist also voll im Bilde.

Kopfschüttelnd fahre ich fort. »Nein, Neustart klingt vielleicht etwas dramatisch. Mir geht es um einen Tapetenwechsel. Ich lebe schon mein ganzes Leben hier und verspüre irgendwie den Drang nach etwas Neuem. Ich möchte mein Nest verlassen und andere Teile der Welt kennenlernen. New York fühlt sich dafür richtig an, und ich dachte, dass ich meine Arbeit einfach wie gehabt in der Zweigstelle dort fortführen kann. Was denkst du?«

»Nele, du weißt, wie gerne ich mit dir zusammenarbeite, und ich würde dir fast nichts abschlagen, um dich weiterhin an meiner Seite zu haben. Aber hast du dir das wirklich gut überlegt? New York ist eine andere Hausnummer, und außerdem kennst du dort niemanden. Meinst du wirklich, dass dies der richtige Schritt ist? Ganz ehrlich, arbeitstechnisch ist das überhaupt kein Problem. Ich bin viel unterwegs und nicht darauf angewiesen, dass du hier im Hamburger Büro sitzt. Außerdem werden mich die aktuellen Projekte eh viel nach New York bringen – das weißt du wahrscheinlich besser als ich. Aber in privater Hinsicht würde ich dich bitten, dir das genau zu überlegen.«

Leicht gerührt von seiner Ansprache sehe ich Daniel an und setze ein schiefes Lächeln auf.

»Was?«, fragt er.

»Du traust es mir nicht zu, oder? Ein so großer Umzug, eine neue Stadt, keine Familie oder Freunde in der Nähe. Du denkst, ich schaffe es nicht.«

Er erhebt sich aus dem Sessel und läuft vor mir auf und ab. »Ich traue es dir schon zu. Organisatorisch wird das überhaupt kein Problem für dich. Da bin ich mir sicher. Aber ich weiß nicht, ob du dort findest, was du suchst. Die Stadt könnte dich auch einfach verschlucken und unglücklich wieder ausspucken. Du bist so ein fröhlicher Mensch und ich wünsche mir für dich, dass das so bleibt.«

Ich bin total ergriffen von seinen Worten, weil hier nicht mein Chef mit mir spricht, sondern ein Freund. Aber auch Schuldgefühle kommen in mir hoch, weil ich ihm nicht meinen ganzen Plan offenbart habe. Ich werde nicht vereinsamen. Ich suche mir eine WG, nehme an Schauspielkursen teil, gehe zu Castings. Ich werde viele neue Leute kennenlernen und bin zuversichtlich, dass ich mich schnell zurechtfinde. Ich weihe ihn irgendwann ein. Aber jetzt ist alles noch viel zu unklar. Das wäre für mich kein Vorteil, und hierbei muss ich egoistisch sein. Auch wenn es mir schwerfällt.

»Ich danke dir für deine ehrlichen Worte, aber du musst wissen, dass ich diesen Gedanken nicht erst seit gestern habe. Ich zerbreche mir schon seit vielen Monaten den Kopf darüber und komme immer wieder zu dem Schluss, dass es sich richtig anfühlt. Ich will es machen und ich hoffe, du unterstützt mich dabei. Wie du gesagt hast, wird sich beruflich nicht viel ändern. Vielleicht sehen wir uns etwas weniger. Aber ich werde immer erreichbar sein, und da du eh so viel in die Staaten reist, wird die Zusammenarbeit von der Zeitverschiebung her einfacher werden.«

Daniel nimmt wieder Platz und lässt sich mit seiner Antwort etwas Zeit. Ich gebe sie ihm, da ich weiß, dass er gerne in seinen Gedanken versinkt, wenn er das Für und Wider erwägt. Er schaut mich an und erlöst mich von dem Schweigen. »Okay, wenn es privat für dich der richtige Weg ist, werde ich dir beruflich nicht im Weg stehen. Wir werden uns zwei schöne Schreibtische im New Yorker Bürogebäude reservieren und künftig dort arbeiten.«

Etwas irritiert runzle ich die Stirn. »Wir? Zwei Tische? Was hat das denn zu bedeuten?«

Daniel nimmt meine Hand in seine und sieht mich durchdringend an. Vermutlich hat er gar nicht gemerkt, dass er sie ergriffen hat. Berührungen versuchen wir im Büro eigentlich zu vermeiden. »Ach Nele, was glaubst du denn, was mich hier ins Büro kommen lässt? Meine Mitarbeiter sitzen in der ganzen Welt verteilt und unser Management hat seine Räumlichkeiten in Frankfurt. Ich komme nur deinetwegen hierher. Und wenn du in New York bist, komme ich eben dorthin.«

Ich kann mir das Strahlen nicht verkneifen. »Danke, Daniel. Du bist der beste Chef, den man sich wünschen kann. Du wirst es nicht bereuen. An unserer Arbeit ändert sich nichts.« Erst mal, füge ich schuldbewusst in Gedanken hinzu.

Als ich auf unsere Hände starre, fällt Daniels Blick ebenfalls darauf und er lässt mich los. Es scheint ihm peinlich zu sein. Tja, da hatte ich den richtigen Riecher. Ihm ist wohl wirklich nicht aufgefallen, dass er meine Hand genommen hat. Nachdem die Röte aus seinen Wangen gewichen ist, fragt er: »Wann soll es denn losgehen? Ich vermute, du hast schon einen detaillierten Zeitplan für den Umzug.«

Ich könnte lügen und behaupten, dass ich erst nach seiner Zusage in die Planung gehen wollte, aber er würde wissen, dass das nicht stimmt. Daher erzähle ich ihm ganz ehrlich meine Wunschplanung, und für ihn scheint nichts dagegenzusprechen. Jackpot! Das lief besser, als ich mir je zu träumen gewagt hätte. Step by step zahlt sich aus.

Als ich mit meinen Ausführungen fertig bin, wird es für Daniel Zeit, sich in die nächste Videokonferenz einzuwählen. Ich packe meine Sachen zusammen und gehe Richtung Bürotür. Daniel kommt mir nach, um sie mir zu öffnen. Doch bevor er die Klinke nach unten drückt, legt er eine Hand auf meine Taille und kommt etwas näher an mich heran. »Morgen Abend eine Runde Squash wie besprochen?«

Lächelnd frage ich: »Steht es in deinem Kalender? Ja, oder? Also ist die Sache geritzt.«

Er kommt noch ein Stück näher, sein Blick wandert kurz zu meinem Dekolleté, kehrt dann aber zu meinen Lippen zurück und verharrt dort. Mir wird ganz warm und ich spüre einen leichten Knoten im Magen. Er lehnt sich zu meinem Ohr und flüstert: »Anschließend ziehst du aber bitte wieder dieses Kleid an. Ich will es dir bis zur Hüfte hochschieben und dich dann auf meinem Schreibtisch nehmen. Hart und schnell. Wie du es gern hast.« Er lehnt sich wieder zurück und schaut mir in die Augen. Seine Hand, die immer noch auf meiner Taille liegt, brennt sich trotz meines Kleids in meine Haut. Ich benetze meine Lippen mit der Zunge und spüre ein Kribbeln durch meinen ganzen Körper gehen.

»Jetzt aber besser raus hier«, sagt er mit einem Augenzwinkern.

Ich kann den Blick kaum von ihm losreißen, als er die Tür öffnet und mich sanft nach draußen schiebt.

Montag

Da ich den halben Vormittag über das Gespräch mit Daniel gegrübelt habe, war ich den Rest des Arbeitstages voll im Stress. Danach habe ich noch einen kurzen Abstecher zum Supermarkt gemacht, um mir frische Lebensmittel für mein Abendessen zu kaufen. Ich bin gerade dabei, die letzten Zutaten in die Auflaufform zu geben, als mein Handy auf dem Wohnzimmertisch summt. Ich laufe rüber und schaue drauf, um festzustellen, dass ich gleich mehrere ungelesene Nachrichten habe. Die neuste ist von Daniel.

Ich war hoffentlich nicht zu aufdringlich vorhin im Büro. Eigentlich haben wir ja die Regel, Privates und Geschäftliches zu trennen. Aber vielleicht können wir deinen Neustart in New York auch für uns nutzen? ;-) Freue mich, dich morgen Abend zu sehen.

Arghhh – wo kommt denn das auf einmal her? Gut, wir schlafen in unregelmäßigen Abständen miteinander. Aber sosehr ich Daniel auch mag, mehr als Sex ist für mich nicht drin. Ich fühle mich sowohl körperlich als auch freundschaftlich zu ihm hingezogen, aber Gefühle sind bei mir nicht im Spiel. Die Andeutung, die er mit dieser Nachricht macht, passt mir ehrlich gesagt überhaupt nicht in den Kram. Wenn zwischen uns die Körperchemie nicht derart stimmen würde, hätte ich diese Affäre gleich nach dem ersten Mal beendet. Aber die Orgasmen, die ich mit Daniel erlebe, sind einfach zu verlockend, um ihm zu widerstehen. Verdammt, was antworte ich nur darauf? Ich bleibe unverfänglich und schreibe lediglich:

Freue mich auch auf unser Match. Bis morgen. Und nicht vergessen – du musst morgen schon um 7 Uhr am Rechner sein. Call mit Dr. Lin aus China.

Ich sehe, dass er eine Antwort tippt, und hoffe, dass er das Thema Neustart nicht aufgreift.

Gut, dass du es noch mal ansprichst. Hätte ich ganz vergessen. Danke, Engelchen. Bis morgen.

Puh, da bin ich noch mal davongekommen. Dachte ich zumindest. Denn es folgt eine weitere Nachricht.

Das andere Thema, das du gekonnt ignoriert hast, spreche ich aber morgen trotzdem noch mal an ;-)

Oh verdammt. Da ist morgen wohl ein ernsthaftes Gespräch fällig. Große Lust habe ich darauf nicht, aber okay. Das mache ich dann mal wirklich spontan, ein bisschen Improvisation üben und so. Die anderen beiden Nachrichten sind zum einen von meiner Mutter, die wissen will, ob ich noch lebe, und zum anderen von Lea, die sich über mein Gespräch mit meinem Chef informieren möchte. Nach dem Essen werde ich beiden antworten. Zunächst will ich erst mal runterfahren.

Mein Gemüse-Hackfleisch-Auflauf braucht fünfunddreißig Minuten, was mir genug Zeit verschafft, um mich kurz abzuduschen und mir einen Film für den heutigen Abend auszusuchen. Ich nutze die fünf Minuten unter der heißen Dusche, um mein Gehirn auszuschalten. Ich denke über nichts nach und versuche meine Batterien aufzuladen. Es klappt wunderbar. Nachdem ich in meinen Hausanzug geschlüpft bin, der laut Andre ein absoluter Liebestöter ist, strotze ich vor Energie. Was Andre für ein Problem mit meinem gemütlichen Anzug hat, weiß ich einfach nicht. Die aufgedruckten Igel sind doch süß. Und auch der handtuchartige Stoff ist absolut super. Na ja, für ein erstes Übernachtungsdate würde ich dann wohl doch eher ein Negligé wählen, aber für einen Solo-Filmabend ist er die bessere und kuscheligere Variante.

Die Filmauswahl ist einfach, Oliver Shaw, zweites Werk. In seinem zweiten Film spielt er einen jungen Mann, der sich in den frühen Fünfzigerjahren in die Frau seines Lehrers verliebt und eine Liaison mit ihr beginnt. Die intimen Szenen sind nur angedeutet, im Vordergrund steht eher die Liebe zwischen den beiden. Der junge Protagonist ist sehr hitzig und eifersüchtig, was es der weiblichen Hauptrolle schwer macht, die verbotene Beziehung zu verheimlichen. Schlussendlich eskaliert die Situation in mehrere Richtungen. Die Familie des jungen Mannes verstößt ihn, seine Geliebte möchte bei ihrem Ehemann bleiben, der wiederum ihren Liebhaber heftig verprügelt. Alles deutet darauf hin, dass Shaws Figur, die er perfekt spielt, aus Verzweiflung und Liebeskummer Selbstmord begehen wird. Es kommt jedoch anders. In einer schauspielerischen Meisterleistung verändert sich der Charakter des jungen Mannes wie auf Knopfdruck. Er versinkt nicht mehr im Selbstmitleid, sondern übt Rache. Am Ende ist er der einzige Überlebende, und Beweise gibt es keine. Zwei Monate später heiratet er die Tochter des Lehrers und seiner ehemaligen Geliebten. Ein Psychopath erster Klasse. So sehr, dass es mir teilweise eiskalt den Rücken runterläuft. Ich bekomme richtig Angst vor dem Ausdruck in seinem Gesicht. Einfach Wahnsinn, was er da wieder abliefert. Und das, obwohl er gerade mal achtzehn Jahre alt ist. Un-fucking-fassbar. Ob ich so was auch auf der Leinwand rüberbringen kann? Ich hoffe es! Aber so viel Talent schüchtert mich etwas ein. Sei's drum. Meine Karriere beginnt etwa fünfzehn Jahre später – aber mir soll's recht sein, wenn ich mit Anfang vierzig einen Oscar im Gästeklo stehen habe.

Während ich die Reste meines Abendessens fein säuberlich in eine luftdichte Frischhaltebox packe, muss ich unwillkürlich an meine Mutter denken. Sie hat mir dieses »Alle-offenen-Lebensmittel-müssen-in-einer-Box-verstaut-werden«-Gen vererbt, weswegen mein Kühlschrank aus einem Tupperware-Prospekt stammen könnte. Aber sie hat nun mal recht. Die Sachen halten sich länger und der Kühlschrank sieht immer ordentlich aus. Was natürlich extrem wichtig für den Kühlschrank und dessen Eigentümer ist. Ich greife mir mein iPhone und schicke ihr eine Sprachnachricht. Vorteile einer Sprachnachricht: Ich habe sie nicht am Telefon und muss mir keine achttausend Fragen stellen lassen, auf die ich aktuell keine Antwort habe, kann ihr aber dennoch genug von mir erzählen, ohne mir später sagen lassen zu müssen, dass ich ihr nur eine kurze Textnachricht geschrieben habe und sie so gaaaarrrr nichts über mein Leben weiß. Nach einer ausführlichen Beschreibung meines Tages, die geschlagene acht Minuten dauert, fühle ich mich meiner Aufgabe entledigt. Jetzt noch die Nachricht von Lea beantworten. Bei ihr würde ich es nie wagen, eine so lange Sprachnachricht zu versenden. Genau wie ich hasst sie es, wenn so etwas länger als drei Minuten dauert. Wer mehr zu sagen hat, soll ihrer Meinung nach anrufen oder sich am besten treffen, was ich nur unterschreiben kann. Daher antworte ich einfach mit einem Daumenhoch und frage, ob wir uns am Freitagabend zum Dinner treffen wollen. Ihre Antwort ist ebenfalls ein Daumenhoch. So lieben wir das! Bis Freitagmorgen wird sie nichts mehr von mir hören und ich nicht mehr von ihr. Alles, was bis dahin passiert, wird beim Abendessen besprochen. Freitagmorgen klären wir nur noch, wann und wo wir uns treffen – Ende!

Nachdem ich die Küche und das Wohnzimmer wieder in ihren üblichen aufgeräumten Museums-Zustand gebracht habe, putze ich mir die Zähne und lege mich ins Bett. Mit der Instagram-App auf meinem Handy bewaffnet gönne ich mir nun noch meine tägliche Dosis Fame & Gossip. Ehe ich mich versehe, lande ich wieder auf meinem Lieblingsprofil – Oliver Shaw. Meine Nachricht von gestern ist als ungelesen markiert. Was hatte ich denn erwartet? Er scheint ja eh kein großer Social-Media-Nutzer zu sein. Insgeheim glaube ich, dass nur die Schwarz-Weiß-Fotos von ihm hochgeladen werden. Sie sind irgendwie anders als die farbigen Fotos auf seinem Profil. Vielleicht bilde ich es mir nur ein, aber die farblosen Bilder wirken eher wie er selbst. Es sind immer nur Stillleben, und der Text zu den Bildern besteht ausschließlich aus einem Smiley. Keine Hashtags oder sonstigen Verlinkungen wie bei den anderen Fotografien. Vielleicht ist das aber nur meine verdrehte Vernarrtheit, die mich denken lässt, ihn zu kennen. Das wird es sein. Es kann aber sicherlich nicht schaden, meinem fiktiven Freund meine Gedanken zu seinem zweiten Film mitzuteilen. Daher schreibe ich Folgendes:

Oliver Shaw,

hier wieder Nele. Ich bin kein großer Freund von Tagebüchern und dem Aufschreiben von Gefühlen oder Gedanken. Da ich mich aber aktuell mit deinen Filmen beschäftige und den Drang verspüre, mich direkt im Anschluss positiv darüber auszulassen, werde ich künftig deine Inbox für meine Meinungsäußerung nutzen. Du wirst es vermutlich eh niemals lesen und mir hilft es am Ende meiner Filmreise vielleicht, alles noch mal Revue passieren zu lassen. Also kommen wir zu Film Nummer zwei. Für dich ist es wahrscheinlich schon eine Weile her, dass du ihn das letzte Mal gesehen hast. Schaust du deine Filme überhaupt, und wenn ja, regelmäßig? Aber zurück zum Thema – du hast mich teilweise zutiefst verstört. Die Story ist phänomenal, aber dafür bist du nicht verantwortlich. Aber wofür du etwas kannst, ist die Gänsehaut, die dein Schauspiel bei mir ausgelöst hat. Am Anfang von *Forbidden Love* habe ich mich dem verliebten, etwas naiven jungen Typen echt verbunden gefühlt. Seine ganze Erscheinung, die Art, wie er redete, seine Körpersprache – alles war anziehend und nett. Aber nach dem Twist, der den Psychopathen in ihm zum Vorschein gebracht hat, war alles an ihm abstoßend und beängstigend. Also ohne Scheiß – ich hatte teilweise richtig Angst vor dem Jungen auf meinem Fernsehbildschirm. Horrorfilme sind eh nichts für mich, aber das hatte ja nichts mit Horror zu tun. Das war ein Psycho-Thriller vom

Feinsten. Und das, obwohl ich mit einer kitschigen Romanze gerechnet hatte. Chapeau, wie du den Wechsel vom süßen, unschuldigen Schüler zum absolut unberechenbaren, mental instabilen Serienmörder herausgearbeitet hast. Mal sehen, ob ich jetzt überhaupt schlafen kann. Die Mordszenen haben mich ganz schön aufgewühlt. Ich stelle mir jetzt einfach vor, dass er seine Taten bereut und sich in seiner jetzigen Ehe in eine Therapie begibt und alle Traumata in seinem Kopf aufarbeitet. So kann ich damit leben :-D und hoffentlich traumlos schlafen.

Gute Nacht,
Nele Schmidt

Ich schicke die Nachricht ab. Komisches Gefühl, jemandem eine Nachricht zu schreiben, auf die man keine Antwort erwartet. Aber gut, mein persönliches kleines Tagebuch bleibt somit verborgen und ich komme mir nicht vor, als würde ich mit mir selbst sprechen.

Da ich innerlich unruhig bin – vermutlich aufgrund der erschütternden Bilder von eben –, schnappe ich mir meinen Laptop und schaue mir die Angebote für WG-Zimmer in New York an. Mein Plan sieht vor, in eine Zweier- oder Dreier-WG zu ziehen und so nah wie möglich an der Innenstadt zu wohnen. Realistisch betrachtet ist eine Wohnung alleine finanziell nicht stemmbar, und außerdem erhoffe ich mir, durch meine WG-Partner schnell Anschluss zu anderen Leuten zu finden. Ich war noch nie der Typ einsamer Wolf. Richtig aufblühen tue ich nur in Gesellschaft, weswegen ich mich gerade am Anfang davor hüten sollte, zu viel alleine zu sein. Nicht, dass ich noch Heimweh bekomme. Beim Thema Heimweh driften meine Gedanken automatisch zu einer Klassenfahrt, die wir in der achten Klasse unternommen haben. Eine Woche dem vertrauten Heim den Rücken kehren und sein Teenie-Dasein ausleben. Tja, Pustekuchen, ich habe jeden Abend bitterlich geweint und meine Klassenkameradinnen damit zur Weißglut gebracht. Vom eigentlichen Trip nach London habe ich wenig mitbekommen. Mein Heimweh hatte mich zu sehr im Griff. Traurig, aber wahr. Irgendwann muss ich London noch mal besuchen und die Erinnerung an die Stadt in ein schöneres Licht rücken. Die Harry-Potter-Adventure-Touren bieten sich dafür bestimmt ganz hervorragend an.

Die Auswahl an WG-Zimmern ist zwar groß, aber leider sind viele auch richtig schrottig. Mein Lebensstandard soll möglichst nicht auf das Niveau sinken, dass ich mir ein kleines Apartment mit zwei Personen und einer zu groß gewordenen Rattenfamilie teilen muss. Ein funktionstüchtiges Bad und eine einigermaßen ausgestattete Küche wären auch nett. Oder sind meine Ansprüche zu hoch? Laut der Ausbeute ja! Shit, das sieht echt nicht gut aus. Wie pflegen meine Großeltern immer zu sagen? Wenn du auf der Suche nach etwas bist, erzähle so vielen Leuten wie möglich davon. Dadurch ergeben sich immer wieder Möglichkeiten. Und recht haben sie! Aktuell weiß kaum jemand über meinen Umzug nach New York Bescheid. Jetzt, wo die Katze aus dem Sack und mein Arbeitgeber eingeweiht ist, muss ich nicht mehr hinterm Berg halten. Okay, Entscheidung gefällt – ab morgen erzähle ich jedem, der es hören oder nicht hören will, von meinen Umzugsplänen. Wäre doch gelacht, wenn sich dadurch nicht etwas ergibt, und sei es nur eine Restaurant-Empfehlung. Alles aufsaugen und Informationen sammeln ist die Devise. Den Auftakt der »Nele-Schmidt-goes-to-Hollywood«-Tour (oder eben New York) bilden mein Aufruf auf meiner Instagram-Seite und, wie ein Höllenmensch, sogar ein Posting auf Facebook. Die ersten Likes und PNs trudeln schon ein. Unfassbar, wie schnell das immer geht. Die Resonanz schaue ich mir aber morgen in Ruhe an. Da wird vermutlich auch wieder einiges an unnötigen Kommentaren dabei sein. Dafür habe ich jetzt keinen Nerv. Also zurück zur eigentlichen WG-Zimmer-Suche. Ein Apartment sticht mir ins Auge. Es hat ein helles geräumiges Zimmer, und auch die Bilder der restlichen Wohnung sehen vielversprechend aus. Es gibt ein schönes Wohnzimmer als Gemeinschaftsraum, ein Badezimmer mit Fenster und eine kleine Küche, die mit dem Nötigsten ausgestattet ist. Alles wirkt neu, modern und sauber. Außerdem ist die Wohnung bereits möbliert und der Preis liegt innerhalb meines

Budgets. Ich überlege, ob das vielleicht ein Fake ist. Alle anderen Wohnungen in dieser Lage sind unbezahlbar, und die Bewohner, die sich solch ein Apartment leisten können, sind auf keinen Mitbewohner angewiesen. Mhm, ich speichere die Anzeige in meinen Favoriten ab und schließe mein MacBook. Zeit für meinen Schönheitsschlaf. Der Tag morgen wird anstrengend genug. Und dann noch die Abendrunde Squash, die sich hoffentlich auf ein paar weitere Stunden Vergnügen ausweitet.

Dienstag

Mission »Schrei es in die Welt« war ein voller Erfolg. Okay, geschrien habe ich nicht. Das wäre dann wohl doch etwas absurd gewesen, aber jeder, der mir heute Vormittag auf der Arbeit über den Weg gelaufen ist, weiß nun, dass ich ab 1. Januar offiziell im New Yorker Büro arbeiten werde. Die erste E-Mail, die ich heute Morgen gelesen habe, war von Daniel an die Personalabteilung, in der er meine Versetzung in die Wege leitet. Das Vertrauen, das ich ihm entgegenbringe, wird dadurch wieder bestätigt. Wenn er etwas sagt, kann ich mich hundertprozentig auf sein Wort verlassen. Kein Wunder, dass mein schlechtes Gewissen sich sofort gemeldet hat. Ihm so ein wichtiges Detail wie meinen Wunsch nach beruflicher Neuorientierung vorzuenthalten, fühlt sich nicht richtig an. Vielleicht sollte ich es ihm doch sagen? Wenn wir uns heute Abend privat treffen, wäre eine gute Gelegenheit. Oh Mann, ich hasse es, wenn ich mich in einem Entscheidungsdilemma befinde. Normalerweise kann ich gut einschätzen, was mein moralischer Kompass mir sagt, und setze es dann um. Ohne groß darüber nachzudenken. Diesmal gibt mir meine innere Stimme einen anderen Weg vor. Einen, der nicht zum logischen Output passt. Logisch wäre in diesem Fall, erst über die Schauspielkarriere zu sprechen, wenn sich eine entwickelt hat. Aber wer ist schon gerne logisch? Passieren einem die besten Dinge im Leben nicht aus einem Impuls heraus? Und Impuls ist für mich ein Wort, das nichts mit Logik zu tun hat, sondern nur mit Spontanität und der aktuellen Stimmung einhergeht. Es liegt einfach daran, dass Daniel mehr als nur ein Chef ist, mit dem ich einmal im Jahr ein Feedback-Gespräch habe. Wir arbeiten so eng zusammen, dass daraus eine private Beziehung entstanden ist. Von unseren privaten Eskapaden mal ganz zu schweigen. Meine Freunde lüge ich nicht an. Das ist ein Prinzip, mit dem ich schon immer gut gefahren bin. Fuck, ich hasse diese Zwickmühle. Ein Anruf bei Lea wird mir sicherlich helfen. Ich werde sie anrufen, wenn ich auf dem Weg zur Squash-Halle bin. Jetzt konzentriere ich mich erst mal wieder auf mein Mittagessen und die Gespräche der Kollegen. Genau der richtige Moment, denn alle am Tisch starren mich an. Anscheinend hat mir jemand eine Frage gestellt – scheiße, wer nur?! Nach einem ausgedehnten Räuspern, um mir etwas Zeit zu verschaffen, schaue ich etwas verdattert in die Runde. Mein geliebter Kollege Michael sieht mir meine Verlegenheit an und kommt mir zu Hilfe. »Sorry Justin, was hattest du eben gesagt? Ich habe dich nicht verstanden. Hier ist es heute irgendwie lauter als sonst.« Mit einem Zwinkern und einem leichten Grinsen auf den Lippen gibt er mir zu verstehen, dass er mir gerade die Peinlichkeit erspart hat, zuzugeben, dass ich den Gesprächen schon eine ganze Weile nicht mehr gefolgt bin. Keiner scheint es zu bemerken, obwohl es heute sogar extrem ruhig in der Kantine ist. Ich schmunzele zurück und bringe meinen Dank mit einem knappen Nicken zum Ausdruck. Er ist wirklich ein Schatz. Unsere Beziehung würde ich nicht unbedingt als Freundschaft bezeichnen, da wir uns außerhalb der Arbeit noch nie getroffen haben. Aber er und meine Kollegin Sandra sind meine Vertrauten im hektischen Büroalltag. Wir erzählen uns alle beruflichen Belange, lästern über andere Kollegen und tauschen uns über private Themen aus. Für einen freundschaftlichen Kontakt außerhalb der Arbeit hat es aber noch nicht gereicht. Was jedoch überhaupt nicht schlimm ist. Mit unserem Chef stecke ich schon viel zu sehr in der beruflich-privaten Grauzone. Das brauche ich mit den Kollegen nicht auch noch. Vor allem habe ich ja die mir selbst aufgelegte Regel, dass ich meine Freunde nicht belüge, und das schließt Verheimlichen eben auch mit ein. Wenn wir Freunde wären, müsste ich ihnen somit auch von meiner Affäre mit Daniel erzählen. Und das – puhhhh, das wäre echt unangenehm. Mit Michael als Mitwisser könnte ich vielleicht noch leben, aber bei Sandra habe ich immer mal wieder das Gefühl, dass sie auf unseren Chef steht. Leider hat er sie bisher nur als Mitarbeiterin wahrgenommen und nicht als potenzielle Freundin. Vielleicht ändert sich das ja irgendwann. Die beiden würden gut zusammenpassen – auch wenn sie sich aktuell zu wenig kennen, um dies selbst wahrzunehmen. Ich kenne beide, und ja, sie würden meinen Approved-Stempel bekommen. Und den kriegt nicht jeder! Dass ich mit ihm ab und zu ins Bett gehe, muss ja nicht unbedingt thematisiert werden. Das wäre kontraproduktiv und unnötig, da es rein körperlicher Natur ist.

Justin wiederholt seine Frage, und diesmal sind meine Antennen auf Aufnahme gestellt. »Hast du denn schon eine Bleibe in New York oder gehst du da blauäugig ran?« Den kritisierenden Unterton ignoriere ich gekonnt. Justin hat den Spitznamen Pessi-Justin, was daher rührt, dass er grundsätzlich eine pessimistische Ausstrahlung hat. Das ist auch der Grund für meine Abneigung gegen ihn vom allerersten Tag an. Außerdem hat er die schreckliche Angewohnheit, einem beim Reden immer viel zu nahe zu kommen. Hat dem keiner beigebracht, dass man seinem Gegenüber einen bestimmten Freiraum lässt? Anscheinend nicht. Echt total nervig. Umso besser, dass er jetzt einigermaßen entfernt von mir auf seinem Hintern sitzt.

Um ihm den Wind aus den pessimistischen Segeln zu nehmen, beschönige ich meine Antwort etwas. »Ich habe noch keine finale Zusage, aber mehrere Mietobjekte zur Auswahl. Eine Wohnung ist besonders vielversprechend. Hier habe ich am Wochenende einen Video-Call, um mich mit dem Vermieter und gleichzeitigen Mitbewohner abzustimmen.« Dass ich bisher noch keine Antwort auf meine Bitte für einen Termin am Samstag habe, muss ich diesem Idioten nicht unbedingt auf die Nase binden. »Aber für Tipps oder Empfehlungen bin ich immer dankbar«, füge ich noch hinzu und hoffe, dass die gesamte Runde es mitbekommt.

»Dann mal alles Gute«, sagt Justin als abschließende Floskel. Dem ist aber schon klar, dass ich noch ein paar Monate hier bin? Was für ein Depp.

»Danke!«, erwidere ich mit einem fast unsichtbaren Kopfschütteln, sodass jeder mit etwas emphatischen Fähigkeiten erkennt, wie dumm ich sowohl seine Frage als auch seine Verabschiedung finde.

Mein Arbeits-Clan, bestehend aus Sandra und Michael, hat den Hinweis verstanden, was den beiden ein stummes Lachen ins Gesicht zaubert. Pessi-Justin rafft wie immer nichts. Der hat seine zwischenmenschlichen Fähigkeiten anscheinend noch nicht entdeckt. Aber guuuut – nicht mein Problem. Und ab Januar heißt es dann eh Adiós mi hombre. Wenn alles nach Plan läuft, werde ich ihn nie wieder sehen und nie wieder seinen Atem im Nacken spüren, wenn er mir am Schreibtisch auflauert.

*

Nach dem Lunch und einem kurzen Plausch mit Lucy drehe ich mit Michael und Sandra noch eine Runde durch den angrenzenden Park. Im Büro sitzen wir nicht direkt beieinander, können uns aber jederzeit auf einen Kaffee, Tee oder Wasser in der gemeinsamen Küche treffen. Jetzt genießen wir aber erst mal die frische Luft und die Herbstsonne auf unserer Haut. Sandra läuft wie immer etwas zu schnell für mich, aber darüber beschwere ich mich schon lange nicht mehr. Man redet da gegen eine Wand, da sie der Meinung ist, dass uns ein Powerwalk nach dem Mittagessen ein Endorphin-Hoch beschert. Mich bringt das Gerenne aber nur dazu, mir danach die Achseln auf der Toilette zu waschen. Richtig ladylike. Aber besser, als den restlichen Tag mit Schweißgeruch am Schreibtisch zu sitzen. Sandra habe ich im Übrigen auch schon dabei erwischt, wie sie sich anschließend per Deo-Sprühdose ein Frischegefühl verschafft hat. Und das, obwohl die Endorphine doch alles Negative fernhalten sollten, oder?! Aber so läuft die Biochemie im Körper dann doch nicht ab. Vielleicht merkt sie auch gar nicht, wie schnell sie wirklich läuft, da sie den Vorteil hat, viel längere Beine als Michael und ich zu haben. Ihrer Aussage nach ist sie 1,87 Meter groß, aber ich unterstelle ihr insgeheim, sich etwas kleiner gemogelt zu haben. 1,90 Meter klingt einfach zu groß – daher bleibt sie in der 80er-Zone. Wenn es ihr Selbstbewusstsein stärkt, werde ich sie sicher nicht der Lüge bezichtigen. Schade, dass sie ihre schlanken Beine nicht zu schätzen weiß. In einer engen Hose kommen sie perfekt zur Geltung. Aber sie meidet diesen Look, um nicht wie ein Storch zu wirken. Ihre Aussage, nicht meine. Ihr kurzer, rot gefärbter

Bob schmiegt sich um ihren schmalen Kopf und lässt sie im Alltag etwas steif wirken. Bei der letzten Firmenfeier habe ich jedoch auch mal einen Blick auf ihre Ausgeh-Haare erhaschen können. Sie dreht sich ein paar Wellen ein, und schwups wird aus der gradlinigen Frisur ein echter Hingucker, der total lässig wirkt. Die Herren haben nicht schlecht über das kleine Makeover gestaunt, und ich konnte mehr als einen Kollegen beobachten, dem die Sabberfäden am Kinn runterliefen. Richtig angemacht hat sie jedoch keiner. Schade eigentlich. Aber manchmal sind Männer einfach bescheuert und erkennen Chancen nicht. Die Damenwelt hat wiederum mit unzähligen Komplimenten auf sie reagiert. Nach dem Abend ist sie bestimmt auf Wolken nach Hause geschwebt. Während der Arbeitswoche sieht man von dieser Leichtigkeit leider sehr wenig. Deshalb hat Daniel sie auch nicht auf seinem Radar. Trotz ihrer Größe geht sie schlichtweg in der Menge unter. Schade, dass er an der Feier nicht teilnehmen konnte. Sonst hätte er mich im Nachhinein bestimmt auf Sandra angesprochen. SAVE! Er lag aber mit einer fetten Erkältung im Bett. Das kommt bei ihm einmal im Jahr vor und diesmal leider genau zu unserem Fest.

»Sandra, du rennst uns schon wieder davon. Ich brauche nach unserer Runde erst mal ein Sauerstoffzelt. Die Rechnung schicke ich direkt an dich!« Michael hat anscheinend noch nicht aufgeben und versucht, die Wand zum langsameren Gehen zu animieren.

»Die übernehme ich gerne, solange ihr Schritt haltet. Nicht einschlafen, ich spüre schon den Rausch in meinen Adern!«, kontert Sandra, während sie ihre Unterarme abwechselnd, wie auf einem Stepper vor und zurück bewegt.

»Bitte lass mich nicht mit ihr alleine. Ich werde sonst noch zu sportlich, wenn ich künftig niemand mehr habe, der unsere ›Power-Work-Runde‹ ebenso sabotiert wie ich.« Michaels Kommentar ist zwar an mich gerichtet, aber so laut, dass auch Sandra den Seitenhieb mitbekommt. Die Anführungsstriche, die er bei dem Begriff »Power-Work-Runde« in die Luft gemacht hat, sind ihr vermutlich auch nicht entgangen, obwohl sie die Geste nicht gesehen hat.

»Ihr dürft mich gerne künftig wecken, wenn ihr eure Mittagsrunde dreht, und mir motivierende Worte für den Tag zurufen«, sage ich laut lachend. Die Zeitverschiebung wirft mich künftig sechs Stunden hinter die beiden zurück.

»Wir rufen dich an, aber nur unter der Bedingung, dass ich mich für unser Telefonat auf einer Parkbank niederlassen darf«, ruft mein Leidensgenosse Sandra zu.

Diese kommt bis über beide Ohren grinsend zu uns zurückgelaufen, bevor sie an mich gerichtet sagt: »Sorry, Nele, das wird dann wohl nichts mit den Anrufen. Anscheinend muss ich unseren guten Michael noch mal daran erinnern, dass er für seine Hochzeit ein paar Kilo abspecken wollte. Ohne Fleiß kein Preis.«

»Na gut! Du hast gewonnen, Ms Drillinstructor. Lauf weiter! Wir halten mit!«, entgegnet Michael resigniert.

Michael wird in knapp einem Jahr seinem Lebensgefährten das Ja-Wort geben. Ich freue mich unheimlich für ihn, da er seinen Eltern erst vor Kurzem gesagt hat, dass er schwul ist. Er ist zwar mittlerweile zweiundvierzig Jahre alt, hat sich aber bisher nicht getraut, seinen Eltern davon zu erzählen. Sein Partner hat ihm jedoch ein Ultimatum gestellt, da er diese Heimlichtuerei nicht mehr ertragen konnte. Keine wirklich nette Art, aber für Michael war es das Beste, was ihm passieren konnte. Seine Eltern haben nämlich überhaupt kein Problem mit seiner Sexualität. Sie freuen sich auf die Hochzeit und hoffen, dass sie bald Großeltern werden. Ein Problem gelöst, das nächste bereits da. Michael ist nämlich zurzeit noch gar nicht sicher, ob er überhaupt Kinder haben möchte. Aber wenigstens kann er sich nun voll und ganz auf seine Beziehung einlassen. Er hat es verdient. Er ist ein toller Mensch und soll sein Happy End bekommen! Warum er abnehmen will, ist mir allerdings ein Rätsel. Er ist ein eher schmächtiger Typ, hat kurze schwarze Haare und ein supergepflegtes Äußeres. »Wo willst du denn bitte abnehmen?«, frage ich daher und bin auf die Antwort gespannt.

»Ach, abnehmen ist zu viel gesagt. Ich will eher definierter werden und an meiner Ausdauer arbeiten. Malte und ich planen einen Hochzeitstanz, der Beyoncé in den Schatten stellen wird. Dafür brauche ich aber ausreichend Luft zur Verfügung. Und ich würde ungern schwitzen wie eine Sau, die gerade zehn Ferkel zur Welt gebracht hat.«

Sandra und ich prusten los. Was für ein Vergleich. Das Bild wird sich unauslöschlich in mein Gedächtnis einbrennen.

Als ich mich wieder gefangen habe, fordere ich: »Den Tanz will ich aber auf jeden Fall sehen. Wehe, du schickst mir kein Video!«

»Bist du verrückt?! Was willst du denn mit einem Video? Wage es ja nicht, die Einladung zu meiner Hochzeit auszuschlagen. Dann stelle ich Daniel zu den unmöglichsten Zeiten Termine ein, die du ihm dann erklären musst.«

»Was für eine Drohung. Ich zittere jetzt schon. Da ich diese Aussage als feste Einladung ansehe, aus der du dich nicht mehr rausreden kannst, erhältst du direkt meine Zusage. Und ganz optimistisch sage ich sogar Plus One.« Triumphierend hebe ich das Kinn.

»Du und Plus One, für eine Hochzeit, die in einem Jahr stattfindet? Ich bin gespannt, wen du da anschleppst. Aber ist gebongt. Die Einladung kommt per weißer Taube nach New York, was dem Ganzen einen richtig schwulen Touch verleiht«, meint Michael zwinkernd.

»Klingt total schwul. Ich freue mich drauf!«, sage ich abschließend. Sandra sieht etwas verloren aus, wirkt aber sofort erleichtert, als Michael auch sie vor der weißen Taube warnt. Ich werde die beiden echt vermissen!

*

Der Nachmittag vergeht wie im Flug, da ich in eine Kostenkalkulation versunken bin und mich wie so oft das Excel-Fieber gepackt hat. Zu gerne erstelle ich komplexe Dateien, die so aussehen, als hätte ich es voll drauf. Ehrlicherweise liegt es aber an dem Nicht-Wissen der anderen. Man kann relativ schnell wie der absolute Excel-Profi wirken, wenn jemand so gar keinen Plan davon hat. Dass es sich hierbei aber um rudimentäres Grundwissen handelt, verschweige ich einfach. Dafür lasse ich mich zu gerne von ihnen feiern. Diesmal habe ich aber wirklich all mein Wissen ausgepackt. Für die Datei dürfte mich die Menschheit auf jeden Fall bejubeln. Aber okay, ich kann mich auch super selbst belohnen. Nachdem ich also die letzten vier Stunden an meiner Datei gefeilt habe, die nun so ziemlich alles automatisch berechnet, was ich brauche, raucht mir der Kopf. Der Sport mit Daniel wird mir jetzt richtig guttun. Ich checke noch mal schnell meine E-Mails, sowohl die beruflichen als auch die privaten. Beruflich ist alles im grünen Bereich und ich kann den Feierabend einläuten. In meinem privaten Postfach ist eine Antwort von dem Vermieter eingetroffen. Und, YES, er hat den Termin für Samstag bestätigt. In meinem Kopf vollführe ich einen kleinen Freudentanz. Mann, ich hoffe echt, dass die Wohnung so vielversprechend ist wie auf den Bildern. Vor allem weil die Auswahl aufgrund meines Budgets doch begrenzter ist als erwartet. Aber gut, ich bleibe positiv. Bei meiner derzeitigen Glückssträhne ist der Typ nett, die Wohnung sauber und groß und wir verstehen uns auf Anhieb. So kommt es bestimmt. Die Bestätigung meinerseits geht mit einem WUSCH-Geräusch raus.

Nachdem ich meinen Arbeitsplatz aufgeräumt habe, mache ich mich auf den Weg zu meinem Auto. Als ich an der Kaffeeküche vorbeikomme, sehe ich Sandra und Michael. Sie winken mir zu und wünschen mir einen schönen Feierabend. Beide wissen nicht, dass ich mich jetzt mit Daniel treffen werde. Es ist nicht so, dass wir aus unserem Squash-Spiel ein großes Geheimnis machen, aber ich gehe auch nicht ins Detail. Was nach dem Spiel kommt, ist wiederum ein Mysterium, das niemand entschlüsseln soll. Das geht niemand etwas an, und ich habe auch keine Lust, mich deshalb erklären zu müssen. Daher bleibt es so, wie es ist. Eine Sache, die nur zwischen Daniel und mir stattfindet. Okay, und natürlich meinen Freundinnen.

Als ich im Auto sitze, sortiere ich mich kurz und fahre los. Zur Halle brauche ich gut dreißig Minuten, was mir ausreichend Zeit verschafft, um mir die

Meinung von Lea einzuholen. Seit ich ein Auto mit Freisprechanlage habe, telefoniere ich super gerne während der Fahrt. Irgendwie finde ich es befriedigend, die Zeit im Auto gut zu nutzen. Wenn ich nicht laut einen Song mitsinge oder intensiv über etwas nachdenke, rufe ich meine Freunde oder meine Familie an. Mein kleiner roter Flitzer wird mir fehlen. Ich habe echt lange darauf gespart, und ihn jetzt bald zu verkaufen bricht mir das Herz. Aber ich kann das Geld gut gebrauchen und lasse Deutschland nun mal hinter mir. Da brauche ich kein Auto, das hier auf mich wartet. In New York werde ich mir auch erst mal keins zulegen. Glücklicherweise soll der Wert eines Mini Coopers sehr stabil sein, weswegen ich mir einen guten Verkaufspreis erhoffe. Meine Mum kennt einen Gebrauchtwagenhändler, den ich bald besuchen werde. Am liebsten würde ich ihn aber privat verkaufen. An ein junges Mädchen oder einen jungen Typen. Die wissen solche Autos zu schätzen. Leider kann ich diesmal kein Samariter sein, da ich so viel Geld wie möglich auf der Seite haben möchte. Also wird er an denjenigen verkauft, der am meisten dafür bietet. Diesmal spielt mein Herz bei der Entscheidung keine Rolle. Profit machen steht im Vordergrund.

Um keine Zeit zu verschwenden, rufe ich Lea direkt an. Ich hatte meinen Anruf vorhin schon per Nachricht angekündigt, weswegen sie nach dem zweiten Klingeln drangeht. »Hey Süße! Was ist so dringend, dass du mich noch vor deiner heißen Nacht voller Sex und Ejakulat anrufst?«, fragt sie lachend ins Telefon.

»Oh Mann, das klingt total verstörend. Bitte, reiß dich mal zusammen«, kontere ich ebenfalls lachend.

»Ach komm, ich habe doch recht, oder? Also, wie kann ich helfen? Deine Nachricht klang dringend.«

Ich atme tief ein und versuche, meine Stimme neutral klingen zu lassen. »Ja, ja, du hast recht. Aber Spaß beiseite. Ich brauche deinen Rat. Wie du weißt, werden Daniel und ich heute Abend etwas mehr Zeit miteinander verbringen …«

»Wenn du das, was ihr tut, so nennen willst«, unterbricht mich Lea.

»Ist ja gut. Jetzt bleib bitte ernst, ich brauche wirklich deine Meinung«, erwidere ich leicht genervt.

»Schon gut, schieß los«, lenkt sie ein.

Also rede ich weiter. »Ich habe heute Vormittag noch mal darüber nachgedacht, Daniel meine eigentlichen Gründe für meinen Umzug nach New York mitzuteilen. Ich fühle mich nicht gut dabei, den Teil mit der Schauspielerei wegzulassen. Es fühlt sich falsch und verlogen an. Daniel ist nun mal nicht nur mein Chef, sondern auch, wie du gerne sagst, mein Lover. Es wäre nicht fair, ihm etwas zu verheimlichen. Aber ich bin hin- und hergerissen, ob ich es ihm wirklich sagen soll. Am Ende mache ich die Pferde scheu, obwohl noch gar nichts passiert ist. Daher brauche ich deinen Input dazu.«

Am anderen Ende der Leitung herrscht kurz Stille. Dann atmet Lea lautstark aus und lässt mich ihre Meinung damit schon vorab hören. »Und ich dachte es sei etwas wirklich Dramatisches im Busch. Aber hier liegt die Antwort auf der Hand. Halt die Füße still. Ich weiß, dass dein Ehrlichkeitsgen besonders ausgeprägt ist. Aber in diesem Fall solltest du wirklich nichts sagen. Vermutlich würde dir Daniel zwar nicht im Weg stehen, aber wie du bereits selbst korrekt erfasst hast – warum solltest du ihm etwas erzählen, wenn du selbst noch keine Ahnung hast, wie es weitergeht. Das würde ihn nur verunsichern und bei dir selbst einen Druck aufbauen, der unnötig ist. Wenn du in New York neu durchstarten willst, solltest du das in deinem Tempo machen. Wenn du Daniel einweihst, wird er vermutlich jede Woche fragen, wie es läuft und ob es schon mehr Informationen gibt. Das macht doch alles kompliziert und erhöht die Erwartungen. Also mein ganz klarer Rat ist: Erzähl ihm nichts davon.«

Ich lasse ihre Worte kurz auf mich wirken. Irgendwo hat sie schon recht. Was hätte ich denn davon, wenn er es jetzt schon wüsste. Nichts. Und er hat davon auch nichts, denn im Endeffekt weiß er ja trotzdem nicht, ob ich meinen Job bei ihm kündige. Okay, ich bin wieder geerdet und stimme meiner besten Freundin zu. »Wow, das war hilfreich. Du hast recht. Nur weil sich mein Gewissen meldet, heißt das nicht, dass es immer Sinn macht, danach zu handeln. Ich kann ihm ja wirklich nicht genau sagen, wie es für mich weitergeht. Okay, ich halte meine Klappe und belasse es bei unverfänglichen Themen. Heute Abend kommen wir sicherlich auf New York zu sprechen, aber der Fokus liegt bestimmt auf meiner Wohnungssuche. Ich habe übrigens eine Zusage für das Telefonat am Samstag. Ich hoffe, das wird was.«

»Siehst du«, erwidert Lea mit einem wie immer leicht überheblichen Unterton. »Ich habe in jeder Lebenslage den passenden Tipp. Ruf mich einfach an, wenn du mal wieder etwas Dummes tun willst. Ich halte dich schon davon ab.«

»Pfff. Als hätten wir nicht schon oft gemeinsam wirklich dumme Sachen beschlossen. Ich erinnere dich nur an die Situation, in der du dich auf meine Inliner gestellt hast und wir zusammen hingeflogen sind. In dem Moment habe ich wirklich gedacht, ich könnte nie wieder laufen.«

»Oh come on! Das ist ’ne alte Kamelle. Ich bin heute viel weiser als damals und außerdem ist ja nichts passiert. Falls ich dich nämlich daran erinnern darf, sind wir danach gleich noch mal so gefahren und hatten den Spaß unseres Lebens.«

Auch da kann ich meiner Freundin nur beipflichten. Es hat wirklich unglaublich viel Spaß gemacht, und wir konnten praktisch beide Inliner fahren, obwohl wir nur ein Paar hatten. Das sind genau die Erlebnisse, die uns zusammengeschweißt haben. Schon damals wusste ich, dass wir für immer Freunde sein würden. Stand heute kann ich das nur bestätigen. Ich hoffe, New York verändert daran nichts. »Ich danke dir, meine Liebe! Du hast recht. Daniel unwissend zu lassen, macht an dieser Stelle mehr Sinn. Ich kann ihn ja einweihen, wenn die ganze Sache tatsächlich spruchreif ist. Jetzt muss ich erst mal meinen Haushalt auflösen, eine Wohnung finden und mich auf den Umzug vorbereiten.«

»So gefällst du mir schon besser. Ich wünsche dir viel Spaß bei dem Sexdate! Denk dran, dich zu schützen, und ruf mich noch mal vor deinem Telefonat mit dem Vermieter an. Besser noch, zeig mir am Freitag ganz in Ruhe die Bude, die sooooo toll sein soll.«

»Na klar, Mama! Ich melde mich bei dir. Bis dann.« Mit einem Kuss-Geräusch beende ich das Telefonat und fahre auf den Parkplatz der Soccer-Halle. Hier gibt es neben dem Soccer-Bereich noch vier Squash-Courts, ein großes Fitnessstudio und mehrere Badminton-Felder. Die Squash-Courts sind bis auf eine Wand vollständig verglast. Das Resort ist neu, modern und einladend gestaltet. Wenn ich nicht gerade mit Daniel spielen gehe, verbringe ich hier auch gerne mal ein paar Stunden im Spa. Die Saunalandschaft ist herrlich und lässt einen mit Blick auf den benachbarten See die Zeit vergessen. Zu zweit machen wir aber keine Saunagänge. Das wäre zu komisch zu erklären, falls wir einen Kollegen treffen. Wobei ich hier bisher noch nie jemanden aus der Firma gesehen habe. Das liegt wohl vor allem daran, dass unser Unternehmen ein Abonnement für ein anderes Fitnessstudio hat. Das wird natürlich von den Mitarbeitern genutzt, weswegen sie sich hier eher nicht blicken lassen. In diesem Zusammenhang – sehr gut für mich!

*

Umgezogen und meine Haare zu einem hohen Zopf gebunden laufe ich aus der Umkleidekabine und direkt in die Arme von Daniel. »Hey Kleines, das nenne ich mal Timing. Ready?«, empfängt er mich lächelnd. »Kleines« ist sein Kosename für mich. Außerhalb des Unternehmens nennt er mich immer so. Es ist, als würde der Name bei ihm einen Schalter umlegen, da er mich dann auch immer ganz anders ansieht, anspricht und berührt. Er braucht diesen Namenswechsel, um mich in einem anderen Licht zu sehen. Im Büroalltag bin ich immer Nele. Ausnahmslos. Aber seit wir das erste Mal miteinander geschlafen haben, bin ich bei unseren privaten Treffen »Kleines«. Mir macht das nichts aus und zugegebenermaßen stehe ich sogar darauf. Für mich bleibt er aber immer Daniel. Da bringe ich nichts durcheinander. Daher lächle ich zurück und antworte: »Hey, Timing ist mein zweiter Vorname. Das weißt du doch. Und yes, ich bin ready. Ich habe die Bewegung auch nötig. Ich saß den ganzen Nachmittag an der Kostenanalyse für PG und bin kein einziges Mal aufgestanden.«

Daniel kommt näher und breitet einen Arm aus, da er mit dem anderen unser Equipment für unser Spiel trägt. Er nimmt mich in eine Ein-Arm-Umarmung und streicht mit seinem Gesicht über meine Wange. So nah raunt er mir ins Ohr: »Keine Sorge, du wirst heute noch ausreichend Bewegung bekommen.« Als er wieder von mir wegtritt, schaut er mir tief in die Augen. In seinen liegt pures Verlangen. Ich fühle, wie mir Hitze in die Wangen schießt, und grinse hormontrunken. Mit einem Zwinkern löst er den Moment auf und wir laufen gemeinsam in Richtung Squash-Court Nr. 1. Wir gehen gerne in den ersten Raum, da es hier nur eine Zwischenwand gibt, die vom Nachbarraum bespielt wird. In allen anderen Räumen hat man immer zwei Zwischenwände. Diese sind zwar mit Milchglas undurchsichtig gemacht, aber vom Gefühl her, ist die Privatsphäre in Raum 1 mehr gegeben. Und da Daniel gerne mal anfängt zu grabschen, ist Raum eins unser Favorit.

Mit meiner Wasserflasche bewaffnet bin ich bereit für das Spielchen. Mein Chef holt unsere Schläger aus der Tasche, während ich unser Plätzchen vor dem Raum einrichte. Hier stehen zwei komfortable Stühle und ein kleiner Tisch, sodass man sich in den Spielpausen hinsetzen kann. In den Raum selbst nimmt man nichts mit hinein. Daher stelle ich unsere Getränke auf dem Beistelltisch ab, ziehe meine Trainingsjacke aus und lege sie über einen der Stühle. Ich betrete den Raum und halte Daniel die Tür auf. Er kommt ebenfalls rein, mustert mich von oben bis unten mit einem intensiven Blick und reicht mir einen Schläger. Sein Starren macht mich hibbelig, weswegen ich an mir hinabschaue und überprüfe, ob mein Outfit richtig sitzt. Meine schwarze 7/8-Leggings sitzt wie eine zweite Haut und reicht bis zur Taille. Als Oberteil habe ich ein Crop-Sport-Top gewählt. Es ist mint-grün und hat eine aufwendige Schnürung am Rücken. Einen BH kann sogar ich mir sparen, da das Top eng anliegt und an den richtigen Stellen verstärkt ist. Was jedoch ein bisschen sichtbar ist, sind meine hart gewordenen Nippel. Daher wohl auch das Starren von Daniel. Er trägt weite schwarze Sportshorts und ein eng anliegendes rotes T-Shirt. Er sieht zum Anbeißen aus. Wie eigentlich immer. Als wir uns aus unserer Starre gelöst haben, müssen wir beide grinsen. Ich durchbreche endgültig die Stille, indem ich ihm den Ball aus der Hand nehme und ihn wissen lasse, dass ich den ersten Aufschlag mache. »Wie immer, Ladys first, oder?«, rufe ich ihm zu, als ich mich auf meine Feldseite bewege.

»Klar, Kleines. Die Regel gilt immer. Ich bin schließlich ein Gentleman«, erwidert er und geht auf seine Seite.

Beim Spielen reden wir kaum miteinander. Der Fokus liegt auf dem Sport und darauf, den anderen zu verunsichern. Hin und wieder ein Seitenhieb ist das Einzige, was wir während des Spiels austauschen. Squash ist anstrengend und schnell, weshalb man wenig Luft hat, um groß zu quatschen. In den kurzen Pausen, die wir uns zum Trinken gönnen, teilen wir Spieltipps aus oder sprechen über den eben gespielten Satz. Wir beschließen, noch eine Runde zu machen, bevor wir in die Umkleide zurückkehren. Das letzte Spiel entscheidet über den Sieger, da es aktuell 2:2 steht. Da wir beide auf Sieg spielen, wird die Runde noch mal härter als die zuvor. Jeder Punkt endet in einem erbitterten Kampf, in dem derjenige, der den Punkt nicht für sich holen kann, lautstark flucht. Nie an den Gegner gerichtet, sondern einfach, um Dampf abzulassen. Am Ende steht es 10:9 für Daniel. Er hat Aufschlag und kann den Sieg für sich holen. Sein Aufschlag ist gut platziert, und ich erwische den Ball nicht im gewünschten Winkel, was ihm die Möglichkeit bietet, den Ball so zu spielen, dass er viel zu nah an der Wand aufkommt. Ich habe keine Chance mehr, ihn anzunehmen, und muss mich geschlagen geben. Ich gehe in die Knie und haue mit der flachen Hand auf den Boden. »Scheiße!«, bricht es aus mir heraus.

Daniel kommt mit triumphierenden Schritten in meine Richtung und hält mir seine Hand zum Abklatschen hin. Ich stehe auf und schlage mit der Handfläche dagegen. Er behält meine Hand in seiner und nähert sich mir langsam. Dann legt er seine andere Hand auf meinen Hintern und zieht mich an sich. Ich schaue ihn mit hochgezogener Braue und einem spielerischen Lächeln auf den Lippen an. Mein Atem geht immer noch schnell vom Spiel und ich frage mich, ob er mein verschwitztes Gesicht nicht eher abstoßend findet. Anscheinend nicht, denn er kommt so dicht heran, dass unsere Münder sich fast berühren. An meinen Lippen flüstert er »Gut gespielt, Kleines« und umschließt im nächsten Moment meinen Mund mit seinem. Kurz bin ich perplex, da wir uns noch nie außerhalb seines Apartments geküsst haben. Aber sein Drängen verursacht mir weiche Knie. Also öffne ich meinen Mund für ihn. Er küsst mich so intensiv, dass ich sofort mehr will. Ich lehne mich gegen ihn und lasse meine Zunge in seinen Mund gleiten. Unsere Bewegungen laufen synchron, quälend langsam und machen mich heiß. Ich lasse meinen Schläger auf den Boden fallen und umfasse seinen Nacken, um ihn noch dichter heranzuziehen. Er lässt meine Hand los und umschlingt meine Taille. Seine andere Hand bleibt jedoch auf meinem Po und bewegt sich mit leichten Kniffen, sodass ich automatisch auf die Zehenspitzen gehe. Wir küssen uns eine gefühlte Ewigkeit und vergessen unsere Umgebung. Meine harten Brustwarzen reiben über seinen Oberkörper, was mein Verlangen noch weiter steigert. Auch er ist so erregt, dass er sich an meinem Bauch reibt. Ich spüre, wie hart er ist, und als ich ihm leicht in die Unterlippe beiße, stöhnt er auf. Das Geräusch bringt uns beide wieder in die Realität zurück, woraufhin wir unsere Lippen voneinander lösen. Unsere Brustkörbe heben sich gleich schnell. Und ich wette, dass meine Lippen so gut durchblutet sind wie seine. Ich schaue ihm in die Augen und sage nach einem kurzen Räuspern: »So ist die Niederlage in Ordnung für mich. Wenn du mich danach so tröstest, kann ich mich daran gewöhnen.«

»Keine Sorge, du bekommst bestimmt auch mal wieder die Gelegenheit, mich zu trösten. Darauf will ich nicht verzichten, Kleines«, entgegnet er mit einem Zwinkern.

Wir lassen voneinander ab und er greift sich in den Schritt, um seinen Ständer so zu platzieren, dass man ihn nicht direkt beim ersten Hinschauen sieht. Gegen meine sichtbaren Nippel kann ich leider nichts machen. Das ist mir aber egal. Mein nächster Gang ist eh direkt unter die Dusche in der Damenumkleide.

Wir nehmen unsere Schläger und den Ball und verlassen den Squash-Raum. Nach einem kurzen Abkühlen vor der Kabine und einem Glas Wasser verabreden wir uns bei ihm in der Wohnung. »Mach langsam, du musst dich nicht abhetzen. Ich schreibe dir, wenn ich fertig bin und zu mir fahre. Dann weißt du, dass ich zu Hause auf dich warte«, lässt er mich noch wissen, bevor er in der Herrenumkleide verschwindet.

Ich gönne mir eine lange heiße Dusche, wasche mir den Schweiß vom Körper und lasse eine wohltuende Kur in meinen Haaren einwirken. Als ich mein Waschritual beendet habe und mich gerade anziehen will, bekomme ich die Nachricht von Daniel, dass er auf dem Heimweg ist. Perfekt. Ich ziehe, wie von ihm gewünscht, das blaue Kleid an, das ich auch bei unserem letzten Meeting getragen habe. In ihm fühle ich mich sexy und begehrenswert. Es ist also der Situation angemessen. Ich lege ein dezentes Make-up auf, wobei ich meine Augen nur mit etwas Mascara betone. Alles andere wäre verschwendete Zeit, da wir eh sofort übereinander herfallen und meistens noch etwas Zeit in der Badewanne verbringen. Ich föhne mir noch schnell die Haare und drehe sie etwas ein, und zack – fertig. Das ist der Look für den Abend.

*

Bei Daniel angekommen, muss ich mich auf die Suche nach einem Parkplatz machen. Das kann etwas dauern. Abends ist es hier so gut wie unmöglich, eine legale Abstellmöglichkeit für sein Auto zu finden. Umso mehr lerne ich da den Vorteil eines Stellplatzes zu schätzen, den meine Wohnung mit sich bringt. Ich will gerade in die nächste Seitenstraße abbiegen, als mein Handy vibriert. Es ist eine Sprachnachricht von Daniel. »Kleines, ich habe draußen geparkt. Du kannst also in die Tiefgarage fahren. Den Code kennst du ja noch, oder?«

Ich antworte mit einem Daumenhoch und wende mein Auto. Ich fahre in die Tiefgarage und stelle mich auf den Parkplatz von Daniel. Heute ist er irgendwie ein besonders großer Gentleman. Er ist zwar immer sehr zuvorkommend, aber heute habe ich das Gefühl, dass sein Testosteron am Anschlag ist. Zuerst die vielen sexuellen Anspielungen, dann der aufgeladene Kuss in aller Öffentlichkeit und nun auch noch der Luxus eines Parkplatzes in der Tiefgarage. Der Abend wird sicherlich vielversprechend. Ich checke mein Aussehen im Rückspiegel und ziehe mir noch mal die rot angehauchten Lippen nach. Anschließend packe ich mein Handy in meine kleine Tasche und begebe mich auf den Weg zum Fahrstuhl. Mehr Gepäck habe ich nicht dabei, da ich nicht die Nacht bei Daniel verbringen werde. Wir haben Sex, für gewöhnlich mehr als einmal, dann duschen oder baden wir zusammen, chillen noch etwas, bevor ich zurück nach Hause fahre. Seine Wohnung ist zwar groß und schick eingerichtet, aber alles darin schreit nach Junggeselle, was nicht sonderlich einladend auf Frauen wirkt. Außerdem hat er mich bisher noch nie gebeten, über Nacht zu bleiben, weswegen ich immer irgendwann gegangen bin. Zusammen zu schlafen wäre dann doch etwas zu intim für uns beide. Außerdem schlafe ich gerne in meinem eigenen Bett.

Somit kein Stress von meiner Seite. Ich kann gut mit dem Nicht-übernachten-Arrangement leben.

In Daniels Stockwerk angekommen, mache ich mich zu seiner Wohnungstür auf. Auf der Etage befinden sich noch vier andere Wohnungen, wobei ich die Nachbarn noch nie gesehen habe. Daniel meinte, dass in diesem Haus viele Geschäftsleute wohnen, die ebenfalls unter der Woche auf Dienstreise sind. Daher ist das Gebäude an den Wochentagen wie ausgestorben. An der Tür von Daniel klopfe ich. Die Klingel benutze ich nur, wenn ich vor dem Wohnhaus stehe. Das habe ich mir irgendwie so angewöhnt und mache das eigentlich bei jedem so. Daniel öffnet die Tür und trägt nur eng anliegende Boxershorts. Mit meinen Augen verschlinge ich seinen definierten Körper und bleibe an der Beule in seinen Shorts hängen. Als sich unsere Blicke treffen, leckt er sich über die Lippen. Mein Hals wird trocken und meine Atmung etwas schneller. Ohne ein Wort nimmt Daniel meine Hand und zieht mich in seine Wohnung. Er schließt die Tür und drückt meinen Rücken dagegen. Ich lasse meine Tasche auf den Boden fallen, um die Hände für das Folgende frei zu haben. Daniel lehnt sich so dicht an mich, dass sich unsere Nasenspitzen berühren. Seine eine Hand wandert langsam von meinem Hals zu meinem Schlüsselbein und verharrt dann in meinem Dekolleté. Die andere streicht von meinem Knie in quälend langsamen Kreisen nach oben. Daniel beginnt meinen Hals zu küssen, woraufhin mir ein leises Stöhnen entfährt. Er reibt seinen steinharten Penis an meinem Bauch und raunt mir ins Ohr: »Ich warte schon den ganzen Tag darauf, endlich Erlösung zwischen deinen Beinen zu finden. Die erste Runde wird schnell und hart, Kleines. Das hast du doch gern, oder?«

Ich nicke zustimmend, aber das reicht Daniel nicht. »Sag es. Sag, dass ich dich hier an der Tür nehmen soll. Sag, dass du deine Beine um mich schlingen willst, sodass ich tief in dich hineinstoßen kann. Erst langsam und dann immer schneller, bis du so laut meinen Namen schreist, dass es alle Nachbarn hören.«

Seine Worte törnen mich so an, dass ich unter seinen feuchten Küssen wimmere. »Ich will dich jetzt und hier. Mach schon! Nimm mich!«

Mit einem Ruck zieht er seine Boxershorts runter und hebt mich hoch, sodass ich die Beine um ihn schlingen kann. Dann vergräbt er seinen Kopf zwischen meinen Brüsten und beginnt sie wie wild zu küssen, kann jedoch aufgrund des Stoffs keinen Zugang zu meinen vor Lust pochenden Nippeln finden. Er berührt sie durch das Kleid hindurch, woraufhin ich erneut aufstöhne. Er selbst stößt so ein tiefes Grollen aus, dass ich alleine von dem Geräusch fast komme.

Daniel drückt mich fest gegen die Tür, sodass mein Körper Halt finden kann. Während er seine

eine Hand zu meinen Lippen wandern lässt, schiebt er die andere zwischen meine Beine. Mit großen Augen stellt er fest, dass ich kein Höschen trage. »Du bist so verrucht und heiß. Ich wette, wenn ich dich hier berühre, werde ich von einer feuchten Muschi empfangen.« Mit einem einzelnen Finger dringt er langsam in mich ein. Mein Mund öffnet sich in einem stummen Schrei, während er mit den Fingern seiner anderen Hand über meine Lippen streicht. »Wusste ich's doch. Du bist immer so bereit für mich. Ich muss dich jetzt haben«, raunt er mit vor Lust lodernden Augen.

Ich halte es ebenfalls nicht mehr aus, ich muss ihn in mir spüren. »Dann nimm mich, ich will dich, jetzt!«, sage ich mit rauchiger Stimme.

Er packt mit beiden Händen meine Schenkel und lässt mich mit einem intensiven Kuss alles vergessen. Daniel erobert meinen Mund mit seiner Zunge. Immer wieder stoßen wir erregte Laute aus. Ich reibe mich an seinem harten Schwanz, der nun direkt an meinem Eingang liegt. Mit einer kleinen Bewegung könnte er leicht in mich eindringen, aber er will uns beide noch etwas quälen. Verzweifelt schiebe ich ihm mein Becken entgegen, sodass er mit der Spitze schon in mir drin ist. Ich lege leicht den Kopf zurück und funkele ihn an. »Tu es!«, fordere ich ihn auf.

Das reicht ihm als Einladung. Er verschlingt mich wieder mit seinen Lippen und dringt mit einem Stoß in mich. Ich atme scharf ein, während er an meinen

Lippen raunt: »Fuck, das ist es! Du fühlst dich so gut an.« Ich bewege mein Becken vor und zurück, um ihn anzufachen. Ich will es hart und schnell, und das weiß er auch.

»Langsam, Kleines. Ich gebe den Rhythmus vor. Und ich will, dass wir beide gleichzeitig kommen. Erst wenn ich dich um mich herum pulsieren spüre, lass ich uns fliegen.«

Pulsieren? Das kann er haben. Ich küsse seinen Hals und fahre mit den Händen über seine starken Arme. Anschließend umfasse ich seinen Nacken und verwickle ihn in einen weiteren unzähmbaren Kuss. Unsere Zungen tanzen miteinander, während er sich langsam in mir bewegt. Dabei lässt er eine Hand zwischen uns gleiten und reibt meine Klitoris. Ich spüre, wie sich der Druck in meinem Unterleib aufbaut. Laut stöhnend bitte ich ihn, schneller zu werden. Daniel kommt meiner Aufforderung nach, wird schneller, unbeherrschter, und mir gefällt das so sehr, dass ich seinen Hintern umfasse und ihn bei jedem seiner Stöße tief in mich drücke. Unser Kuss wird beinahe animalisch und ich spüre, wie auch Daniel seine Hände an meine Pobacken legt. Mein Oberkörper bleibt wie festgewachsen an der Haustür, aber mein Unterkörper wird bei jedem Stoß lautstark gegen die Tür gehämmert. Es schmerzt nicht, da Daniel den Schwung mit seinen Händen abfedert. Aber das Geräusch macht mich so heiß, dass ich das Gefühl habe, gleich zu kommen. Meine Hände verselbstständigen sich und sind mittlerweile in Daniels Haaren vergraben. Ich umschlinge ihn noch fester mit meinen Beinen und keuche immer wieder laut auf. Unsere Bewegungen werden noch schneller und ich spüre, dass auch er kurz vorm Höhepunkt ist. Ich löse unseren Kuss und lasse den Kopf in den Nacken fallen. »Oh Daniel, ich bin gleich so weit. Oh, ja! Mach genauso weiter«, stöhne ich etwas unverständlich.

Daniel stößt so tief in mich, dass ich kaum noch atmen kann. Aber das Gefühl ist unbeschreiblich. Ich schaue ihn an und sehe, dass er den Blick auf meine Brüste geheftet hat, die wild bei jeder Bewegung hüpfen. Er beißt sich auf die Unterlippe, sein Atem geht schwer. »Lass dich fallen«, stößt er abgehackt hervor. »Komm mit mir. Oh fuck ist das geil!«

Ich schließe die Augen und unsere Lippen prallen wieder aufeinander. Wir grunzen animalisch und kurz vor meinem Höhepunkt nimmt Daniel meine Unterlippe zwischen seine Zähne. Der kurze Schmerz entfacht das Beben in meinem Inneren und ich spüre, wie sich alles in mir zusammenzieht. Daniels Körper wird steif und mit einem letzten tiefen Stoß katapultiert auch er sich zum Höhepunkt.

Wir verweilen einen Moment in Stille. Den Kopf habe ich auf Daniels Schulter gebettet. Er hat seine Stirn an die Tür hinter uns gelegt und hält mich in einer festen Umarmung. Nachdem der Rausch abgeklungen ist, löse ich meine Beine um seine Hüfte, und Daniel hilft mir, mich hinzustellen. Sein Sperma läuft meinen Schenkel hinunter, und ich beobachte, wie er stolz seine Markierung betrachtet. Wir haben uns schon vor einer Weile über das Thema Verhütung ausgetauscht und vereinbart, dass wir uns soweit vertrauen, dass ich per Pille sicherstelle, nicht schwanger zu werden. Und ich bin froh darüber, da ich weiß, wie sehr er darauf steht, seinen Samen auf mir zu sehen.

Nachdem er seinen Blick von meinem Schenkel gelöst hat, geht er ins Bad, um mir ein Handtuch zu holen. Innerhalb weniger Sekunden ist er zurück und ich mache mich provisorisch sauber. Je nachdem, wie der Abend verläuft, wird das nicht die einzige Flüssigkeit heute auf mir sein.

Nachdem ich mich kurz im Bad frisch gemacht habe, suche ich Daniel. Er scheint ins Schlafzimmer gegangen zu sein, weswegen ich beschließe, nach ihm zu rufen. »Daniel? Bist du gegangen oder wo steckst du?«

Er kommt in einer kurzen dunkelgrauen Jogginghose und einem weißen T-Shirt mit leichtem V-Ausschnitt aus seinem Schlafzimmer und lächelt mich an. »Ich würde doch nicht gehen, solange du hier bist. Dafür ist mir die private Zeit mit dir zu kostbar.«

Habe ich mich gerade verhört?! Was ist denn in den gefahren? Solche Sprüche höre ich normalerweise nicht von ihm. Leicht verlegen lächle ich zurück, ohne einen weiteren Kommentar abzugeben. Daniel schlendert an mir vorbei und greift meine Hand. Wir gehen in den offenen Küchen- und Wohnbereich. Für meinen Geschmack ist dieser Raum etwas zu groß und etwas zu klinisch. Eben alles praktisch gehalten. Vor allem bei der Küche sieht man, dass sie eher selten genutzt wird. Daniel ist der klassische Single, der keine Zeit ins Kochen investiert. Für einen ambitionierten Hobbykoch, der sich an zahlreichen Gerichten versuchen möchte, wäre zwar alles vorhanden, aber das geschulte und auch ungeschulte Auge erkennt sofort, dass keines der Hightech-Geräte je benutzt wurde. Selbst bei seinen jährlichen Geburtstagsfeiern lässt Daniel alles von einem Catering-Service kommen. Dann wird alles perfekt drapiert und in der Fünfzigtausend-Euro-Küche in Szene gesetzt, aber gekocht werden die exquisiten Gerichte woanders. Über meinen Vorschlag eines Life-Cookings während der Feier hat er nur gelacht und entgegnet: »Ich kauf mir doch keinen Ferrari unter den Küchen, um ihn dann von irgendwelchen Leuten einsauen zu lassen.« Damals hatte er gut einen im Tee, weswegen ich keine große Diskussion darüber angefangen habe. Überhebliche Dummschwätzer kommen bei mir nämlich so gar nicht an, und nach meiner schnippischen Reaktion auf diesen Kommentar hat er so etwas auch nicht mehr in meine Richtung gesagt. Er hat wohl selbst gemerkt, dass er damit etwas übers Ziel hinausgeschossen ist und bei mir Sympathie-Punkte eingebüßt hat. Aber egal, das ist schon eine Ewigkeit her und ich habe im betrunkenen Zustand bestimmt auch schon das ein oder andere unüberlegte Statement abgegeben.

An dem riesigen Esstisch aus Eichenholz, der die Küche vom Wohnzimmer optisch trennt, haben der Stuhlanzahl zufolge mindestens zwölf Leute Platz. Jetzt sind aber lediglich zwei Plätze eingedeckt. Gegenüber voneinander und am Ende des Tisches, der vertikal vor einer Glasfront steht. So haben wir beim Essen einen phänomenalen Blick auf Hamburg.

Die Take-Away-Bag steht unausgepackt am Kopf des Tisches. Daniel entlässt meine Hand aus seinem Griff und fängt an, die Essensboxen aus der Tüte zu holen. »Ich habe uns eine Auswahl an Sushi bestellt. Möchtest du ein Glas Wein zum Essen?«

Während ich ihm helfe, die Boxen aus der Papiertüte zu fischen, lasse ich ihn mit einem Nicken wissen, dass ich gerne ein Glas hätte.

»Setz dich, Kleines. Heute Abend bediene ich dich.« Er nimmt meine rechte Hand und drückt einen Kuss auf meinen Handrücken. Dabei sieht er mich so durchdringend an, dass mein Arm von einer Gänsehaut überzogen wird. Als er meine Hand loslässt und sich umdreht, um in der Küche eine Flasche Wein zu holen, muss ich meine geküsste Hand kurz ausschütteln. Irgendwie kommt es mir so vor, als würde das hier ganz anders verlaufen als sonst. Unsere Abende sehen immer gleich aus, weswegen heute etwas ganz und gar nicht stimmt. Ich setze mich auf meinen üblichen Platz am Tisch und lausche gedankenverloren der Musik, die Daniel eben eingeschaltet hat. Es handelt sich um eine unaufdringliche Hintergrundmusik, die wohl von irgendeiner Relax-Spotify-Playlist stammt. Ich betrachte Daniel, während er den Weinkorken aus der Flasche zieht. Dafür, dass er so ein gemütliches Outfit trägt, ist der Tisch fast schon zu festlich gedeckt. Das kommt mir alles spanisch vor.

»Kleines? Du siehst etwas erstarrt aus. Ist alles klar bei dir?«, fragt Daniel und reißt mich damit aus meinen Gedanken.

Ich schaue zu ihm auf, da ich gar nicht bemerkt habe, dass er schon neben mir steht und mir Wein einschenkt. »Ähm, ja. Ich bin nur etwas verwirrt. Du wirkst heute anders auf mich. Der schön gedeckte Tisch, das Sushi, der Wein. Das alles ist irgendwie komisch. Normalerweise chillen wir doch bei einer einfachen Pizza oder Pasta, essen aus den Boxen und verziehen uns dann ins Schlafzimmer. Heute ist das alles irgendwie edler.«

»Ich wusste, dass es dir auffallen wird. Daher dachte ich, mein Vorhaben mit Jogginghosen zu tarnen«, erwidert er glucksend.

Vorhaben hört sich gar nicht gut an. Was denn für ein Vorhaben? Oh Gott, hoffentlich macht er jetzt nichts Dummes, nur weil er meint, dass unsere lockere Affäre wegen meines Umzugs nach New York verändert werden muss. Da habe ich so gar keinen Bock drauf.

»Jetzt schau doch nicht so ernst, Kleines. Ich möchte nur etwas mit dir besprechen. Kein Grund, gleich so ein Gesicht zu ziehen«, versucht er meine anscheinend sichtbare Anspannung zu lösen.

Cool bleiben. Ich lasse meine angespannt nach oben gezogenen Schultern wieder sinken, atme aus und will nun endlich wissen, was los ist. »Okay, ich bin aufgeschlossen wie immer. Dann leg mal los. Was willst du mir sagen?«

Endlich fängt er an, sich zu erklären, und schockiert mich gleich mit seinem ersten Wort. Nele. Er verwendet privat nie meinen Vornamen. Oh shit. Was hat er vor?!

»Nele, du weißt, wie sehr ich dich schätze. Sowohl beruflich als auch privat. Wir sind ein gutes Team und ich werde das Gefühl nicht los, dass dein Umzug nach New York auch ein Neustart für uns sein könnte.«

Ich will ihn eigentlich sofort unterbrechen, sodass er erst gar nicht ausspricht, was ich mittlerweile denke, das er aussprechen will. Meines Erachtens sollten manche Dinge unausgesprochen bleiben. Bitte sprich es nicht aus!!!

Er hebt die Hand und lässt mich dadurch weiterhin schweigen. »Bitte lass mich ausreden. Es ist mir unheimlich wichtig, dir das zu sagen, und du wirst mich nicht daran hindern können, indem du mich jetzt direkt unterbrichst. Also hör mir einfach nur zu.«

Ich schließe den Mund und schaue ihn mitleidig an. Das wird nicht gut enden. Fuck!

»Die Chemie zwischen uns beiden stimmt«, fährt er fort, »und was als zwanglose Affäre begonnen hat, fühlt sich für mich mittlerweile nach mehr an. Als ich am Montag kurz das Gefühl hatte, dass du vielleicht deinen Job aufgeben möchtest, ist mir klar geworden, wie sehr ich dich in meinem Leben brauche. Und das nicht nur beruflich. Ich möchte dich als richtigen Teil meines Lebens haben. Nele, du bedeutest mir wirklich viel, und ich will die Chance nicht missen, es dir zu sagen. Ich würde es nur bereuen. Deshalb hoffe ich, dass wir die neue Stadt für uns nutzen können. Und wenn es gut zwischen uns läuft, kann ich ebenfalls dauerhaft von New York aus arbeiten. Du weißt, das wäre überhaupt kein Problem. Ich habe seit gestern ununterbrochen darüber nachgedacht und sehe keinen Grund, warum wir es nicht versuchen sollten. Ich fühle mich zu dir hingezogen und du dich ja offensichtlich auch zu mir. Also, warum in aller Welt sollten wir unser Glück nicht versuchen? So, jetzt ist erst mal alles gesagt, weshalb ich dich hiermit offiziell frage, ob du mit mir auf ein Date gehen möchtest?«

Okay. Nicht so schlimm wie gedacht. Wenigstens hat er mir nicht seine Liebe gestanden. Das wäre tausendmal unangenehmer gewesen.

Ich rutsche etwas verlegen auf meinem Stuhl hin und her, komme um eine Antwort aber nicht herum. Also atme ich tief durch und ergreife das Wort. »Daniel, du weißt ebenfalls, wie sehr ich dich und unsere Zusammenarbeit schätze. Seit dem ersten Tag fühle ich mich wohl mit dir und bin darüber unendlich froh. Ich finde, unsere berufliche Beziehung sollte ein Vorbild für alle sein, und privat – na ja, was soll ich sagen, wir trennen die beiden Bereiche ganz gut voneinander, und das mag ich.«

»Ich mag es auch …«, setzt er lächelnd an, doch ich rede weiter.

»Aber mein Umzug hat wirklich gar nichts mit uns zu tun, sondern nur mit mir. Du weißt, dass ich bisher nur eine Beziehung in meinem Leben hatte, und ich bin ehrlich gesagt noch nicht bereit, mich auf etwas Neues einzulassen. Dating kommt für mich zurzeit einfach nicht infrage. Ich weiß, es klingt abgedroschen und nach einem Megaklischee, aber so fühle ich. Ich hoffe, du nimmst es mir nicht übel. Ich mag dich wirklich sehr, aber für mehr bin ich aktuell nicht bereit.« Dass ich niemals dafür bereit sein werde, binde ich ihm erst einmal nicht auf die Nase. Romantische Gefühle sind entweder da oder nicht. Und im Fall von Daniel spüre ich eine gewisse Anziehungskraft, aber Schmetterlinge im Bauch habe ich nicht. Da ich es mir mit ihm aber nicht total verscherzen will, werde ich die Tür nicht zuschlagen. Das ist zwar nicht ganz fair, aber so können wir uns wenigstens noch in die Augen schauen, ohne dass sich jemand beleidigt fühlt.

Das Lächeln ist mittlerweile aus seinem Gesicht verschwunden und er stopft sich ein riesiges Stück Sushi in den Mund. Ich tue es ihm gleich, und wir kauen stillschweigend auf den viel zu großen Reis-Fisch-Stückchen herum. Als unsere Blicke sich nach einer gefühlten Ewigkeit treffen, können wir nicht mehr an uns halten und prusten beide los. »Das war mehr als gedacht«, bricht Daniel endlich das Schweigen.

»Ich wollte es dir nur gleichtun, um uns eine kurze Pause zu verschaffen«, antworte ich mit vollem Mund. »Kann ja keiner ahnen, dass wir fünf Minuten auf einem Stück kauen.«

»Mach dir keine Sorgen, Kleines. Zwischen uns ändert sich nichts. Ich wollte es einfach nur loswerden. Es verpflichtet dich zu nichts. Ich danke dir für deine Ehrlichkeit, und wenn du noch nicht bereit bist, werde ich eben warten.«

Oh shit. Warten kann er leider lange. Ich werde meine Meinung nicht ändern. Das war noch nie so. Ich bin entweder schockverliebt oder ich will befreundet sein oder ich mag jemanden nicht. Das sind die drei Optionen. Aber okay, er wird wohl kaum für immer warten. Ich sitze es einfach aus. Er wird schon irgendwann auf die Richtige treffen, und dann bin ich Geschichte.

Wir essen in angespannter Stille weiter. Richtig unangenehm, aber keiner von uns findet ein unverfängliches Thema. Der Abend ist damit gelaufen. Ob wir noch mal miteinander schlafen werden, ist auch fraglich. Am besten lassen wir es künftig. Auf keinen Fall will ich mit Daniels Gefühlen spielen und damit alles noch komplizierter machen.

Nachdem wir fertig gegessen haben, täusche ich Kopfschmerzen vor – richtig einfallsreich, aber was soll's. So komme ich wenigstens schnell aus dieser Nummer raus. Ich verabschiede mich und fahre nach Hause.

*

Da ich nun früher als geplant zu Hause bin, will ich meine Recherchen fortsetzen. Nichts hilft einem besser, einen verkorksten Abend aus dem Kopf zu bekommen, als voll und ganz in eine fiktive Filmwelt einzutauchen. The show must go on, und der nächste Oliver-Shaw-Film startet auf meiner kleinen Leinwand alias dem Nullachtfünfzehn-Standard-Fernseher.

Nach drei Stunden ist es vorbei. Völlig aufgelöst mache ich mich bettfertig und versuche dabei, endlich aufzuhören zu heulen. Der heutige Film war ein absoluter Stimmungskiller. Ein Liebesdrama vom Allerfeinsten, bei dem ein Paar aufgrund eines Unfalls getrennt wird. Der Mann, der den schweren Autounfall nur knapp überlebt hat, wacht aus einem mehrmonatigen Koma auf und muss feststellen, dass seine Seelenverwandte gestorben ist. Während der Trauerphase verliebt er sich in die beste Freundin seiner Frau. Nach langem Hin und Her gestehen sie sich endlich ihre Gefühle. Und dann die nächste Tragödie: Der Mann stirbt bei einem weiteren Autounfall. Unklar ist, ob es sich dabei nicht sogar um Selbstmord gehandelt hat.

RICHTIG SCHLIMM!!!

Als ich mich endlich beruhigt habe, greife ich mir mein Handy. Eingemummelt in einen Deckenkokon in meinem Bett, öffne ich ohne groß zu überlegen die Konversations-Seite von Oliver Shaw und tippe meine Nachricht.

Oliver Shaw,

Einfach nur WOW! Ich habe schon lange nicht mehr so heftig geweint wie gerade eben. Dein dritter Film *Nur mit dir* hat in mir einiges ausgelöst. Zuerst war ich echt sauer, weil der Protagonist etwas mit der besten Freundin seiner verstorbenen Frau angefangen hat. Auch wenn beide innerlich zerrissen waren und sich zunächst nicht aufeinander einlassen wollten, ging mir das alles doch zu schnell. Aber dann waren sie so süß und gegenüber der Verstorbenen so respektvoll, dass ich mich doch habe überzeugen lassen. Ich mochte die beiden wirklich gern.

Aber das Ende kam total überraschend für mich. War es ein Unfall oder doch Selbstmord? Diese Frage lässt sich wohl nicht klären. Ich persönlich tendiere eher zu Selbstmord, aber mal sehen, was die Internetforen dazu sagen. Da wird es bestimmt unzählige Meinungen geben. Wie auch immer, die Geschichte ist wirklich gut und mitreißend, und vor deiner schauspielerischen Leistung muss ich wieder einmal den Hut ziehen. Vor allem wenn ich darüber nachdenke, dass zwischen *Forbidden Love* und diesem Liebesdrama nur wenige Monate lagen. Zum einen siehst du ganz anders aus, zum anderen sind die beiden Charaktere völlig unterschiedlich. Krass, wie schnell du dich in die neue Rolle eingefunden hast. Wenn ich es nicht besser wüsste, würde ich schätzen, dass zwischen diesen beiden Filmen mehrere Jahre liegen. Klar machen das Set und die Kleidung auch viel aus, aber ich habe besonders auf deine wechselnde Mimik geachtet und das war schon sehr erstaunlich. Dein ganzes Mienenspiel wirkte total anders. Übst du das vorab vor dem Spiegel oder wie kann ich mir das vorstellen? Und merkst du dir im Anschluss den Ausdruck in deinem Gesicht, um ihn vor der Kamera wieder abrufen zu können? Ich tauche so langsam richtig in deine Filme ein und sehe die Veränderungen in deinem Schauspiel. Meine nächste Schauspielstunde ist am Sonntag. Dann will ich einiges mit meinem Lehrer durchsprechen, um ebenfalls meine Mimik je nach Rolle zu verändern. Mal sehen, was er dazu sagt.

Gute Nacht,

Nele Schmidt

Nachdem ich mich zwei Stunden im Bett herumgewälzt habe, muss ich mir wohl oder übel eingestehen, dass ich keinen Schlaf finden werde. Meine Gedanken driften immer wieder zu Daniel, da ich Angst habe, dass sich unsere Beziehung aufgrund unseres Gesprächs nachhaltig verändert. Ich will das nicht und hoffe, dass er die Sache auf sich beruhen lässt. Ich kann es nämlich gar nicht gebrauchen, dass meine New-York-Pläne aufgrund unnötiger Gefühle gefährdet werden. Natürlich bin ich nicht gerade unschuldig. Wer sich auf eine Affäre mit seinem Chef einlässt, muss damit rechnen, dass es zu Komplikationen kommt. Doch mein naives Ich dachte, es sei schlauer und besser als alle anderen. Womit ich nicht gerechnet hatte, war, dass Daniel mir seine Gefühle gesteht. Er ist doch ein rationaler Mann, der sich noch nie groß mit Beziehungen auseinandergesetzt hat. Warum fängt er jetzt damit an? Vielleicht haben Männer ja doch eine innere Uhr, die ab einem gewissen Alter anfängt zu ticken. Wobei es bei ihnen aber weniger um das Thema Fortpflanzung geht, sondern eher um das Gefühl, jemanden an seiner Seite zu haben. Dieses Verhalten habe ich sowohl bei hetero- als auch bei homosexuellen Männern beobachtet.

Mein Onkel Karl zum Beispiel, ein heterosexueller Mann, sucht seit Jahren nach seiner Traumfrau. Er ist jedoch nie alleine. Er hat eine Beziehung nach der anderen, und das seit bestimmt zehn Jahren. Seiner Aussage nach ist er nicht dafür geschaffen, alleine zu sein. Wenn ich aber zurückdenke, war er früher ein äußerst glücklicher Junggeselle. Dieses Beziehungshopping hat erst ab einem gewissen Alter angefangen. Hauptsache nicht alleine sein und den anderen zeigen, dass man sehr wohl eine Frau haben kann. Vielleicht setzt diese Denkweise bei Daniel ja auch unterbewusst ein. Aber vielleicht bin ich auch nur übermüdet und denke über unnötigen Mist nach. Um mich besser zu fühlen, schreibe ich Daniel eine kurze Nachricht.

Hey, es tut mir leid, wie der Abend heute gelaufen ist. Ich hoffe, dass sich an unserer Beziehung nichts ändert. Wir hören uns morgen. Schlaf gut!

Nachdem ich auf Senden gedrückt habe, sehe ich, dass er online ist und meine Nachricht liest. Er schreibt direkt zurück und ich warte auf seine Antwort.

Mach dir keinen Kopf, Kleines. Ich bin ein großer Junge und kann mit einer Zurückweisung umgehen. Beruflich wird sich nichts zwischen uns ändern. Privat halte ich vielleicht die nächsten Wochen etwas

Abstand, aber das muss dir keine Sorgen machen. Bis morgen, Schlaf gut!

Okay, er hat es also als Zurückweisung verstanden. Dann ist ja gut. Ich würde ihm nur ungern in ein paar Wochen wieder einen Korb geben. Darin bin ich nicht so gut. Beim dritten Mal würde ich bestimmt einknicken und ihn am Ende heiraten. Das ist vielleicht etwas übertrieben, aber zu einem Date würde ich bei der dritten Anfrage bestimmt nicht mehr Nein sagen. Da hätte ich dann doch zu viel Mitleid.

Erleichtert lege ich mein iPhone auf den Nachttisch und versuche, mich wieder dem Einschlafen zu widmen. Als ich noch mal kurz die Augen öffne, sehe ich, dass mein Handy aufleuchtet. Ich nehme es erneut in die Hand und lese, dass Oliver Shaw einen neuen Post verfasst hat. Die Neugier siegt und ich schaue mir das gepostete Bild an. Es ist eine Schwarz-Weiß-Aufnahme von einer Dachterrasse mit einem phänomenalen Blick über den Central Park. Im Vordergrund ist eine Hand zu sehen, die eine Tasse Kaffee hält. Ohne großen Schnickschnack. Einfach nur schwarzer Kaffee. So wie ich ihn auch mag. Als Beschreibung unter dem Bild ist nur ein Kaffee-Emoji zu sehen. Ich like das Bild, lege mein Handy zur Seite und schlafe mit dem Geruch von frisch gebrühtem Kaffee in meiner Nase ein.

Freitag

Wie sagt man so schön? Die Zeit vergeht schneller, wenn man Spaß hat. So oder so ähnlich ist die Woche vergangen. Der Feierabend ist eingeläutet und ich blicke optimistisch dem Wochenende entgegen. Das Wetter spielt schon mal mit, denn als ich mich gerade auf den Weg zu Lea gemacht habe, werde ich mit strahlendem Sonnenschein begrüßt. Sie wohnt nur knapp fünfundzwanzig Minuten von mir entfernt, weswegen ich mich für einen präabendlichen Spaziergang entschieden habe. Wir wollen gemeinsam mit der Bahn in die Innenstadt fahren und uns bei unserem Lieblingsitaliener den Bauch mit Pasta vollschlagen. Genau das brauche ich für den perfekten Start ins Wochenende. Sonne, gute Laune, gutes Essen und gute Gespräche. Wehe, Lea spielt wieder die Pessimistin und macht mir die Wohnung madig, die leider immer noch die einzig erschwingliche und akzeptable Auswahl auf dem Apartmentmarkt ist. Aber ich lasse mich nicht unterkriegen. Das wird schon! Alles hat sich innerhalb dieser Woche so perfekt gefügt, dass es mir schon fast Angst macht. Bei niemandem läuft es so lange so glatt. Ich warte eigentlich nur auf eine Katastrophe. Na ja, solange diese ausbleibt, reite ich die Welle weiter. Im Büro hat sich die Nachricht von meinem Umzug schneller verbreitet als eine Geschlechtskrankheit während des Woodstock-Festivals. Was so viel bedeutet wie – äußerst schnell! Leider hat sich dabei aber keine neue Möglichkeit in puncto Unterkunft geboten. Lediglich ein paar gute und auch weniger gute Restaurant-Tipps sind herausgesprungen. Und natürlich Klassiker wie »Schau dir das Empire State Building an, hier wurde die legendäre Szene von *Schlaflos in Seattle* gedreht«. Ach was?! War mir gar nicht bekannt. Danke für diesen überaus hilfreichen Tipp! Oder: »Die Freiheitsstatue ist so imposant und sehenswert. Vom Hudson River hat man die beste Sicht.« Wow, die steht in New York?! Wusste ich gar nicht. Vielen, vielen Dank! Den Kollegen scheint irgendwie entgangen zu sein, dass ich New York nicht nur für einen einwöchigen Urlaub besuche, sondern dort wirklich leben will. Aber okay, zumindest weiß jetzt so gut wie jeder, wo ich ab Januar zu finden bin. Und New York werde ich entdecken und im Sturm erobern, sobald ich da bin. Und insgeheim habe ich schon Lust, auch die ganzen Touri-Sachen zu unternehmen. Schließlich war ich noch nie dort. Man soll sich schließlich mit seiner Umgebung vertraut machen, und was macht einen vertrauter mit einer Stadt als die Besichtigung der ganzen Highlights. Hier in Deutschland habe ich das größtenteils verpasst. In den Staaten will ich das ändern. So viel wie möglich sehen und erleben ist eins der Mottos für mein neues Leben.

Ich checke die Uhrzeit auf meinem Handy und lasse Lea per Kurznachricht wissen, dass ich in zehn

Minuten da bin. Sie kommt nämlich grundsätzlich zu spät, und so kann ich den Druck auf sie etwas erhöhen. Wenn ich eins nicht leiden kann, ist es Unpünktlichkeit, was bei mir leider heißt, dass ich ständig zu früh da bin. Ich will gar nicht wissen, wie viel Zeit ich in meinem Leben schon mit Warten verbracht habe. Für manch einen klingt es vielleicht toll, niemals unpünktlich zu sein, aber für andere, wie mich, heißt das oft, warten zu müssen. Ich nutze diese Zeit dann meistens zum Nachdenken. Über sowohl wichtige Themen als auch unwichtige. Wie zum Beispiel jetzt, wo mir einfällt, dass ich mal wieder den Esstisch feucht abwischen sollte. Gehirn? Was ist los mit dir? Warum fällt mir das gerade jetzt ein? Ich schüttle den Gedanken ab und überfliege die Chatübersicht auf meinem Handy, um kurz zu checken, ob ich noch unbeantwortete Nachrichten habe. Dabei sehe ich Daniels Namen. Wir beide haben es die restliche Arbeitswoche echt geschafft, professionell miteinander umzugehen. Gut, er ist kurzfristig nach Barcelona gereist, und ich vermute, er hat diese Reise nur angeleiert, um nicht ins Büro zu müssen. Aber alles in allem war unser Umgang in Ordnung. Ich weiß, dass meine Zurückweisung für ihn nicht ganz so unproblematisch war, wie er behauptet hat, aber zumindest beruflich lief alles wie immer. Wir haben unsere To-do-Listen abgearbeitet, und seitens der Personalabteilung läuft auch alles für meine Versetzung in das New Yorker Büro. Ich hätte Daniel auch nicht zugetraut, dass er dahingehend einen Rückzieher macht, um mir vielleicht eins auszuwischen. Das ist nicht seine Art und darüber bin ich heilfroh. An meinen Plänen hätte sich dadurch zwar nichts geändert, aber mich dann direkt um einen neuen Job kümmern zu müssen? Da bin ich schon erleichtert, dass mir das erspart bleibt.

Ein anderer Name taucht vor mir auf – Andre. Ihn muss ich auch mal wieder anrufen. Eigentlich könnte ich ja den restlichen Weg zu Lea dafür nutzen. Dann hätte das Gespräch schon mal einen Endzeitpunkt. Andre und ich verbringen schon mal Stunden am Telefon, und das muss die nächsten Tage wirklich nicht sein. Dafür habe ich zu viel zu tun.

Ich überlege nicht lange und rufe ihn an. Als ich schon denke, dass gleich seine Mailbox anspringt, nimmt er ab. »Hey Nele, schön, dass du anrufst. Ich wollte mich am Wochenende auch bei dir melden.«

»Das kann ja jetzt jeder behaupten«, sage ich sarkastisch. »Wie geht's dir? Hast du am Wochenende was Schönes vor?«

»Mir geht's prima. Das Wetter soll ja super werden, und ich will so viel Zeit wie möglich draußen verbringen. Der Winter wird wieder lang, windig und kalt.«

»Da hast du wohl recht. Ich bin gerade auf dem Weg zu Lea. Wir wollen etwas essen gehen und dann noch irgendwo einkehren.«

»Klingt gut. Ich habe übrigens über den Buschfunk von dem New-York-Ding gehört. Also ich hätte das lieber direkt von dir erfahren. Was hast du zu deiner Verteidigung zu sagen?«

Sein Ton verrät mir, dass er nicht wirklich sauer ist, wobei ich es ihm durchaus lieber selbst gesagt hätte. Andre war lange ein wichtiger Teil meines Lebens, weswegen er es hätte von mir erfahren sollen. Für uns bedeutet das ja schließlich auch eine Veränderung.

»Ähm … Buschfunk? Wer hat dir das erzählt?«

»Schon gut, ein Kumpel hat anscheinend etwas mit einer Kollegin von dir, von der er es gehört hat. Wobei die Details eher spärlich waren. Also klär mich gerne auf.«

»Na ja, der Plan ist, nach Weihnachten umzuziehen und Silvester schon in New York zu verbringen. Meinen Job kann ich genauso gut vom New Yorker Büro aus erledigen, und ja, das war's erst mal. Mal schauen, was da so auf mich zukommt.«

Andre lacht kurz auf, was ich irgendwie beleidigend finde, da es nach Auslachen klingt. Er rettet sich aber sofort. »Sorry, ich lache dich nicht aus. Ich bin nur überrascht. Du und die Worte ›mal schauen‹ – das passt so gar nicht. Es klingt auf jeden Fall nach einem Abenteuer. Ich bin gespannt, was du berichtest, wenn es so weit ist.«

Da spricht er mir aus der Seele. Ich bin auch gespannt. Von meinen schauspielerischen Ambitionen erzähle ich ihm erst mal nichts. Das würde den Rahmen für ein kurzes Telefonat sprengen, und ich zünde lieber eine Bombe nach der anderen, anstatt direkt alle Munition zu verschießen. Außerdem kann ich gerade nur positives Feedback gebrauchen, weswegen ich unser Gespräch gekonnt in eine andere Richtung lenke, um mich für all meine bisherigen organisatorischen Bemühungen für den Umzug loben zu lassen.

»Ich habe morgen einen Videocall für eine tolle Wohnung«, erzähle ich Andre. »Wenn der Typ kein totaler Reinfall ist, wird das mein neues Zuhause. Du weißt ja, wie sympathisch ich sein kann.«

»Oh ja, da mache ich mir gar keine Sorgen. Den wickelst du um den Finger. Ganz sicher. Wenn ich dir irgendwie helfen kann, sagst du mir Bescheid, okay?«

»Klar, das mache ich. Danke, Andre!«

»Ich wollte mit dir aber noch ein ganz anderes Thema besprechen. Gut, dass du angerufen hast. Dann können wir das gleich klären, bevor du es von anderen hörst.«

»Oh – okay. Jetzt bin ich aber gespannt. Und ich dachte, ich hätte hier die großen Neuigkeiten. Aber du scheinst ja auch was Wichtiges zu haben.«

»Ja, eigentlich schon. Ich habe jemanden kennengelernt und es wird langsam, aber sicher etwas Ernstes. Und ja – wie sag ich es am besten? –, ich bin schon ein wenig verknallt, und wenn alles weiterhin so gut läuft, wird sie meine neue Freundin.«

Wenn ich mir meiner Gefühle für Andre nicht schon vorher bewusst gewesen wäre, hätte ich jetzt den absoluten Beweis dafür, dass wir wirklich nur noch Freunde sind. Es zeichnet sich nämlich direkt ein breites Lächeln auf meinen Lippen ab.

»Das klingt doch toll. Ich freue mich für dich! Wirklich! Und das sage ich nicht einfach so, um hier von irgendwas abzulenken. Du hast es mehr als verdient, verliebt zu sein! Ich hoffe, dass sie deine Gefühle erwidert! Kenne ich sie denn?«

»Boah, Nele. Danke! Ich hatte echt Schiss, dass es komisch zwischen uns werden könnte. Mir fällt gerade ein riesiger Stein vom Herzen.«

»Alles cool, Andre. Das zwischen uns war ja die letzten Monate wirklich nur eine Freundschaft mit gewissen Vorzügen. So habe ich es gesehen und du ja anscheinend auch. Also alles gut!«

»Gewisse Vorzüge? Oh ja, so könnte man es nennen.«

»Ach halt die Klappe«, erwidere ich lachend. »Also sag schon, kenne ich sie?«

»Ich denke nicht. Sie kommt aus Köln. Wir haben uns auf einer Messe kennengelernt und danach erst mal lose Kontakt gehabt. Vor ein paar Wochen war sie dann beruflich in Hamburg und wir haben uns zum Abendessen getroffen. Und na ja, was soll ich sagen, seitdem ist der Kontakt ziemlich eng geworden. Ich fahre jetzt gleich nach Köln und wir verbringen das Wochenende zusammen. Wenn es gut läuft, habe ich ab Montag eine Fernbeziehung. Für den Anfang. Du weißt, ich steh nicht so auf das Long-Distance-Ding.«

»Klingt toll, Andre! Ich freue mich für dich und bin gespannt, was du am Montag berichtest. Schick mir auf jeden Fall eine Nachricht. Vielleicht auch ein Bild von euch beiden?«

»Wir werden sehen. Ich halte dich auf dem Laufenden, wenn du mich über New York auf dem Laufenden hältst. Der Dezember ist nicht mehr so weit entfernt. Wie gesagt, wenn ich dir irgendwie helfen kann, melde dich einfach.«

»Das mache ich. Danke! So und jetzt entlasse ich dich in dein Liebeswochenende. Hol sie dir, Champ!«

»Oh mein Gott, das hört sich einfach so falsch an. Du bist meine Ex-Freundin. Vergiss das nicht.«

»Ach, scheiß drauf. Wir machen unsere eigenen Regeln, was das Ende einer Beziehung angeht.«

»Fuck, du sagst es. Ich werde den Sex mit dir vermissen.«

»Wer redet hier nun unangebracht?! Aber ja, ich weiß, was du meinst. Sex mit mir ist schon was Besonderes.«

»Mega-Selbstbewusstsein, Nele. So gefällst du mir! Ich wünsche dir ein schönes Wochenende. Sag Lea einen Gruß und habt einen tollen Abend.«

»Danke, wünsche ich dir auch. Bis bald.«

Damit ist unser Gespräch beendet und mir wird bewusst, dass nun nicht nur eine, sondern gleich zwei kleine Katastrophen eingetreten sind. Innerhalb einer Woche habe ich meine beiden Sexpartner verloren. Ich wollte zwar eh vor meinem Umzug diese beiden Themen überdenken, aber das ging mir nun doch etwas zu schnell. Jetzt werde ich wohl die nächsten Monate auf dem Trockenen sitzen. Auf etwas Neues lasse ich mich jetzt nicht mehr ein. Gut, dass ich den Womanizer habe. Der muss die nächste Zeit für meine innerliche Ausgeglichenheit sorgen. Am besten stelle ich sicher, dass der Akku immer aufgeladen ist. Nur um vorbereitet zu sein.

Freitag

Der Geruch von Pasta mit Trüffelsoße liegt in der Luft, und dem Wasserstand in meinem Mund zufolge weiß mein Körper genau, was ich will. Pasta! Jetzt sofort! Um die Zeit zu überbrücken, nippe ich an meinem Aperol-Spritz. Die Sonne geht zwar langsam unter, aber das hat Lea und mich nicht davon abgehalten im Außenbereich Platz zu nehmen. Unser Italiener liegt direkt an der Alster, und der Ausblick ist zusammen mit der untergehenden Sonne einfach zu schön, um ihn nicht zu genießen. Mit dieser unglaublich soften Decke über den Beinen lässt sich der Herbstabend wunderbar im Freien verbringen.

Lea kehrt zu unserem Tisch zurück und setzt sich mir gegenüber. Sie wickelt sich ebenfalls eine Decke um die Beine, nimmt ihren Aperol Spritz und lehnt sich entspannt zurück. »Ich weiß, ich sage das jedes Mal, aber ich muss es einfach wieder erwähnen. Das Licht auf den Toiletten hier ist der absolute Hammer. In den Spiegeln sieht man so dermaßen heiß aus. Wenn ich so was bei mir zu Hause hätte, wären alle Komplexe verschwunden.«

Ich grinse meine beste Freundin an, denn ja, sie erwähnt diesen Fakt wirklich immer, wenn wir hier sind. Ich vermute ja, dass sie nur so oft auf die Toilette geht, um diverse Spiegel-Selfies zu machen. Mehr als ein Foto, das ich gegenchecken und für Social-Media-tauglich einstufen musste, hat das mir bekannte Ambiente der Waschräume im Hintergrund. »Süße, du hast überhaupt keinen Grund für Komplexe, und das weißt du auch. Also lass das Fishing for Compliments. Ich habe dich durchschaut.«

Lea lächelt verschmitzt. »Ja okay, ich wollte nur mal wieder etwas Nettes von dir hören.«

Übertrieben entrüstet gestikuliere ich mit meinem Zeigefinger vor ihrer Nase. »Habe ich dir nicht direkt vor deiner Haustür gesagt, wie gut du heute aussiehst und wie sehr mir deine Ohrringe gefallen?!«

Lea lehnt sich über den Tisch in meine Richtung und sagt: »Schon, aber ich nehme so viele Komplimente, wie ich kriegen kann.«

Ich beuge mich ebenfalls vor und ziehe die Augenbrauen hoch. »Gut zu wissen, dann gehe ich damit künftig etwas sparsamer um. Nicht, dass du dir noch was darauf einbildest.«

Sie streckt mir die Zunge raus, dann lehnt sie sich wieder zurück und lacht. »Alles klar, ich ergebe mich. Keine Vortäuschung von Komplexen mehr. Ich schwöre! Und jetzt erzähl mir endlich, wie du innerhalb einer Woche zwei deiner Sex-Buddies verloren hast. Großer Applaus übrigens hierfür.«

Subtil wie immer zeigt mir Lea, was sie von der Sache hält. Den Zahn kann ich ihr gleich mal ziehen, denn obwohl sich die Dinge früher als gewünscht so entwickelt haben, passt mir das ganz gut in den Kram. »Da gibt es nicht viel zu sagen. Andre hat jemanden kennengelernt, und es scheint etwas Ernstes zu sein. Und Daniel hat am Dienstag nach dem Squash die ›Ich-will-mehr‹-Bombe platzen lassen. Wie ich dazu stehe, ist dir bekannt. Das haben wir schon hundertmal durchgekaut.«

Lea verdreht dermaßen die Augen, dass ich Angst habe, sie könnte bleibende Schäden davontragen, und seufzt lautstark. »Ja, haben wir, und ich verstehe bis heute nicht, warum du dir Daniel nicht schnappst. Er ist doch der perfekte Typ. Erfolgreich, gut aussehend, wohlhabend und deiner Aussage nach auch ein unglaublicher Liebhaber. Also wo zum Henker ist das Problem, wenn er jetzt sogar den ersten Schritt macht? Ich warte quasi schon mein ganzes Leben auf so einen Mann, und du bekommst ihn auf einem Silbertablett serviert und willst ihn nicht.«

Etwas gereizt schieße ich zurück: »Wo ist dein Problem bei dieser Sache? Ich habe dir schon so oft gesagt, dass ich Daniel echt mag, aber wenn ich eben keine Gefühle für ihn habe? Warum sollte ich mich dann in eine Beziehung mit ihm stürzen? Ich hatte mit Andre schon einen tollen Typen, den ich am Ende leider nicht mehr geliebt habe. Ich muss mich nicht in die nächste Beziehung stürzen, nur weil deine vermeintliche Checkliste abgehakt ist. Meine Gefühle haben sich nicht geändert, und das werden sie auch nicht. Punkt!«

Resigniert wirft Lea die Hände in die Luft. »Ist ja gut. Verstanden! Ich will nur nicht, dass du es irgendwann bereust.«

Schon ist meine Wut wieder verraucht. Es gibt wirklich kaum Menschen, denen ich so schnell böse und entsprechend schnell auch nicht mehr böse sein kann. »Es gibt nichts zu bereuen«, sage ich milder gestimmt. »Daniel und ich kehren zu dem Punkt zurück, an dem wir nicht miteinander geschlafen und nur miteinander gearbeitet haben. Das hat sehr lange gut funktioniert und wird es künftig auch wieder. Da bin ich mir sicher. Er ist zu professionell, um daraus ein großes Drama zu machen. Und für mich ist Drama ein Fremdwort. Also alles gut.«

Lea zieht die Mundwinkel nach unten und nickt. »Drama ist also ein Fremdwort für dich? In Ordnung, das lasse ich jetzt einfach mal so stehen, um nicht wieder deinen Zorn auf mich zu ziehen.«

Jetzt bin ich es, die ihrem Gegenüber die Zunge rausstreckt. Just in diesem Moment kommt Leonardo mit unseren dampfenden Pasta-Tellern. »Ladys, zweimal die hausgemachte Trüffelpasta. Lasst es euch schmecken. Buon Appetito!«

Wir bedanken uns und machen uns direkt über die Pasta her. Der Geschmack ist phänomenal. Die beste Pasta, die ich je gegessen habe. Mit vollem Mund stöhnen wir gleichzeitig auf. Als unsere Blicke sich treffen, prusten wir los. »Wir sind so einfach zufriedenzustellen«, meint Lea seufzend.

»Du sagst es. Es ist so einfach.«

Die Konversation während des Essens ist eher unspektakulär. Wir geben uns ein Update über die vergangene Woche, aber da wir die ganze Zeit sowieso in Kontakt stehen, müssen wir feststellen, dass wir eigentlich schon alles wissen. Als unsere Teller leer sind und wir noch einen weiteren Aperol Spritz bestellt haben, will Lea die Bilder von dem Apartment sehen, für das morgen das Telefonat angesetzt ist. Voller Stolz präsentiere ich ihr meinen Fund und kann kaum glauben, dass sie keinen negativen Kommentar abgibt. Vielleicht sollte ich sie immer erst füttern, bevor ich Informationen aus meinem Leben mit ihr teile. Das macht es wesentlich einfacher.

»Und die Gegend ist auch gut? Also in puncto Kriminalität und so?«, will sie abschließend wissen.

»Absolut, das ist eine der Toplagen. Alle anderen Wohnungen dort sind megateuer. Wenn der Preis wirklich so ist, wie in der Ausschreibung angegeben, wäre das ein Sechser im Lotto. Warten wir mal ab, wie der Mitbewohner morgen am Telefon rüberkommt. Aber ich setze auf diese Wohnung. Viel Auswahl gab es leider nicht.«

»Das wird schon. Wenn es von deiner Seite her passt, sehe ich da eigentlich kein Problem. Du kannst ihn bestimmt von dir überzeugen. Da bin ich mir sicher.«

Ich nehme Leas Hand auf dem Tisch und drücke sie. »Danke, dass du das sagst. Ich bin schon echt nervös.«

»Dass ich hier mal die Optimistische spielen muss. Krass, das kam bisher selten vor. Aber glaub mir, du kriegst das hin.«

Wir lachen los, da es sich gerade wirklich wie vertauschte Rollen anfühlt. Aber auch ich brauche hin und wieder aufmunternde Worte und diese kommen gerade wie gerufen. Wir stoßen unsere bauchigen Gläser zusammen und lassen den Abend gemütlich ausklingen. Bis zu meinem Umzug werden wir bestimmt noch öfter im »Bella Italia« sitzen, trotzdem überkommt mich kurz ein Gefühl von Wehmut, da es so aussieht, als wäre zumindest die Terrassen-Saison vorbei. Es ist mittlerweile dunkel geworden und die Lampions über den einzelnen Sitzgruppen sind schon vor einiger Zeit angegangen. Ich lasse den Blick über die Terrasse schweifen und schaue dann lächelnd Lea an. »Ich liebe dich.«

»Und ich liebe dich. Jetzt aber Schluss mit der romantischen Stimmung. Das fühlt sich zu sehr nach Abschied an. Dafür ist es noch zu früh.« Damit ist der Moment dahin. Doch irgendwo hat sie recht. Der Abschied kommt noch früh genug.

Samstag

Total aufgedreht betrete ich meine Wohnung. Es ist dreizehn Uhr, womit ich noch zwei Stunden habe, um mich mental auf meinen Videocall mit dem New Yorker Vermieter einzustimmen. Ich muss meine exzellente Laune bis dahin auf jeden Fall aufrechterhalten. Mit dieser Ausstrahlung kann ich sicherlich alles schaffen. Zumindest fühlt es sich für mich gerade so an. Ich könnte Bäume ausreißen. Und woran liegt das? An einer hervorragenden Schauspielstunde. Heute haben wir eine einstudierte Szene mehrmals nachgespielt, und bei jedem neuen Versuch wurden die Charaktere gewechselt. Heißt, wir mussten Texte auswendig lernen und uns in kürzester Zeit in die verschiedenen Personen hineinfühlen. Texte auswendig zu lernen fällt mir leicht, daher hatte ich keine Angst vor Patzern. In der Regel lerne ich eh das gesamte Skript auswendig, weil es für mich so am einfachsten läuft. So kenne ich zwar immer viel mehr Text als notwendig, komme aber nie in die Bredouille, meinen eigenen Einsatz zu vermasseln. Ganz anders sieht es beim Thema Hineinfühlen aus. Oftmals brauche ich einiges an Vorlaufzeit, um mich voll und ganz in dem bestimmten Charakter wiederzufinden. Ich will ihm meine eigene Note geben, muss aber aufpassen, dass ich nicht zu sehr mich selbst in der bestimmten Situation spiele. Aus diesem Grund hatte ich vor dieser Stunde etwas Panik. Mein

Schauspiellehrer Jeff hat mich auf dieses Defizit bereits mehrmals hingewiesen, weswegen mir klar war, dass er hierauf heute besonders achten wird. Umso mehr hat mich das Lob des kleinen, an Danny DeVito erinnernden Powerpakets gefreut. Jeff sagt einem immer etwas Positives am Ende der Stunde. Das ist sein Mantra. Niemand verlässt den Unterricht schlecht gelaunt. Es gibt immer etwas, was man gut gemacht hat, und das erläutert er einem in einem kurzen Einzelgespräch nach dem Kurs. Heute wurde ich jedoch in den Himmel gelobt. Er meinte, dass ich einen Megaschritt in die richtige Richtung gemacht hätte und heute nicht mehr ich selbst gewesen sei, sondern die einzelnen Protagonisten des Stücks perfekt interpretiert und wiedergegeben hätte. Sein Feedback kam unerwartet. Mein Spiel hat sich zwar auch für mich ziemlich gut angefühlt, aber ich hätte nicht sagen können, ob es wirklich das gewesen war, was man von einem Schauspieler erwartet. Hierfür hätte ich mir die Aufnahme anschauen müssen und dafür war heute leider keine Zeit mehr. Das machen wir dann beim nächsten Mal, worauf ich mich schon freue, da ich gespannt bin, wie mein mittlerweile geschultes Auge meine eigene Darstellung sieht. So kritisch wie ich bei anderen bin, wird es nicht leicht, mich selbst zu überzeugen. Bei den anderen Kursteilnehmern bin ich heute auch positiv aufgefallen. Ich habe von mehreren die Rückmeldung bekommen, dass ihnen meine Leistung sehr gut gefallen hat und sie sich sogar etwas von mir abschauen wollen. Wenn das mal kein Ritterschlag ist?! Als Highlight hat mir Jeff dann noch die Kontaktdaten eines befreundeten Kollegen in New York gegeben, sodass ich dort nahtlos mit dem Unterricht weitermachen kann. Er hat mich schon angekündigt und mein Talent bei seinem Freund angepriesen. Anscheinend nimmt dieser nämlich eigentlich keine neuen Studenten auf, was definitiv für seine Arbeit spricht. Wenn er zu mir nur eine halb so gute Connection wie Jeff hat, wird das super!

Ich stelle meine Tasche auf den kleinen Hocker neben der Wohnungstür, hänge meine Jacke an die Garderobe und tänzele in die Küche, um mir einen Kaffee zu machen. Während die schwarze Köstlichkeit in meine Lieblingstasse läuft, mache ich meine Musikbox an und stelle auf meinem Handy meine »Party«-Playlist an. Ich brauche es jetzt laut. Im nächsten Moment schallt »Pocketful of Sunshine« aus dem Lautsprecher, und ich drehe die Musik so laut, dass ich meinen eigenen Gesang nicht höre. Tanzend greife ich meine Tasse und bewege mich im Rhythmus in Richtung Bad. Unter der Dusche gebe ich gesanglich noch mal alles und spüre, wie mich vollkommene Glückseligkeit erfasst. Ich liebe dieses Gefühl. Wenn ich es immer empfinden könnte, wäre jeder Tag in meinem Leben es wert, in schillernden Neonfarben in einem Tagebuch festgehalten zu werden. Plus diverse kitschige Sticker. Diese Angewohnheit habe ich mir aber schon in jungen Jahren abgewöhnt. Wenn ich mein Leben Revue passieren lassen will, reicht mein Handy vollkommen aus. Im Prinzip kann man sein ganzes Leben auf seinem Mobiltelefon nachverfolgen. Durch Bilder, Textnachrichten und Videos. Es schriftlich festzuhalten ist daher für mich eigentlich unnötig geworden.

Ich trete aus der Dusche, während »Milkshake« von Kelis durch den Raum schallt. Wie vom Teufel besessen shake ich meinen Milkshake und muss lachen, als ich mein Spiegelbild sehe. Also Tänzerin werde ich in diesem Leben nicht mehr. Fürs Clubbing und Rumalbern reicht's dennoch. Auf das Nightlife in New York habe ich auch richtig Bock. Hoffentlich finde ich schnell Anschluss, sodass ich mit neuen Freunden die Nacht zum Tag machen kann.

Ich schlucke den Rest Kaffee hinunter und ziehe meine Lieblingsjeans und ein weißes T-Shirt an. Dann peppe ich das schlichte Outfit mit zwei Ketten und verspielten Ohrringen auf, löse meine Haare aus dem strengen Dutt und drapiere sie mir ordentlich über die Schultern. Im Videocall gefalle ich mir mit offenen Haaren besser, weshalb ich mich für diese Variante entscheide. Im Schneidersitz setze ich mich auf meine heißgeliebte Couch. Kissen in den Schoß und Laptop obendrauf. Ich öffne den E-Mail-Verkehr mit der entsprechenden Teams-Einladung von Panju. Dem Namen nach scheint er Inder zu sein. Leichte

Nervosität macht sich in meinem Magen breit. Jetzt brauche ich wieder etwas mehr Ruhe. Ich drehe die Musik auf Zimmerlautstärke, um mich besser konzentrieren zu können. Die Tabs meiner letzten Suche sind noch geöffnet, und ich schaue mir den Stadtteil Brooklyn noch mal genauer an. Hier soll sich das Apartment befinden. Gerade als ich mir die genaue Adresse aus der Anzeige raussuchen will, stelle ich fest, dass die Annonce nicht mehr auffindbar ist. Scheiße, was soll das denn jetzt?! War doch alles nur ein Fake und zu schön, um wahr zu sein? Oder ist das Zimmer schon vergeben? Mein Herz schlägt plötzlich schneller, und meine gute Laune ist wie weggeblasen. Wehe, der Penner sagt kurzfristig ab oder kommt gar nicht in den Call. Was mache ich denn dann? FUCK! Ich bin jetzt aus einem ganz anderen Grund aufgedreht und tippe leicht aggressiv auf meinem MacBook herum. Ich schaue nach Alternativen, da ich mich innerlich schon damit abgefunden habe, dass ich nach einem anderen Apartment suchen muss. Wieder einmal habe ich den Beweis, wie nah Freud und Leid beieinander liegen. Toll! Der Tag war bisher so vielversprechend und jetzt das. Während meine Verzweiflung wächst, bemerke ich, dass ich eine E-Mail erhalten habe. Sie ist natürlich von Panju. Here we go. Das wird die Absage sein. Klasse! Ich öffne die Mail und überfliege den kurzen Text.

Guten Morgen Nele, wir wären dann so weit. Du kannst in den virtuellen Raum kommen, sobald du fertig bist. Viele Grüße, Panju

Stirnrunzelnd lese ich die Nachricht noch mal. Wen meint er denn mit WIR? Aber yeah! Wenigstens keine Absage. Ich werfe die Arme in die Luft und stoße einen Jubelschrei aus. Gott sei Dank! Jetzt keine Zeit vergeuden. Let's go. Mit einem Klick auf den Einladungslink gelange ich in den Vorraum des virtuellen Konferenzraumes. Hier kann ich kurz mein Aussehen checken und testen, ob der Ton funktioniert. Mit allem zufrieden betrete ich den Raum. Vorhang auf für mein neues Leben.

Etwas ernüchtert stelle ich fest, dass Panju sich zwar eingewählt hat, jedoch nicht vor dem Rechner sitzt. Dafür kann ich schon mal einen Blick auf das Wohnzimmer erhaschen. Es wirkt hell und gepflegt. Die Wand im Hintergrund ist in einem zarten Blau gestrichen, die Couch ist mit einem leicht gesteppten hellgrauen Stoff bezogen und darüber hängt ein großes Gemälde einer wunderschönen lilafarbenen Blume, vermutlich einer Amaryllis. Mehr kann ich aus diesem Winkel nicht erkennen. In der Nähe muss es jedoch ein Fenster geben, da Sonnenstrahlen auf die Wand fallen. Etwas verdutzt, da dieser Anblick gar nicht zu den Bildern passt, die ich bereits gesehen habe, versuche ich, auf mich aufmerksam zu machen, indem ich ein freundliches »Hallo« in den menschenleeren Raum rufe. Ich höre ein leises Klappern, was verdächtig nach Besteck klingt, während eine Frauenstimme sagt: »Panju, sie ist da. Komm schon.«

»Bin gleich da, geh schon mal an den Laptop«, höre ich als Antwort.

Auf der Couch nimmt eine junge Frau Platz. Sie hat lange, glatte, schwarze Haare, die ihr über die Schultern fallen. Wie lang sie genau sind, kann ich jedoch nicht erkennen. Sie scheint ebenfalls indischer Herkunft zu sein, denn sie hat einen superschönen dunklen Hautton. Einen Kontrast dazu bilden ihre hellgrünen Augen. »Hi Nele, ich bin Punita, oder einfach nur Nita. Schön, dich kennenzulernen. Wie geht es dir?«

Ich lächle Punita an, da sie mir auf Anhieb sympathisch ist. »Hi, oder besser gesagt guten Morgen Nita. Die Freude ist ganz meinerseits. Mir geht es gut und dir?«

Nita lächelt und entblößt dabei strahlend weiße Zähne. »Danke, mir geht es auch gut. Du wunderst dich bestimmt, wer ich bin und warum ich in dein Telefondate mit meinem Bruder reinplatze.«

Aha, die erste Frage ist damit schon mal beantwortet. Punita ist also die Schwester von Panju. »Sieht man mir meine Verwirrung denn so an?«, will ich wissen.

Nita kichert. »Ein wenig.«

»Die erste Frage hast du mir ja schon direkt beantwortet. Und als Date würde ich ein Erstgespräch für eine Mitbewohnerschaft nicht gerade bezeichnen. Aber der Tag ist ja noch jung bei euch in New York, also wer weiß«, scherze ich.

Ein Mann, vermutlich Panju, tritt ins Bild und nimmt neben Nita Platz. Er hat kurze schwarze Haare, ebenfalls tolle grüne Augen und einen Dreitagebart. Er scheint groß und sportlich zu sein. Seine Stimme klingt tief und erweckt bei mir den Eindruck, als könnte er super Hörbücher einsprechen. Seine Begrüßung wirkt direkt beruhigend auf mich. Faszinierend. »Guten Morgen Nele. Schön, dich virtuell kennenzulernen. Lustigerweise entsprichst du exakt meinen Vorstellungen. Ich hoffe, ich deinen auch. An meinem Namen hast du bestimmt schon erkannt, dass ich und meine Schwester indischer Herkunft sind.«

Ich erwidere seinen Gruß. »Guten Morgen Panju, schön auch dich kennenzulernen. Ich bin gespannt, warum ich das Vergnügen habe, euch beide im Videocall zu sehen. Außerdem ist mir schon aufgefallen, dass ihr nicht in dem Objekt seid, von dem ich bereits Bilder gesehen habe.«

Punita und Panju tauschen kurz einen Blick und grinsen mich dann schief an. »Da ist aber jemand aufmerksam«, ergreift Punita das Wort. »Und du hast recht, wir sind nicht in der Wohnung, die eigentlich auf dem Wohnungsmarkt annonciert war, sondern wir sind in meinem Apartment. Das liegt daran, dass sich die Umstände in den letzten Tagen geändert haben.«

Sofort sinkt meine Stimmung. Ich bin gespannt, was jetzt folgt. Mein Gesicht spricht anscheinend Bände, da Panju sofort sagt: »Kein Grund traurig zu sein. Wenn es passt, kommt es sogar noch besser für dich.«

Unbewusst hatte ich die Luft angehalten. Ich grinse in die Kamera und mache mich wieder etwas lockerer. »Dann lasst mal hören. Ich bin gespannt.«

»Aktuell ist es so, dass unsere Familie zwei Wohnungen in New York besitzt«, fährt Nita fort. »In der einen lebe ich, in der anderen Panju. Meine Mitbewohnerin wird jedoch in Kürze ausziehen, da sie mit ihrem Freund zusammenziehen möchte. Bei Panju hat sich in der letzten Woche ergeben, dass er Anfang des Jahres zurück nach Indien ziehen wird. Aus diesem Grund macht es wenig Sinn, jemanden zu Panju in die Wohnung zu holen. Da uns das Objekt eh nicht mehr so gefällt, werden meine Eltern die Wohnung vermieten oder sogar ganz verkaufen. Ich wiederum habe vor, noch eine ganze Weile in New York zu bleiben, da ich hier mein Studium beenden möchte. Das dauert mindestens noch drei Jahre. Um dir keine Absage erteilen zu müssen, dachten wir, dass du vielleicht auch an meiner Wohnung Interesse haben könntest. Du würdest dann zwar nicht mit meinem gut aussehenden und charmanten Bruder zusammenwohnen, aber dafür mit mir, einem aufgehenden Stern am Künstlerhimmel«, beendet Punita zwinkernd ihre Ausführungen.

Ich komme nicht um ein breites Grinsen herum und sage ebenfalls mit einem Augenzwinkern: »Das klingt doch super. Falls die Künstlerin so begabt ist, wie derjenige, der diese unglaublich schöne Blume auf dem Bild hinter euch gemalt hat, dann wird sie bestimmt bald unter den Topkünstlern unserer Zeit rangieren.«

»Volle Punktzahl, Nele. Und schon bist du mir sympathisch. Das Bild ist nämlich von mir«, sagt Punita voller Stolz.

Da hat sich mein Verdacht wohl bestätigt. Ich kenne ein paar Künstler und die haben meistens ihre eigenen Bilder zu Hause hängen. Ich dachte mir, dass ich damit punkten kann. Wobei mir das Bild wirklich sehr gut gefällt. Punita hat definitiv Talent.

Panju räuspert sich und sagt: »Tja, da haben wir ja die Richtigen zusammengebracht. Wäre es in Ordnung, wenn ich euch jetzt alleine lasse? Ich wollte eigentlich nur am Anfang des Gesprächs dabei sein, sodass es dir, Nele, nicht komisch vorkommt, wenn plötzlich jemand anderes als angekündigt im Bild erscheint. Die Einzelheiten könnt ihr ja auch ohne mich besprechen. Da bin ich eh raus. Das ist jetzt Nitas Ding.«

»Klar, kein Thema. Danke fürs Vermitteln, Panju. Vielleicht sehen oder hören wir uns ja noch mal«, verabschiede ich mich.

Panju gibt seiner Schwester einen Kuss auf die Wange und winkt noch mal in die Kamera, bevor er das Bild und vermutlich auch die Wohnung verlässt.

*

Punita und ich quatschen daraufhin bestimmt zwei Stunden über Gott und die Welt. Ich erfahre, dass sie zweiundzwanzig ist und seit gut zwei Jahren in New York lebt. Sie hat aber erst in diesem Jahr angefangen, an der Kunsthochschule zu studieren, da die Aufnahmeprüfung ziemlich schwer ist und sie perfekt vorbereitet sein wollte. Daher hat sie sich mit ihren eingereichten Kunstwerken etwas mehr Zeit gelassen. Da sie daraufhin gleich an mehreren Kunstfakultäten eine Zusage erhalten hat, war dies wohl die richtige Entscheidung gewesen. Ihre derzeitige Mitbewohnerin wird im November ausziehen, was die Übergangszeit gering hält. Auf meine Frage, warum sie überhaupt eine neue Mitbewohnerin will, antwortet sie ganz klar, dass sie einfach keine Lust habe, alleine zu wohnen. Einleuchtend. Immerhin wohnt ihre Familie weit weg und ihr Bruder ist auch bald nicht mehr da. Nita bietet mir sogar an, das Zimmer, das für mich gedacht ist, frisch zu streichen. Dies lehne ich dankend ab, da ich unglaublich gerne streiche. Es beruhigt mich irgendwie, und ich mag es, wenn man einen Raum in kürzester Zeit in etwas völlig Neues verwandelt. Nur aufgrund von ein bisschen Farbe und Deko. Außerdem soll es den Prozess des »Daheimfühlens« verkürzen. Punita kann meine Argumente total nachvollziehen, will mir aber dennoch ein bisschen Hilfestellung geben. Das wiederum nehme ich dankend an. Punita erzählt mir außerdem, dass sie mittlerweile richtig in New York angekommen ist und mir gerne am Anfang zur Seite steht. Sie meint, dass man sich in so einer großen Stadt manchmal schnell überfordert fühlen kann und sie mir dieses Gefühl ersparen wolle. Supersüß von ihr. Ich glaube, zwischen uns könnte es gut laufen.

Nachdem wir unseren Gesprächsmarathon beendet haben, führt sie mich virtuell durch die Wohnung. Und was soll ich sagen – absoluter Jackpot. Etwas Besseres hätte ich mir nicht wünschen können. Die Wohnung liegt im vierten Stock eines schönen Backsteinhaues in Lenox Hill, einem Viertel in der Upper East Side in Manhattan, und hat zwei etwa gleich große Zimmer mit jeweils angeschlossenem Bad. Darüber hinaus verfügt sie über einen großen Wohn- und Essbereich mit einer schönen Küche, deren Küchensideboards die Räume optisch voneinander trennen. Im Wohnzimmer gibt es zwei bodentiefe Fenster, bei denen eines der beiden eine Funktion besitzt, ein integriertes Geländer nach außen zu richten. So hat man die Illusion eines Balkons, der aber eigentlich keiner ist. Vor meinem inneren Auge sehe ich uns hier schon an einem kleinen Tisch gemütlich frühstücken. Das gesamte Apartment ist in dem zarten Blau gestrichen, das ich bereits am Anfang unseres Gesprächs als Wandfarbe hinter der Couch erkannt hatte. Ich finde die Farbe richtig schön. Sie gibt der Wohnung einen heimeligen Touch, der aber nicht zu aufdringlich wirkt. Alles in allem ist die Einrichtung in verschiedenen Blautönen gehalten. Da Blau meine absolute Lieblingsfarbe ist, könnte es nicht besser sein.

Als unsere virtuelle Begehung beendet ist und ich vor Glück nur so übersprudele, fällt mir jedoch eine Sache ein, die alles zunichtemachen könnte. Etwas verkrampft räuspere ich mich und ergreife das Wort. »Ähm, also Punita, ich will jetzt wirklich keine Spielverderberin sein, aber eine Sache macht mir noch etwas Sorgen. Die ursprüngliche Wohnung von Panju liegt ja im Stadtteil Brooklyn. Deine befindet sich in Manhattan. So gerne ich in Manhattan leben würde, ich glaube das überschreitet mein Budget.«

Ich lasse den Kopf hängen und starre auf die Tastatur von meinem Laptop. Als ich es wieder wage, auf den Bildschirm zu schauen, sehe ich, wie Punita die Hände in die Hüften gestemmt hat und den Kopf schüttelt. »Also Nele, was denkst du von mir? Dass ich dich hier ewig vollquatsche, dir die komplette Wohnung mit allen Details zeige und dich am Ende wissen lasse, dass du auf den Preis von Panjus Wohnung noch mal tausend Dollar draufhauen musst. NO

WAY! Du bist seit Langem die erste Person, mit der ich mir vorstellen könnte, zusammenzuleben. Also hier mein Angebot: Wenn es für dich auch passen sollte, kannst du gerne im Dezember einziehen. Der Preis ist derselbe wie in der Anzeige von der Brooklyner Wohnung. Um aber ein kleines Goodie für mich rauszuholen, habe ich noch eine Bedingung.« Sie grinst verdächtig breit und ich bin gespannt, was nun kommt.

»Und die wäre?«, frage ich argwöhnisch.

»Du bist an Sonntagen für das Frühstück verantwortlich. Im Erdgeschoss gibt es ein kleines Café namens »The Morning Break«. Die haben unglaublich leckere Bagles und superguten Kaffee zu humanen Preisen. Einmal die Woche sollten wir uns das gemeinsam gönnen. Ich sehe uns schon am ›Nicht-Balkon‹ gemeinsam frühstücken, während uns die Morgensonne das Gesicht küsst. Hach – das wird herrlich! Bis du in New York ankommst, habe ich uns eine gemütliche Sitzmöglichkeit vor dem Fenster eingerichtet.«

Ich schenke ihr ein breites Lächeln und blicke sie verträumt an. »Darauf kann ich mich einlassen. Ich sehe uns da eigentlich schon die ganze Zeit sitzen, seitdem du mir den ›Nicht-Balkon‹ gezeigt hast. Also, so was von Deal!«

Bevor wir uns verabschieden, lässt Punita mich noch wissen, dass sie mir den Mietvertrag schon mal vorab per E-Mail schickt. Die genauen Daten können wir noch ergänzen, wenn ich ihr meine finale Entscheidung mitgeteilt habe. Aber ehrlicherweise steht meinem neuen Zuhause nichts mehr im Wege. Die direkte Verbindung zu Punita war zwar überraschend, aber es fühlt sich richtig an. Mir kommt es nach nur einem Gespräch vor, als würden wir uns schon ewig kennen, und das hat man doch wirklich nicht allzu oft. Ich bin fest davon überzeugt, dass unsere WG ein voller Erfolg wird.

*

Gut gelaunt nehme ich eine Sprachnachricht auf, die ich aufgrund des Inhaltes für alle Personen verwenden kann, denen ich ein Update zum Wohnungsthema schulde. Ich komme aus dem Schwärmen gar nicht mehr heraus, versuche die Länge der Nachricht aber unter drei Minuten zu halten. Sie geht an Lea, meine Mutter und meine zweitbeste Freundin Sarah, die in Frankfurt lebt. Andre schicke ich nur eine kurze Textnachricht, in der ich ihn wissen lasse, dass es mit der Wohnung geklappt hat. Ich will ihn bei seinem Wochenende mit seiner neuen Flamme nicht unnötig stören.

Mittlerweile ist es Abend geworden und mein Magen meldet sich mit einem lauten Knurren. Ich schiebe mir ein Rustipani in den Backofen und schlüpfe in gemütliche Kleidung, bevor ich es mir wieder auf der Couch bequem mache. Heute steht der vierte Film meiner Oliver-Shaw-Reise an, und ich freue mich riesig darauf, da es einer meiner Lieblingsfilme ist. Eigentlich könnte ich es mir sparen, ihn anzuschauen, da ich quasi jede Szene auswendig kenne, aber das Vergnügen will ich mir nicht nehmen lassen. Obwohl Vergnügen vielleicht das falsche Wort ist, da der Film eher tragisch ist und ein so trauriges Ende hat, dass ich nur bei dem Gedanken daran schon wieder losheulen könnte. Es erinnert mich zu sehr an einen eigenen Verlust, weshalb der Gänsehaut-Faktor und das beklemmende Gefühl mich mitunter zu überrollen drohen.

In *The Astronaut* geht es um eine Forschungsreise zum Mars, bei der von Anfang an alles schiefläuft. Bei einem Unfall in der Raumstation sterben bis auf einen Physiker alle Insassen, und der einzig Überlebende kann keinen Kontakt zur Basis auf der Erde herstellen. Zu allem Übel ist die Raumstation auch noch vom Kurs abgekommen und lässt sich nur nach einer langen Reparaturphase und mit immensem Aufwand lenken. Nach mehreren Jahren alleine auf der Raumstation und in völliger Isolation kommt es für den Hauptcharakter noch schlimmer, denn er hat innerhalb kürzester Zeit zwei Schlaganfälle, die ihn fast bewegungsunfähig machen. Mit letzter Kraft versucht er sich aus seiner Lage zu befreien: Er kommt an eine Plastiktüte heran, zieht sie sich über den Kopf und begeht Selbstmord. Kurz darauf wird die Raumstation von einem Rettungstrupp übernommen – es ist jedoch zu spät. Der einzige Überlebende der Tragödie ist bereits tot.

Nachdem ich den Film das erste Mal gesehen hatte, konnte ich ihn mir lange Zeit nicht mehr anschauen. Zu dramatisch war die Darstellung der Schlaganfälle und des Selbstmordes. Immer wieder musste ich während des Films an meinen Vater denken, der vor sechs Jahren ebenfalls einen Schlaganfall erlitt. Das Ganze hat unsere Familie damals total aus der Bahn geworfen. Er war zwar wieder zu Bewusstsein gekommen, konnte jedoch nicht mehr sprechen, laufen oder sonst irgendetwas tun. Er starb acht Monate später an einem weiteren heftigen Anfall. Die Ärzte konnten nichts mehr für ihn tun. Als ich *The Astronaut* dann das erste Mal sah, war ich wie vom Donner gerührt. Ich wurde einfach den Gedanken nicht mehr los, ob man meinem Vater seinen Leidensweg hätte ersparen können. Natürlich kann keiner sagen, ob er die letzten Monate seines Lebens wirklich Schmerzen hatte oder was generell in ihm vorging. Was man aber mit Sicherheit sagen kann, ist, dass sein Leben nicht mehr lebenswert war. Er war immer ein aktiver Mann gewesen, und ich kann mir nicht vorstellen, dass acht Monate in einem Krankenhausbett ohne Aussicht auf Besserung das war, was er wollte. Aber diese düsteren Empfindungen versuche ich von mir fernzuhalten. Heute geht es nicht um die Geschichte, sondern um das Schauspielhandwerk. Und wer hätte den einsamen Astronauten besser spielen können als der einundzwanzigjährige Oliver Shaw.

*

Nach dem Film und einer ganzen Box Kosmetiktüchern bin ich emotional vollkommen aufgewühlt. Diese Darstellung, einfach nur wow. Oliver Shaw ist den halben Film über alleine zu sehen. Unglaublich, was er da auf die Leinwand gebracht hat. Wie gerne wäre ich am Set mit dabei gewesen. Generell würde ich meinen linken Arm dafür opfern, um Schauspielern beim Dreh über die Schulter zu schauen. Was gäbe es Besseres, als das Handwerk direkt vor Ort zu erlernen. Aber diese Möglichkeit habe ich leider nicht. Da meine Emotionen und Eindrücke noch ganz frisch sind, schnappe ich mir meinen Laptop und logge mich auf Instagram ein. In weiser Voraussicht, dass ich diesmal viel zu schreiben habe, wähle ich statt meinem Handy lieber die komfortable Tastatur, um Oliver Shaw meine Gedanken mitzuteilen. Nach zwanzig Minuten bin ich mit meinem Plädoyer durch. Dies war bisher meine längste Nachricht, aber zu *The Astronaut* habe ich eine ausgeprägte Meinung, die ich rauslassen musste. Falls Oliver Shaw die Nachrichten irgendwann lesen sollte, hält er mich bestimmt für total verrückt. Wobei es mir wirklich gar nicht darum geht, dass er sie liest. Der Drang, meine Gedanken niederzuschreiben, ist so groß, dass ich sie einfach loswerden muss. Mir bleibt quasi keine andere Wahl. Dass ich dieses Bedürfnis in seinem Postfach auslebe, ist reiner Zufall. Zumindest rede ich mir das ein. Und wenn ich einmal etwas begonnen habe, setze ich es gerne fort. Außerdem: Wen soll es stören? Ich lese mir meine letzten Sätze noch mal durch.

… ich bewundere aber nicht nur dich in diesem Film. Die ganze Geschichte und die Tragik dahinter sind Oscar-würdig. Und wie ich gerade durch eine kurze Google-Suche herausgefunden habe, wurde der Film auch für mehrere Oscars in verschiedenen Kategorien nominiert. Auf jeden Fall verdient! Ich kenne zwar noch nicht alle Filme, in denen du mitgespielt hast, aber dieser hier wird schwer zu toppen sein. Es passt einfach alles. Die Story, das Ende, die ständigen Rückblicke des Hauptcharakters. Auch wenn dieser hundertachtundachtzig-minütige Trip teilweise eine Qual ist, da beim Zuschauer die Emotionen verrücktspielen, ist der Film es immer wieder wert, ihn anzuschauen. Hier fällt mir wirklich nichts anderes ein, als zu sagen, dass ich diesen Film liebe! Ja, ich gestehe meine Liebe! Wie gerne würde ich mich mal ausführlich mit dem Regisseur darüber unterhalten. Jetzt habe ich zwar an die acht Millionen Wörter über meine Wahrnehmung geschrieben, aber wahrscheinlich gibt es immer noch die ein oder andere Szene, in die man weiter eintauchen könnte. Na ja, für heute reicht es erst mal. Stolz bin ich trotzdem, dass ich einen kleinen Anschlussfehler im Film gefunden habe. Das ist nämlich eine meiner Superkräfte – aber ich will ja nicht angeben. Um es kurz auszuführen – In einer Szene trägt deine Frau ihr Haar erst offen und dann plötzlich im Zopf. Klein, aber auf jeden Fall ein sichtbarer Fehler. Oder war das etwa Absicht?

Morgen gönne ich mir bestimmt noch ein Werk von dir und werde wieder berichten. Vielen Dank fürs Zuhören!

Gute Nacht,

Nele Schmidt

Nachdem ich mich bettfertig gemacht und mich gerade in meine Decke eingemummelt habe, nehme ich noch mal mein Handy in die Hand. Ich schaue mir per Google Maps mein vermeintlich neues Zuhause und die Umgebung an. Langsam wird es ernst! Ich freue mich so sehr auf diesen Umzug und mein neues Leben. Das wird der Hammer! Ich kann es fühlen. Bei einem kurzen Abstecher zum Profil von Oliver Shaw entdecke ich in den Suchvorschlägen ein Bild von ihm mit einem Fan. Komisch. Ich dachte, er macht keine Selfies mit Fans. Das habe ich zumindest mal in einem Interview von ihm gehört. Leider klang es etwas überheblich, weswegen er kurzzeitig ein paar Sympathiepunkte bei mir eingebüßt hatte. Wenn ich mich recht erinnere, sagte er so was wie: »Ich verstehe den Sinn von Selfies nicht. Es ist einfach nur unnötig und die Leute kommen einem viel zu nah.« Irgendwie klang das total unfreundlich. Wenn man nämlich darüber nachdenkt, machen Selfies durchaus Sinn. Aus Fan-Sicht. Denn so hat man nicht nur ein selbst geschossenes Foto von einem Promi als Erinnerung, sondern man ist sogar zusammen mit ihm auf einem Bild. Das ist schon etwas Besonderes. Aber für einen Star scheint das keine Bedeutung zu haben. Schade! Falls ich jemals so berühmt sein sollte, werde ich niemals jemandem ein Selfie abschlagen. Das nehme ich mir fest vor! Damit lege ich mein Telefon auf den Nachttisch, lösche das Licht und schließe die Augen. Ich sehe mich in New York rumlaufen und Selfies mit Fans machen. So viele sie wollen, und natürlich sehe ich auf jedem Bild gut aus, egal aus welchem Winkel. Es ist unmöglich, von mir ein schlechtes Bild zu machen. Mit einem Lächeln im Gesicht gebe ich mich meinen Träumen hin und werde letztendlich vom Schlaf übermannt.

Sonntag

Ein lazy Sunday, wie er im Buche steht. Ich habe heute nichts vor, das Wetter ist schlecht und meine Laune grenzt an depressiv. Warum? Weil vermutlich morgen meine Periode einsetzt. Einen Tag vorher bin ich immer ein emotionales Wrack. Oftmals plane ich mir dann irgendwas Cooles ein, sodass ich gar nicht erst auf die Idee komme, mich auf der Couch unter achthundert Decken und Kissen zu vergraben. Die offene Chipstüte neben mir und die bereits vertilgten Schokorosinen erzählen heute jedoch eine andere Story. Ich hänge richtig drin und stelle alles infrage. Da ich keine Geräusche ertragen kann, liege ich einfach nur da und denke nach. Mache ich das Richtige? Werfe ich mein schönes Leben aus einer dummen Laune heraus einfach weg? Habe ich überhaupt Talent? Und warum sind meine Haare blond und nicht schwarz? Meine Gedanken fahren Achterbahn und ich springe von Thema zu Thema. Da ich meine Haarfarbe hinterfrage, kann ich aber mit Sicherheit sagen, dass es an meinen Hormonen liegt. Ansonsten würde ich das nämlich nie tun. Ich mag meine Haare eigentlich sehr gerne – ein eindeutiges Indiz, dass meine Zweifel nicht echt sind. Auch wenn es sich gerade danach anfühlt.

Um mich abzulenken, rufe ich meine Freundin Sarah an. Sie ist vor einigen Monaten nach Frankfurt gezogen und wir versuchen regelmäßig miteinander zu telefonieren. Auch wenn ich keine große Telefoniererin bin, mache ich ihr zuliebe eine Ausnahme. Schließlich muss ich mich eh daran gewöhnen. Sobald ich in New York lebe, bleibt mir gar nichts anderes übrig, als mit meinen Freunden in Deutschland zu telefonieren, zu facetimen, zu schreiben oder was auch immer, um die Kommunikation aufrechtzuerhalten. Nachdem ich es fast eine Minute habe klingeln lassen, gebe ich auf und entscheide mich für eine Sprachnachricht, in der ich ihr von meiner aktuellen Stimmung berichte. Ich bitte sie, mich anzurufen, wenn sie Zeit findet, und sage ihr, dass ich mich mega darauf freue, meinen letzten Abend in Deutschland mit ihr zu verbringen. Der Plan sieht vor, dass ich bei ihr übernachte und dann gemütlich morgens mit der Bahn zum Flughafen fahre. Ehrlich gesagt, hoffe ich sogar darauf, dass sie mich begleitet, da mir vor dem letzten Schritt in mein neues Leben doch etwas graut. Aber bis dahin ist ja noch ein bisschen Zeit.

Um den Sonntag vielleicht doch noch in eine positive Richtung zu lenken, schalte ich eine Liebesschnulze ein, von der ich mit Sicherheit weiß, dass es ein Happy End gibt. Danach ist meine Laune bestimmt besser. Mit einer großen Portion Vanille-Eis bewaffnet gebe ich mich meinem Deckenchaos auf der Couch hin und ziehe mir meinen »Ich-bin-deprimiert-und-brauche-gute-Laune«-Film rein. Und diesmal geht es mir nicht um das Schauspiel – was zum Teil leider richtig schlecht und unauthentisch ist. Ich will einfach nur einen Film schauen und auf andere Gedanken kommen. Bedauerlicherweise habe ich die Rechnung ohne mein auf Filmkritik gepoltes Gehirn gemacht. Schon bei den ersten Szenen analysiere, interpretiere und kommentiere ich alles, was ich sehe. Mir fallen Sachen auf, die ich bisher noch nie wahrgenommen habe. Zum Beispiel achte ich heute total darauf, wie die jeweilige Szene aufgebaut ist. Wer steht wo und warum? Was spielt sich sonst noch ab? Wie werden Emotionen durch Gesten wiedergegeben? Mein Plan, mich einfach nur unterhalten zu lassen, ist kläglich gescheitert. Mir fallen so viele Dinge auf, dass die eigentliche Handlung in den Hintergrund gerät. Da ich den Film bestimmt schon achtzigmal gesehen habe, ist das aber egal. Ich fühle mich plötzlich total in meinem Element. Vielleicht ist meine Idee, nach New York zu ziehen und Schauspielerin zu werden, doch gar nicht so dumm. Während der Abspann des Films läuft, bin ich schon wieder im Nachrichtenverlauf von Oliver Shaw. Ich tippe meine Rezession zu dem Film, in dem er überhaupt nicht mitspielt, und teile alle meine Eindrücke mit seinem virtuellen Ich. Es grenzt schon fast an Zwang, da ich mich unbedingt mit jemandem austauschen will. Auch wenn dieser Jemand die Nachricht gar nicht liest, geschweige denn mir antwortet. Aber wen interessiert das? Hauptsache, ich habe es aus dem Kopf. Als ich meine Nachricht geschrieben habe, bemerke ich, dass meine Laune viel besser ist. Der Film hat mir zwar nicht beim Abschalten geholfen, aber dafür bin ich mir meiner Pläne jetzt wieder sicher. Einfach krass, wie schnell wir hormongesteuerten Mädels manchmal die Nerven verlieren und keine zwei Stunden später fühlen wir uns wieder wie Königinnen. Danke Evolution, dieses Auf und Ab macht Megaspaß! Aber ich meckere mal lieber nicht und reite die neue Welle des Glücks. Wer weiß, wie lange sie anhält. Als mein Handy aufblinkt, erwarte ich eigentlich eine Nachricht von Sarah, aber Fehlanzeige. Es ist Daniel, der mir mitteilen will, dass er sich morgen spontan einen Tag freinimmt. Seltsam. Das macht er sonst nie. Die Nachricht wirkt auch ein wenig unterkühlt, aber vielleicht bilde ich mir das auch nur ein. Hoffentlich löst sich die angespannte Stimmung bald wieder auf.

Nach einer kurzen Dusche mache ich es mir im Bett bequem und gönne mir noch eine Folge *King of Queens*. Genau mein Humor. Doug, Carrie und Athur schaffen es immer, mich zum Lachen zu bringen, und auch heute ist wieder Verlass auf die drei. Während die Folge im Hintergrund läuft, Doug und Athur sich gerade über die Aussprache von Ketchup streiten, checke ich meine E-Mails, da ich mehrere Möbelstücke zum Verkauf online gestellt habe. Ein bisschen was ist auch schon weggegangen, aber bei Weitem noch nicht alles. Ich muss hier echt dranbleiben, sodass im Dezember alles verkauft ist. Nach New

York nehme ich nur zwei Koffer mit. Vielleicht sollte ich mir ein paar KonMari-Videos reinziehen, um fürs Packen perfekt vorbereitet zu sein. Oh ja, das mache ich jetzt! Aber zuerst will ich checken, ob auf Oliver Shaws Account was Neues gepostet wurde. Er müsste in den USA ja mittlerweile wach sein. Und tatsächlich hat er ein Bild online gestellt. In schwarzweiß – weshalb ich annehme, dass er es selbst gewesen ist. Auf dem Bild ist ein Schachbrett zu sehen, auf dem lediglich ein Zug gemacht wurde – mit einem schwarzen Bauern. Eigentlich beginnt doch weiß, oder? Die Bildunterschrift zeigt eine Schachfigur. Wieso postet er so ein Bild? Klar, außergewöhnlich daran ist, dass die Eröffnung von schwarz gemacht wurde. Aber was bedeutet es für ihn? Will er damit sagen, dass er sich nicht an die Regeln hält? Für mich lese ich daraus, dass man auch mal andere Wege gehen muss, um etwas Besonderes zu werden. Außerhalb der Regeln. Macht das Sinn? Ein wenig vielleicht. Mein außergewöhnliches Leben wartet auf mich und ich werde es mit offenen Armen begrüßen. Egal, ob in schwarz oder weiß. Ich freue mich auf alles, was kommt, und schaffe das! Ich merke schon, die Achterbahnfahrt der Gefühle geht wieder los. Jetzt bin ich bei übermütig angekommen. Der Zustand ist aber besser als depri. Damit kann ich wenigstens arbeiten. Also sollte ich ihn nutzen! Ich stoppe *King of Queens* und öffne die Aufräum-Videos. Mal sehen, was ich hier lernen kann. Ich habe noch drei Monate Zeit, um die Wohnung leer zu räumen. Das sollte doch zu schaffen sein. Dann zeig mir mal deine Zaubertricks, Marie Kondo!

Dezember

Weihnachten – Oliver

Ich spüre ihre weiche Haut unter meiner. Wie sich ihre kleinen Brüste und harten Nippel an meinem Oberkörper reiben. Meine Bewegungen werden schneller, unkontrollierter. Ich stoße immer wieder in sie hinein und genieße die Wärme zwischen ihren Beinen. Sie legt eine Hand in meinen Nacken und zieht mein Gesicht zu ihrem. Unsere Lippen prallen aufeinander und ich dränge meine Zunge in ihren Mund. Sie hält mich fest an sich gedrückt, gibt aber keinen Laut von sich. Ich wiederum stöhne bei jedem Stoß. Als ich mich wieder von ihren Lippen löse, öffne ich die Augen und schaue sie an. Sie hat die Lider fest geschlossen und die Stirn leicht in Falten gelegt. Ein eindeutiges Zeichen, dass sie kurz vor dem Höhepunkt ist. Der Gedanke daran lässt meinen Schwanz in ihr pulsieren. Ich richte mich auf, nehme jeweils einen zarten Knöchel in meine Hände und stemme ihre langen, schlanken Beine nach hinten. So ist sie in der perfekten Position für mich. Ich ziehe mich ganz aus ihr zurück und dringe dann wieder heftig in sie ein. Wieder und wieder. Mein Stöhnen ist mittlerweile so laut, dass ich nicht einmal mehr ihre stoßweise Atmung hören kann. Scheiß drauf – sie gibt eh nie einen Mucks von sich. Ich halte ihre Beine in Position und merke, wie sich die Spannung in meiner Wirbelsäule aufbaut. Ich bin kurz davor, mich in das Kondom zu erleichtern. Ich sehne mich danach, will aber auch, dass sie kommt. Erst durch dieses Gefühl – wenn sich ihr Inneres um mich zusammenzieht – fühlt es sich richtig an. Ich lasse ihre Beine wieder auf die Matratze rechts und links von mir sinken, sodass ich meine Hand an ihre Klitoris legen kann. Vorher befeuchte ich meinen Daumen, indem ich ihn von ihr ablecken lasse. Sie kennt das bereits und saugt ihn tief in ihren Mund ein, bevor sie ihre Zunge darum kreisen lässt. Mit einem leichten Plopp-Geräusch entziehe ich ihr meinen Finger und fange an, ihn an ihrer Mitte kreisen zu lassen. Sie reagiert sofort auf meine Berührung, indem sie die Beine so weit wie möglich spreizt. Genau da wollen wir hin. Ein Stöhnen bekomme ich trotzdem nicht von ihr. Ihre Augen sind immer noch geschlossen. Während ich weiter ihre Knospe mit meinem Daumen reibe, penetriere ich sie mit meinem Glied. Ich schaue zu, wie ich aus ihr heraus- und wieder hineingleite. Es macht mich unglaublich geil, das zu sehen. Ich lecke mir über die Lippen und spüre den Druck in mir. Ich stehe kurz davor. Ich lasse den Blick über Ihren Körper wandern und bleibe an ihren wippenden Brüsten hängen. Sie zieht ihre Unterlippe zwischen die Zähne und krallt sich mit den Händen in die Bettlaken. Ungeduldig verstärke ich meinen Druck auf ihre Klitoris und stoße nun bis zum Anschlag in sie hinein. Sie ist durch meinen Daumen mittlerweile so feucht, dass ich es jetzt zu Ende bringen will. Ich beuge mich runter und stütze mich mit meinen Unterarmen neben ihrem Kopf ab. Ich komme ihr so nahe, dass sich unsere Nasen bei jedem Eindringen berühren. Ich lecke ihr über ihren leicht geöffneten Mund und vergrabe anschließend meinen Kopf an ihrem Hals. Sie legt ihre Hände auf meinen Arsch und drückt mich mit jedem Schwung in sie hinein. Ich spüre ihr Herz rasen und küsse sie im schneller werdenden Rhythmus auf ihren Hals. Ich knurre leicht auf und stöhne. »Oh fuck – ich komme gleich. Was ist mit dir?«, frage ich sie. Sie antwortet mir mit einem leise gewimmerten »Ja«. Ich lege nun alles in meine Bewegungen und spüre, wie meine Lenden zu glühen beginnen. Ich verbeiße mich leicht in ihrem Hals und fühle, wie ihr Körper sich unter mir zusammenzieht. Endlich merke ich das erlösende Zittern um meinen Schwanz. Sie hat ihren Orgasmus. Zwar leise wie immer, aber die Zuckungen in ihrem Körper verraten es mir. Mit einem letzten heftigen Stoß in ihre feuchte Ritze spritze ich in das Kondom. Ich keuche laut auf und erlebe ein kurzes Nachbeben an meinem nun empfindlichen Penis. Wir verharren für einige Zeit in dieser Position, bis ich mich aus ihr zurückziehe und mich neben ihr auf die Matratze fallen lasse.

Ich entferne das Kondom und lege es auf dem Nachttisch auf die aufgerissene Verpackung. »Ich gehe kurz duschen«, lasse ich Irina wissen und verschwinde ins Bad. Das gebrauchte Gummi samt Verpackung nehme ich mit und schmeiße es im Badezimmer in den Mülleimer. In der Duschkabine stelle ich das Wasser an und betätige die Regendusche. Den Kopf an die kühlen Fliesen gelegt lasse ich das warme Wasser mehrere Minuten über mich laufen. Eine Stimme durch die geschlossene Tür lässt mich aus meinem tranceartigen Zustand ins Hier und Jetzt zurückkehren. »Ich gehe. Wir hören uns, Oliver. Schöne Weihnachten«, höre ich Irina mit ihrem russischen Akzent sagen.

»Danke, wünsche ich dir auch. Bis dann«, rufe ich zurück.

Als ich aus dem Bad komme, sehe ich, dass Irina das Bett aufgeschüttelt und das Fenster zum Lüften geöffnet hat. Draußen ist es saukalt und mein Schlafzimmer fühlt sich nun an wie eine Eiskammer. Ich schließe das Fenster, ziehe mir schnell eine graue Jogginghose und ein weißes T-Shirt an und gehe runter ins Wohnzimmer. Hier ist die Temperatur schon um einiges angenehmer. Ich friere zwar selten, aber bei einer Außentemperatur von null Grad nackt vor dem offenen Fenster zu stehen, ist dann sogar mir zu kalt. Um die schon fast drückende Stille aus meinem Apartment zu vertreiben, schalte ich die Musikanlage ein und entscheide mich für Linkin Park. Auf Weihnachtsmusik habe ich echt gar keinen Bock. Aber beim Dinner mit meiner Mom heute Abend muss ich mir den Mist bestimmt die ganze Zeit reinziehen. Fuck, ich hab überhaupt keine Lust darauf. Sie würde es mir aber garantiert nicht verzeihen, wenn ich absagen würde. In letzter Zeit habe ich mich eh viel zu selten bei ihr blicken lassen. Da komme ich wohl nicht drum herum. Dafür werde ich die restlichen Tage des Jahres gemütlich ausklingen lassen. Wenn ich mich recht erinnere, meinte Irina, dass sie am 27. nach Russland fliegt und erst Mitte Januar wieder zurückkehrt. Aber richtig zugehört habe ich ehrlich gesagt nicht. Zwischen uns herrscht eher ein Arrangement als eine Beziehung. Wir gehen gemeinsam zu Veranstaltungen, haben Sex und ja, das war's dann eigentlich schon. Sie profitiert von mir und ich von ihr. That's it. Und der Sex? Na ja, wir, oder eher ich, genießen es, aber richtig toll ist er nicht. Ich hasse es, dass sie nie ein Geräusch von sich gibt. Ich habe sie in jeder möglichen Stellung gevögelt, aber nichts. Im Höchstfall hört man sie mal etwas lauter atmen, doch mehr gibt sie mir nicht. Saunervig. Aber nachdem ich die Gegebenheiten akzeptiert habe, kann ich unsere Treffen wenigstens mehr genießen. Am Anfang habe ich mir einen abgemüht, sie so hart wie möglich rangenommen. Aber die Mühe war es nicht wert. Und wenn alle Welt denkt, dass ich mit Irina Baldwin zusammen bin, lassen mich die verzweifelten Single-Ladys und aufdringlichen Journalisten in Ruhe. Also lassen wir ihnen die Illusion – auch wenn keiner von uns wirkliches Interesse am anderen hat. Es ist ein Deal, der sich bewährt hat.

Bevor ich mich aufs Laufband schwinge, greife ich mir mein Handy und checke den Kalender. Lediglich ein Termin heute um 19 Uhr. Dinner mit Mom. Okay, das kriege ich hin. Danach will ich aber meine Ruhe. Das Jahr war anstrengend genug, weswegen ich mit meiner Managerin Caroline ausgemacht habe, dass wir bis Ende Januar keine Termine annehmen. Sie hat sich widerwillig darauf eingelassen, doch wenn ich meinen Kalender so betrachte, hat sie Wort gehalten. Bis auf die Silvester-Vernissage habe ich bis dahin wirklich nichts im Kalender stehen. Geil! Ich bewege mich Richtung Laufband, wobei ich Carolines Nummer wähle. Linkin Parks »In the end« stoppt und wird durch ein Anrufgeräusch ersetzt. Nach dem zweiten Klingeln geht Caroline dran. »Oha, wer ist denn da endlich wach? Was kann ich für dich tun?«, fragt sie mit einem spöttischen Unterton.

»Endlich wach? Es ist schon Mittag, du weißt, dass ich nie lange schlafe, also tu nicht so. Frohe Weihnachten übrigens«, sage ich unterkühlt.

Caroline seufzt in der Leitung. »Da ist ja jemand gut drauf. Und Weihnachten ist morgen. Lern das endlich. Du lebst schon lange genug in den Staaten.«

Ich lache überheblich. »Und du weißt, dass Mom und ich in puncto Weihnachten die deutsche Tradition pflegen. Also akzeptier du das endlich!« Jedes Jahr dieselbe Diskussion.

»Ja, ja, schon gut. Also, was willst du, mein mürrischer Freund? Gönnst du mir nicht auch mal Urlaub?«, fragt sie schnippisch, wobei ich weiß, dass es nicht ernst gemeint ist.

»Die nächsten Tage lasse ich dich deinen Urlaub genießen. Ich wollte eigentlich nur wissen, ob du mir einen Fahrer gebucht hast? Und ob du dich nicht für mein phänomenales Geschenk bedanken willst?«

Sie schnaubt. »Ich packe dein Geschenk erst morgen aus, wie es sich gehört. Und ja, ein Fahrer bringt dich zu deiner Mom und fährt dich anschließend wieder in deine Wohnung. Aber ganz ehrlich, Oli, ich bin nicht dein Mädchen für alles, sondern deine Managerin. Ich habe wichtigere Dinge für dich zu organisieren als eine dumme Autofahrt. Nächstes Jahr suchen wir dir wieder einen Assistenten. Und keine Widerrede!«

Ich verdrehe die Augen. »Jo, aber nur, wenn es diesmal eine Assistentin ist. Der letzte Dude wollte dir und Irina nur an die Wäsche und hat so ziemlich alles falsch gemacht, was man falsch machen kann. Du weißt, ich komme besser mit Frauen aus. Also will ich diesmal eine Frau! Und ruf mich an, wenn du das Geschenk ausgepackt hast. Ich will wissen, was du dazu sagst, und deine dankenden Worte hören.«

Wieder ein Schnauben. Heute gehe ich ihr anscheinend besonders auf die Eierstöcke. »Er wollte weder mich noch Irina anmachen. Und was interessiert es dich überhaupt? Du und Irina seid ja eh nicht wirklich zusammen, und mir könntest du ruhig auch mal einen Lover gönnen! Dein Macho-Gehabe kannst du bei jemand anderem abziehen!«

»Hier geht es ums Prinzip. Niemand flirtet an meinen Frauen rum. Egal, ob echte Liebe oder Business Deal. Und wenn ich mich recht entsinne, stehst du doch auf Frauen, also lass dieses Lover-Gequatsche.«

Carolines Wut dringt förmlich durch die Lautsprecherboxen meines Apartments, und ich muss lächeln, da ich unseren Schlagabtausch wirklich genieße.

»Ich lege jetzt auf. Sei um Viertel nach sechs in der Lobby. Dein Fahrer für heute heißt Chris. Viel Spaß bei deiner Mom. Richte ihr Grüße von mir aus. Von dir will ich erst wieder im neuen Jahr etwas hören! Nach Assistentinnen schaue ich mich bis dahin schon mal um. Frohe Weihnachten, Oliver!« Das »-innen« hat sie extra stark betont.

»Frohe Weihnachten, Caroline. Und danke!« Ich stelle das Laufband auf die richtige Geschwindigkeit ein, drehe die Musik wieder auf und jogge los. Mein Blick geht auf den Central Park, der hinter der großen Fensterfront liegt, vor der das Laufband steht. Früher bin ich gerne dort gelaufen, aber das ist nicht mehr möglich. Der Oscar hat den Hype um meine

Person noch mal um einiges angefacht. Und ja, es gefällt mir, aber es hat auch seine Schattenseiten. Ich würde keine hundert Meter weit kommen, ohne dass mich Fans belagerten. Die Zeiten, als ich das noch genossen habe, sind längst vorbei. Mittlerweile geht mir das nur noch auf die Nerven. Ja, ich sehe gut aus und ja, ich spiele in vielen tollen Filmen mit, aber ich verstehe bis heute nicht, warum die meisten Menschen total ausflippen, wenn sie mich sehen. Ich bin auch nur irgendein Typ. Diese Gedanken behalte ich aber für mich, denn wo wäre ich, wenn nicht alle denken würden, dass ich außergewöhnlich bin? Aber innerlich verstehe ich es nicht. Es ist ein Job wie jeder andere. Aber das begreift man wahrscheinlich nur, wenn man selbst der High Society angehört. Also heißt es für mich weiterhin Indoor-Sport. Scheiße! Das kotzt mich echt an. Das nennt man dann wohl den klassischen goldenen Käfig. Ab nächstem Jahr wird alles anders. Ich weiß zwar noch nicht genau wie, aber es wird Zeit für eine Veränderung.

Weihnachten – Nele

Es riecht verführerisch nach unserem traditionellen Weihnachtsessen. Gans, Rotkraut und Knödel. Ich liebe es! Im Wohnzimmer verströmt der Kamin eine wohlige Wärme und lässt meine Weihnachtsstimmung ins Unermessliche steigen. Genau so habe ich mir den letzten Abend mit meiner Familie vorgestellt. Alle zusammen, gute Stimmung und ein tolles Dinner. Gemeinsam mit meiner Mutter und meiner Oma bereite ich für später den Nachtisch vor. Es gibt Schneebälle mit einer warmen Vanillesoße – einfach himmlisch. Die Diät fange ich dann morgen an. Heute wird das nichts mehr. Den ganzen Tag habe ich schon Plätzchen genascht und allerlei Zeug in mich hineingestopft. Das ist der Sinn von Weihnachten, oder? Statt die gegessenen Kalorien zusammenzuzählen, lausche ich dem Gespräch zwischen meiner Mom und meiner Oma. Es geht mal wieder um mich. Schon mein ganzes Leben sprechen die beiden über mich, wenn ich direkt daneben stehe, beziehen mich aber nicht mit ein. Sehr nett! Sofort fühlt man sich wieder wie ein kleines Kind, das noch keine Ahnung vom Leben und seinen Unwägbarkeiten hat.

»Hach Mama«, sagt meine Mutter gerade, »lass unsere Kleine doch noch ein Abenteuer erleben. Kinder kriegen kann sie noch früh genug.« Ah, das leidige »Ich-will-Uroma-werden«-Thema ist an der Reihe.

»Ich will nur sagen, dass sie sich nicht zu lange Zeit lassen darf. Ich lebe ja schließlich auch nicht ewig, und es wäre zu schade, wenn ich vorher den Löffel abgebe«, erwidert meine Oma und zwinkert mir zu.

Okay, da muss ich mich wohl kurz einmischen. »Granny, du wirst auf jeden Fall Uroma werden. Da mache ich mir keine Sorgen. Du wirst, um es in deinen Worten zu sagen, erst den Löffel abgegeben, wenn du ein Urenkelkind im Arm gehalten hast. Vorher wirst du nicht das Zeitliche segnen. Wir kennen dich doch.«

Wir lachen alle kurz auf, da jedem bewusst ist, wie es gemeint war. In unserer Familie ist der Tod kein Tabu-Thema, worüber ich sehr froh bin. Gerade nach dem plötzlichen Tod meines Vaters hat es sehr geholfen, dass in unserer Familie immer darüber gesprochen werden konnte. Wir reden offen über unsere Gefühle und halten damit nicht hinterm Berg. Den Männern ist das zwar manchmal etwas unangenehm, aber da müssen sie durch.

Meine Mutter reicht mir das Backblech voller Schneebälle und bittet mich, es auf die Terrasse zu stellen, sodass sie kalt werden können. So schmecken sie am besten. Nachdem ich das Blech mit Folie abgedeckt habe, bringe ich die süße Sünde nach draußen. Am Tisch haben bereits alle ihren Platz eingenommen, da das Weihnachtsessen in Kürze beginnt. Meine Mom hat sich wie immer selbst übertroffen. Das Wohnzimmer sieht jede Weihnachten wunderschön aus, aber in diesem Jahr gefällt es mir sogar noch besser. Unter dem perfekt geschmückten Baum liegen unzählige Geschenke, auf dem Kaminsims steht die hölzerne Weihnachtsgrippe und der Tisch ist so festlich gedeckt, dass man ihn am liebsten unberührt lassen würde. Die Tischdekoration ist in Rot und Gold gehalten, und Tannenzweige runden das weihnachtliche Ensemble ab. Um meiner Mom eine Freude zu machen, stelle ich die Michael-Bublé-Weihnachtsplaylist an, und als sie es mitbekommt, höre ich sie in der Küche über ihren Michael schwärmen. Mittlerweile glaube ich wirklich, dass sie ein klein wenig in ihn verliebt ist. Richtig süß. Ich kehre in die Küche zurück, die lediglich durch eine Schwingtür vom Wohnzimmer getrennt ist. »Soll ich schon etwas raustragen?«, will ich von meiner Mutter wissen.

»Ja, Schatz, das wäre lieb. Wir sind eigentlich fertig. Die Gans braucht noch ein paar Minuten. Aber wir können schon mal den Feldsalat servieren.«

Ich schnappe mir die größte Schüssel, die ich je gesehen habe, und bewege mich wieder in Richtung Wohnzimmer. Meine Oma hält mich jedoch zurück. »Vergiss die Schinkenwürfel nicht, Liebes.«

»Oh ja, klar, Granny.« Mit Feldsalat und Schinkenwürfeln bewaffnet kehre ich ins Wohnzimmer zurück. Am Esstisch sitzen mein Opa, Onkel Karl, mein anderer Onkel und seine Frau sowie deren beiden Töchter Betty und Vicky. B und V sind Zwillinge und mittlerweile siebzehn Jahre alt. Krass, wie die Zeit vergeht. Die Phase, in der sie identische Kleidung anhatten, scheint auch vorbei zu sein. Betty ist das typische Girli und trägt eigentlich immer rosa. Vicky hingehen ist auf ihrem Punk-Trip und trägt nur schwarz. Sie könnten gegensätzlicher nicht sein. Aber beide sind unglaublich nett und gut erzogen. Das haben Susanne und Rainer echt gut hinbekommen. Ich bin froh, dass wir Weihnachten immer zusammen verbringen, obwohl unsere einzige Verbindung, mein Vater, schon lange nicht mehr an den Weihnachtsfesten teilnimmt. Rainer hat seinen älteren Bruder immer bewundert und will genauso wenig wie meine Mutter und ich, dass der Kontakt abbricht. Also sehen wir uns zu allen Geburtstagen und zu Weihnachten. Wenn ich nach New York gezogen bin, werde ich nicht mehr zu den Geburtstagen kommen können, aber an Weihnachten will ich auf jeden Fall da sein. Diese Tradition möchte ich meinem Vater zuliebe fortführen. Irgendwie fühlt es sich so an, als wäre er noch immer bei uns, wenn wir in dieser Runde zusammenkommen.

Ich schlucke den Kloß hinunter, der sich bei dem Gedanken an meinen Vater gebildet hat, und fange an, den Feldsalat auf den Tellern zu verteilen. Bis auf V nimmt sich auch jeder eine ordentliche Portion Schinkenwürfel. Anscheinend hat sie sich vor Kurzem entschieden, kein Fleisch mehr zu essen. Opa gibt natürlich irgendeinen Kommentar dazu ab, woraufhin Oma ihm unter dem Tisch einen Tritt versetzt.

Um die Situation aufzulösen, ergreife ich das Wort und erhebe mein Weinglas. »Vielen Dank, Oma und Mama, für dieses wunderbare Essen. Es riecht köstlich. Ich freue mich, dass wir alle wieder zusammengekommen sind. Frohe Weihnachten und einen guten Appetit!«

Wir prosten uns alle gegenseitig zu, wünschen uns frohe Weihnachten und beginnen mit der Vorspeise. Früher hat mein Vater das Essen mit seinen Worten beginnen lassen. Da aber weder Mom noch Granny das gerne tun, habe ich diese Aufgabe übernommen. Mich stört es nicht und alle anderen scheinen auch nichts dagegen zu haben. Opa hört mittlerweile eh so schlecht, dass er einfach bei allem mitmacht, ohne genau zu wissen, was eigentlich gesagt wurde. Hier merkt man die zwölf Jahre Altersunterschied zwischen meinen Großeltern. Granny ist im Gegensatz zu Opa noch fit und hat keine größeren körperlichen Gebrechen. Opa hingegen hört und sieht mittlerweile sehr schlecht und schläft viel mehr als früher. Doch trotz der Einschränkungen wirkt er glücklich. Genau wie Oma. Sie kümmert sich gerne um ihn. Die beiden scheinen auch nach all den Jahren, die sie nun schon verheiratet sind, immer noch verliebt ineinander zu sein. Ich habe sie schon oft beim Händchenhalten erwischt, was ich so süß finde, dass mein Herz allein schon beim Gedanken daran schneller schlägt.

Während des Essens wollen natürlich alle über meinen bevorstehenden Umzug sprechen und ich genieße die Aufmerksamkeit. Je mehr ich von New York und meinen Plänen erzähle, umso realer fühlt es sich an. Außerdem stelle ich fest, dass ich wirklich gut vorbereitet bin. Meine Wohnung ist aufgelöst und ich wohne bei meiner Mutter, wo ich quasi aus dem Koffer lebe. Meinen geliebten roten Flitzer konnte ich gewinnbringend verkaufen und auch mit meinem Arbeitsvertrag hat alles reibungslos geklappt. Noch zwei Tage, dann geht es endlich los. Meine Vorfreude könnte nicht größer sein. Mit Punita habe ich über die letzten Monate eine richtige Freundschaft aufgebaut, was mir die Angst vor dem Zusammenleben in einer WG vollkommen genommen hat. Wir passen so gut zusammen, dass es mir manchmal schon unwirklich vorkommt. Wir haben denselben Humor, stehen allem aufgeschlossen gegenüber und sogar unser Musikgeschmack ist gleich. YEAH! Ich freue mich so sehr, sie nun endlich in natura kennenzulernen.

»Da hat sich alles perfekt gefügt«, meint Susanne, nachdem ich von Punita erzählt habe. »Aber warum geht ihr Bruder denn zurück nach Indien? Hat es ihm in New York nicht gefallen?«

»Laut Punita wird er wahrscheinlich wieder nach New York zurückkehren. Er hat sich jedoch verlobt und heiratet in Indien. Dort ist es anscheinend Tradition, dass man das erste Ehejahr bei der Familie bleibt und erst danach sein eigenes Leben beginnt. Es kann also gut sein, dass er und seine Frau nach New York zurückkehren.«

Alle hängen interessiert an meinen Lippen, als ich von meinen ganzen Plänen erzähle. Das positive Feedback bestärkt mich. Es ist so viel wert, wenn die Familie einen unterstützt. Wenn mich jetzt, zwei Tage vor meiner Abreise, jemand verunsichern würde, könnte ich mich bestimmt ziemlich reinsteigern und würde alles infrage stellen. Aber bei dem ganzen Support, der mich wie eine Wolke umhüllt, fühlt es sich nach dem richtigen Weg an. Meine beiden Cousinen löchern mich mit allerlei Fragen und laden sich mehr oder minder selbst zu einem Besuch bei mir ein.

»Ihr seid mir immer willkommen, Mädels«, sage ich lächelnd. »Aber gebt mir erst mal etwas Zeit, um mich einzuleben. Im Sommer zeige ich euch dann gerne meine neue Hood am Big Apple.«

Mit einem breiten Grinsen strahlen mich beide an und sagen unisono »Deal«. Bei Zwillingen wirkt es irgendwie gruselig, wenn sie mit dem gleichen Gesichtsausdruck und der gleichen Stimmlage sprechen. Anscheinend empfinde nicht nur ich das so, da der gesamte Tisch anfängt, leicht hysterisch zu lachen – sogar Opa. B und V sehen sich kurz an und stimmen dann in das Gelächter mit ein.

Nachdem wir beschert haben und jeder seine Socken, Parfüms, Pyjamas, Fotokalender und sonstige

Weihnachtsgeschenk-Klischees entgegengenommen hat, machen wir uns über die erkalteten Schneebälle mit warmer Vanillesoße her. Sie schmecken wie in meiner Erinnerung. Köstlich. Aber ab morgen muss ich wirklich auf meine Figur achten. Wenn ich künftig vor der Kamera arbeiten will, sollte ich mich in meinem Körper wohlfühlen. Und ich weiß genau, mit welchem Gewicht ich mich am wohlsten fühle. Daher müssen die drei angefutterten Kilos wieder runter. Gott sei Dank habe ich einen Stoffwechsel, um den mich meine Freunde beneiden. Die Kilos dürften schnell wieder runter sein, da bin ich mir sicher.

Gegen Mitternacht verabschieden sich alle und Onkel Karl bringt Oma und Opa nach Hause. Mom und ich räumen die Küche auf und singen leise die uns bekannten Weihnachtslieder mit. Die Atmosphäre ist so angenehm, dass selbst das Abspülen und Einräumen der Spülmaschine eine beruhigende Wirkung auf uns hat. Als wir fast fertig sind und ich mich von der Spülmaschine wegdrehe, steht plötzlich meine Mutter ganz nah vor mir. Sie schaut mich ernst an, bevor sie etwas zu schnell blinzelt und mich in eine feste Umarmung nimmt. »Ich werde dich so vermissen, mein Schatz!«, schluchzt sie.

»Oh Mama, ich dich doch auch!« Ich drücke sie ebenfalls ganz fest und wir verharren eine ganze Weile in dieser Position. Als wir uns voneinander lösen, sehe ich ihre tränenfeuchten Augen. Ich lächle sie an. »Hey Mama, nicht weinen. Das ist ein freudiger Abschied! Deine Tochter wird der nächste Moviestar. Und dann kannst du so oft zu Besuch kommen, wie du möchtest. Um Geld machen wir uns dann keine Sorgen mehr.«

Sie kann ihre Tränen nicht mehr zurückhalten und lässt ihnen freien Lauf. »Ich kann einfach nicht glauben, dass du bald Tausende Kilometer entfernt lebst. Aber ich freue mich natürlich für dich. Du hast alles so gut organisiert! Vermissen werde ich meine kleine Nele trotzdem.«

»Ich weiß. Ich werde dich auch vermissen, Mama. Der Trennungsschmerz wird sich lohnen, da bin ich mir sicher!«

Sie nimmt mich noch einmal fest in die Arme. »Du wirst deinen Weg gehen, da mache ich mir keine Sorgen. Aber vergiss nicht, deine Mama so oft wie möglich anzurufen.« Ich drücke sie auch noch mal fest, während ich erwidere: »Niemals!«

Weihnachten – Oliver

Wie von Caroline angekündigt, steht mein Fahrer für den heutigen Abend pünktlich bereit, um mich zu meiner Mutter zu bringen. Ich bin genervter denn je und lasse das meine Umgebung spüren. Ein Fucking-Abend und dann habe ich meine Ruhe. Das schaffe ich noch und dann blende ich die Welt aus. Fuck off. Der Fahrer-Dude will ein Selfie mit mir. Scheiß Selfie-Macherei. Aber okay, es ist Weihnachten, also tue ich ihm den Gefallen. Doch auf Konversation während der Fahrt habe ich wirklich keinen Bock, weswegen er nach zwei Anknüpfversuchen locker lässt. Wir fahren bereits bei meiner Mutter vor und ich atme noch einmal tief durch. Chris ist vom Fahrersitz aufgesprungen und will mir die Autotür öffnen. Nix da Kollege, das kann ich schon selbst. Er wirkt etwas enttäuscht, als ich von der Rückbank nach draußen klettere und mich schon in Richtung Haustür aufmache. Er ruft: »Sie können mich anrufen, sobald Sie abgeholt werden wollen, Mr Shaw. Ich bin innerhalb von fünfzehn Minuten wieder hier.«

Ich drehe mich um, schenke ihm noch ein kleines Lächeln und erwidere: »Danke, Chris. Nenn mich bitte Oliver. Bis später.«

Er wirkt sichtlich erleichtert und nickt mir kurz zu. Dann fährt er den schwarzen Mercedes aus der großen Einfahrt auf die leere Straße. Das Tor schließt sich automatisch hinter ihm. Ich Penner habe ihn nicht mal gefragt, was er für Pläne hat. Das muss ich später nachholen. Am Ende rennt er noch zur Presse und gibt ein Interview, was für ein scheußlicher Mensch ich doch sei. Das will ich eigentlich vermeiden. Da er neu im Job zu sein scheint und bestimmt nicht viel älter als einundzwanzig ist, sollte ich später mal kurz mit ihm sprechen. Das reicht in der Regel aus, um die Leute in meinen Bann zu ziehen.

Während ich den Kiesweg zum Hauseingang entlanglaufe, betrachte ich den geschmückten Vorgarten. Alles schreit nach meiner Mutter. Nicht umsonst wurde sie von der Presse Hippie-Mom getauft. Sie ist ein Hippie durch und durch. Und das spiegelt ihr Vorgarten ebenfalls wider. Überall hängen irgendwelche bunten Totems rum und ich sehe mehr als einen Traumfänger. Weihnachtliche Stimmung strahlen nur das Rentier-Ensemble und die für meinen Geschmack etwas zu bunte Beleuchtung aus. Aber einfarbig wäre bei meiner Mom undenkbar. Alles muss bunt, mit Federn und, wie sie es ausdrückt, mit Liebe geschmückt sein. Was auch immer das heißt. Ihre Haustür hat sie im Rahmen eines Charity-Projektes bunt bemalen lassen. Nein falsch, die Tür wurde erst bemalt und meine Mutter hat sie anschließend für viel Geld ersteigert. Das Geld kam einer Hilfsorganisation für Kinder zugute. Wenn ich darüber nachdenke, würde eine normale Haustür dem vielfältigen Inneren des Hauses auch nicht gerecht werden. Es passt wie die Faust aufs Auge. Und durch die großzügige Spende konnten eine Menge Projekte unterstützt werden. Mal abgesehen von der phänomenal guten Presse, die wir erhalten haben. Seit diesem Tag ist meine Mom offiziell für die Charity-Aktionen im Hause Shaw zuständig. Und sie blüht in dieser Rolle regelrecht auf. Irgendwann wollte ich sie halt nicht mehr an jedem Set dabeihaben, da ich erwachsen und somit immer unabhängiger wurde. Mir war jedoch schnell klar, dass sie eine Aufgabe braucht. Den ganzen Tag nichts zu tun, ist nicht ihr Ding. Also was macht man mit einer Mom, die beschäftigt werden muss? Man lässt sie Geld ausgeben und sein Image aufpolieren. Und yes – der Hippie hat es diesbezüglich echt drauf. Da habe ich zwei Vögel mit einem Stein getroffen. Mom ist beschäftigt und Oli kann am Set den Macho raushängen lassen, ohne direkt einen Anschiss von der Alpha-Mom zu bekommen. Es hat sich für uns beide gelohnt. Ich meinerseits habe durch mein überhebli ches Getue, auf das aus irgendwelchen Gründen total viele Frauen abfahren, schon mehr als eine Schauspielkollegin im Bett gehabt. Für eine richtige Beziehung hat es bisher aber noch nicht gereicht. Ein Grund, warum ich keinen Bock auf den Weihnachtszirkus habe, ist, dass meine Mutter wieder nach der künftigen Mrs Shaw fragen wird. Sie will einfach nicht verstehen, dass ich keine Frau an meiner Seite brauche, die nur auf meinen Namen aus ist. Als reicher, erfolgreicher und gut aussehender Single stehen mir alle Türen offen. Aber die Richtige war einfach noch nicht dabei. Meine Ansprüche sind nicht sonderlich hoch. Mir ist eine Verbindung wichtig. Die habe ich bisher nicht gefunden. Und solange die breite Öffentlichkeit denkt, dass ich mit Irina zusammen bin, kann ich mein Leben gerne so weiterleben. Ich muss erst mal selbst mit mir ins Reine kommen, bevor ich mir jemand an meine Seite nehme. An Sex wird es mir nie mangeln – ich bin schließlich ein Filmstar –, und alles andere werden wir sehen.

Als ich meine Aufmerksamkeit wieder auf die bunte Tür richte, wird diese aufgerissen und ein verrücktes kleines Wesen springt mir entgegen. »Oli-Trolli, da bist du ja endlich. Komm her, mein Schatz. Lass dich drücken.«

In einem Griff, der auch von einer Anakonda sein könnte, wird mir die Luft geraubt. Es ist mir ein Rätsel, wie eine so zierliche Frau solch eine Umarmung hinbekommt. Aber das hatte sie schon immer drauf. Anscheinend befindet sich ihre ganze Kraft im Oberkörper. Ich trete ein Stück zurück, halte meine Mutter an den Schultern fest und betrachte sie ausgiebig. »Seit wann hast du bitte Dreadlocks? Bist du nicht etwas zu alt dafür?«, will ich wissen, wobei ich das Thema Alter nur anschneide, weil ich weiß, dass es sie auf die Palme bringt.

»Alter ist nur eine Zahl! Und ich finde meine Haare verdammt cool!«, raunzt sie.

Ich schenke ihr ein Lächeln. »War nur ein Scherz, Mom. Es sieht megacool aus. Hat irgendwie was von Whoopi Goldberg. Nur in Weiß, versteht sich.«

»Damit kann ich leben. Es war ja auch erst mal nur ein Versuch. Ich will mir die Haare eigentlich abrasieren, aber mein Friseur meinte, dass wir vorher noch ein bisschen experimentierfreudig sein können.«

»Und siehe da – Dreadlocks. In Weißblond sieht man die eher selten. Ich vermute, dass du damit schon in jedem Klatschblatt bist, oder?«

»Na klar. Ich habe es bei einem sogar aufs Cover geschafft. Da stand in Großbuchstaben: Elizabeth Shaw setzt neuen Trend«, verkündet sie stolz.

»Freut mich für dich. Ich hoffe, Whoopi eröffnet jetzt keinen Shitstorm auf dich. Ich meine, den Trend hat eindeutig sie gesetzt und nicht du«, sage ich zwinkernd und ziehe sie noch mal in eine Umarmung.

»Frohe Weihnachten Oli-Trolli.«

»Frohe Weihnachten Mom.«

Oli-Trolli. Dieser Spitzname verfolgt mich nun schon mein ganzes Leben. Nur meine Mutter darf ihn verwenden. Ausnahmslos. Für einen Außenstehenden mag er ja ganz süß klingen, bei mir aber weckt er ganz andere Erinnerungen. Erinnerungen an Tage, an denen ich mich im Kindergarten draußen beim Spielen vor den anderen Kindern versteckt habe und erst wieder herauskam, als die Erzieherinnen uns reingerufen haben. Kinder können grausam sein. Das habe ich am eigenen Leib erfahren. Meine Ohren hatten sich damals entschieden, extrem zu wachsen, weshalb ich ein kleiner, dürrer Dumbo-Verschnitt war. Da dem Obermobber, Stefan Kleinsalz, Dumbo wohl nicht bekannt war, taufte er mich sehr einfallslos Troll. Alle anderen Kinder haben sich ihm voller Freude angeschlossen, und fortan kannte man mich nur noch unter dem Namen Troll. Und ein Troll, man glaubt es kaum, wird eher weniger gut behandelt. Er wird gejagt, mit Matsch beworfen oder an den Ohren gezogen, um sie noch länger zu machen. Es war eine grausame Zeit. So grausam, dass ich mich versteckt habe, sobald die Erzieherinnen außer Sichtweite waren. Meine Mom hat einmal mitbekommen, wie ich von einem anderen Kind Troll genannt wurde, hat dies jedoch missinterpretiert und mir daraufhin den verniedlichten Spitznamen Oli-Trolli gegeben. Zum Glück hat sich mein Körper in den Sommerferien vor der Schuleinführung dazu entschieden, das Wachstum aufzuholen. In der Schule kam keiner auf die Idee, mir einen blöden Spitznamen zu geben, und da ich gleich am ersten Tag eine Schlägerei gegen besagten Stefan Kleinsalz gewonnen habe, war ich von da an der King. Friss das, Stefan! Als wir dann in die USA ausgewandert sind und ich meine ersten Filmerfolge verzeichnen konnte, war es mit der Hänselei eh vorbei. Ab diesem Zeitpunkt gab es nur noch Speichellecker, die sich durch mich bereichern wollten. Als dummer junger Teenager hat mir das nichts ausgemacht, aber mittlerweile lasse ich nur noch wenige Menschen in mein Leben. Ich will mich auf die Leute in meinem Umfeld verlassen können und ihnen vertrauen. Zweckbeziehungen kommen für mich nicht mehr infrage. Selbst Irina, mit der ich theoretisch eine Zweckbeziehung führe, genießt in gewisser Weise mein Vertrauen. Nicht, dass wir irgendwelche tollen Gespräche hätten und sie mich gut kennen würde, aber was zwischen uns läuft, oder besser gesagt vereinbart ist, wissen nur wir beide. Und das ist schon seit Jahren so. Durch dieses Stillschweigen hat Irina definitiv mein Vertrauen erlangt. Sie ist absolut diskret.

»Na, komm schon rein, oder willst du, dass wir hier festfrieren?«, reißt mich Mom aus meinen Gedanken. Sie nimmt meine Hand und zieht mich ins Haus. Wie erwartet gibt es nicht viel Weihnachtsdekoration. Bei dem ganzen Plunder, der sich hier angesammelt hat, kann ich verstehen, dass sie keine Lust hat, alles umzuräumen. Nippes-Sammlerin wäre ebenfalls ein guter Name für sie. Überall stehen Götterfiguren verschiedener Religionen herum. Girlanden, die aussehen wie selbst gebastelt, hängen viel zu tief von der Decke und zwingen mich dazu, den Kopf einzuziehen, als wir Richtung Wohnzimmer gehen. Außerdem komme ich mir wie im Dschungel vor, da überall Topfpflanzen platziert sind.

»Ich habe uns den Tisch im Wintergarten gedeckt. Ist dir das recht?«, will meine Mom wissen, während sie sich auf dem Patchworksofa im Wohnzimmer niederlässt.

Ich setze mich ihr gegenüber in den gleich gemusterten Sessel. »Klar, aber nur, wenn ich mir einen gemütlichen Stuhl mitnehmen darf. Diese Baststühle, die du da stehen hast, sind das Unbequemste, was ich je erlebt habe.«

Meine Mutter kennt meine Allüren und nimmt sie – so wie heute – meist mit Humor. »Mein kleiner Prinz. Natürlich steht schon ein gemütlicher Thron für dich am Tisch bereit.« Sie lächelt mich zuckersüß an, bevor sie fortfährt: »Hast du denn schon Hunger oder können wir noch auf unseren Ehrengast warten?«

Mir schwant Übles. »Was denn für ein Ehrengast?«, frage ich stirnrunzelnd. Wehe, sie hat ein Blinddate arrangiert. Dann bin ich hier raus. Instant!

»Mach dich locker, kleiner Prinz! Meine Freundin Doris kommt zum Essen, da ihre gesamte Familie mit einem Infekt im Bett liegt und sie den heutigen Abend nicht allein verbringen will. Deshalb habe ich sie spontan eingeladen. Du magst Doris doch! Also dürfte das ja kein Problem sein.«

Doris! Fuck. Was meine reizende Mutter nämlich nicht weiß, ist, dass Doris mehr als einmal versucht hat, mir an die Wäsche zu gehen. Sobald sie zwei

Gläser Wein getrunken hat, liegt ihre Hand auf meinem Oberschenkel und sie raunt mir sexuelle Anspielungen zu. Das wird ein langer Abend. Super!

Mom schaut mich mit hochgezogenen Augenbrauen an und erwartet wohl noch eine Antwort von mir. »Ja, ja, Doris ist okay«, sage ich. »Wann kommt sie denn?«

Mom steht auf, wobei ich zum ersten Mal ihr heutiges Outfit wahrnehme. Sie trägt eine hellblaue Jeans-Schlaghose und einen weißen, etwas zu groß geraten Pullover, auf dem ein cremefarbenes Peacezeichen aufgedruckt ist. Obwohl wir Winter haben, hat sie Birkenstock-Sandalen an und jeder Zeh ist in einer anderen Farbe lackiert. Sie könnte locker als Model in einem Hipster-Magazin durchgehen.

»Hör auf, mich so zu mustern«, tadelt sie mich. »Meine Füße sind warm genug. Ich sehe doch deinen verwirrten Blick! Übrigens: Doris hat eben geschrieben, dass sie in zwanzig Minuten da ist. Ich hole uns mal was zu trinken. Ich habe Eierlikör gemacht. Die vegane Variante. Aber er schmeckt genauso gut.«

Das bezweifle ich stark. Laut meiner Mutter schmeckt man den Unterschied nicht. Aber da muss ich widersprechen. Meistens schmeckt es ganz gut, keine Frage, aber sie tut immer so, als würden die Getränke, Gerichte oder was auch immer exakt wie die nicht-vegane Variante schmecken – eine Lüge! Es schmeckt total anders. So wird es heute auch mit der veganen Wiener-Variante und dem Kartoffelsalat sein. Wenn es nach mir ginge, könnten wir auch mal etwas anderes essen. Aber meine Mutter besteht darauf, dass wir ein traditionelles deutsches Weihnachtsessen zu uns nehmen. Daher Wienerle und Kartoffelsalat. Yeah! Wir beide leben in der geilsten Stadt der Welt, haben alle Möglichkeiten – und essen jedes Jahr (diesmal mit Grabscher-Doris) das einfachste Essen, das man sich zu Weihnachten vorstellen kann. Mir wird klar, dass meine Laune gerade gefährlich sinkt. Ein Drink, das ist jetzt das, was ich brauche, sonst werde ich unleidlich. Fast rennend bewege ich mich in Richtung Küche, um schnell für Abhilfe zu sorgen.

Mom ist gerade dabei, den »Eierlikör« in Tassen zu füllen, die entweder Rentiere oder Weihnachtsmänner aufgedruckt haben. Anscheinend rechnet sie jede Minute mit Doris, da sie auch für sie eine Tasse vorbereitet. »Möchtest du etwas Sahne in den Eierlikör?«, fragt sie schon mit der Sprühsahnedose in der Hand.

»Sahne? Aus was ist die?«, frage ich zurück.

»Aus Hafermilch, schmeckt aber genauso.«

Jaaaa, bestimmt. »Nee, lass mal. Danke.«

Während sie ihre und Doris' Tasse mit Sahne und irgendwelchen Toppings verziert, schnappe ich mir meine und leere sie in einem Zug. Es schmeckt gar nicht schlecht, aber von dem Eierlikör, den ich eigentlich gewohnt bin, hat es wenig. Egal, der Alkohol ist eindeutig rauszuschmecken, was meine Nerven beruhigt.

Mom schaut mich leicht verwirrt an, als ich meine leere Tasse auf dem Tresen vor ihr abstelle. »Da hat aber jemand Durst. Willst du gleich noch einen?«

»Gerne. Schmeckt gar nicht so schlecht. Mach doch mal einen Klecks Sahne drauf.«

»Klar. Dann schmeckt es sogar noch besser.« Während meine Mutter meine Tasse wieder auffüllt und obendrauf ein kleines Kunstwerk aus Sahne, Perlen und Streuseln erschafft, höre ich die Hintertür aufgehen und jemand schrill »Hallöchen, ich bin da. Wo seid ihr denn?« rufen.

Komischerweise schlägt meine Mutter denselben schrillen Tonfall an. »In der Küche, Doris-Liebling.«

Wir hören leise Schritte, die sich nähern. Die Küchentür öffnet sich und ich schaue in das Gesicht von Doris, das total übertrieben strahlt. Genau wie Mom ist sie klein, aber nicht gerade zierlich. Wirklich dick ist sie aber auch nicht. Man könnte sie als rund bezeichnen, wobei ihr Oberkörper, der aus zu viel Bauch und zu viel Brust besteht, von viel zu dünnen Beinen getragen wird. Ihr volles Gesicht wirkt durch den Topf-Haarschnitt noch viel pausbäckiger, als es in Wirklichkeit ist. Dafür, dass diese Frau einen Haufen Geld besitzt, sollte man meinen, dass sie sich eine Stylingberatung leisten kann. Aber anscheinend legt sie darauf keinen Wert. Was sie jedoch eindeutig als wichtig erachtet, sind teure Luxusmarken. Immer wenn ich Doris sehe, ist sie in Prada, Gucci, Hermès oder Versage gehüllt. Eigentlich verwunderlich, dass meine Mutter und sie so was wie beste Freundinnen sind, da Mom mit Luxus nichts anfangen kann. Genau wie ich. Ich ziehe ein Basic-T-Shirt für zwanzig Dollar jedem maßgeschneiderten italienischen Anzug vor. Leider komme ich aber oft nicht darum herum, einen Anzug zu tragen. Auch heute trägt Doris ein Outfit, das ein Vermögen gekostet haben muss. Sogar als Mode-Laie erkenne ich, dass ihr Kleid von Gucci sein muss. Das auffällige Muster der Marke ist leicht zu identifizieren, und da sie eine Tasche im gleichen Stil mit fettem Gucci-Logo trägt, ist meine Beweisführung abgeschlossen. So kann man sich natürlich auch beschäftigen – schön das Vermögen des Ehegatten auf den Kopf hauen. Zu spät bemerke ich, dass ich meinen Kopf leicht schüttele.

Doris strahlt weiterhin von einem Ohr zum andern und sagt viel zu laut: »Ich sehe heiß aus, oder? Das Kleid habe ich mir extra für heute Abend gekauft. Ich wollte heute besonders festlich für euch aussehen!«

»Du siehst toll aus«, erwidert meine Mutter. Ich hingegen verkneife mir lieber einen Kommentar.

Doris kommt auf mich zu und schlingt ihre Arme um meinen Hals. Um nicht ganz unhöflich zu erscheinen, drücke ich sie ebenfalls kurz und will mich schnell wieder von ihr lösen. Falsch gedacht. Sie greift mit einer Hand an meinen Hinterkopf und drückt mich in ihre Halsbeuge. »Es ist so schön, dich mal wiederzusehen, Oliver!«, sagt sie entzückt. »Und du riechst so gut! Richtig männlich«, fügt sie leise hinzu, damit meine Mutter sie nicht hören kann.

Mir liegt auf der Zunge zu sagen, dass sie ganz und gar nicht gut riecht und mir gefälligst von der Pelle rücken soll. Doch ich beiße die Zähne zusammen und bleibe freundlich. »Ja, ist schon eine Weile her.«

Endlich entlässt Doris mich aus ihrem Griff und schlendert zu meiner Mutter. Ich schwöre, dabei wackelt sie extra auffällig mit dem Po. Die beiden Frauen lächeln sich erst ewig an, um sich anschließend in einer schier endlosen Umarmung zu begrüßen. Was findet meine Mom nur an dieser Frau? Ich kann es mir wirklich nicht erklären. Um mich abzulenken, greife ich nach meiner Tasse und nehme einen großzügigen Schluck.

»Och Oli, ich wollte noch ein Bild von meinen Meisterwerken machen«, sagt meine Mutter schmollend. »Hättest du nicht noch kurz warten können?!«

»Dann fotografier halt die anderen beiden Tassen«, kontere ich, während ich mir den Sahne-Bart von der Oberlippe wische. »Ich geh kurz aufs Klo«, lasse ich die beiden wissen, während ich schon dabei bin, die Küche zu verlassen. Mir hört gerade eh keiner zu, da die beiden Social-Media-Nerds versuchen, einen Boomerang für Instagram zu erstellen.

Nachdem ich mich erleichtert habe, kehre ich in die Küche zurück. Sie ist verwaist und meine Tasse ist auch nicht mehr da. Als ich Stimmen aus Richtung des Wintergartens höre, laufe ich dorthin. Fast dort angekommen bemerke ich, dass sowohl meine Mom als auch Doris einen Flüsterton angeschlagen haben. Automatisch fange ich an zu lauschen. »Er wird schon zustimmen. Bis Ende Januar hat er keine großen Termine, das habe ich mir von Caroline nochmals bestätigen lassen. Es spricht also nichts dagegen«, sagt meine Mutter leise.

»Aber du weißt, wie stur er sein kann«, entgegnet Doris ebenso leise. »Wir sollten ganz behutsam vorgehen, sodass er sich nicht überrumpelt fühlt.«

Das ist mir zu blöd. Ich stürme in den verglasten Anbau. »Wovon soll ich mich nicht überrumpelt fühlen? Was tuschelt ihr hier hinter meinem Rücken?«

Mom und Doris schauen mich entsetzt und etwas schuldbewusst an. Das gefällt mir gar nicht. Was haben sich die beiden jetzt schon wieder ausgedacht?!

Mit leicht zittriger Stimme sagt meine Mutter: »Oli, du hast mich erschreckt. Wie lange stehst du schon vor der Tür?«

»Lange genug, um zu wissen, dass hier irgendwas hinter meinem Rücken geplant wird. Da habe ich ehrlich gesagt wenig Verständnis für und überhaupt keinen Bock drauf. Also raus mit der Sprache. Was geht hier vor?«

»Jetzt setz dich erst mal zu uns und schnauz Elli nicht so an«, meint Doris beschwichtigend.

Widerwillig lasse ich mich auf dem bequemen Freischwingerstuhl, der eigentlich an den großen Bankettisch im Esszimmer gehört, nieder. Meine Mutter und Doris sitzen auf den steinharten Baststühlen gegenüber von mir und starren mich an. Bevor sie etwas sagen können, greife ich nach meiner Tasse und leere sie. Zwei Eierliköre auf leeren Magen. Läuft bei mir!

Doris ergreift das Wort. »Bevor wir dir erzählen, worum es geht, möchte ich vorwegnehmen, dass wir erst nach dem Essen und der Bescherung mit dir darüber sprechen wollten. Da sich der Elefant aber jetzt schon im Raum befindet, bringt es nichts, ihn zu ignorieren.«

Ich seufze laut und richte mich an meine Mutter. »Worüber wollt ihr mit mir sprechen?«

Mom rutscht nervös auf ihrem Stuhl hin und her, bevor sie sagt: »Oli-Schatz, du weißt, wie unglaublich stolz ich auf dich bin. Du hast den Film-Olymp erklommen und den Oscar gewonnen. Die jahrelange harte Arbeit hat sich nun endlich ausgezahlt. Und das hast du mehr als verdient. Aber jetzt, wo keine neuen Projekte mehr anstehen und du auch erst mal nichts Neues machen willst, fragen wir uns, wie es mit dir weitergehen soll.«

WIR?! Seit wann ist Doris ein Faktor in meinem Leben? Es ist mir vollkommen egal, was Doris sich fragt.

Mom redet derweil weiter. »Wir sind der Meinung, dass du nun an das Thema Familie denken solltest. Endlich hast du die Zeit dafür. Und wir wissen beide, dass du immer ein Projekt haben musst. Sonst funktionierst du nicht. Ich weiß, dass es dir schwerfällt, seriöse Frauen kennenzulernen. Alle sind immer nur auf den Filmstar Oliver Shaw aus, und da ist es schwer zu erkennen, wer es ernst meint und wer nicht. Und seien wir mal ehrlich. Irina wird nicht die Mutter deiner Kinder. Aus diesem Grund wollen Doris und ich dich gerne zu unserem Europa-Trip einladen. Wie du bereits weißt, fahren wir in zwei Tagen los. Unser erster Stopp ist Italien, um die Familie von Doris zu besuchen. Hier lebt auch ihre reizende Nichte. Wir wollen euch gerne miteinander bekannt machen.«

Habe ich gerade richtig gehört, oder bin ich etwa schon betrunken? Haben die beiden wirklich vor, mich nach Europa zu schleppen, um mich mit der Nichte von Doris zu verkuppeln? Großer Gott!

Ich lache laut auf. »Seid ihr verrückt? Sehe ich aus wie ein hoffnungsloser Fall, der Hilfe von seiner Mutter braucht, um eine Frau zu finden?! Erstens habe ich überhaupt kein Interesse daran, eine Familie zu gründen, und zweitens bin ich sicherlich selbst in der Lage, eine Frau zu finden, wenn ich eine suchen würde. Ich finde es wirklich beleidigend, dass ihr mir so einen Vorschlag macht!«

Meine Mutter sieht mich erschüttert an. »Wir wollen dich keinesfalls beleidigen, mein Schatz. Aber du weißt, wie die Glamour- und Glitzer-Welt ist, und wir wollen nur, dass du eine Chance auf ein gewöhnliches Leben hast. Die Chance, eine Familie zu gründen, ohne dir Gedanken darüber zu machen, dass die Personen in deinem Leben dich vielleicht ausnutzen wollen.«

»Und du denkst, dass Doris und ihre Verwandtschaft die richtige Adresse dafür sind? Komm schon, Mom. Doris versucht seit Jahren, sich an mich ranzumachen. Und da mein Interesse gleich null ist, will sie mich jetzt mit einer ihrer ach so tollen Nichten verheiraten. Das ist doch nicht normal.« Mittlerweile stehend zeige ich vorwurfsvoll auf Doris. Die atmet so dramatisch ein und aus, dass man meinen könnte, sie bekäme einen Herzinfarkt.

Sie legt ihre rechte Hand auf die Brust und reißt die Augen theatralisch auf. »Wie kannst du so etwas behaupten? Du bist wie ein Sohn für mich.«

»Ach komm schon, erzähl nicht so einen Blödsinn. Wenn ich dein Sohn wäre, hätten die Nachbarn dich schon längst wegen versuchter Inzucht angezeigt. Seit dem ersten Tag versuchst du mich anzubaggern. Und behaupte jetzt ja nicht, dass das keine Absicht war. Deine andauernden Anspielungen unterstreichen meine These nur!«

Meine Mutter erhebt sich nun auch und schaut mir gequält in die Augen. »Beruhige dich doch bitte, mein Schatz. Wir wollen dir doch nur helfen. Du hast es verdient, glücklich zu sein!«

Ich kann mein verächtliches Schnauben nicht unterdrücken. »Ich bin glücklich! Dafür brauche ich keine Frau an meiner Seite! Und schon gar keine Europa-Liebes-Reise!«

Mit ruhiger Stimme erwidert Mom: »Du wirkst aber nicht glücklich. Du hast dich die letzten Monate so eingeigelt. Ein Ortswechsel würde dir sicher guttun und für Auftrieb sorgen. Du musst deine Mitte wieder finden.«

Damit platzt mir endgültig der Kragen. »Meine Mitte finden?! Jetzt hältst du mich aber komplett zum Narren, oder? Du predigst doch immer was von ›Jeder sollte machen, was er möchte‹, aber sobald ich mal ein paar Monate ziellos bin, wird mir direkt die Pistole auf die Brust gesetzt. Fuck, ja, ich gönne mir eine Auszeit. Überlege, was ich als Nächstes machen will. Und das ist mein verdammtes Recht!«

Da ich den Raum verlassen will, aber zwischen Stuhl und Tisch gefangen bin, kicke ich voller Wut den Stuhl aus dem Weg. Er knallt gegen den Tisch, auf dem das Essen bereitsteht. Geschirrklirren ertönt, aber nichts fällt zu Boden. Lediglich der Stuhl schlägt mit voller Wucht auf die Terrakottafließen. Doris und meine Mutter schauen mich bestürzt an. Mein Zorn verebbt jedoch nicht, weswegen ich mich entschließe, die Party zu verlassen. Auf dem Weg zur Tür rufe ich ihnen noch zu: »Ich wünsche euch eine tolle Reise und fucking fröhliche Weihnachten!« Mit einem lauten Rumsen knalle ich die Haustür zu und stapfe über den knirschenden Kiesweg zum Ende des Grundstücks.

*

Ich sitze ein paar Blocks vom Haus meiner Mutter entfernt auf dem eiskalten Bürgersteig und warte auf Chris, den ich angerufen habe, damit er mich abholt. Eine Jacke hatte ich Schlauberger nicht dabei, und jetzt, wo sich mein Gemüt langsam abkühlt, tut es mein Körper auch. Hoffentlich kommt das Auto gleich. Da ich keinen Plan habe, wo genau ich hier bin, habe ich Chris meinen Standort geschickt. Gerade als ich den Abend noch mal Revue passieren lassen will, biegt ein schwarzer Mercedes um die Ecke und fährt auf mich zu. Da ich keine Menschenseele auf der Straße gesehen habe, gehe ich davon aus, dass es sich um meinen Fahrer handelt. Ich stehe auf, um mich bemerkbar zu machen.

Chris hält neben mir an, schaltet den Motor ab und springt aus dem Fahrzeug. »Ich halte Ihnen die Tür auf, Mr Shaw«, ruft er.

»Das schaffe ich schon selbst. Setz dich wieder ans Steuer und mach den Wagen an. Und nenn mich Oliver. Bitte! Ich bin doch kein alter Opa!«

Im Auto ist es schön warm und ich stelle direkt die Sitzheizung an, da ich mir auf dem kalten Bordstein den Hintern unterkühlt habe.

»Wo darf es hingehen, Oliver? Soll ich Sie nach Hause fahren?«, fragt mein wieder leicht nervöser Fahrer.

»Ehrlich gesagt habe ich einen Riesenhunger. Meinst du, irgendein Fast-Food-Restaurant hat noch offen?«, will ich wissen.

Chris schaut mich durch den Rückspiegel an und aufgrund der Fältchen an seinen Augen erkenne ich, dass er grinst. »Ich glaube, die haben immer offen. Egal wann. Wo sollen wir denn haltmachen? McDonalds, Burger King, Taco Bell? Die Auswahl ist riesig.«

»McDonalds klingt gut. Lass uns in den Drive-in fahren, und dann bringst du mich nach Hause. Willst du auch etwas essen?«, frage ich.

»Ähm, nein, danke. Ich habe eben zu Abend gegessen und will dann wieder zu meiner Freundin. Sie ist hochschwanger und ich lasse sie nur ungern zu lange alleine.«

Etwas erstaunt erwidere ich: »Oh, okay. Wie alt bist du denn? Ich hätte dich ehrlich gesagt auf gerade mal Anfang zwanzig geschätzt.«

Chris blickt mich erneut im Rückspiegel an. »Das stimmt. Ich bin zweiundzwanzig. Es war auch nicht geplant, aber jetzt freuen wir uns umso mehr.

Manchmal passieren einem die schönsten Dinge im Leben, wenn man nicht damit rechnet.«

»Ha, welch weise Worte für einen so jungen Kerl. Weißt du was? Wir machen keinen Stopp mehr. Fahr mich direkt nach Hause. Ich werde mir dann einfach etwas bestellen.«

Fragend, aber auch augenscheinlich erleichtert erwidert Chris: »Sicher, Sir? Ich will wirklich keinen Druck machen. Wenn Sie noch einen Halt machen wollen, wäre das gar kein Problem für mich. Ist ja schließlich mein Job.«

»Ich bin mir sicher. Fahr mich direkt nach Hause. Und wenn du mich noch einmal Sir nennst, war's das mit deinem guten ersten Eindruck bei mir«, lasse ich ihn mit einem kleinen Lachen wissen, was er ebenfalls lachend quittiert.

Die restliche Fahrt verbringen wir schweigend. Vor meinem Wohnhaus angekommen bleibt Chris diesmal im Fahrzeug sitzen. Sehr gut, er ist also lernfähig. »Ich gehe mal davon aus, dass du noch möglichst viel Geld verdienen willst, bevor dein Kind zur Welt kommt, oder?«, frage ich ihn.

»Richtig, wir haben zwar schon einiges für unser kleines Mädchen geschenkt bekommen, aber ein paar Anschaffungen stehen noch an. Und alles ist übertrieben teuer. Unglaublich. Daher versuche ich, so viele Aufträge wie möglich zu übernehmen.«

Sehr gut. Das hatte ich gehofft. »Klingt gut. Falls du an Silvester auch fährst, würde ich dich gerne anfordern. Da kannst du noch mal richtig Geld machen. Silvester wird meines Wissens doppelt bezahlt.«

Chris dreht sich zu mir um und hat ein breites Lächeln im Gesicht. Erst jetzt bemerke ich die Lücke zwischen seinen beiden Vorderzähnen. Es lässt ihn etwas hinterwäldlerisch wirken, aber aufgrund seines gepflegten Äußeren, seiner türkisfarbenen Augen und den Haaren im Surferlook kommt er bestimmt erstklassig bei den Ladys an. »Das wäre saucool, Oliver! Vielen Dank. Ich gebe gleich in der Zentrale Bescheid, dass der Tag von dir gebucht ist.«

»Dann ist es fix. Ich schicke dir am Abend vorher die Details. Vielen Dank fürs Fahren heute. Mach's gut und grüß deine Freundin.«

Er räuspert sich kurz und verabschiedet sich dann von mir. »Danke, richte ich aus. Sie wird durchdrehen. Bis dann.«

In der Lobby angekommen grüßt mich der Portier mit einem kleinen Nicken. Da er noch nie viel mit mir gesprochen hat und ich heute nicht damit anfangen will, nicke ich nur leicht zurück. Der Fahrstuhl steht bereits offen und ich steige ein. Der Knopf zu meinem Penthouse ist schon gedrückt und ich muss nur noch mit einem Fingertouch die Zugangsberechtigung auslösen. Die Fahrstuhltüren schließen sich und die Fahrt zum einsamsten Weihnachtsessen meines Lebens beginnt.

*

Lediglich die Projektion auf der heruntergefahrenen Leinwand erhellt mein Wohnzimmer. Auf der Couch lümmelnd habe ich die vergangene Stunde eine ganze Partypizza verdrückt. Nun fühle ich mich wie ein fettes unbewegliches Schwein und schaffe es aufgrund des Verdauungsvorgangs nicht wirklich, dem Film zu folgen. Da ich ihn eh schon zigmal gesehen habe, ist dies auch nicht notwendig. Top Gun ist ein Klassiker, den man immer wieder schauen kann. Er ist mein All-Time-Favorit-Film und ich schaue ihn in jeder Stimmung und Lebenslage. So auch heute Nacht. Merry Christmas. Meine Mutter hat direkt nach meinem Abgang versucht, bei mir anzurufen, ich habe jedoch alle Versuche ignoriert. Nach dem zwanzigsten hat sie aufgeben und mir eine Nachricht geschrieben:

Oli-Trolli, es tut mir leid. Wir wollten dich nicht überrumpeln, aber es hatte sich irgendwie einfach ergeben. Bitte sei nicht sauer auf mich! Melde dich, sobald du dich wieder beruhigt hast. Du bist natürlich immer noch herzlich eingeladen, mit nach Europa zu kommen. Auch ohne Blind Date! Ich glaube wirklich, dass es dir guttun würde. Du gefällst mir in letzter Zeit überhaupt nicht!

Küsschen, Mom

Das Letzte, was ich machen werde, ist, bei diesem bescheuerten Trip mitzufahren. Vor allem nicht mit Doris! Aber ansonsten hat meine Mutter nicht unrecht. Ich gefalle mir zurzeit selbst nicht so wirklich. Kein neues Projekt, kein Elan, irgendetwas zu beginnen, keine Perspektive auf eine Änderung in naher Zukunft. Seit fünfzehn Jahren habe ich auf diese Auszeit hingearbeitet – doch jetzt, wo sie da ist, überfordert sie mich irgendwie. Und mich überfordert nie etwas! Mein nächster öffentlicher Termin ist erst am 31. Dezember, und heute haben wir den 24. Somit bleiben fünf Tage, die ich nichts zu tun habe. Wie ich es mir gewünscht habe. Und fuck! Jetzt liege ich hier und habe keinen Plan, was ich in diesen fünf Tagen machen soll. Wo holt sich das Social-Media-Volk Inspiration? Natürlich auf Insta.

Nachdem ich mein Handy entsperrt habe, wobei ich alle Nachrichten und verpassten Anrufe ignoriere, öffne ich die Instagram-App. Tausende von Nachrichten werden mir angezeigt. Es wäre unmöglich, alle zu lesen, weswegen ich mir schon vor langer Zeit abgewöhnt habe, sie mir anzuschauen. Auch Kommentare, Likes oder Verlinkungen ignoriere ich seit bestimmt vier Jahren. Die öffentliche Meinung über mich könnte mir nicht gleichgültiger sein. Die Kritiken meiner Filme sind mir wichtig, nicht die Meinung von irgendwelchen halbtrollartigen Dudes. Wie eigentlich immer lässt mich Instagram im Stich. Meine Glitzerbubble zeigt mir nur besonders schöne

Menschen, die ihre Mode, Halsbänder oder irgendeinen anderen Shit präsentieren, den eigentlich niemand braucht. Eine Influencerin redet doch tatsächlich achtundzwanzig Minuten über die Vorteile von Botox. Sinnvoll. Bestimmt. Sie ist ganz bestimmt eine Ärztin und hat sich mit dem Thema auseinandergesetzt. Ihr kann man sicherlich trauen. Bullshit. Als ich gerade mein iPhone so weit weg wie möglich von mir pfeffern will, wird mir eine eingehende Nachricht angezeigt. Und ich drücke mehr oder weniger versehentlich darauf. Die Absenderin heißt Nele_Schmidt.

Weihnachten – Nele

Wenn es Sommer wäre, würde nun langsam die Sonne aufgehen. Ich vermisse die langen Tage und bin froh, wenn der Winter vorbei ist. Es ist 4:30 Uhr, und seit ich Mom umarmt habe und ins Bett gegangen bin, ist an Schlaf nicht zu denken. Die innere Unruhe und Angst hält mich wach. Nach einer Stunde, in der ich versucht habe einzuschlafen, habe ich aufgegeben und mir den letzten Film, den Oscar-Film, von Oliver Shaw angesehen. Eigentlich wollte ich ihn erst im Flugzeug nach New York schauen und meine letzte Rezension schreiben. Ich dachte, das wäre ein würdiges Ende für meine Filmreise, aber warum sollte ich meine schlaflosen Stunden nicht sinnvoll nutzen? Und erfreulicherweise hat sich meine Rastlosigkeit direkt in Luft aufgelöst, sobald ich auf Play gedrückt habe. Der Film war mir nicht neu, da ich ihn gleich nach seiner Premiere gesehen habe – und das gleich drei Mal. Relativ schnell war klar, dass er Oscar-Nominierungen erhalten und Oliver Shaw als bester Hauptdarsteller nominiert werden würde. Er ist atemberaubend gut. Aber mein Lieblingsfilm ist und bleibt *The Astronaut.* Die Oscar-Verleihung habe ich mir ebenfalls angeschaut und richtig gefeiert, als Oliver Shaw ausgezeichnet wurde. Aber kleiner Reminder an mich selbst – ich bin kein Fan!

Wie bei allen anderen Filmen, die ich die letzten drei Monate unter die Lupe genommen habe, lag der Fokus auch hier alleine auf Oliver Shaw. Er spielt in diesem Film einen verwitweten Plantagenbesitzer, der, wie damals in Amerika üblich, Sklaven hielt. In *The Slave Kid* wird das Weltbild des Plantagenbesitzers komplett erschüttert. Er hat nie darüber nachgedacht, ob es verwerflich ist, Sklaven zu halten und diese einfach aufgrund ihrer Hautfarbe als minderwertiger anzusehen. Für ihn war das normal. Er ist damit aufgewachsen und hat es nie infrage gestellt. Doch als seine Haussklavin bei der Geburt ihres Sohnes stirbt, nimmt der kinderlose Mann das Waisenkind in seine Obhut. Von da an nimmt die Geschichte ihren Lauf. Nach und nach wird ihm klar, dass sich das vermeintlich minderwertige schwarze Kind genauso gut entwickelt wie eines mit weißer Hautfarbe. Der Wandel in den Ansichten des Herrn ist wunderbar, aber zugleich verstörend anzusehen. Durch die Aufnahme des Kindes gerät er selbst unter Beschuss seiner Freunde. Doch er hält dem gesellschaftlichen Druck stand und zieht den Jungen groß. Es ist eine rührselige, aber auch dramatische Geschichte. Vor allem die Szene, in der Oliver Shaw in seiner Rolle ausgepeitscht wird. Es ist die einzige Gewaltszene des Films – alle anderen werden nur angedeutet, was einen Oscar-Film vermutlich auch ausmacht. An sich wird vieles nur angerissen und nicht wirklich gezeigt. Das soll wohl die eigene Vorstellungskraft anregen. Daher sind diese Filme nicht meine Favoriten. Meiner Meinung nach muss alles gezeigt werden, und Emotionen und Szenen sollten nicht nur angeschnitten werden. Aber das liegt im Auge des Betrachters. Die Darstellung von Oliver Shaw war makellos und er hat den Oscar ganz klar verdient.

Vor wenigen Sekunden habe ich meine letzte Nachricht an Oliver Shaw abgeschickt. Dass dieser Abschnitt meines Lebens nun vorbei sein soll, stimmt mich irgendwie traurig. Klar bin ich gerade sowieso total emotional, weil ich wegen meiner Zukunft so aufgeregt bin, aber der Gedanke an das Ende mit Oliver fühlt sich komisch an. Seit drei Monaten begleitet mich die virtuelle Person »Oliver Shaw« nun schon, und jetzt einfach damit aufzuhören beschert mir ein flaues Gefühl im Magen. Aber es ist Zeit, meine Obsession loszuwerden. New York ist ein neuer Anfang! In jeder Hinsicht. Aus diesem Grund lautete mein letzter Satz wie folgt:

Ich danke dir, dass du mich unbekannterweise in dein Leben gelassen hast. Auch wenn es eine einseitige Freundschaft war, hat mir diese geholfen, mich auf alles vorzubereiten. Du warst der Anker, den ich gebraucht habe. Ich wünsche dir alles Gute.

Gute Nacht,

Nele Schmidt

Glücklich sein fühlt sich anders an, aber das Kapitel Oliver Shaw ist nun abgeschlossen. Ich lösche das Licht, lege meinen Laptop auf den Boden neben mein altes Kinderzimmerbett und versuche noch etwas Schlaf zu finden, aber das ungute Gefühl lässt mich nicht los. Irgendwann drifte ich dann aber doch in einen unruhigen Traum.

Abreisetag – 26. Dezember

Zwei Koffer, ein Rucksack und eine Laptop-tasche. So sieht mein aktuelles eingepacktes Leben aus. Hätte mir jemand vor einem Jahr erzählt, dass ich heute meine Reise in ein völlig neues Leben, ohne Hamburg, ohne meine Familie und Freunde antreten werde, hätte ich ihm nicht geglaubt. Es ist verrückt, wie schnell sich eine Lebenssituation ändern kann. Okay, zumindest mein Job bleibt vorerst gleich. Aber wenn alles so läuft wie geplant, bin ich bald an den Filmsets dieser Welt zu finden. Das wäre der Oberhammer! Aber jetzt erst mal der erste Schritt. Nach New York ziehen! Dafür muss ich zunächst mein Gepäck aufgeben, mich verabschieden, durch die Sicherheitskontrolle gehen und dann den bisher wichtigsten Flug meines Lebens antreten. Allein die Vorstellung verursacht mir überall Gänsehaut. Meine Hände schwitzen und ich wünschte, ich hätte mich doch für das Zwiebelprinzip entschieden, das in allen Reiseforen empfohlen wird. Dann könnte ich meinen Oversized-Hoodie kurz ausziehen. Aber das bequeme Spitzenbustier – ja, ich habe wirklich ein superweiches gefunden und liebe es abgöttisch – ist wohl etwas zu sexy, um es hier in der großen Eingangshalle des Terminals zu präsentieren. Wenigstens habe ich mich für eine 7/8 Leggings entschieden und kann so meinen Knöcheln durch ein einfaches

Runterziehen der weißen Sportsocken etwas Abkühlung verschaffen.

Während ich das tue, höre ich meine Freundin Sarah fragen: »Ist dir heiß oder was? Du weißt schon, dass wir an der Null-Grad-Marke kratzen?«

Ich richte mich langsam auf und mustere sie. Sarah trägt einen langen schwarzen Daunenmantel, der ihre Figur komplett umhüllt. Man sieht nichts von ihren tollen langen Beinen. Mit ihren 1,78 Meter ist sie ein ganzes Stück größer als ich und kann die engsten Jeans der Welt tragen. Bei ihr sieht das einfach atemberaubend aus. In der sackartigen Bedeckung von heute ist davon jedoch nichts zu erkennen. Sie weiß, dass der Mantel ihre Qualitäten verbirgt, aber da sie der selbstbewussteste Mensch ist, den ich kenne, ist ihr das völlig egal. Im Sommer wiederum zeigt sie gerne Haut, aber im Winter muss man ihren Körperbau erraten. Ihrem Freund Mitchel ist das schnuppe. Ich glaube, er ist sogar froh über die kalten Monate und würde Sarah im Sommer gerne im Haus einsperren. Dass er extrem eifersüchtig ist, muss wohl nicht extra erwähnt werden. Sarah hat pechschwarze Haare, die zu einem Bob à la Victoria Beckham geschnitten sind. Seit dieser Trend vor rund zwölf Jahren aufkam, trägt Sarah sie so. Und sie ist eine der wenigen Frauen, denen dieser Schnitt wirklich steht. Ich hatte da weniger Glück. Früher hatte ich mir mal die gleiche Frisur schneiden lassen. Im Gegensatz zur engelsgleichen Erscheinung von

Sarah sah ich jedoch aus wie ein Idiot. Aber nicht wie ein »süßer« Idiot, sondern eher wie ein Vollspacko. Nachdem mich die Jungs in der Schule eine Woche lang aufgezogen hatten und ich keine weitere Woche der Demütigung ertragen konnte, lief ich bestimmt sechs Monate mit diversen Klammern und Spangen im Haar durch die Gegend. Seither mache ich keine Experimente mehr. Nur zaghafte und fast unsichtbare Veränderungen kommen infrage.

»Was glaubst du denn?«, frage ich spitz zurück und bemerke, dass meine Kehle ganz trocken ist. »Ich bin aufgeregt und schwitze wie ein Wasserbüffel, der in der Sonne brütet. Hast du noch etwas zu trinken für mich?«

Sarah reicht mir eine Flasche. »Mach dich locker, Süße! Es läuft doch alles wie geplant. Ich liefere dich jetzt ab, und Punita nimmt dich am JFK entgegen. That's it. Alles andere findet sich.«

Ich lache leicht hysterisch auf und nehme einen großen Schluck aus der Flasche, bevor ich erwidere: »Locker machen?! Das klingt so einfach, aber gerade fühle ich mich eher, als hätte ich einen brennenden Ball verschluckt, den ich loswerden muss.«

Gestern Abend habe ich noch mal mit Nita gefacetimed, und eigentlich ist alles geregelt. Ich muss erst ab Mitte Januar wieder arbeiten, weswegen mir mehr als zwei Wochen bleiben, um mich einzufinden. Ich sollte also wirklich etwas lockerer werden.

Sarah greift meine freie Hand, drückt sie und nickt in Richtung Gepäckschalter. »Komm jetzt, wir geben deine Koffer auf.«

Als das erledigt ist und ich der Toilette noch einen Besuch abgestattet habe, laufen wir in Richtung Sicherheitskontrolle. Der Moment des Abschieds ist gekommen. Von Lea, meiner Familie, Andre und meinen Arbeitskollegen habe ich mich bereits offiziell verabschiedet und seitdem auch nichts mehr gehört. Mit Lea habe ich vereinbart, dass ich mich melde, sobald ich in der New Yorker Wohnung angekommen bin, und zu meiner Mutter habe ich quasi eine Standleitung per Chatnachrichten. Alleine heute habe ich schon acht Messages bekommen. Wenn ich am Gate sitze, werde ich ihr ein weiteres Update schicken.

Sarah sieht mich an. »So Süße, der Moment der Wahrheit ist gekommen. Ich entlasse dich nun in die große, weite Welt und bin gespannt, wie schnell du die Filmindustrie eroberst. Sie wären dumm, wenn sie dich nicht mit offenen Armen empfangen würden.«

Lächelnd breite ich die Arme aus, um sie um meine Freundin zu schließen. »Ich danke dir, dass du mich an den Flughafen gebracht hast. Und noch mal danke für den schönen letzten Abend hier in Deutschland. Du hättest Mitchel aber nicht rausschmeißen müssen.«

Sarah nimmt mich ebenfalls fest in den Arm. »Ich wollte halt den Abend mit dir alleine verbringen. Er versteht das schon. Ich wünsche dir alles erdenklich Gute! Du machst das! Da bin ich mir sicher. New York wird dein Ding, das weiß ich!«

»Ich hoffe es!«, erwidere ich, als wir uns voneinander lösen. »So sehr! An meiner mangelnden Vorbereitung soll es nicht scheitern. Jetzt muss ich schauen, was auf mich zukommt. Aber mit Punita habe ich schon mal eine Freundin, auf die ich vor Ort zählen kann. Das nimmt mir wenigstens etwas die Nervosität.«

»Nervosität ist etwas Gutes«, meint Sarah. »Das zeigt, dass es dir wichtig ist. Aber lass dich davon nicht lähmen. Wenn du erst einmal dort bist, wird sich schon alles fügen. Und wenn nicht, kommst du einfach wieder nach Hause! Keiner wird dir den Kopf abreißen.« Sarahs breites und aufmunterndes Grinsen steckt an. Ich drücke ihr einen Kuss auf die Wange, bedanke mich noch mal und gehe los. In der Schlange zur Sicherheitskontrolle schaue ich zurück und winke Sarah zu. Sie winkt zurück und verlässt dann den Terminal-Bereich. Jetzt bin ich auf mich alleine gestellt!

Völlig in meinen Planungsgedanken verloren bemerke ich gar nicht, wie sich die Schlange vorwärtsbewegt. Ich folge einfach dem Trott. Wenn jemand nach einem Opfer Ausschau halten würde, um Gepäck zu stehlen, wäre ich die perfekte Wahl. Mein

Geist befindet sich gerade einfach woanders. Wie wird es sein, wenn ich in New York ankomme? Werde ich mich zu Hause fühlen? Ist das alles ein hirnrissiger Traum, der mich in meinem Leben zurückwirft? Oh Gott, wo kommen denn auf einmal die ganzen Selbstzweifel her? Ich verpasse mir eine imaginäre Ohrfeige und zwinge mich dazu, den Moment zu genießen. Einatmen, ausatmen und den Zweifel von mir abschütteln. Es funktioniert. Wie auf Knopfdruck bin ich wieder in der Gegenwart. Plötzlich nehme ich die Geräuschkulisse des Flughafens wahr. Es ist laut, ziemlich laut sogar. Krass, wie mein Unterbewusstsein das ausgeblendet hat. Die Lautstärke gefällt mir, sie weckt mich auf. Um in der Realität zu bleiben und nicht wieder irgendwelchen abstrusen negativen Gedanken nachzuhängen, schaue ich mir die Menschen um mich herum genauer an. Es sind wahrscheinlich viele Urlaubsreisende dabei, da die Feiertage noch in vollem Gange sind. Außerdem steht Silvester vor der Tür. Ob wohl der korpulente, halbglatzköpfige Mann vor mir zu seiner Familie fliegt? Könnte sein. Er reist alleine, hat nur einen Handgepäckkoffer dabei, wirkt aber nicht, als würde er auf eine Businessreise gehen. Von Daniel weiß ich, dass viele Geschäftsmänner gerne im Anzug reisen. Warum das so ist, habe ich ihn zwar nie gefragt, aber ich male mir aus, dass sie sich zum einen in ihren Business Lounges angemessener gekleidet fühlen, zum anderen wollen sie wohl ihre Anzüge nicht in den engen Koffer quetschen – dann müssten sie ja anschließend gebügelt werden. Ehrlicherweise hätte ich dazu auch keine Lust. Aber vielleicht liege ich mit meiner Vermutung auch völlig falsch. Anyway, ist nicht mein Problem. Sollen sie machen, wie sie wollen. Jedenfalls vermute ich, dass der Mann vor mir zu einem weihnachtlichen Familientreffen fährt. Das junge Pärchen direkt hinter mir geht dagegen definitiv in einen Liebesurlaub. Die beiden können die Hände nicht voneinander lassen. Sie kichern, flüstern und küssen sich die ganze Zeit. Oh Mann, das hätte ich auch mal gerne wieder. So richtig frisch verliebt sein. Das hat schon was. Bei mir ist es schon viel zu lange her. Die Anfangszeit von Andre und mir war wunderbar. Wir mussten uns ständig berühren. Es war von beiden Seiten eine Vernarrtheit, die einen Liebesroman hätte füllen können. Unglaublich, dass so etwas vorbeigeht. Nicht von heute auf morgen, aber schleichend. Ich liebe ihn immer noch, aber nur noch als Freund. Das erste Mal richtig bewusst geworden ist mir das, als ich über das Schauspielern nachgedacht habe. Normalerweise habe ich jede kleine Idee sofort mit ihm geteilt, wollte seine Meinung und seinen Rat hören, aber in diesem Fall war mir völlig egal, was er davon hielt. Nicht weil ich Angst hatte, dass er es mir schlechtreden würde. Nein, mich hat es schlichtweg nicht interessiert. Und da wusste ich, dass etwas nicht stimmt. Mittlerweile ist es für uns beide in Ordnung und ich bin froh, dass es so gekommen ist. Aber verliebt sein, so wie damals, das wäre schön. Um meinen Step-by-step-Plan nicht über den Haufen zu werfen, werde ich dieses Thema aber erst einmal hintanstellen. Wenn sich etwas ergibt, sage ich nicht Nein, aber der Umzug ist keineswegs dafür gedacht, sich zu verlieben. Es wäre ein schönes Nebenprodukt, ist aber kein Must-have. Was ich jedoch nicht aus den Augen verlieren darf, ist die Hochzeit von Michael. Da bringe ich ein Date mit, komme was da wolle. Und wenn es irgendein One-Night-Stand ist. Die Blöße, dort allein aufzutauchen, gebe ich mir sicher nicht.

Als ich endlich an der Reihe bin, erklärt mir der Mitarbeiter am Gepäckband: »In den einen Behälter räumen Sie bitte Ihr Handgepäck und in den anderen Flüssigkeiten sowie elektronische Geräte.«

Es fällt mir auf, wie höflich er ist. Die letzten Male am Flughafen wurde ich quasi direkt angemeckert, obwohl ich gar nichts falsch gemacht hatte.

Ich lächle den Mann, der schätzungsweise Mitte fünfzig ist, an und erwidere: »Ich weiß. Vielen Dank.«

Sobald ich meinen Rucksack in den dafür vorgesehenen grauen Behälter gelegt habe, fährt dieser über das automatische Förderband in Richtung Kontrollpunkt. Der freundliche Sicherheitsmitarbeiter reicht mir direkt den nächsten Behälter, in den ich meinen Laptop, den E-Reader und mein Handy lege. Alle anderen elektronischen Geräte befinden sich in den aufgegeben Koffern, da ich am liebsten mit so wenig Handgepäck wie möglich reise. Die Angst, etwas im Flugzeug zu vergessen, ist einfach zu groß. Umso besser, dass ich nur an einen Rucksack und eine Laptop-Tasche denken muss.

Der Mitarbeiter räuspert sich und sagt etwas leiser, sodass die anderen Reisenden hinter mir ihn nicht hören können: »Ich dachte mir schon, dass Sie sich auskennen, aber Sie sahen etwas verloren aus.«

Er meinte seine Erklärung wahrscheinlich nett, aber in meinem aktuellen Gemütszustand denke ich nur: Na toll! Schön, dass ich sogar noch innerhalb Deutschlands verloren aussehe. Das steigert mein Selbstwertgefühl ungemein! Da ich nicht weiß, was ich dazu sagen soll, ohne ihn schnippisch anzufahren, gehe ich einfach weiter durch die Sicherheitskontrolle. Wie immer gibt es bei mir nichts Interessantes, weswegen ich ohne Umschweife durchgewunken werde. Mit meinem Rucksack und der Tasche mit dem Laptop bewaffnet mache ich mich auf in Richtung Gate. Bis zum Boarding ist nicht mehr viel Zeit und ich möchte mir noch etwas zu trinken und ein paar Snacks kaufen. Außerdem will ich den in der Heimat Zurückgebliebenen und Punita eine Nachricht schicken. Das Glück scheint mir gewogen zu sein, da sich genau neben meinem Abfluggate ein Café mit gemütlicher Sitzecke befindet. Als ich auf die loungigen Möbel zusteuere, fällt mir auf, dass sich nur eine Frau in dem Bereich niedergelassen hat. Und das obwohl außerhalb richtig viel los ist. Der Flug scheint wirklich vollkommen ausgebucht zu sein – Urlaubszeit eben. Aber warum sitzt sie dort alleine? Ist das ein gesonderter Bereich? Habe ich irgendein Schild oder eine Absperrung übersehen? Nicht, dass ich gleich zu Boden gerungen werde, da ich mich unbefugt einem VIP-Bereich nähere. Nach einem kurzen Halt und intensiver Inspektion kann ich jedoch keinen Grund erkennen, warum ich nicht dort sitzen dürfte. No risk, no fun. Ich mache das jetzt einfach! Mit einem Lächeln im Gesicht nähere ich mich der lässig gestylten Frau. Sie trägt ein Jeans-Kleid und braune Stiefeletten und hat ihre rotbraunen-Haare zu einem hohen Zopf gebunden. Das Haarband um ihren Kopf ist mit Kirschen bedruckt, deren Farbe zu ihrem knallroten Lippenstift passt. An ihren Ohren hängen große goldene Creolen. Alles in allem sieht der Look richtig cool aus, wirkt aber für die Jahreszeit etwas zu sommerlich. In ihrem Schoß liegt ein aufgeschlagenes Buch, in das sie vertieft zu sein scheint. Ich nähere mich noch ein Stück, sodass meine Füße eigentlich in ihrem Blickfeld sein müssten. Sie schaut zu mir auf und erwidert mein Lächeln.

»Ist hier noch frei?«, frage ich zögerlich.

Sie nickt. »Endlich gesellt sich jemand zu mir. Ich dachte schon, ich säße in einer Sperrzone, weil sich keiner hier hinsetzt. Dabei ist das der gemütlichste Platz, den ich bisher hier gefunden habe.«

Ha, richtige Wahl! »Tatsächlich war ich auch kurz davor, mir ein anderes Plätzchen zu suchen. Es sieht so aus, als dürfte man sich dir nicht nähern.«

»Noch zwei Minuten länger und ich hätte in den Raum gerufen, dass sich doch bitte jemand zu mir setzen soll. Ob das gut angekommen wäre?«, fragt sie verschmitzt.

»Vermutlich wäre dann erst recht keiner zu dir gekommen, da alle gedacht hätten, mit dir würde was nicht stimmen«, gebe ich lachend zurück.

Die Frau stimmt in mein Lachen ein. »Wäre nicht unwahrscheinlich. Mein Name ist übrigens Kelly. Fliegst du auch nach New York?«, fragt sie, während sie mir ihre Hand zur Begrüßung hinstreckt.

Ich ergreife sie und schüttle sie leicht. »Ja, genau. Und ich heiße Nele. Schön, dich kennenzulernen. Könnte ich vielleicht kurz meine Sachen hier stehen lassen? Ich würde mir gerne noch ein paar Snacks, Kaffee und Wasser holen? Soll ich dir etwas mitbringen?«

»Klar, lass sie einfach hier. Und du könntest mir einen Latte mitbringen. Mit Hafermilch. Warte, ich gebe dir Geld.«

Ich winke ab und mache mich auf den Weg Richtung Café. »Schon gut. Geht auf mich.«

Die Warteschlange war lang und ich habe länger gebraucht als gedacht. Hoffentlich entpuppt sich Kelly nicht als Diebin und hat sich mit all meinen

Sachen aus dem Staub gemacht. Super, dass mir solche Gedanken erst im Nachhinein kommen. Wenn mein ganzes Zeug weg ist, bin ich geliefert. Doch als ich um die gefühlt acht Meter dicke Säule, die mitten im Raum steht, herumgelaufen bin, sehe ich sie. Bei ihr angekommen atme ich hörbar aus. »Oh Mann, sorry, das hat länger gedauert als gedacht. Aber da vorne ist megaviel los.«

Kelly schüttelt den Kopf. »Ach, kein Thema. Eben kam eh die Durchsage, dass sich unser Boarding um vierzig Minuten verschiebt. Also haben wir noch ausreichend Zeit.«

Ich schaue in Richtung Bildschirm und lese die neue Boarding-Zeit. Meine Reise ins neue Leben ist nun für 11:35 Uhr angesetzt. Es ist ein komisches Gefühl, dass momentan andere mein Leben in der Hand haben. Wenn sie wollten, könnten sie es sogar noch mal verschieben. Dieses Zwischenstadium gefällt mir gar nicht. Mein altes Leben liegt bereits in der Vergangenheit, aber mein neues hat noch nicht begonnen. Wirklich komisch und außerhalb meiner Komfortzone. Ich mache drei Kreuze, wenn ich in New York angekommen bin und Punita sehe. Ich freue mich so sehr auf sie.

»Komm, setz dich. Ich bin auf die Geschichte gespannt, die dich nach New York bringt«, unterbricht Kelly meine Gedanken.

Ich nehme auf der Couchgarnitur neben ihr Platz und stelle fest, dass diese wirklich saubequem ist. Ich reiche ihr ihren Kaffeebecher und nippe dann an meinem. Sofort verbrenne ich mir die Zunge an dem heißen Getränk. Zwar steht mittlerweile auf jedem Becher »Achtung – heiß!«, aber ob dies schon jemals jemanden vor einer verbrannten Zunge bewahrt hat, bezweifle ich. Anscheinend habe ich das All-inclusive-Reiseprogramm gebucht, inklusive Verspätung und Kaffeeverbrennung. Gab es jemals einen Ausflug oder eine Reise, bei denen ich mich nicht am ersten Kaffee verbrannt habe?! Rückblickend – nein! Ich spüre bereits das pelzige Gefühl auf der Zunge und versuche es bewusst zu genießen. Es muss ein gutes Omen sein. Alle meine bisherigen Reisen begannen mit diesem unangenehmen Gefühl. Wenn ich so darüber nachdenke, sind damit nur gute Erinnerungen verbunden. Ich lächle leicht über meine Gedanken, da ich mir wieder einmal alles schönrede.

Als ich Kelly dabei beobachte, wie sie ihren ersten Schluck aus dem To-go-Becher nimmt, bemerke ich ein kleines Zucken in ihrem Gesicht. »Scheiße, ist der heiß! Du hättest mich ruhig vorwarnen können.«

»Das hätte auch nichts gebracht. Es steht ja schließlich auf dem Becher, und das ignoriert für gewöhnlich auch jeder.«

»Da hast du wohl recht«, stimmt sie mir zu. »Aber jetzt mal zu den wichtigen Dingen. Erzähl mir, was dich in die Staaten verschlägt. Die Liebe? Ich stehe auf gute Liebesgeschichten.«

»Da muss ich dich leider enttäuschen. Es hat nichts mit der Liebe zu tun. Im Höchstfall mit der Liebe zu mir selbst. Ich möchte mir einen Traum erfüllen.«

Sie lehnt sich gespannt nach vorne. »Das klingt gut – erzähl mir alles.«

*

Die Zeit bis zum Boarding verging wie im Flug. Wir hätten wahrscheinlich noch ewig weiterreden können, wobei ich darauf geachtet habe, keinen Monolog zu führen. Ich spreche zwar gerne über mich und meine Pläne, will aber auch etwas über mein Gegenüber erfahren. Das ist nicht geheuchelt oder so. Mein Interesse ist echt. Und nachdem ich erfahren habe, dass Kelly nur zu Besuch in Deutschland war und eigentlich in Brooklyn lebt und arbeitet, war ich nicht mehr zu bremsen. Ich hatte so viele Fragen, dass ich nur hoffen kann, dass Kelly sich nicht wie bei einem Verhör gefühlt hat. Sie besitzt ein kleines Café, das sie mit ihrem Mann Fred betreibt und das am Abend zu einer Bar umfunktioniert wird. Sie schien sehr stolz darauf zu sein, den Laden seit nunmehr zwölf Jahren zu führen. Fred ist vor sechs Jahren eingestiegen, als es mit den beiden »ernster« wurde. Kelly ist für eine Woche in Deutschland gewesen, um ihre Schwester zu besuchen, aber sie hat sich auch wieder darauf gefreut, nach Hause zu kommen. Sie meinte, ihr Baby, also ihr Café, so lange allein zu lassen, sei gegen ihre Natur. Aber die kurze Auszeit schien ihr trotzdem gutgetan zu haben. Als ich ihr von meinen Zukunftsplänen erzählt habe, war sie so interessiert, als wären wir beste Freundinnen. Sie hat mir so ein gutes Gefühl vermittelt, dass sich der Feuerball in meinem Innern aufgelöst hat. Jetzt freue ich mich richtig auf die folgenden Tage. Alles ist so spannend. Scheiße, kann mich bitte jemand kneifen?! Kelly und ich haben uns zum Abschied umarmt, da sie in der Business Class fliegt. Bei mir hat es nur für Premium Economy gereicht - aber wenigstens PREMIUM! Man gönnt sich ja sonst nichts. Sie hat mir aber versichert, dass wir uns nach unserer Ankunft noch mal am JFK sehen, wo sie auf mich warten will. Vielleicht habe ich ja tatsächlich am Frankfurter Flughafen schon meine erste Freundschaft für New York geschlossen. Das wäre doch der absolute Hammer! So kann es von mir aus weitergehen. Bevor ich ins Flugzeug gestiegen bin, habe ich noch diverse Nachrichten verschickt, in denen ich versprochen habe, mich zu melden, sobald ich in meinem Apartment angekommen bin. Daran muss ich unbedingt denken. Vor allem Andre hat sich die letzten Tage wirklich viel Mühe gegeben und täglich nach meinem Befinden gefragt. Richtig süß von ihm. Den Kontakt darf ich nicht einschlafen lassen – er ist ein guter Kerl. Meine Mutter weiß auch Bescheid, und Daniel hat mir ebenfalls eine gute Reise und schöne erste Tage gewünscht. Obwohl die

Stimmung zwischen uns immer noch angespannt ist, habe ich mir vorgenommen, ihn zeitnah anzurufen, wenn ich in Lenox Hill angekommen bin. Das bin ich ihm schuldig. Durch ihn ist mir der Entschluss, nach New York zu gehen, um einiges leichter gefallen. Der Job bei ihm verschafft mir eine gewisse Sicherheit. Ohne ihn hätte ich diesen Schritt bestimmt nicht gewagt. Auch an Nita habe ich eine kurze Nachricht verfasst: Sehe dich in neun Stunden. Freue mich unglaublich!

Außerdem habe ich noch eine Story auf Instagram hochgeladen und Nita darauf verlinkt. Seit ich mein Profil öffentlich gemacht habe, ist meine Follower-Zahl leicht gestiegen. Ich hoffe, dass sie mit meinem Umzug noch weiter hochgeht und ich damit auch die Aufmerksamkeit von den richtigen Leuten aus der Schauspielbranche auf mich ziehen kann. Mein Plan sieht vor, auch hier aktiver zu werden. Nicht übertreiben – aber der Welt zeigen, dass man da ist. Nun sitze ich hier. Ready for take off. Ich fliege am Mittag in Frankfurt los und komme am selben Mittag in New York an. Verrückte Welt. Mir entgehen aufgrund der Zeitverschiebung rechnerisch nur ein paar Stunden. Knapp neun trennen mich nun noch von New York. Von dem Leben, nach dem ich mich sehne. War ich schon jemals so bereit wie jetzt?

Fuck, NEIN!

Los Flieger, heb ab. Ich bin so was von READY!

Ankunft New York – 26. Dezember

Next Steps – Punita finden, zum Apartment fahren, ankommen, Jetlag überstehen, früh schlafen gehen und morgen in meinen ersten richtigen Tag in New York starten. Die Passkontrolle habe ich bereits hinter mir, und meine Koffer habe ich schon auf den Gepäckwagen gehievt. Rucksack und Laptop-Tasche sind auch noch da. Check! Es kann also Richtung Ausgang gehen. In der Hoffnung, dass Nita nicht zu lange auf mich warten musste, da ich die Schlange beim Einreisecheck etwas unterschätzt habe, mache ich mich schnellen Schrittes auf den Weg. Ein kurzer Blick auf die Uhr verrät mir, dass ich vor knapp zwei Stunden gelandet bin. Krass, wie viel Zeit alles in Anspruch genommen hat. Es kam mir eigentlich gar nicht so lange vor. Gut, dass ich Kellys Angebot, auf mich zu warten, schlussendlich abgelehnt habe. Klar, wir hätten bestimmt noch genügend Themen gehabt, um uns mindestens achtzig Stunden zu unterhalten, aber für sie als US-Bürgerin ging der Einreisecheck wesentlich schneller. Nach zehn Minuten habe ich sie entlassen und ihr versprochen, bald in ihrem Laden, dem Cherry, vorbeizuschauen. Ich bin schon richtig gespannt, wie sehr der Name Programm ist und ob ihr Mann auch Kirsch-Accessoires trägt. Und vor allem, ob er dies aus freien Stücken tut. Nach einem kurzen Nummern-Austausch hat sie sich verabschiedet und sich auf den Heimweg gemacht. Kurz überkam mich ein Gefühl der Einsamkeit, was ich aber direkt aus meinem Mindset verbannt habe. Zu groß ist die Vorfreude, endlich auf meine neue Mitbewohnerin zu treffen. Nita und ich haben ausgemacht, uns an der AirTrain Station in der Nähe des Terminal 1 zu treffen. Da ich leicht überfordert bin und alle Eindrücke in mich aufsaugen möchte, bin ich froh, dass meine kluge Mitbewohnerin mir ihren Standort geschickt hat. So kann ich wenigstens ungefähr beurteilen, ob ich in die richtige Richtung laufe. Bis jetzt scheint alles zu stimmen. Als ich durch den Flughafen marschiere, fällt mir auf, dass er sich nicht groß von anderen Flughäfen unterscheidet. Er ist sauber, die New Yorker Sehenswürdigkeiten werden angepriesen und wie erwartet gerät mehr als eine US-Flagge in mein Sichtfeld. Hängt in Deutschland auch gefühlt alle zehn Meter die Nationalflagge? Ich glaube nicht. Zumindest ist es mir bisher nicht aufgefallen. Eigentlich schade, denn ich muss sagen, dass ich es irgendwie schön finde, diese Art von Nationalstolz zu sehen. Dadurch fühle ich mich in den USA gleich heimisch. Den USA meiner Vorstellung. Mal sehen, ob es auch wirklich so ist.

Als ich mich der Zugstation nähere, erkenne ich über meine Koffer hinweg eine kleine Person, die direkt auf mich zugerannt kommt. »Willkommen in deinem neuen Zuhause!«, schreit sie durch den langen Korridor. Es ist Punita! Oh mein Gott. Endlich sehe ich meine Internet-Freundin in echt.

Ich schiebe den Gepäckkoffer zur Seite und renne ihr entgegen. Der Rucksack auf meinem Rücken und die Laptop-Tasche um meinen Hals bringen mich aus dem Gleichgewicht, was vermutlich urkomisch aussieht. Ich sehe wohl für die ausstehenden Zuschauer dieser rührseligen Szene aus wie der rennende Glöckner von Notre Dame. In diesem Moment könnte mich aber nichts weniger kümmern. Keiner von uns beiden drosselt seine Geschwindigkeit, weswegen wir regelrecht zusammenstoßen, als wir uns erreichen. Da Nita kleiner ist als vermutet, muss ich mich leicht hinabbeugen, um sie zu umarmen. Sie schlingt ungestüm die Arme um mich und krallt die Hände in meinen Rücken. Wir fangen beide an, lauthals zu lachen, da unser erstes Zusammentreffen, oder besser gesagt unser erster Zusammenstoß, fast schmerzhaft ist. Mein an mich geschnalltes Gepäck macht das Ganze auch nicht besser. Wir lösen uns kurz voneinander, sodass ich alles ablegen kann. Anschließend geben wir uns unserer enthusiastischen Begrüßung wieder hin.

»Ich kann nicht glauben, dass ich endlich hier bin. Es ist verrückt, dass wir uns heute das erste Mal sehen«, sage ich atemlos.

»Da hast du recht. Es fühlt sich eher so an, als würde ich eine Freundin nach langer Zeit wiedersehen. Ich bin so froh, dass du gut angekommen bist«, erwidert sie.

Als wir uns endlich voneinander gelöst haben, gehen wir zurück zum Gepäckwagen. Nita hat mir die Laptop-Tasche und den Rucksack abgenommen. »So, wir geben jetzt den Gepäck-Wagen ab, dann geht's mit dem Zug zur U-Bahn-Station und anschließend Richtung Heimat«, verkündigt meine Freundin.

»Klingt nach einem Plan, der mir gefallen könnte. Wobei das Wort ›Heimat‹ mich schier ausflippen lässt! Passiert das gerade wirklich oder träume ich?!«, gebe ich voller Begeisterung zurück.

»Yes, Sweety. Es passiert wirklich. Und jetzt komm. Wir haben noch eine kleine Reise vor uns, und ich will alles über deine ersten Stunden auf amerikanischem Boden erfahren. Am Flughafen passieren einem immer die lustigsten Dinge, und dir ist mit Sicherheit auch etwas Interessantes widerfahren.«

»Na ja, lustig war es nicht direkt. Aber ich habe schon die erste vielversprechende Bekanntschaft gemacht«, erwidere ich stolz.

Nita sieht mich mit hochgezogener Augenbraue an. »Na so was! Ein attraktiver Kerl?«

Ich schmunzle leicht. »Das wäre zu schön gewesen. Aber es war eine attraktive Frau, die ein Faible für Kirschen hat und außerdem supernett war.«

»Klingt auch nicht schlecht. Freundschaften halten ja bekanntlich länger als Flughafen-Flirts«, gibt Nita lächelnd zurück.

»Ich weiß zwar nicht, ob es dazu Statistiken gibt, aber vermutlich hast du recht. Vielleicht warst du sogar schon mal in ihrem Café in Brooklyn.«

»Sie hat ein Café?! Cool. Erzähl mir alles!«

»Am Abend wird es sogar zur Bar.«

»Pah, noch besser. Ich will jedes Detail über deine Flughafenbekanntschaft wissen.«

*

Am liebsten würde ich die Stadt schon heute unsicher machen und mir alle Highlights anschauen. Aber es ist saukalt und bereits dunkel, weswegen es wirklich schlauer ist, heute in der Wohnung zu bleiben. Außerdem bin ich so müde, dass ich wahrscheinlich sofort einschlafe, wenn mein Kopf das Kissen berührt. Nach zweimaligem Umsteigen und einigen Gehmetern haben wir es in unsere Straße geschafft. Ab jetzt nenne ich die York Avenue in Lenox Hill mein Zuhause. Es ist deutlich zu spüren, dass wir in der Upper East Side sind. Alles wirkt äußerst gehoben und elegant. Ohne das Angebot von Nita und ihrem Bruder hätte ich mir in diesem Viertel kein Zimmer leisten können. Und wenn doch, dann nur das schäbigste, das auf dem Markt gewesen wäre. Der East River ist lediglich eine Querstraße entfernt, und ich freue mich schon darauf, morgen in aller Früh dort entlangzulaufen und alles auf mich wirken zu lassen. Vielleicht habe ich sogar das Glück, den ein oder anderen winterlichen Sonnenstrahl abzubekommen. Das wäre herrlich. Glücklicherweise hat unser Gebäude einen Fahrstuhl, weswegen wir keine Probleme haben, meine Koffer in die Wohnung zu bekommen. Wir wohnen im vierten Stock und ich fühle mich irgendwie, als wäre ich in einer amerikanischen Sitcom gelandet. Auf dem Flur vor mir befinden sich fünf Wohnungstüren, wobei es um die Ecke noch weitere Türen zu geben scheint. Der dunkelrote Teppichboden und die weiß gestrichenen Wände, über die ein waagerechter goldener Streifen verläuft, vermitteln mir den Eindruck, in einem Hotel zu sein. Vor jeder Eingangstür liegen Fußmatten, die schon erste Hinweise auf die Besitzer geben. Als wir in Richtung unserer Wohnungstür laufen, die sich am Ende des Flurs befindet, schaue ich mir die Fußmatten genauer an. Auf der ersten Matte, die aus Kokosfasern zu bestehen scheint, steht in bunten Lettern »Welcome to the jungle«. Okay, nicht wirklich witzig. Auf der nächsten Matte ist in schwarzen Großbuchstaben der Name »PIERCE!« zu lesen. Das Ausrufezeichen am Ende vermittelt mir das Gefühl, von der Matte angeschrien zu werden. Ich wusste gar nicht, dass »Pierce« auch ein Nachname sein kann. Wobei es sich bei den Bewohnern vielleicht auch um Pierce-Brosnan-Fans handelt. Wer weiß. Auf der letzten Fußmatte, die ich beim Gang zu unserer Haustür betrachte, ist ein Hanfblatt abgebildet, unter dem »Legalize it« steht. Scheint eine ältere Version zu sein, da meines Wissens in New

York der Konsum von Marihuana mittlerweile legal ist.

Als Nita meinen Blick auf die Matte gerichtet sieht, erklärt sie mir: »Der verpeilte Typ, der dort wohnt, lebt irgendwie in seiner eigenen Welt. Man sieht ihn eigentlich nur, wenn er Lebensmittel kaufen geht. Seine Stimme habe ich bisher noch nicht gehört. Er nickt einem nur kurz zu, wenn man ihm begegnet. Da er unser direkter Nachbar ist, kann es uns aber nur recht sein, dass er so ruhig ist. Keine Ahnung, was er den ganzen Tag da drin macht. Warum lebt man in einer der coolsten Städte der Welt, wenn man sich 24/7 in seiner Wohnung aufhält?«

»Vielleicht lebt er schon immer in New York und nimmt es gar nicht mehr wahr«, erwidere ich schulterzuckend. »Laut seiner Fußmatte kauft er nicht nur Lebensmittel bei seinen Besorgungen ein.«

Nita kichert. »Vermutlich nicht.«

Der Moment der Wahrheit ist gekommen, als wir vor unserer Wohnungstür angelangt sind. Gleich werde ich die Schwelle zu meinem neuen Heim betreten. Mein Herz pocht von einer auf die andere Sekunde stärker. Dass dieser Augenblick so ein Gefühl in mir auslöst, hätte ich nicht gedacht.

Punita schaut mich an und hat ein verdächtiges Lächeln im Gesicht. Ich schaue fragend zurück. »Was ist los?«

Sie gibt mir keine Antwort und senkt den Blick. Als ich diesem folge, sehe ich auf unsere Fußmatte.

Sie ist ebenfalls aus einem festen Material, und in leuchtend blauen und goldenen Buchstaben steht darauf »Welcome to Nele's & Nita's Home of Dreams«.

»Ich hoffe, sie gefällt dir. Ich finde, das passt zu uns. Wir beide erhoffen uns viel von New York, und in unserem Zuhause sollten wir offen über unsere Wünsche sprechen können.«

Total gerührt umarme ich Nita. »Wie lieb von dir! Und du hast recht, das passt wie die Faust aufs Auge!«

Nita steckt endlich den Schlüssel in die Tür und schließt auf. Sie geht als Erste hinein, stellt meinen Koffer und die Laptop-Tasche im Flur ab und schaltet das Licht ein. Ich folge ihr, beachte meine Umgebung aber erst einmal nicht. Ich will zunächst das Gepäck sicher abstellen, bevor ich einen Blick wage. Sobald ich den Rucksack abgelegt und den Koffer in einer Ecke platziert habe, schaue ich mich um. Wir stehen in einem Flur mit jeweils einer Tür links und rechts. Direkt gegenüber des Eingangs befindet sich eine verglaste Flügeltür. Sie steht offen und erlaubt mir somit einen ersten Blick in den Wohn- und Essbereich. Er wirkt einladend, da Nita eine kleine Lampe angelassen hat, die ein warmes Licht ausstrahlt. Nach der Kälte draußen ist das genau die richtige Atmosphäre. Im Flur kann ich nun endlich die Wandfarbe betrachten, die ich in den letzten Monaten immer wieder per Video bewundern konnte.

Das zarte Blau hätte wirklich meine eigene Wahl sein können. Ich bin so froh, dass das ganze Apartment in diesem Ton gestrichen ist, da er mir unglaublich gut gefällt. Was mir bei der Betrachtung der Wände wieder ins Auge sticht, sind zwei Gemälde von Punita. Blumen, wie immer – aber vermutlich die schönsten, die ich je gesehen habe. Sie hat ein unglaubliches Talent. Über einer Holzkommode, auf der eine bunt verzierte Schale mit Schlüsseln steht, befindet sich ein weiterer Bilderrahmen. Er beherbergt ein Dutzend kleinere Rahmen für Fotografien.

Nita zieht ihre Jacke aus und hängt sie an die Garderobe. Aus dem Augenwinkel kann ich sehen, wie sie sich in meine Richtung dreht. »Den Rahmen habe ich erst diese Woche gekauft. Ich dachte, dass wir ihn vielleicht mit Bildern von uns bestücken können.«

»Schöne Idee! Wir könnten doch ab heute jeden Monat ein Bild einfügen?«, schlage ich vor. »So hätten wir unser erstes gemeinsames Jahr für die Nachwelt dokumentiert.«

Nita macht einen kleiner Hüpfer in meine Richtung und quietscht. »Das ist eine Megaidee! Darauf bin ich gar nicht gekommen. Ich hätte wohl in den nächsten Tagen so viele Bilder wie möglich gemacht und das Ding direkt damit ausgestattet. Aber dein Vorschlag gefällt mir besser! Dann zieh mal deine Jacke aus. Ich will dir alles zeigen!«

Nachdem ich mich aus meiner Jacke geschält und sie fein säuberlich an den goldenen Haken der Garderobe gehängt habe, ziehe ich meine Schuhe aus. Punita ist kurz in ihrem Zimmer verschwunden, das sich hinter der linken Tür befindet. Im nächsten Moment kommt sie in einer gemütlichen Jogginghose und ziemlich zerschlissenen Hausslippern zurück. »Ich würde sagen, wir starten in deinem Zimmer.«

Sie öffnet die andere Tür, die sich gegenüber von ihrem Zimmer befindet, schaltet das Licht an und tritt ein. Ich schnappe mir noch schnell meinen Rucksack, sodass ein Teil meines Gepäcks schon mal in mein Zimmer kommt, und folge ihr dann. Das Zimmer wirkt um einiges größer, als ich es von unserem Videocall in Erinnerung habe. Auf der rechten Seite befindet sich ein Doppelbett, das frisch bezogen zu sein scheint. Außerdem gibt es eine Kommode und einen Nachttisch. Ein Fenster, das sich gegenüber der Zimmertür befindet, gibt den Blick auf die Fassade des Nachbargebäudes frei. Auf der linken Seite befinden sich zwei weitere Türen. Hinter der einen verbirgt sich ein eingebauter Schrank, der ausreichend Platz für meine Kleidung bietet, die andere führt in ein kleines Bad mit einer Dusche, Toilette und einem Waschbecken. Auch hier gibt es ein kleines Fenster, was mich sehr freut. Irgendwie scheinen mir Fenster innerhalb von Wohnräumen wichtiger zu sein, als es mir bisher bewusst war. Alles ist sauber, sieht aber unbewohnt und noch etwas kahl aus. In meinem Kopf beginne ich schon eine Liste zu schreiben, mit allen Artikeln, die ich mir in den nächsten Tagen kaufen muss.

»Und was sagst du? Gefällt es dir?«, fragt Nita leicht nervös.

Breit grinsend sehe ich sie an. »Es ist so viel größer, als ich es mir vorgestellt habe. Ich bin begeistert. Gib mir ein bis zwei Tage und dann sieht es hier auch wieder bewohnter aus.«

»Ich bin so froh, dass es dir gefällt. Wir können ja morgen ein paar Möbelläden abklappern und dir alles besorgen, was du noch brauchst.«

»Klingt gut. Aber jetzt bin ich gespannt auf den Rest der Wohnung!«

*

Die Roomtour ist schneller erledigt als gedacht. Zwar fühlt es sich für mich aktuell wie ein paradiesisches Schloss an, in Wirklichkeit ist es aber nur eine Drei-Zimmer-Wohnung, die man innerhalb von fünf Minuten durchlaufen hat. Punitas Zimmer ist etwas größer als meins und hat im Bad neben der Dusche noch eine Badewanne. Neidisch bin ich aber nicht. Ihr Zimmer hat den klaren Nachteil, dass es keine Fenster gibt. Weder im Bad noch im Zimmer an sich gibt es eine Lichtquelle oder Frischluftzufuhr. Da nehme ich lieber das etwas kleinere Zimmer. Ganz ehrlich. Außerdem hätte Nita mit ihrem ganzen Mal-Equipment im kleineren Zimmer ein echtes Platzproblem. Neben zahlreichen Staffeleien, Pinseln und Farben befinden sich auch diverse Lampen in ihrer Malecke. Grund dafür: das fehlende Licht. So simuliert sie Tageslicht. Auf meine Frage, warum sie nicht im Wohnzimmer vor dem großen Fenster malt, lässt sie mich wissen, dass sie zum einen gerne neben ihren Kunstwerken schläft – etwas seltsam, aber okay für mich – und zum anderen meistens nachts malt und daher so oder so das Tageslicht simulieren müsste. Bezüglich der fehlenden Frischluft ist es anscheinend so, dass sie irgendeine Technik hat einbauen lassen, die die Raumluft austauscht. Das kann sie sogar manuell steuern. Oftmals »lüftet« sie, wenn sie in der Uni ist. Unglaublich, was die Technik heutzutage alles leisten kann. Beruhigen tut es mich aber allemal, da ich leicht panisch auf Schimmel reagiere. Eine Doku, die ich mir vor Jahren angeschaut habe, hat mich diesbezüglich so verstört, dass ich lieber einmal zu viel als zu wenig lüfte. Gerne auch mal bei minus zehn Grad.

Ich finde zwar meinen Bereich der Wohnung jetzt schon supertoll, aber beide Zimmer sind nichts im Vergleich zum Gemeinschaftsraum. Die Küche ist klein und funktional und perfekt in den offenen Wohn- und Essbereich integriert. Das graue Sofa und der sonnenblumengelbe Ohrensessel laden zum Chillen ein. Der runde Eichen-Esstisch, an dem vier Leute Platz nehmen können, trennt den Küchen- und Essbereich optisch vom Wohnzimmer. Mein absolutes Highlight ist jedoch der Bereich vor dem »Nicht-Balkon«. Nita hat ihr Versprechen eingehalten und uns hier ein tolles Plätzchen geschaffen. Ganz im Bohostil stehen dort ein kleiner runder Rattantisch, der mit einer Glasplatte versehen ist, und zwei gemütliche Loungestühle. Es wirkt wie in einem kleinen Gartencafé im Sommer. Nur eben ohne Garten, Café und Sommer. Ich freue mich schon darauf, die nächsten Tage hier zu frühstücken. Nita habe ich für die Einrichtung ein großes Kompliment gemacht. Alles passt wunderbar zusammen und ergibt ein einladendes Gesamtbild. Hier werde ich mich definitiv wohlfühlen.

Wir stehen gerade vor dem Sofa und ich verliere mich wieder einmal in dem tollen Gemälde, das über der Couch hängt, als es an der Haustür klingelt. Punita lässt mich wissen, dass sie uns schon heute Mittag etwas bei ihrem Lieblingsladen zu essen vorbestellt hat. »Ich hoffe, du magst indisch. Ich dachte, etwas Warmes vor dem Schlafengehen tut uns sicherlich gut, und da bei denen immer die Hölle los ist, habe ich vorhin schon bestellt.«

»Oh ja, ich liebe indisch. Vielen Dank!«, sage ich erfreut.

Nita nimmt das Essen entgegen und weist meinen Versuch zu bezahlen entschieden zurück. »Du weißt doch noch nicht einmal, was ich bestellt habe. Vielleicht magst du es ja gar nicht. Das geht definitiv auf mich«, sagt sie entschieden.

»In Ordnung, aber morgen bin ich dran«, beharre ich, während Nita unser Essen auf den Tisch stellt.

Als wir mit dem Abendessen fertig sind, kann ich meine Augen kaum noch offen halten. Ob ich schon jemals so müde war? Ich glaube es ehrlich gesagt nicht. Nita und ich haben während des Essens unsere Pläne für die nächsten Tage besprochen und das Sightseeing erst einmal hintangestellt. Aufgrund der Feiertage ist die Stadt voll und die Sehenswürdigkeiten überlaufener denn je. Morgen geht es nach dem Frühstück zum Möbel- und Nippesshopping. Mein Zimmer braucht unbedingt meinen eigenen Touch und da habe ich schon einige Ideen. Vor allem möchte ich eine blaue Deko. Kissen, Teppiche und Decken müssen her, um mir mein gemütliches Nest zu bauen. Außerdem will ich das Badezimmer schnellstmöglich aufhübschen. Im aktuellen Zustand wirkt es zu klinisch. Streichen wird nicht notwendig sein, da die Wandfarbe einwandfrei aussieht. Dafür tobe ich mich beim Einrichten so richtig aus. Mit Nita an meiner Seite werden wir hier bestimmt schnell fündig. Sie kennt die Läden in der Umgebung, und aufgrund ihres Stilbewusstseins bei ihrer eigenen Einrichtung bin ich mir ziemlich sicher, dass sie eine echte Beratungshilfe für mich sein wird. Hoffentlich kann sie mich im Notfall auch ausbremsen, falls ich es übertreiben sollte. In meinem Zimmer soll es ja nicht wie bei einem Teenie in den Neunzigern aussehen. Leider habe ich hierzu manchmal den Hang. Wenn ich so darüber nachdenke, ist die Ursache bestimmt das strickte Poster-, Duftkerzen- und Girliekrimskramsverbot, das meine Eltern ausgesprochen hatten. Was für Spielverderber! Ich habe nie verwunden, dass sie mir den Backstreet-Boys-Sitzsack nicht kaufen wollten. Ihre Angst, dass er aufplatzen und sein Innenleben überall herumfliegen könnte, war zu groß. Meines Erachtens völlig übertrieben.

*

Während ich gerade dabei bin, meine Zähne zu putzen, höre ich ein leises Klopfen an meiner Zimmertür. Diese steht zwar offen, aber Nita will wohl abchecken, was bei mir in Ordnung ist und was nicht. Um alle Unklarheiten gleich zu beseitigen, rufe ich aus dem Bad heraus: »Wenn die Tür offen steht, kannst du jederzeit reinkommen.«

Als ich meinen Mund ausspüle, höre ich Nitas Schritte näher kommen. »Ich wollte dir nur eine gute Nacht wünschen. Bist du auch so fertig wie ich? Irgendwie war das alles echt aufregend heute. Auch für mich, obwohl ich keinen Langstreckenflug hinter mir habe.«

»Total«, erwidere ich, während ich mir das Gesicht abtrockne. »Ich will einfach nur noch schlafen und dann morgen mit neuer Kraft starten.«

»Es sei dir gegönnt. Aber bevor du dich hinlegst, müssen wir unbedingt noch unser erstes Bild machen.«

Etwas verwundert sage ich: »Jetzt? In unseren Schlafanzügen?«

»Na klar, passt doch perfekt. Wenn wir uns an diesen Tag zurückerinnern, wissen wir immer, wie müde wir uns gefühlt haben.«

»Na gut. Auf meinem Bett?«, will ich wissen.

Nita nickt und wir lassen uns in meinem neuen Reich der Träume nieder. Als sie ihre Hände im gekonnten Selfie-Griff vor unsere Gesichter hält, schauen wir nicht in die Kamera, sondern lächeln uns freudestrahlend an. Ganz ohne Absprache. Nita nimmt gleich mehrere Fotos auf, und schnell ist die Entscheidung für das perfekte Bild gefallen.

»Ich schicke es dir zu, und morgen drucken wir es gleich aus«, sagt Nita, während sie schon auf dem Weg nach draußen ist. Da ich wirklich kaum noch klar denken kann, ziehe ich die Bettdecke über mich und kuschele mich ein.

An der Tür dreht sich Nita noch einmal um und kommt dann wieder zu meinem Bett zurück. Sie beugt sich herunter und gibt mir einen Kuss auf die Stirn. »Schlaf gut, Sweety und träum etwas Schönes.« Damit richtet sie sich auf und geht hinaus.

Ich rufe Nita noch einen Gute-Nacht-Gruß hinterher, obwohl sie schon dabei ist, die Tür zu schließen. Mein Handy leuchtet auf, und als ich überprüfe, wer mich sprechen will, sehe ich, dass Nita mir das eben geschossene Bild geschickt hat. Es sieht wirklich total süß aus, weswegen ich es direkt auf Instagram hochlade. Eigentlich will ich den Tag noch mal Revue passieren lassen, schaffe es aber nur noch, die Nachttischlampe auszuschalten, und sinke sofort in einen tiefen Schlaf.

Silvester

Ich lebe in New York. Wirklich. Nicht nur in meinem Kopf. Ich bin tatsächlich da und das nun schon fast eine Woche. Unfassbar, wie schnell die ersten Tage vorübergegangen sind. Mit der besten Mitbewohnerin der Welt fällt es mir nicht schwer, mich in meinem neuen Leben zurechtzufinden. Mein Zimmer hat Gestalt angenommen und fühlt sich nach mir an. Aber nicht nach Hamburg-Nele, sondern nach der neuen New Yorkerin Nele. Nele 2.0, wenn man so will. Auf meinem brandneuen Hochflorteppich sitzend beobachte ich Nita, die sich gerade an meinem ebenfalls neuen Schminktisch zurechtmacht. Als wir vor drei Tagen wieder auf Shoppingtour waren, habe ich dieses Schmuckstück entdeckt und konnte einfach nicht widerstehen. Einen Tisch, an dem man sich richtig schön stylen kann und in dessen Spiegel man in jedem Winkel gut aussieht, habe ich mir schon immer gewünscht. Das Ding hat zwar ein halbes Vermögen gekostet, ist aber jeden Penny wert. Nita ist wirklich auch ohne die perfekten Lichtverhältnisse eine Augenweide, aber vor diesem Spiegel kommen ihre Konturen so gut zur Geltung, dass sie locker als Facemodel für irgendeine teure Kosmetiklinie durchgehen könnte. Auch mein eigenes Spiegelbild hat mir noch nie besser gefallen. Ein echter Selbstwert-Pusher, der nun für den Rest meines Lebens in meinem Besitz bleiben wird. Den gebe ich sicherlich nicht mehr her.

Aus allen Ecken meines Zimmers schreit es nun NELE. Wir haben das in der Kürze der Zeit echt gut hinbekommen. In der Stadt, die niemals schläft, hat man keinerlei Probleme, schnell an alles zu kommen, was man so braucht. Ein Riesenvorteil ist dabei, dass so gut wie jeder Artikel geliefert wird. Meine Bedenken, dass wir uns womöglich zu Tode schleppen müssen, wurden direkt im ersten Laden ausgeräumt. Alles wurde bis an unsere Haustür geliefert. Richtig geil. Damit in diesem Apartment nicht alles in Blau dekoriert ist, bin ich von meinem ursprünglichen Vorhaben abgekommen und habe auf Pastelltöne gesetzt. Mein Zimmer ist nun von den Zierkissen auf meinem Bett bis zu den zahlreichen Kerzen in leichten Rosa-, Grün- und Beigetönen gehalten. Ich liebe es! Ein weiterer Wunsch, den ich mir erfüllt habe, ist der überdimensionale Sitzsack, auf dem ich die letzten Abende sogar fast eingeschlafen bin. So gemütlich ist er. Aber die Backstreet Boys sind nicht darauf zu sehen. Ganz seriös habe ich mich für eine kuschlige Rosavariante entschieden. Mein Bad hat ebenfalls ein Makeover bekommen und sieht nicht mehr wie ein Krankenhauszimmer aus. Eine Kuhflecken-Badematte, die so hässlich ist, dass wir sie schon wieder schön fanden, liegt vor der Dusche, und auch meine Kosmetika haben ihren Platz zugewiesen bekommen. Mit absoluter Sicherheit kann ich sagen, dass ich mich hier zu Hause fühle. Und das gerade mal nach ein paar Tagen. In dieser Hinsicht sind alle Ängste verflogen. Was bei mir jedoch für regelmäßige Schweißausbrüche sorgt, ist mein bevorstehender Schauspielunterricht. Er beginnt in zwei Tagen und wird mich entweder in meiner Entscheidung bestärken oder mich in ein tiefes Loch stürzen. Was, wenn der Lehrer sagt, dass ich schlecht bin, oder schlimmer, dass ich es in der Branche auf keinen Fall schaffen werde? Eigentlich hatte ich mir vorgenommen, mich nicht verrückt zu machen. Daher waren meine Google-Recherchen vermutlich nicht die beste Entscheidung. In vielen Blogs wurde von zerplatzten Träumen und unzähligen, teilweise demütigenden Castings berichtet. New York hat eine unglaublich hohe Dichte an talentierten Schauspielern. Erfolg stellt sich nur durch Beharrlichkeit und wahres Können ein. Das eine habe ich. Am anderen will ich aber noch einmal mit einem Schauspielprofi, der die amerikanische Filmindustrie kennt, arbeiten. Vielleicht ist es nicht die schlauste Idee, mich auf die Meinung einer einzelnen Person zu verlassen, aber vieles in diesem Business läuft eben über Empfehlungen. Einen renommierten Schauspiellehrer an der Seite zu haben kann deshalb ein Türöffner sein, den ich gerne nutzen würde. Vorbereitet bin ich. In zwei Tagen muss ich einen hervorragenden ersten Eindruck hinterlassen und mit allen Mitteln versuchen, im Gedächtnis zu bleiben. Die ausgewählten Szenen, die ich vorab per Mail erhalten habe, kann ich auswendig und habe diese mehr als einmal durchgespielt. Meiner Meinung nach setze ich die Gefühle der Charaktere gut um. Jetzt bleibt mir eigentlich nur noch die Hoffnung, dass ich vor Ort abliefern kann und meine Darbietung gut ankommt.

Um mich nicht zu sehr in Selbstzweifeln zu verstricken, versuche ich die Gedanken an den Schauspielunterricht auszublenden. Zur Ablenkung spreche ich Nita an. »Wann müssen wir eigentlich los?«

Sie dreht sich zu mir um. »Spätestens in zwei Stunden sollten wir uns auf den Weg machen. Ich will zwar nicht die Erste sein, aber auch nicht ins große Getümmel kommen. Die Bahnen sind bestimmt voll, und wir brauchen von hier rund dreißig Minuten.«

»Klingt gut. Bis dahin sind wir auf jeden Fall fertig«, sage ich zu meiner Freundin, während ich aufstehe und zu ihr an den Schminktisch gehe. »Du sieht so schön aus!«

Nita schaut zu mir auf und lächelt. »Danke. Ich bin meganervös. Die Veranstaltung heute ist eine große Chance für mich. Damit ist es mir möglich, schon frühzeitig auf dem Kunstmarkt wahrgenommen zu werden.«

Um ihr die Anspannung zu nehmen, lege ich ihr beruhigend die Hand auf die Schulter. »Deine Werke sprechen für sich. Du wirst das großartig machen!«

Nitas Lächeln wird breiter. Sie nickt mir zu, bevor sie sich wieder zum Spiegel dreht und sich ihrem Make-up widmet. Da ich immer noch leicht unruhig bin, nehme ich mein Handy und stelle die Musik, die schon die ganze Zeit leise im Hintergrund läuft, etwas lauter. Musik bringt mich immer auf andere Gedanken. Sofort wippt auch Nita zu den Tönen von Beyoncé. Ich merke, wie die Musik durch meinen Körper strömt und mir ein positives Gefühlt gibt. Auf diesen kleinen Trick ist immer Verlass. Ich schlender-tanze zu meinem Wandschrank und hole mein Outfit für den Abend heraus. Der erste Jahreswechsel in meinem neuen Leben steht bevor und unsere Pläne für die Nacht könnten nicht besser sein. Einen Tag nach meiner Ankunft hat Nita einen Anruf erhalten, der sie ihrem Ziel einer eigenen Kunstausstellung definitiv nähergebracht hat. Einer ihrer Professoren hat ihr mitgeteilt, dass er ein Gemälde von ihr für einen sehr guten Preis verkauft hat und der Käufer es an Silvester im Rahmen einer kleinen Vernissage ausstellen möchte. In typischer Nita-Manier ist sie nach dem Telefonat rumgehüpft wie ein Teletubbie auf LSD und hat seither ihren Endorphinspiegel auch nicht mehr unter Kontrolle gebracht. Absolut nachvollziehbar. Ihre Bilder bedeuten ihr alles. Schade ist nur, dass es sich bei dem verkauften Kunstwerk um die lilafarbene Amaryllis handelt, die über unserer Wohnzimmercouch hing. Ich liebe dieses Gemälde, seit ich es das erste Mal gesehen habe.

Nita hat aber versprochen, uns ein neues Bild für das Wohnzimmer zu malen. Zweifelsfrei wird dieses genauso schön werden. Aktuell ziert daher nur ein großer Staubfleck die Wohnzimmerwand. Die Amaryllis ist bereits in den Räumen der Ausstellung. Heute heißt es also für Nita, so viele Kontakte wie möglich zu knüpfen. Als moralische Unterstützung bin ich da natürlich an ihrer Seite. Ein bisschen Eigennutz steckt allerdings schon dahinter, da diese Kunstausstellung mit anschließender Silvesterparty eine VIP-Gästeliste hat, die nicht zu verachten ist. Viele Geschäftsleute mit prall gefüllten Bankkonten und besten Kontakten in die Filmbranche werden da sein. Genaue Namen blieben mir leider verwehrt, da diese Liste unter Verschluss ist, doch Nitas Professor hat ihr versichert, dass dieser Abend auch für mich von Interesse sein könnte. Ich lasse es einfach auf mich zukommen. Im Vordergrund wird auf jeden Fall meine Unterstützung für Nita stehen. Wer kann schon von sich behaupten, auf eine Silvesterparty eingeladen zu sein, die laut Internet eine der angesagtesten in New York ist. Da meint es das Schicksal mal wieder sehr gut mit mir. Um einen passablen Auftritt hinzulegen, habe ich mir ein Kleid, eine passende Handtasche sowie die teuersten Stilettos, die ich je besessen habe, gekauft. Alles in allem bin ich mit meinen Anschaffungen zufrieden. Das schwarze Cocktailkleid hat einen tiefen Ausschnitt, der meine Oberweite betont, und einen raffinierten Schlitz am

Bein. Meine Tasche und die Schuhe sind ebenfalls schwarz und relativ schlicht, wirken aber trotzdem edel und teuer. Punita hatte ihr Outfit quasi im Moment der Einladung festgelegt. Es wirkte fast so, als hätte sie diesen Augenblick herbeigesehnt und im Kopf schon alles geplant. Sie wird einen modernen smaragdgrünen Sari tragen, den ich eher als orientalisch angehauchten Rock mit passendem Oberteil beschreiben würde. In meiner Vorstellung ist ein Sari ein traditionelles, eher konservatives Gewand. Nitas hingegen sieht modern und stylisch aus. Wirklich perfekt ausgewählt, um ihre Herkunft zum Ausdruck zu bringen.

Nita hat ihre Haare bereits zu einer aufwendigen Frisur hochgesteckt und ist beim letzten Teil ihres Make-ups. Sobald sie das Outfit gewechselt hat, könnten wir los. Ich wiederum bin noch im Schlabberlook, weder geduscht noch sonst irgendwie aufgehübscht, weswegen ich wohl langsam loslegen sollte. »Ich gehe duschen. Kannst du mir dann beim Haarstyling helfen?«, frage ich Punita.

»Klar, bis du aus dem Bad kommst, bin ich fertig und helfe dir gerne. So heiß, wie wir aussehen, werden wir der Mittelpunkt des Events sein. Ich schwör's dir!«

Lachend verschwinde ich im Bad, da ich bezweifle, dass wir groß auffallen werden. Zu viele Leute sind achttausendmal auffälliger als wir. Wobei Nita mit ihrem Sari vielleicht wirklich mehr aus der Masse hervorsticht als ich mit meinem schwarzen Kleid. Aber egal, es ist ja schließlich ihr Abend.

Um 17:45 Uhr stehen wir vor dem Eingang der Galerie in Manhattan. Alles lief so reibungslos, dass wir nun doch etwas zu früh da sind. Der Einlass beginnt um 18 Uhr, und wir werden wohl oder übel zu den ersten Gästen gehören. Vorteil hier: Wir können uns alles in Ruhe anschauen, bevor die Massen kommen. Auch nicht schlecht. So kann ich mich wenigstens mit der Location vertraut machen. Nita wird vermutlich überwiegend mit ihrem Professor Fachgespräche führen. Da halte ich mich dann lieber raus und stehe auf Abruf bereit, falls sie mich braucht.

»Shit, jetzt sind wir doch zu früh hier«, flucht mein entzückendes, aus einem indischen Bollywood-Film entsprungenes, kleines seelisches Wrack.

Ich greife Nitas Hand und drücke sie leicht. »Alles cool. So können wir uns in aller Ruhe umsehen und dein Bild noch mal alleine bewundern, bevor die Scharen davon hypnotisiert werden.«

»Du hast recht, cool bleiben«, sagt sie sich wie ein Mantra vor.

Als ich unsere Eintrittskarten aus meiner Tasche holen will, höre ich Nita sagen: »Professor Johnson. Ich bin so froh, Sie zu sehen.«

Als ich aufschaue, bin ich schwer überrascht. Ich hatte mir einen älteren Dozenten mit grauen Haaren, Zauselbart und kleinem Wohlstandsbauch vorgestellt. Ja, falsch gedacht, würde ich sagen. Dieser

Typ ist vielleicht Ende dreißig und unglaublich heiß. Mit seinen kurzen pechschwarzen Haaren, dem glatt rasierten Gesicht und den langen, dichten Wimpern, für die jede Frau töten würde, entspricht er null meiner Vorstellung. »Punita, schön dich zu sehen. Nenn mich außerhalb des Unterrichts doch bitte Paul. Professor Johnson bin ich nur an der Uni.«

Nita wird rot und nickt leicht.

»Und du musst Nele sein. Schön, dich persönlich kennenzulernen. Punita hat mir schon viel von dir erzählt. Ich habe einen Heidenrespekt vor dir. Das Schauspielbusiness ist ein hartes Geschäft. Aber wie ich Punita schon gesagt habe, sind heute auch ein paar hohe Tiere aus der Branche hier. Vielleicht ergibt sich ja die Chance auf gute Gespräche für dich«, sagt Paul, während er mir seine Hand zur Begrüßung hinhält.

Ich ergreife sie und schüttle sie leicht. »Ebenfalls erfreut. Ich bin gespannt, was der Abend bringt. Danke, dass ich mitkommen darf.«

»Bedanke dich nicht bei mir. Punita ist die Künstlerin, die es geschafft hat, ihr Gemälde hier auszustellen. Das schaffen wirklich nicht viele.«

»Apropos«, setzt Nita an. »Darf ich nun eigentlich wissen, wer mein Bild gekauft hat? Du machst daraus ja ein regelrechtes Staatsgeheimnis.«

Paul schüttelt den Kopf. »Noch nicht. Der Käufer hält sich lieber bedeckt. Er wird aber heute hier sein, vielleicht gibt er sich ja zu erkennen.«

»Weiß er denn, wer ich bin?«, erkundigt sich meine Freundin.

»Ja, natürlich. Ich hatte im Vorfeld einige Gespräche mit ihm. Er würde niemals ein Bild ohne Hintergrundrecherche kaufen.« Mit dieser Aussage scheint sich Punita zufriedenzugeben. »Dann kommt mal mit«, sagt Paul schließlich. »Vielleicht lassen sie uns schon rein. Immerhin ist es ein Kunstwerk von dir.«

Ich folge Paul und Nita und bemerke, dass sie recht nah beieinander laufen. Geht da etwa was zwischen den beiden? Da muss ich später bei Nita unbedingt nachhaken. Wäre ja der Oberhammer, wenn sie etwas mit ihrem Dozenten hätte. Verdenken könnte ich es ihr nicht. Dieser Mann hat anscheinend alles, was eine Frau sich nur wünschen kann. Sowohl sein Äußeres als auch seine gesamte Art sind wahnsinnig anziehend. Da muss ich später wirklich mal nachbohren.

Wie von Paul vermutet, dürfen wir nach der Eintrittskarten- und Ausweiskontrolle direkt die Galerie betreten. Zunächst einmal geben wir unsere Jacken an der Garderobe ab und machen noch einen Abstecher in die Waschräume. Outfitcheck ist bei dieser Art von Party ein Muss. Und Nita hatte recht – wir sehen wirklich unglaublich gut aus. Wahrscheinlich würde niemand vermuten, dass wir zum ersten Mal auf so einer Party sind.

Was ich bisher vom Gebäude gesehen habe, erinnert mich an den Eingangsbereich eines Theaters. Alles ist weitläufig und clean. In dem hallenartigen Objekt gibt es weder Sitzmöglichkeiten noch sonstige Gegenstände. Das Licht wirkt fast schon grell und lädt nicht zum Verweilen ein. Mal sehen, was die Location sonst noch zu bieten hat. Von außen sah das Gebäude eher unspektakulär aus. Nun stehen wir jedoch im Innenbereich vor einer riesigen, aus Stahl gefertigten und mit extravaganten goldenen Türgriffen versehenen Doppeltür, die auf etwas Besonderes schließen lässt.

»Bereit, Ladys?«, fragt Paul.

Nita und ich nicken zustimmend. Als Paul die eine Seite der Tür öffnet, staunen wir nicht schlecht. Was wir nun zu Augen bekommen, hätte ich nach dem ernüchternden ersten Eindruck nicht erwartet. Wir betreten einen Festsaal, der mindestens so groß wie ein Fußballfeld ist und durch seine hohen Decken locker als Ballsaal in einem Märchen durchgehen könnte. Sofort schießt mir das Bild einer fliehenden Cinderella, die ihren gläsernen Schuh verliert, durch den Kopf. Ob wir hier wohl heute auch irgendwelche Märchenprinzen finden werden? Es würde mir gefallen. Nita scheint ebenfalls geflasht zu sein. Ihr Mund steht weit offen, und ich kann ein geflüstertes »WOW« hören.

Paul dreht sich zu uns um. »Auf geht's. Lasst uns die Zeit nutzen, solange noch keiner hier ist.«

Sofort erwachen wir aus unserer Starre und folgen Paul. Während ich etwas zurückbleibe und die gesamte Schönheit des Raumes in mich aufnehme, fachsimpeln die beiden Kunstnerds schon über die ausgestellten Werke. Die hohe Decke hat einen wunderschönen, über die gesamte Fläche verteilten Stuck. Auch als kunstgeschichtliche Analphabetin kann ich sagen, dass sie im Stil des Barocks gestaltet ist. Die Lichtinstallation ist so gewählt, dass alles warm wirkt und wie durch Kerzenschein erleuchtet scheint. Ein gigantischer Kronleuchter in der Mitte und eine pompöse zweiflügelige Treppenanlage, die zu einer Empore führt, runden das Bild ab. Die einzelnen Gemälde sind durch Strahler in Szene gesetzt und wirken, als würden sie von innen heraus leuchten. Keine Ahnung, wie die Lichttechniker das gemacht haben, aber es sieht gigantisch aus.

Ein lautes Quieken lässt mich zusammenschrecken. Nita hat ihr Kunstwerk entdeckt und winkt mich hektisch zu sich. »Schau dir das an! In diesem Licht und dieser Szenerie sieht mein Bild noch tausendmal besser aus!«

Paul strahlt von einem Ohr zum andern, weswegen ich mir nun ziemlich sicher bin, dass zwischen den beiden irgendwas läuft. Ich lege meinen Arm um Nita und drücke sie an mich. »Ich bin so stolz auf dich. Dein Kunstwerk zwischen den ganzen anderen wundervollen Gemälden. Es gehört hierher! Ohne Zweifel!«

Nita schnieft leise und versucht ihre Tränen zurückzuhalten. Dieser Ausbruch wiederum scheint Paul nervös zu machen. Er räuspert sich kurz, bevor er sagt: »Professor Miles hat mir eben geschrieben. Er ist noch im Foyer. Holst du ihn mit mir ab, Nita? Ich würde gerne eine Runde mit euch beiden drehen und so viel Publicity wie möglich für dich machen. Professor Miles hat viele Kontakte, die wir nutzen sollten.«

Ich kann Nitas Gedanken förmlich hören – einerseits will sie mich nicht alleine lassen, andererseits will sie sich diese Chance nicht entgehen lassen. Daher werfe ich ein: »Das klingt toll, Paul. Was wartet ihr dann noch! Nita, das ist deine Gelegenheit. Mach dir einen Namen! Ich schaue mich hier in Ruhe um und hole mir einen Drink. Wir sehen uns dann später auf der Party. Schreib mir einfach, wenn ihr fertig seid.«

Noch bevor ich zu Ende gesprochen habe, zieht Nita mich in eine feste Umarmung und flüstert mir ins Ohr: »Vielen, vielen Dank. Du bist die Beste!«

Ich schaue den beiden nach und registriere erneut, dass sie wieder einen Tick zu nah beieinander laufen, doch ich freue mich für meine Freundin. Ihr Abend wird vielversprechend. Jetzt mache ich mich daran, dass meiner es auch wird.

*

Vier Stunden später habe ich jedes der ausgestellten Gemälde, insgesamt zweiundfünfzig, ausgiebig betrachtet, die jeweiligen Künstler gegoogelt und mir lauter Wissen angeeignet, das ich vermutlich nie wieder brauchen werde. Mein Gehirn platzt gleich. Nita und ihre Professoren-Entourage sind mir ein paarmal begegnet, aber ich wollte nicht stören, weswegen ich mich nach einem kurzen Lächeln immer direkt in die entgegengesetzte Richtung aufgemacht habe. So kam sie gar nicht erst in Versuchung, mich mitzuschleifen. Da ich mich bisher nur im Galerie-Bereich aufgehalten habe, wird es nun endlich Zeit, das weitere Gebäude in Augenschein zu nehmen. Nach den Bass-Geräuschen zu urteilen, scheint die Party schon im vollen Gange zu sein, und ich verspüre ebenfalls Lust, mein Kleid während dem Tanzen richtig schön durchzuschwitzen. Die fünf Gläser Champagner auf leeren Magen unterstützen diesen Drang. Bevor ich mich ins Getümmel stürze, sollte ich noch eine Kleinigkeit essen. Ansonsten wird mich der nächste Drink ins Nirwana schicken. Und ein peinlicher Silvester-Auftritt passt so überhaupt nicht in diese Umgebung. Ich schlängle mich durch die mittlerweile brechend volle Halle, um zum Treppenaufgang zu gelangen. Von Nahem ist die Treppe, die wie eine Schlosstreppe wirkt, noch imposanter. Wieder habe ich einen Prinzessinnen-Moment, als ich die Stufen nach oben steige. Und scheiße, ich traue meinen Augen kaum, aber an der letzten Treppenstufe steht ein Mann, der mein Märchenprinz sein könnte. Er trägt einen maßgeschneiderten schwarzen Anzug, mit dunklem Hemd und schwarzer Krawatte. Der Dark-Look steht ihm vorzüglich und lässt meine Gedanken in unanständige Sphären schweifen. Ich brauche dringend etwas anderes im Magen als nur Blubberwasser. Betrunken spielen meine Hormone verrückt. Dümmlich lächelnd gehe ich an ihm vorbei und er schenkt mir ebenfalls ein verschmitztes Lächeln. Inklusive Grübchen. Scheiß hypnotisierende Grübchen, die mich direkt auf seinen Mund starren lassen. Sekunden kommen mir wie Minuten vor, und ich versetze mir einen imaginären Tritt, um mich zum Weitergehen zu bewegen. Erst mal nichts Neues starten. Das habe ich mir für den Anfang in New York vorgenommen. Sex ist zwar ein Spannungslöser, aber ich kann mich nicht direkt auf jemand einlassen. In erster Linie muss ich mit der neuen Situation klarkommen. Anschließend kann ich mir einen Fuck-Buddy suchen. Eine Beziehung kommt in der aktuellen Sechs-Monats-Planung nicht vor, und das soll auch so bleiben. Aber einen kurzen Blick kann ich ja noch mal wagen. Ich drehe den Kopf in seine Richtung und muss ernüchtert feststellen, dass sich eine Brünette in einem knallroten engen Kleid an ihn presst. Er drückt ihr einen Kuss auf die Schläfe und fährt mit der Hand ihren Rücken entlang. Und da ist er auch schon – der Kniff in ihren Po. Okay! Das war der metaphorische kalte Waschlappen, den mein Geist gebraucht hat. Ich bin wieder im Hier und Jetzt. Also nehme ich die Schultern zurück und gehe hoch erhobenen Hauptes weiter in Richtung Musik. Sie führt mich durch einen gläsernen Tunnel zu einem autonomen Gebäude, das nebenan liegt. Während ich durch den Tunnel laufe, schaue ich durch die Fenster nach draußen und bemerke, dass es angefangen hat zu schneien. Total fasziniert von dem langsamen Schneefall beobachte ich die Flocken, die auf dem Fensterglas über mir landen. Es hat eine unglaublich beruhigende Wirkung auf mich, und ich merke, dass mein Kopf schlagartig klarer wird. Jetzt noch etwas zu essen und ich bin wieder so nüchtern, dass ich ein Flugzeug landen könnte. Ganz sanft und ohne Geruckel! Oder auch nicht. Allein schon der Gedanke zeigt mir, dass ich eben nicht so nüchtern bin, wie ich es mir versuche einzureden. Im Nebengebäude angekommen erwartet mich eine ganz andere Welt als eben. Bei der Ausstellung ging es gesittet und etwas bieder zu. Hier wiederum reiben sich überall tanzende Körper zu R’n’B-House-Remixen aneinander, und es hat mindestens zehn Grad mehr. Außerdem hat der Raum aufgrund der schwitzenden Körper eine Luftfeuchtigkeit, die mich ebenfalls direkt ins Transpirieren bringt. Architektonisch sieht die hiesige Location genauso aus wie der andere Saal. Der einzige Unterschied ist, dass dieser hier nur halb so groß und weniger beleuchtet ist. Die Tanzfläche befindet sich im unteren Bereich und wird von einer Galerie umschlossen. So herrscht eine typische Clubatmosphäre, die mich automatisch mitwippen lässt. Rechts von mir auf der Galerie befinden sich eine Bar und ein Büfett mit einer Auswahl an kleinen, teuer aussehenden Snacks. Zunächst bestelle ich mir einen Aperol Spritz, um anschließend das Büfett zu plündern. Anscheinend hat die Menge sich schon ausreichend bedient, weswegen ich nicht groß um einen Platz kämpfen muss. Die kleinen Leckereien schmecken unglaublich gut und die Portionsgröße ist perfekt, um sich durch alles einmal durchzukosten. Mein Highlight sind die Würstchen im Schlafrock. Wie kann etwas so Simples so gut schmecken?! Sobald ich meinen Hunger gestillt und den Aperol Spritz getrunken habe, checke ich mein Handy. Vielleicht hat Nita mir schon eine Nachricht geschrieben. Fehlanzeige. Statt von Punita habe ich eine Message von Kelly.

Hey Bunny, ich weiß zwar, dass du bei deiner fancy Vernissage bist, aber wenn du Lust auf ein After-Silvester-Frühstück hast, kannst du gerne im Café vorbeikommen. Wir machen die Nacht durch und bieten den Ausnüchternden ein wohltuendes Kater-Essen. Komm, wann du möchtest. Wir haben heute 24 h geöffnet. Küsschen und rutsch gut rein. xoxo Kelly

Sie ist definitiv ein Gewinn für mich, und auch wenn ich es noch nicht in ihr Café in Brooklyn geschafft habe, waren wir die letzten Tage im ständigen Austausch. Und Frühstück klingt gut.

Hey Kelly, wie lieb von dir! Und du hast recht. Hier ist es wirklich sehr fancy! Frühstück klingt verlockend. Ich komme vorbei. Bis später. Wünsche euch ebenfalls eine tolle Nacht und einen guten Rutsch.

Ich stecke mein Handy weg und mache etwas Ordnung auf dem Stehtisch, an dem ich gegessen habe und der nun übersäht von kleinen leeren Schälchen ist. Als ich gerade darüber nachdenke, was ich als Nächstes mache, fällt mein Blick auf eine Person – und einige Sekunden stockt mein Herzschlag. Alles um mich herum verlangsamt sich und scheint wie in Zeitlupe abzulaufen. Wenn ich nicht gerade träume, dann kommt Oliver fucking Shaw in diesem Moment die Treppe herauf. Was zum Teufel?! Ist das ein Witz oder kickt der Aperol gerade in mein Hirn? Ich blinzle mehrfach und schließe einmal sogar für ein paar Sekunden die Augen. Aber es ist real. Er ist real. Und er läuft sogar in meine Richtung. Was soll ich tun? Wegrennen? Auf ihn zurennen? Beides wäre leicht gestört, aber ich kann keinen klaren Gedanken fassen. Gott sei Dank hat mein Kopf auf Ausnahmezustand geschaltet und alles läuft weiterhin so langsam vor mir ab, dass ich mir meine nächsten Schritte überlegen kann. Vielleicht sollte ich erst mal atmen. Atmen ist wichtig. Aktuell geht das nur durch den Mund. Er steht sowieso offen und fühlt sich an, als würde er nicht mehr zu meinem Körper gehören. Hat jemand die Musik ausgemacht? Warum höre ich keine Geräusche mehr? Alles ist still und mein Körper fühlt sich an, als wäre ich unter Wasser. Reiß dich zusammen, Nele! Er ist auch nur ein Mensch! Ein unglaublicher Mensch. Und Oscar-Preisträger. Und verdammt, sieht der gut aus. Aber er ist nur ein Mensch! Er trägt eine dunkle Anzugshose, graue Sneaker und ein graues simples T-Shirt mit einem leichten V-Ausschnitt. Es sieht nach einem einfachen, aber zugleich stylischen Outfit aus. Seine große silberfarbene Uhr am Handgelenk reflektiert kurz das Licht und wird dadurch in Szene gesetzt. Mein Blick bleibt aus irgendwelchen Gründen an ihr kleben, und sogar von Weitem erkenne ich, dass es sich um ein teures Exemplar handeln muss. Mein Herz klopft wie wild und meine Hände sind eine einzige schweißige Masse. Fuck Nele, komm runter. Er läuft nur an dir vorbei. Fasziniert beobachte ich, wie die umstehenden Menschen ihm automatisch aus dem Weg gehen. Keiner kommt ihm zu nahe oder spricht ihn an. Er teilt die Masse wie Moses das Rote Meer. Zielstrebig läuft er weiterhin in meine Richtung. Aber warum? Hinter mir ist nur eine Wand, und um mich herum gibt es auch nichts, was er ansteuern könnte. Ich schaue wieder zu ihm hin und muss mit Erschrecken feststellen, dass er mich ansieht und ein Lächeln sein Gesicht erhellt. Mein Körper reagiert wie auf Autopilot. Ich lächle zurück. Zu stark und mit viel zu viel Zähnen. Ich hoffe, mir hängen nicht noch irgendwelche Essensreste dazwischen. Nach wie vor läuft Oliver Shaw in quälender Langsamkeit auf mich zu und grinst. Soll ich ihm winken? Äh, warum denke ich das?! Bloß nicht winken. Vielleicht schaut er ja auch gar nicht mich an. In wie vielen Filmen gab es schon die Szene, in der die Außenseiterin denkt, der angeschmachtete Schwarm käme auf sie zu, und dann meinte er doch nur die Person hinter ihr. Daher schaue ich mich noch mal um. Aber weder hinter noch neben mir steht jemand, den er meinen könnte. Vielleicht verwechselt er mich auch nur? Wäre nicht das erste Mal in meinem Leben, dass ich für jemand anderen gehalten werde. Mir bleiben vielleicht noch zwei Sekunden, um mich zu sammeln. Zwei Atemzüge gönne ich mir noch, bevor ich den Mund schließe. Es ist so weit: DER Oliver Shaw steht an meinem Stehtisch und schaut mich erwartungsvoll an. Was will er von mir? Ich kann in meinem jetzigen Zustand nicht sprechen. Wenn ich ein Piepen rausbringen würde, wäre das schon viel. Mir bleibt nichts anderes übrig, als seinen Blick ebenso erwartungsvoll zu erwidern. Wieder lächelt er mich an und ich spiegle einfach sein Verhalten. Vermutlich denkt er schon jetzt, dass ich eine totale Idiotin bin.

Nach weiteren zehn Sekunden Stille erlöst er mich endlich und fängt an zu sprechen.

»Honey, wenn du fertig mit deiner Pause bist, kannst du mir und meinen Kumpels eine weitere Runde bringen? Wir sitzen dahinten. Frische Gläser und Eis brauchen wir auch.«

Er zeigt zu einem VIP-Platz am Rand der Tanzfläche. Dann zwinkert er mir zu und legt eine Scheckkarte vor mich. »Zieh dir ruhig ein Trinkgeld mit ab.«

Völlig perplex und immer noch gelähmt nicke ich. Im nächsten Moment dreht er sich um und läuft schnellen Schrittes in die Richtung, aus der er gekommen ist.

Silvester

Was zum Geier war das denn? Denkt der im Ernst, dass ich eine Bedienung bin? Ähm, hallo? Ich hab den besten Fummel an, den mein Schrank zu bieten hat, und der denkt, ich würde hier arbeiten?! Diese verbale Ohrfeige lässt mich aus meinem Schock erwachen. Ich schnappe mir seine Kreditkarte vom Tisch und sprinte ihm hinterher. Plötzlich ist völlig vergessen, wer er ist. Das lasse ich nicht auf mir sitzen. »Hey«, rufe ich ihm nach. Natürlich reagieren lauter andere Personen in meiner Nähe. Er jedoch läuft unbeirrt weiter. Mittlerweile nehme ich die lauten Beats wieder wahr, und mir wird bewusst, dass meine Stimme in der Musik untergeht. Ich muss an ihn rankommen und ihn auf mich aufmerksam machen. Gar nicht so leicht, da er jetzt, wo die Zeitlupen-Situation vorbei ist, ganz schön schnell läuft. An der Treppe angekommen, geht er jedoch nicht hinunter, sondern läuft an ihr vorbei. Wo geht er hin?! Als ich das Schild überprüfe, das sich glücklicherweise direkt über seinem aktuellen Standort befindet, wird mir klar, dass er sich in Richtung Toiletten bewegt. Perfekt, da dürfte es etwas ruhiger sein. Und vielleicht auch etwas heller. Dann wird er seinen Fehler hoffentlich von selbst bemerken. Keine Bedienung dieser Welt trägt solche hohen Schuhe bei der Arbeit und sieht nach mehreren Stunden Rumgerenne noch so gut aus wie ich. Zumindest sah ich nie wie aus dem Ei gepellt aus, wenn ich Getränke und Essen durch die Gegend getragen habe. Ein bisschen Schminke war das höchste der Gefühle. Offenes Haar ging sowieso nicht.

Ungefähr fünf Meter trennen mich noch von Mr »Ich nenn dich einfach Honey«. Er betritt gerade die Waschräume, als ich noch mal auf die Tube drücke, um ihn einzuholen. Vergeblich. Ich sehe gerade noch die Tür zur Männertoilette zufallen. Na toll! Soll ich hier jetzt wie ein Groupie vor der Tür warten? Am Ende macht er noch ein großes Geschäft und ich stehe hier eine Ewigkeit rum. Nein, scheiß drauf. Ich geh jetzt tanzen. Wenn er seine bescheuerte Kreditkarte zurückhaben will, soll er gefälligst nach mir suchen. War ja schließlich nicht mein Fehler. Bevor ich seine Karte in meine Tasche stecke, schaue ich sie mir genauer an. Es ist natürlich eine dieser schwarzen American-Express-Karten ohne Kreditlimit, die nur den reichsten Leuten auf dieser Erde vorbehalten sind. In großen Lettern steht Oliver Shaw darauf. Was könnte ich damit wohl alles anstellen? Ziemlich leichtsinnig von ihm, sie einer fremden Person einfach so zu überlassen. Er hat Glück, dass ich keinen Funken kriminelle Energie in mir habe. Ich packe die Karte ein, laufe zurück zur Treppe und begebe mich nach unten zum tanzenden Volk.

Am Rand der Tanzfläche angekommen, überlege ich kurz, dort zu bleiben, entscheide mich dann aber doch dafür, mich ins Getümmel zu stürzen. Da ich ja immer noch alleine bin, muss ich auf niemanden achten und kann in die Vollen gehen. Beyoncé schallt in einem schnellen Remix-Beat durch den Saal und lässt meine Hüften wackeln. Während der nächsten Stunde habe ich wechselnde Tanzpartner. Alles aber ungefährlich und nur aufs Tanzen beschränkt. Aber ich fühle mich sexy. Gott sei Dank werde ich nach dieser Pleite von vorhin wieder in meinem Selbstbewusstsein bestärkt. Sowohl Männer als auch Frauen haben Interesse daran, mit mir zu tanzen. Ich genieße die Aufmerksamkeit, die rhythmischen Bewegungen und die ausgelassene Stimmung. Als das nächste Lied in dem schnellen Technobeat angestimmt wird, erkenne ich es sofort. Es ist »Swalla« von Jason Derulo. Mein Körper bewegt sich automatisch und ich spüre eine Person dicht hinter mir. Ich drehe mich um und sehe Punita. Sie nimmt mich in den Arm und brüllt mir über die Musik hinweg ins Ohr: »Da bist du ja! Und wie ich sehe, hast du echt Spaß!« Ich rieche eine leichte Sektfahne und erkenne mit einem Blick, dass sie ziemlich gut dabei ist. Paul steht in unmittelbarer Nähe und scheint auch betrunken zu sein.

Nita zieht mich noch einmal an sich und teilt mir etwas leiser mit: »Der Abend war bisher der Hammer. Paul hat sich so krass für mich stark gemacht. Ist er nicht zuckersüß?!«

Ich schaue ihr in die Augen, grinse und lasse meine Brauen hüpfen.

»Ja, ja, ich weiß«, sagt sie seufzend. »Er ist mein Professor. Aber schau ihn dir doch mal an. Da kann ich nicht widerstehen.«

Da ich nichts dagegen einzuwenden habe, nicke ich meiner Mitbewohnerin aufmunternd zu und sage: »Man lebt nur einmal. Mach das, was dich glücklich macht. Aufräumen können wir danach.«

Nita lacht laut auf und beginnt ihren Körper an meinem zu reiben. Paul tritt hinter sie, legt seine Arme um ihre Hüften und tanzt mit uns. Da ich den beiden nicht im Weg stehen möchte, löse ich mich von Nita und tanze wieder für mich alleine. Die beiden sind wirklich süß miteinander. Nita hat sich zu Paul umgedreht und schaut ihm so tief in die Augen, dass es schon leicht peinlich ist, sie dabei zu beobachten. Ich löse meinen Blick von ihnen und drehe mich in die andere Richtung. Plötzlich wirkt alles wieder langsamer. Wieder so ein Zeitlupen-Moment. Bevor ich mich fragen kann, woran das liegt, spüre ich einen Blick auf mir. So intensiv, dass mein Körper in Flammen zu stehen scheint, obwohl ich überhaupt noch nicht weiß, wer mich da anschaut. Mein Unterbewusstsein muss ihn jedoch schon gesehen haben, denn ich richte direkt mein Auge auf ihn. Oliver Shaw steht auf der Galerie in der Nähe der Bar und schaut auf mich herunter. Ich bewege mich weiter zur Musik und erwidere seinen Blick. Er nickt mir leicht zu, und ich bin wieder im Spiegelmodus und nicke einfach zurück. Wenigstens scheint mein erster Schock überwunden, da ich diesmal nicht mehr den Drang verspüre wegzurennen. Er hat ein Glas mit einer dunklen Flüssigkeit und Eiswürfeln darin in der Hand und prostet mir damit zu. Da ich kein Getränk habe, lächle ich ihn einfach an. Wieder verhaken sich unsere Blicke ineinander, und ich frage mich, was er wohl denkt. Ist ihm mittlerweile klar, dass ich hier nicht arbeite? Ich löse meinen Blick von ihm und drehe mich zu meiner Freundin. Diese knutscht gerade heftig mit ihrem Professor, den ich nach dem heutigen Abend nicht mehr als solchen bezeichnen werde. Ab heute ist er Paul. Mehr nicht. Um nicht das fünfte Rad am Wagen zu sein, beschließe ich, mir einen Drink zu holen. Dann kann ich auch gleich die Kreditkarte zurückgeben. An der Bar angekommen kann ich jedoch keinen Oliver Shaw finden. Er scheint seinen Platz auf der Galerie aufgegeben zu haben. Auch in der VIP-Lounge kann ich nur andere männliche Gestalten erkennen. Keine Ahnung, wo er hin ist. Nachdem ich mir ein Glas Champagner an der Bar geholt habe, stelle ich mit Erschrecken fest, dass es schon kurz nach halb zwölf ist. Bald wird das neue Jahr eingeläutet. Ich hole noch zwei weitere Gläser und gehe zurück zu Nita und Paul. Drei volle Champagner-Gläser zu balancieren, ist gar nicht so leicht, aber ich schaffe es tatsächlich ohne größere Verluste zu den beiden und verteile die Gläser. Da es an der Bar und auch darum herum ziemlich voll war, komme ich genau fünf Minuten vor dem Countdown zurück. Das Feuerwerk, das man sich vom Rooftop aus anschauen kann, schwänzen wir und feiern bis zehn Sekunden vor zwölf unbeeindruckt weiter. Als der Countdown angezählt wird, zählen wir so laut wie möglich mit. 3 … 2 ... 1 … Frohes Neues! Nita packt mich und drückt mir einen Kuss auf den Mund. Ihr Enthusiasmus steckt mich an und ich juble laut los, als ich sie in eine feste Umarmung ziehe. Leicht lallend ruft sie direkt an meinem Ohr: »Frohes neues Jahr, Sweety. Ich freue mich auf alles, was kommt.«

»Ich mich auch! Frohes neues Jahr!«, rufe ich zurück.

Wir drehen uns gemeinsam zu Paul und landen in einer komischen Dreier-Umarmung, aus der ich mich dann aber schnell löse, bevor die beiden übereinander herfallen. Die Musik wird wieder aufgedreht und die Menschen um uns herum tanzen ausgelassen weiter.

*

Nach weiteren eineinhalb Stunden heftigen Shakens zu vielen meiner Lieblingssongs brauche ich eine Pause. Nita und Paul sind mit sich selbst beschäftigt, weswegen ich meiner Freundin nur ein kleines Zeichen gebe, das ihr vermittelt, dass ich mir etwas zu trinken hole. Obwohl ich schon reichlich angeschickert bin, habe ich Lust auf einen weiteren Aperol Spritz. Einer geht noch, aber dann ist Schluss. Oliver Shaw habe ich nicht mehr gesehen, und mein benebeltes Hirn kann sich darüber auch gerade keine Gedanken machen. Frische Luft. Ich brauche frische Luft. Gut, dass mir das nächste Schild den Weg zum Rooftop weist. Mittlerweile dürfte es da oben wieder ruhiger geworden sein, weswegen ich mich auf den Weg dorthin mache. Am Ausgang angekommen, stoße ich etwas ungeschickt die Tür auf und treffe damit eine Frau, die direkt dahinter steht. Ich entschuldige mich kurz und entferne mich von der Gruppe, die zu ihr gehört. Ich brauche frische Luft und etwas Ruhe. Trotz des wohligen, warmen Gefühls, das der Alkohol in mir auslöst, spüre ich die kalte Winternacht auf meiner Haut. Lange kann ich nicht hier draußen bleiben. Aber im Moment fühlt es sich himmlisch an. Der Schneefall von vorhin war wohl nur von kurzer Dauer, da die Nacht nun klar ist. Ein wenig Feuchtigkeit kann man jedoch beim Einatmen spüren. Die Dachterrasse ist genau wie die Innenräume in ein angenehmes Licht gehüllt. In den Ecken sind große leuchtende Kugeln aufgestellt, und an den Pfeilern hängen bunte Glühbirnen. Elegant designte Wärmepilze versprühen noch mal Extracharme. Die Atmosphäre wirkt beruhigend und warm, obwohl es wahrscheinlich unter null Grad hat. Ich laufe in Richtung der Brüstung aus Glas, wo eine verlassene Loungegarnitur steht. Mit diversen Decken und Kissen lädt sie zum Chillen an der frischen Luft ein. An der Brüstung angekommen schaue ich mir New York von oben an. Es ist beeindruckend. Überall kann ich ein buntes Treiben auf den Straßen unter mir erkennen. Das ein oder andere verirrte Feuerwerk steigt noch auf, und ich versuche den Moment in mir abzuspeichern. Das Gefühl der Ruhe in einer der belebtesten Städte der Welt. Ein kalter Wind fährt mir durch das offene Haar, und ich würde den Aperol Spritz in meiner Hand eigentlich gerne durch einen warmen Tee ersetzen. Um weiterhin den Blick über die Wolkenkratzer in unmittelbarer Nähe schweifen zu lassen, stelle ich mein Getränk auf dem Tisch der Terrassenmöbel ab und versuche die Couch so zu verschieben, dass ich näher an der Brüstung sitzen kann. Das Teil ist aber schwerer als gedacht, weswegen ich immer wieder von einem Ende zum anderen wechseln muss, um Zentimeter für Zentimeter die Couch zu verrutschen. Betrunken und unterkühlt ist dies kein einfaches Unterfangen. Mir entfährt ein lautes, genervtes Stöhnen, als ich höre wie sich hinter mir jemand räuspert. Und wer steht natürlich dort? Oliver Shaw. In voller Pracht. Und er sieht sogar noch besser aus als vorhin. Jetzt habe ich mehr Zeit, ihn mir anzuschauen. Und yammi – ich fand ihn zwar schon in seinen Filmen heiß, aber in natura ist er so anziehend, dass ich nichts dagegen hätte, wenn diese skurrile Szene der Anfang eines Pornos wäre. Softporno würde schon reichen.

Okay, ich bin wohl ganz schön betrunken, wenn gleich mein erster Gedanke in so eine Richtung geht. Aber jetzt mal ehrlich, er hat nichts Besonderes an und sieht trotzdem aus, als käme er gerade von einem coolen Magazinshooting. Er ist wirklich so groß wie vermutet, hat seine dunkelblonden kurzen Haare lässig gestylt und so grüne Augen, dass sie wirken, als würden sie leuchten. »Kann ich dir helfen?«, fragt er leicht amüsiert.

Meine Position wirkt bestimmt lustig, da ich unvorteilhaft über das Sofa gebeugt bin. Ich richte mich auf. »Ähm, ja. Das wäre supernett. Ich will die Couch weiter in Richtung Brüstung schieben.«

Er stellt sein Getränk neben meines auf dem Tisch ab und schnappt sich die andere Seite der Couch. »Dann mal los. Eins, zwei, drei und go.«

Wir hieven das schwere Teil die wenigen Meter zur Glasfront vor und machen dabei die gleichen unleidlichen Geräusche. Als ich mit der Neupositionierung zufrieden bin, nicke ich ihm zu. »Perfekt, danke. So steht sie gut.«

Er schüttelt leicht den Kopf. »Die haben das Scheißding bestimmt mit Absicht so schwer gemacht, sodass keiner auf die Idee kommt, es zu verschieben.«

»Mag sein, aber dann dürfen sie einem nicht so eine tolle Aussicht vor die Nase setzen.«

Wir stehen nun beide jeweils an einem Ende der Couch, und ein unangenehmes Schweigen senkt sich zwischen uns. Oliver Shaw mustert mich von oben bis unten und bleibt ein paar Sekunden zu lange an meinem Ausschnitt hängen. Ich stehe zwar drauf, wenn jemand meine Möpse abcheckt – aber wenn einem ein Superstar auf die Brüste schaut? Das ist dann doch ein ganz anderes Gefühl. Mein Herzschlag beschleunigt sich und ich schlucke schwer. Ich könnte wetten, dass meine Wangen hochrot sind. Ohne mich noch einmal anzusehen, dreht er sich plötzlich um und geht. Kurz überkommt mich ein komisches Gefühl. Ich will nicht, dass er geht. Ich beobachte seine Schritte und bin erleichtert, als er sich eine der Leuchtkugeln schnappt und zurück zu mir kommt. »Hier ist es ganz schön dunkel. So sollte es besser sein.« Er stellt die Kugel neben die Couch und ich muss zugeben, dass so noch mal eine ganz andere Atmosphäre geschaffen wird.

»Du hast recht, so ist es besser.« Wieder vergehen ein paar Sekunden, und diesmal schaut er mir in die Augen. Intensiv und hypnotisierend. Ich kann den Blick nicht von ihm abwenden, selbst wenn ich wollte. Er ist einfach so schön, und sein Gesichtsausdruck fasziniert mich so sehr, dass ich ihn am liebsten anfassen würde, um zu überprüfen ob er real ist. Das mache ich aber natürlich nicht.

Er löst sich als Erster aus unserem Starrwettbewerb. »Hast du etwas gegen ein wenig Gesellschaft?«

Mit kratzender Stimme antworte ich ruhig: »Nein, du kannst dich gerne zu mir setzen.« Innerlich schreie ich laut: »Fuck, setz dich hin und lass uns Babys machen. Jetzt und hier. Scheiß auf die Kälte.« Das wäre aber etwas übertrieben.

Bevor er auf der Couch Platz nimmt, läuft er zum nächsten Heizstrahler und schiebt ihn zu uns. Nachdem er es sich gemütlich gemacht hat, nimmt er eine Decke von dem Sofa und breitet sie auf meiner Sitzfläche aus. Ich setze mich hin, schlage mir die Decke um die Beine und drehe mich zu ihm. Meine Tasche, die ich vor meinem kläglichen Versuch, die Couch zu verschieben, auf seiner Seite abgelegt habe, ist unter ihm verschwunden. »Ich glaube, du sitzt auf meiner Tasche.«

Er stemmt sich auf seinen Armen nach oben, und ich sehe, wie sich seine Muskeln kurz anspannen. Aus einem Reflex heraus befeuchte ich mir mit der Zunge die Lippen. Seine muskulösen Arme sind ein absoluter Turn on. »Jetzt weiß ich auch, warum es so unbequem ist«, sagt er, während er nach meiner Tasche fischt. Er zieht sie unter sich hervor und reicht sie mir. Als ich sie ergreife, berühre ich seine warmen Finger. Nur leicht, aber trotzdem durchläuft ein Stromstoß meinen gesamten Körper. Verdutzt ziehe ich meine Hand inklusive der Tasche zurück. Ob er das auch gespürt hat? Seine ausstreckte Hand verharrt noch in der Luft. Er schaut mich an und lächelt. »Ich bin übrigens Oliver.«

Nach kurzem Zögern ergreife ich seine Hand. »Mein Name ist Nele. Und ich weiß, wer du bist. Jeder weiß, wer du bist.« Die Hände miteinander verschränkt verharren wir reglos.

»Ach, ist das so? Jeder denkt, dass er mich kennt, aber wenige tun es wirklich«, entgegnet er mit einem Augenzwinkern.

»Wie tiefgründig«, sage ich sarkastisch und rolle leicht mit den Augen.

Er lacht auf und lässt meine Hand los. »Ich gebe zu, das klang wirklich bescheuert. Aber viele Frauen stehen drauf.«

»Da bin ich mir sicher. Die Damenwelt steht auf tiefgründige Typen, die ein Badboy-Image haben.«

Er lehnt sich zurück und legt sein linkes Bein angewinkelt auf der Garnitur ab. »An meinem Badboy-Image arbeite ich noch«, sagt er schmunzelnd.

»Da bin ich mir sicher«, erwidere ich.

Wieder schaut er mich mit einem hungrigen Blick an. Ob er weiß, dass ich seine Kreditkarte habe? Oder hat er mich vorhin gar nicht wahrgenommen? Ich spreche es auf jeden Fall nicht an. Wenn er sie zurückhaben will, muss er das Thema zur Sprache bringen.

Er scheint meine Gedanken gehört zu haben. »Bekomme ich meine Kreditkarte wieder, Nele? Oder hast du sie bereits zerschnitten?«

Oliver Shaw hat gerade meinen Namen gesagt. Mein Name aus seinem Mund. Noch nie hat er schöner geklungen. Ich krame kurz in meiner Tasche, hole seine Karte hervor und halte sie ihm hin. »Du solltest künftig aufpassen, wem du diese Karte gibst. Ich hätte damit auch abhauen und shoppen gehen können. Außerdem sind die Getränke hier kostenlos. Deswegen war die Eintrittskarte so teuer, Oliver Shaw.«

Er stößt einen leisen Laut aus, der nach einer Mischung aus Stöhnen und Knurren klingt, und ich merke, wie mir Hitze ins Gesicht steigt. Wie heiß war dieses Geräusch denn bitte?!

»Oliver Shaw, wie förmlich du meinen Namen aussprichst. Klingt gut. Aber du kannst mich auch nur Oliver nennen.«

Nur Oliver, wie soll ich das denn machen? Seit jeher ist er für mich Oliver Shaw, der Schauspieler, der meine Leidenschaft für das Handwerk geweckt hat. Wie soll ich da jahrelanges Anschmachten durch normales Verhalten ersetzen? Vielleicht fällt es mir leichter, wenn ich ihn nur Oli nenne. Ich sage mir den Namen gedanklich ein paarmal vor und fühle mich definitiv mit Oli wohler. »Geht auch Oli?«, will ich wissen.

Er schenkt mir ein Lächeln, das meine Knie weich werden lässt, und wenn ich nicht schon sitzen würde, müsste ich mir etwas suchen, woran ich mich festhalten könnte. Sein Lächeln ist so echt und ich habe genau dieses noch nie zuvor bei ihm gesehen. Es muss sein natürliches sein. Es ist besser als alle, die ich von ihm kenne. Um seine Augen haben sich kleine Fältchen gebildet und sein Mund ist leicht verzogen. Hinreißend! Zu lange bin ich auf seinen Mund fixiert. Als ich den Blick hebe, sehe ich ihm an, dass er es bemerkt hat. »Oli, hört sich ebenfalls gut aus deinem Mund an. Nenn mich ruhig so.«

Leicht verlegen schaue ich zu den gegenüberliegenden Gebäuden. Um mich beschäftigt zu halten, greife ich nach meinem Glas und trinke einen großen Schluck. So groß, dass es im Anschluss leer ist. Jo, einfach mal ein Glas Aperol Spritz geext. Da ich jetzt schon angeschickert bin, wird es nicht lange dauern, bis das reinknallt. Guter Plan, Nele. Richtig guter Plan.

»Da hat aber jemand Durst, willst du meins auch noch?«, höre ich ihn leicht amüsiert fragen.

»Ich denke, ich hatte für heute genug. Aber danke.«

Oli nimmt nun ebenfalls seinen Drink und nippt daran. »Ich bin froh, dass ich dich noch gefunden habe«, lässt er mich wissen.

»Ich habe mich nicht versteckt. Und deine Kreditkarte hätte ich dir schon irgendwie zurückgegeben, keine Sorge.«

Er lehnt sich leicht nach vorne. »Es ging mir nicht um meine blöde Kreditkarte. Ich wusste von Anfang an, dass du nicht hier arbeitest.«

Verwirrt, aber auch erleichtert lehne ich mich ebenfalls vor. »Da bin ich aber froh. Ich habe heute mein teuerstes Outfit an und war erschüttert, dass man mich für eine Bedienung hält. Also nichts gegen Bedienungen, aber ich sah früher bei der Arbeit nicht so aufgetakelt aus. Und was hat dich zu diesem, ehrlich gesagt echt bescheuerten, Move bewegt?«

»Ich wollte mit dir ins Gespräch kommen und das erschien mir ein guter Weg«, flüstert er, da unsere Köpfe ziemlich nah beieinander sind.

Ich stoße ein Schnauben aus und lasse mich wieder gegen die Lehne der Couch sinken. Was ist das denn für eine dumme Masche? Ich stand da alleine. Er hätte mich auch einfach so ansprechen können. Vermutlich wäre ich zwar zu einem Eisblock mutiert und hätte kein Wort rausbekommen, aber das wäre besser gewesen, als ihm hinterherzurennen. »Sorry, das ist das Dümmste, was du hättest machen können.«

Oli zuckt mit den Schultern. »Wieso? Du bist mir wie geplant hinterhergelaufen. Ich hatte dir aber etwas mehr Durchhaltevermögen zugetraut. Als ich wieder aus der Toilette kam, warst du schon weg. Das hatte ich nicht erwartet.«

Pah, was für ein Affe. Glaubt er, ich steh dann wie ein Stalker vor dem Klo und warte auf ihn. Ich rümpfe die Nase. »Ganz ehrlich, das war richtig bescheuert. Was hätte es dir denn gebracht, wenn ich noch da gewesen wäre? Ich war stinksauer.«

Etwas arrogant sagt er: »Lieber sauer als erstarrt. Die meisten Leute, die ich anspreche, bekommen entweder keinen Ton raus oder reden nur Bullshit. Wenn sie mich das erste Mal in natura sehen, verfallen sie erst mal in eine Art Schockstarre, da sie sich nicht vorstellen können, dass ich auch nur ein ganz normaler Mensch bin. Wie hättest du denn reagiert, wenn ich dich einfach angesprochen hätte, Honey?«

Mhm … Ich überlege kurz und muss ehrlicherweise zugeben, dass ich wirklich wie verhext war. Erst als ich dem Idioten seine Kreditkarte in den Rachen stopfen wollte, konnte ich wieder klar denken. Also so klar, wie es geht, wenn man ein paar Promille intus hat.

»Ich sehe die Räder in deinem Gehirn rattern«, durchbricht er meine Gedanken.

»Schon gut. Du hast vielleicht recht. Vermutlich hätte ich auch mit dem Abwehrmechanismus ›mich tot stellen‹ reagiert. Blöd nur, dass ich eben nicht auf dich gewartet habe.«

Er zwinkert mir zu. »Und trotzdem habe ich dich wiedergefunden und sitze nun hier mit dir. Also erzähl mal, was macht Nele in New York?«

Ich bin zwar immer noch verwundert darüber, warum ausgerechnet Oliver Shaw – ich meine Oli – mit mir ins Gespräch kommen wollte, genieße aber ohne Frage seine Aufmerksamkeit. Ich weiß, dass ich kein Hässlon oder so bin, aber jemandem, der quasi jede Frau der Welt haben kann, nehme ich nicht ab, dass er sich für mich interessiert. Ich stoße die Zweifel von mir und fange an zu quatschen. »Ich bin erst vor einigen Tagen hier angekommen. Ursprünglich komme ich aus Hamburg. Ich arbeite als Assistentin in einer Consulting Firma, will mich aber als Schauspielerin versuchen. Schicksal, dass ich jetzt ausgerechnet mit dir hier oben sitze.«

»›Versuchen‹ kannst du direkt aus deinem Wortschatz streichen. Mit ›versuchen‹ kommst du hier nicht weit. Du musst dich hundertprozentig reinstürzen. Ansonsten wird das nichts, Honey.«

Bang – das war mal ein Dämpfer. Ich hatte eher mit hilfreichen Tipps gerechnet. Arroganter Penner. »Ich bin hundertprozentig dabei«, entgegne ich trotzig. »Ich bin nach New York gezogen, verdammt noch mal. Aber Geld brauche ich halt trotzdem zum Leben, und da kommt mir mein derzeitiger Job ganz gelegen. Ich werde das alles schon unter einen Hut bringen! Und dein Honey kannst du dir in die Haare schmieren. Ich kann es gar nicht leiden, wenn man jede Frau gleich nennt.«

Oli schaut mich herausfordernd an. »Da hat aber jemand Feuer. Und ich nenne niemanden Honey. Nur dich.«

Schnippisch gebe ich zurück: »Schon klar!« Um meinen Standpunkt zu unterstreichen, drehe ich mich etwas von ihm weg und schaue in die Ferne. Der Wind fegt wieder einmal übers Dach und lässt mich frösteln. Oli berührt mich an der Schulter, was mir eine ganz andere Art von Gänsehaut beschert. Ich schaue auf seine Hand, dann in sein Gesicht und warte ab, was er zu sagen hat.

»Sorry, war nicht so gemeint«, sagt er beschwichtigend. »Klar kann man beides schaffen. Aber die New Yorker Branche ist hart. In meiner Karriere habe ich schon viele tolle Schauspieler gesehen, die es nicht geschafft haben. Talent reicht nicht aus. Man muss das gewisse Etwas haben, ein dickes Fell mitbringen und hartnäckig bleiben. Und das vielleicht über Jahre. Es bringt dir nichts, wenn ich Schönfärberei betreibe. Die Realität sieht anders aus.« Er lässt seine Hand von meiner Schulter gleiten und streicht zart über meinen Arm, bevor er sie wegzieht. Der baggert mich doch an, oder bin ich auf dem falschen Dampfer?

Um mich auf andere Gedanken zu bringen, wechsele ich das Thema. »Warum kannst du dich hier eigentlich so frei bewegen? Ich meine, du bist ein Oscar-Preisträger, und ich habe bisher niemanden gesehen, der dich verfolgt oder nach einem Foto gefragt hat. Wie kann das sein?«

Oli nimmt sein Bein von der Couch, rutscht etwas näher zu mir und legt seinen Arm auf die Lehne hinter mir. Er ist nahe, aber nicht unangenehm nah. Er berührt mich nicht. »Bei solchen Veranstaltungen habe ich eigentlich meine Ruhe. Die Menschen sind höflicher, als man vermuten würde. In der Regel trauen sich nur wenige, mich einfach so anzusprechen. Paparazzi sind hier nicht erwünscht, und da sich die Vernissage ja nicht um mich oder einen Film dreht, gehe ich in der Masse unter. Aber ich will mehr über die angehende Schauspielerin Nele erfahren. Wo wohnst du und was sind deine nächsten Schritte? Hast du schon eine Schauspielschule gefunden?«

Mir gefällt, dass er sich anscheinend wirklich für mich interessiert, und der Alkohol verstärkt meinen Redefluss. Da ich erst seit ein paar Tagen in der Stadt bin, erzähle ich ihm bis ins kleinste Detail von meinen ersten Eindrücken. Er kann kaum glauben, dass ich eine Wohnung in Lenox Hill habe. Und ich bin wirklich stolz darauf, dass ich in so einer tollen Gegend leben darf. Immer wieder bemerke ich, dass er mir tief in die Augen oder auf meine Lippen schaut. Safe will der mich heute klarmachen. Und ganz ehrlich – ich hätte nichts dagegen. Sein Körper strahlt so eine Hitze aus, dass mir trotz der Kälte ganz warm wird. Ich brenne von innen heraus. Nur weil er neben mir sitzt. Wir reden über Gott und die Welt, und er berichtet mir, wo er in Hamburg aufgewachsen ist. Das weiß ich zwar schon alles, aber ich lasse ihn trotzdem erzählen. Es ist ein angeregtes Gespräch, das ganz von alleine fließt. Als würden wir uns schon ewig kennen. Wobei ich das von mir schon behaupten kann. Zumindest kenne ich einen Teil von ihm.

Nach einer gefühlten Ewigkeit fragt er, ob wir wieder reingehen wollen, denn angeblich sind meine Lippen schon ganz blau. Sobald er es angesprochen hat, fällt mir auf, wie kalt es ist. »Trinkst du noch etwas mit mir?«, fragt er, als wir in Richtung Tür gehen. Er öffnet sie, legt seine Hand auf meinen Rücken und lässt mich als Erste nach drinnen gehen. Hier ist es angenehm warm und die Musik schallt immer noch laut durch den Raum. Direkt hinter der Tür erwarten uns zwei bullige Anzugträger. Oli kommt etwas näher und sagt: »Die beiden haben ein Auge auf mich. Nichts, was dich beunruhigen müsste«.

»Okay«, sage ich gedehnt. »Und ja, ich trinke noch etwas mit dir. Am besten etwas Warmes.«

An der Bar angelangt bin ich durch die Raumluft oder besser gesagt durch die Hand auf meinem unteren Rücken so aufgewärmt, dass ich auf keinen Fall etwas Warmes trinken will. Oliver kommt um mich herum und fragt, was ich haben möchte.

»Ein Glas Sekt oder Champagner wäre ganz nett.«

»Sollst du haben, Honey.« Er zwinkert mir zu, dreht sich zur Bar um und verschwindet in der Menge.

Passiert das gerade wirklich? Holt mir mein Idol gerade wirklich ein Getränk? In New York? An Silvester? Wie genau habe ich das denn geschafft? Ich spiele im Kopf den weiteren Ausgang dieser Nacht durch, komme aber nicht wirklich weit. Zu absurd ist dieser Abend. Ich drehe mich um und sehe, dass die Tanzfläche im unteren Bereich immer noch brechend voll ist. Nita und Paul kann ich nicht finden. Vielleicht kam ja noch eine Nachricht von ihr. Ich habe seit Stunden nicht mehr auf mein Handy geschaut. Volltreffer. Vor knapp fünfundzwanzig Minuten habe ich eine Whats-App von ihr erhalten.

Sweety, wir sind im Foyer, falls du uns suchst. Wir wollen dann auch langsam nach Hause. Wie sieht es bei dir aus?

Sweety???? Alles okay????

Bevor sie noch einen Herzinfarkt bekommt, antworte ich mal lieber schnell.

Alles gut. Du & Loverboy können ruhig gehen. Ich habe jemanden kennengelernt und bleibe noch ein wenig. Außerdem will ich direkt von hier aus zu Kelly ins Café fahren. Habt Spaß ;-)

Als hätte sie die letzte halbe Stunde nur auf ihr Handy gestarrt, kommt prompt zurück:

Da bin ich beruhigt. Und der Typ ist auch kein Serienmörder? Wenn ja, lass deine DNA auf ihm.

Oh ja, ich schalte heute mein Gehirn aus und habe Spaß ;-) Ist vielleicht besser, wenn du erst morgen Früh nach Hause kommst ;-P

Okay – danke für die Bilder! Um sie endgültig in die Liebeshöhle zu entlassen, schreibe ich sofort zurück.

Er ist cool und sicherlich kein Triebtäter. Und wenn, dann kratze ich, was das Zeug hält, und spucke überall hin. Man wird meine DNA an ihm finden. Viel Spaß & bis morgen. Du musst mir dann übrigens Rede & Antwort stehen.

Umgehend folgt:

Gute Nacht, Sweety

Wie aufs Stichwort kehrt Oli mit unseren Getränken zurück. »Hier, Honey. Nur das Beste für dich. Exquisiter Champagner. Ich weiß zwar nicht, wie du das Zeug runterbekommen kannst, aber edel aussehen tut er.«

Ich beuge mich leicht zu ihm, sodass ich mir nicht die Seele aus dem Leib schreien muss. »Wann habe ich schon mal die Gelegenheit, so viel Champagner zu trinken, ohne einen Cent dafür zu bezahlen? Also her damit.«

Lachend reicht er mir das Glas. Er selbst hat sich anscheinend für Whiskey auf Eis entschieden. So wie vorhin, als ich ihn von der Tanzfläche aus gesehen habe. Er scheint sich genau in diesem Moment an die gleiche Szene zu erinnern. »Wollen wir tanzen gehen? Ich habe dich vorhin beobachtet. Lief gut für dich, was?«

Ich schaue ihn fragend an. »Wie meinst du das?« Gleichzeitig frage ich mich, wie lange er mich beobachtet hat und ob ich das komisch finden soll. Bevor ich mich in diesem Gedanken verlieren kann, schnappt er meine freie Hand und zieht mich mit sich. Mir gefällt, dass er die Initiative ergreift. Wir laufen etwas versetzt Hand in Hand durch die Menge und die Treppe nach unten. Am Rand der Tanzfläche bleibt Oli so abrupt stehen, dass ich leicht gegen ihn stoße. Er dreht sich zu mir um und will mir mein Getränk abnehmen. Doch ich setze das Glas an den Mund und leere den Inhalt. Er sieht mich abschätzend an, nimmt mir das Glas aus der Hand und stürzt dann ebenfalls seinen Drink hinunter. Seine Gegenreaktion lässt mich schmunzeln, da er wie ein trotziges Kind reagiert. Amüsant. Oli dreht sich zu einem Stehtisch um und stellt unsere Gläser ab. Diesmal will ich die Kontrolle haben, weswegen ich seine Hand ergreife und ihn auf die Tanzfläche führe. Wie viel Mut einem ein Drink doch verleihen kann. Ich laufe bewusst langsam und genieße das Gefühl unserer ineinander verschlungenen Hände. Oli läuft so dicht hinter mir, dass seine Hand meinen Po bei jedem Schritt streift. Sobald ich weit genug in die Menge gelaufen bin, bleibe ich stehen und drehe mich um. Oli legt seine Hände auf meine Hüften und zieht mich an sich. Sein Mund streift mein Ohr, was mich am ganzen Körper erzittern lässt. »Wirst du nicht von irgendjemandem vermisst? Wo ist deine Freundin?« Bei unserer Dach-Quatsch-Session habe ich ihm von Punita erzählt, davon, wie aufregend es für sie ist, dass eines ihrer Bilder verkauft wurde und hier ausgestellt wird. Er war überrascht, dass eine so junge Künstlerin es hierher geschafft hat, was mich natürlich noch stolzer macht.

Ich schüttle den Kopf und lehne mich an ihn. »Sie ist gegangen. Niemand wartet auf mich. Was ist mit dir? Bist du heute Nacht schon verplant?« Ich lehne mich leicht zurück und lege meine Handflächen auf seine Brust. So kann ich ihm in die Augen sehen. Diese grünen Augen, die leuchten wie funkelnde Edelsteine. Ich könnte die ganze Zeit in diese Augen schauen.

Er lässt eine Hand von meiner Hüfte nach oben wandern, gleitet erst meinen Rücken, anschließend meine Schulter und meinen Arm entlang und lässt sie dann auf meiner rechten Hand verweilen. Diesmal kommt er nicht an mein Ohr, um mir etwas zu sagen, sondern nähert sich meinem Gesicht frontal. Unsere Nasenspitzen berühren sich fast, als er sagt: »Mir gefällt, wie du denkst, Honey. Keine Sorge, auf mich wartet heute niemand mehr.« Er packt meine Hüfte und dreht mich um. Mein gesamter Körper ist nun an ihn gepresst. Wir fangen an, uns zur Musik zu bewegen. Wobei wir unseren eigenen Rhythmus vorgeben. Die gespielten Beats sind uns egal. Auch die Leute um uns herum nehme ich nur noch bedingt wahr. Ich neige den Kopf, greife mir in die Haare und drapiere sie so über meiner Schulter, dass meine Halsbeuge freiliegt. Wie aufs Stichwort legt Oli seinen Kopf hinein. Sein Kinn berührt mein Schlüsselbein, und bis dato war mir nicht bekannt, dass dieses eine erogene Zone ist. Aber Oli belehrt mich eines Besseren. Meine Haut fühlt sich an der Stelle an, als würde sie brennen. Und ich rede hier nicht von einem unangenehmen juckenden Ausschlag, sondern von einem Feuer, das meinen ganzen Körper entfacht. Beginnend an einem Knochen. Wie abgefahren ist das denn? Ich bewege mich weiter langsam zur Musik und lege die Hände auf seine, die auf meinem Bauch ruhen. Mein Rücken schmiegt sich wie ein Puzzleteil an seinen Oberkörper und mein Hintern presst sich an seine Mitte. Als ich ein leichtes Hohlkreuz mache, höre ich ein Zischen an meinem Ohr. »Mach das noch mal. Bitte.«

Animiert von seiner Stimme drücke ich meinen Rücken noch etwas weiter durch. Ich hebe die Arme, streiche über seine Haare und anschließend seinen Hals entlang. Als ich den Kopf in seine Richtung drehe, stöhnt er auf und küsst meinen Hals. Zuerst nur zaghaft, aber als ich ebenfalls ein Wimmern von mir gebe, saugt er an der Stelle und berührt sie mit seiner warmen Zunge. Von Lust übermannt drehe ich mich ruckartig um und streife dabei mit der Hand seinen Schritt. Seinen prall gefüllten Schritt. Er schließt für einen Sekundenbruchteil die Augen, um sie anschließend in mich zu bohren. Lange kann ich dem Blick nicht standhalten, da mich sein Gemächt ablenkt, auf dem immer noch meine Hand ruht. Ich muss hinschauen. Mein Blick geht zwei Stockwerke tiefer und ich starre auf die Beule in seiner Hose. In dem Moment legt Oli seine Hand auf meine und beginnt, unsere Hände über seinen Schritt zu reiben. Obwohl ich im Moment nicht von ihm berührt werde, spüre ich, wie mein Verlangen wächst und mir ein Pochen zwischen den Beinen verursacht. Völlig versunken in das Bild vor meinen Augen merke ich seine freie Hand erst an meinem Kinn, als sie meinen Kopf nach oben drückt. Oli schaut mir kurz in die Augen und ich sehe ebenfalls reines Verlangen bei ihm. Er beugt sich zu meinem Ohr, wobei er seine Hand an meinem Kinn liegen lässt. »Wir müssen aufhören. Sonst wird es gleich feucht in meiner Hose, und das ist mir seit Teenagerzeiten nicht mehr passiert.«

Er hat recht. Kein Handjob auf einer überfüllten Tanzfläche. Ich ziehe meine Hand unter seiner hervor und will etwas Abstand zwischen uns bringen, was er jedoch nicht zulässt. Er ergreift sie wieder, legt sie auf seine Schulter und umfasst anschließend meine Hüfte. Mit der anderen Hand fährt er genüsslich meinen Kiefer nach, dann meinen Hals hinunter und seitlich an meiner Brust entlang, bis sie auf meinem anderen Hüftknochen zum Liegen kommt. Wie von selbst bewegt sich mein anderer Arm hoch zu seiner Schulter und ich umfasse seinen Hinterkopf. Wir sehen uns in die Augen, und ich kann nicht einschätzen, ob es sich um Sekunden, Minuten oder Jahre handelt, bis ich mit einer mir unbekannten Stimme sage: »Oli, ich will dich küssen.«

Seine Hände wandern nach hinten, sodass er meinen Po umfassen kann. Er packt ordentlich zu und zieht mich auf die Zehenspitzen. Unsere Nasen berühren sich, und während ich denke, dass er mich bestimmt gleich küsst, flüstert er: »Dann mach es, Honey.«

Neujahr

Küssen. Sich in einem Kuss verlieren. So lange knutschen, bis die Lippen geschwollen sind. Als Teenager haben Andre und ich stundenlang rumgemacht. Damals gab es nur die erste Base und die bestand aus Speichelaustausch und Busengrapschen. Das waren herrliche Zeiten, die sich wie ein dichter Nebel aus Lust angefühlt haben. Und jetzt fühlt es sich an, als würde ich träumen. Mein Mund ist auf einen anderen gepresst. Warm und weich. Gleichzeitig aber erobernd und fordernd. Die Kombination macht mich verrückt und lässt meine Knie unkontrolliert zittern. Meine Nerven sind zum Zerreißen gespannt, und es könnte gut sein, dass ich zerspringe wie eine Feder, die zu sehr gedehnt wird. Ich will meine Hände in ihm vergraben, ihn festhalten und nie mehr loslassen. Als meine Finger tatsächlich zugreifen, merke ich, dass ich einen festen, dicken Stoff in der Hand habe. Was ist das? Es fühlt sich warm und kuschlig an, aber eben nicht nach dem T-Shirt, das ich erwartet hatte. Ich konzentriere mich auf meine Umgebung, nehme aber nichts wahr. Außer einer gleichmäßigen, ruhigen Atmung an meinem Ohr. Wo ist die Musik? Liege ich etwa auf der Seite? Auch wenn ich den Kuss nicht unterbrechen will, muss ich die Augen öffnen. Aber nicht, bevor ich mich ihm nochmals vollkommen hingebe. Ich lege alles in die abschließenden Bewegungen. Meine

Zunge spielt mit einer anderen. Mit einem letzten kleinen Biss in eine Unterlippe öffne ich die Augen. Und es stimmt, ich liege auf der Seite. Eingewickelt in die weichste Decke, die ich je auf meinem Körper gespürt habe. Und wenn ich mich nicht täusche, befindet sie sich auf meinem nackten Körper. Wo zum Teufel bin ich? Mein Blick verrät mir nicht viel, da das Zimmer in völliger Dunkelheit liegt. Minimales Licht kommt von der digitalen Uhr, die auf dem Nachttisch neben mir steht. Die weißen Zahlen zeigen 8:28 Uhr an. Meine Kehle ist so trocken, dass jede Schluckbewegung schmerzt. Neben der Uhr steht eine Flasche Wasser. Aber bevor ich nach ihr greife, muss ich mich erst mal aus meinem Deckenkokon befreien. Mit Erschrecken stelle ich fest, dass es sich gar nicht um eine Decke handelt. Ein muskulöser Arm liegt schwer auf meiner Hüfte, und als sich der Nebel in meinem Kopf lichtet, merke ich, dass ich in der Löffelchenstellung an einen anderen Körper gepresst bin. Die Bettdecke liegt eigentlich nur sanft über uns. Oh shit – das muss Oliver Shaw sein. Ich erinnere mich daran, dass wir auf der Dachterrasse geredet und dann ziemlich unanständig getanzt haben. Und ich habe ihn geküsst. Lange und hemmungslos. Aber was kam dann? Blackout. Ich weiß es nicht mehr. Das ist mir seit Jahren nicht mehr passiert. Fuck, fuck, fuck. Ich habe mich bestimmt danebenbenommen. Wie betrunken war er? Hat er vielleicht auch zu viel gehabt und kann sich nicht mehr erinnern? Wie sind wir überhaupt hierhergekommen? Shit. Genau so sollte man sich nicht verhalten, wenn man auf sein Idol trifft. Und in diesem Moment wird mir schlagartig klar, dass ich gestern Oliver Shaw kennengelernt habe. OLIVER SHAW!!!! Oh mein Gott. Und ich liege hier im Bett. Nackt! What the fuck?! Es ist doch hoffentlich er. Nicht, dass ich in meinem Suff mit jemand anderem losgezogen bin. HILFE! Die Person hinter mir bewegt sich und die Hand, die auf meiner Hüfte liegt, streicht nun langsam nach oben und bleibt direkt unter meinem Brustansatz liegen. Außerdem schlingen sich behaarte Beine um meine. Durch die neue Position drückt sich ein ganz bestimmter Körperteil an meinen Po. Er ist erregt. Sofort schießt mir die Hitze in die Wangen und mein Herz springt mir fast aus der Brust. Zwiegespalten, ob ich nun will, dass es sich um Oliver Shaw handelt oder nicht, fange ich an zu schwitzen. Eine dunkle, verschlafene Stimme hinter mir fragt: »Du wirst jetzt aber keinen Herzinfarkt bekommen, oder?«

Auch wenn seine Stimme vom Schlaf dunkler und kratziger ist, weiß ich sofort, dass es sich um meinen Schauspieler-Schwarm handelt. Die Erleichterung, die mich in diesem Augenblick überkommt, zeigt mir eindeutig, dass es so rum besser ist. Ich atme zweimal tief ein und zwinge meinen Körper, sich zusammenzureißen. Mein Herzschlag verlangsamt sich und auf meinen Händen bildet sich zumindest kein neuer Schweißfilm.

»Alles gut«, flüstert die raue Stimme an meinem Ohr. Das Geflüster erweckt meine Nackenhärchen und lässt meinen Körper mit einer Gänsehaut reagieren. »Schlaf noch ein bisschen. Wir sind erst vor zwei Stunden ins Bett gegangen.«

Schlafen?! Ist der verrückt? Als könnte ich jetzt noch schlafen. Obwohl es dunkel ist, ziehe ich die Decke mit mir hoch, als ich mich aufrichte und mich am Kopfteil des Bettes anlehne. »Ich habe Durst«, erkläre ich.

Er dreht sich auf den Rücken und gibt mir so mehr Raum, um nach dem Wasser zu greifen. »Du hast vorhin schon richtig viel Wasser getrunken und zwei Aspirin genommen. Auf dem Tischchen neben dir steht noch eine Flasche.«

Er wiederum greift zum Nachttisch auf seiner Seite und setzt kurz darauf eine Wasserflasche an seinen Mund. Viel sehe ich nicht, aber seine Umrisse kann ich erkennen. Dass er nackt ist, wusste ich schon von unserer Kuschelaktion. Als ich endlich meinen Blick von ihm losgerissen habe, schnappe ich mir die Flasche und leere sie in einem Zug. Wasser kann manchmal ein Lebensretter sein. Ich fühle mich schon besser und mein Hals hat sich auch über die Flüssigkeitsaufnahme gefreut.

Oliver Shaw dreht sich wieder zu mir und legt seinen Kopf in meinen Schoß. Peinlich berührt schaue ich nach unten, betrachte seinen Hinterkopf und weiß nicht, wie ich reagieren soll. »Komm schon Nele, leg dich wieder hin.«

Mein Körper reagiert auf ihn wie auf ein Kommando und sinkt wieder ins Bett. Er schiebt sein rechtes Bein über meins, legt seinen Kopf auf meine Schulter und schlingt den Arm um mich. Wer hätte gedacht, dass er ein Kuschelbär ist. Wir liegen Haut an Haut und ich merke, dass sich mein Puls beschleunigt.

»Mach dich locker, Honey, und schlaf noch ein bisschen. Du bist vermutlich immer noch betrunken«, sagt er mit sanfter Stimme. Und er hat recht. Wenn ich so in mich reinfühle, spüre ich noch die Auswirkungen des Alkohols. Mir ist leicht schwindlig und mein Kopf fühlt sich schwer an. Oh Gott, hoffentlich habe ich mich nicht übergeben. Das wäre oberpeinlich.

Um ein paar Infos über die vergangenen Stunden zu erhalten, frage ich: »Wie sind wir hierhergekommen?«

»Mein Fahrer Chris hat uns abgeholt«, erwidert er leicht amüsiert. »Du warst nicht in der Lage, mir zu sagen, wo du wohnst, weswegen ich dich mit nach Hause genommen habe. Der letzte Drink hat dich ziemlich ausgeknockt. Ich dachte mir schon, dass du ein paar Erinnerungslücken haben wirst.«

Ein paar ist gut. Eigentlich erinnere ich mich nur noch ans Tanzen und einen Kuss. Ab da ist alles schwarz. Wie weggefegt. »Haben wir miteinander geschlafen?«, will ich wissen.

Er sagt mehrere Sekunden lang nichts, und ich denke schon, dass er vielleicht wieder eingeschlafen ist, als er dann doch noch eine Antwort gibt. »Honey, hätten wir miteinander geschlafen, würdest du das hoffentlich noch wissen. Ansonsten würde mein Ego wirklich einen Knacks bekommen.«

Er drückt mich fest an sich und gähnt. Warum sind wir dann aber nackt? Habe ich meine Frage vielleicht falsch gestellt? Hätte ich mich nach jeder sexuellen Interaktion erkundigen sollen?

»Du fragst dich, warum wir nackt sind, oder?«

Erwischt. Stirnrunzelnd antworte ich: »Jep. Wenn wir keinen Sex hatten, ist es schon komisch, dass wir beide nichts anhaben und in deinem Bett liegen.«

Er stützt sich auf seinem Arm ab und schaut mich an. »Glaub mir, ich hätte liebend gern Sex mit dir gehabt. Seit wir miteinander getanzt haben, laufe ich mit einem Ständer durch die Gegend. Aber du warst kaum ansprechbar. Da kann ich mich dir ja nicht aufdrängen. Das wäre falsch gewesen. Ich habe dann einfach auf den nächsten Morgen gesetzt.«

Auch im Dunkeln erkenne ich sein Augenzwinkern und muss unweigerlich lächeln. »Das klärt aber immer noch nicht die Frage, warum wir nackt sind«, betone ich.

»Der Grund ist relativ simpel. Du hast angefangen, dich auszuziehen, und dich dann ins Bett gelegt.

Gentlemanlike wie ich bin, wollte ich verhindern, dass du am nächsten Morgen peinlich berührt bist. Daher dachte ich, dass es dir bestimmt lieber ist, wenn ich auch nackt bin. Und Taadaa ... beide wie Adam und Eva.«

Bei dem Vergleich lache ich laut los, obwohl mir die Erklärung wirklich etwas unangenehm ist. Warum habe ich mich einfach ausgezogen? Richtig schlauer Move, Nele!

Oliver Shaw nimmt den Arm von meiner Hüfte und streicht mir eine verirrte Haarsträhne hinters Ohr. »Du hast so ein schönes Lachen. Weißt du das?« Die Frage scheint rhetorischer Natur zu sein, da er sich, ohne eine Antwort von mir abzuwarten, wieder aufs Bett sinken lässt. Diesmal legt er sich auf den Rücken und zieht mich an sich. Mein Kopf landet auf seiner Brust, und unsere Stellung ist so bequem, dass ich tatsächlich noch mal einschlafen könnte. Unsere Körper passen perfekt zusammen. Es kommt nicht oft vor, dass man eine kuschlige Position findet, die für beide angenehm ist. Er fängt an, meinen nackten Rücken hoch und runter zu streichen. Ganz leicht, nur mit den Fingerspitzen. Das Gefühl auf meiner Haut ist so beruhigend, dass ich wegdämmere, als seine Hand zum Stillstand kommt. Er scheint wieder eingeschlafen zu sein, da seine Atmung gleichmäßig ist und er bei jedem Ausatmen ein leises Schnarchgeräusch von sich gibt. Ich fühle mich so behaglich, dass ich in den Armen von Oliver Shaw einschlafe.

*

Als ich die Augen wieder öffne, ist das Schlafzimmer hell erleuchtet. Gut, vielleicht nicht hell erleuchtet, aber es ist auf jeden Fall heller als vorhin. Die Rollläden sind hochgefahren, und nach dem Himmel zu urteilen, scheint es ein weiterer trüber Wintertag in New York zu sein. Die Uhr zeigt nun 10:38 Uhr an. Noch mal gut zwei Stunden geschlafen. Wer hätte das gedacht? Es hat mir auf jeden Fall geholfen. Ich fühle mich achttausendmal besser, als bei meinem ersten Erwachen. Das Wasser, der Schlaf und der warme Körper neben mir haben den Hangover größtenteils vertrieben. Apropos warmer Körper. Wo ist er? Ich fahre mit dem Arm über das Bett und suche den männlichen Körper, der bis vor Kurzem noch neben mir lag. Aber nichts zu finden. Ich setze mich auf und schaue mich um. Was mir mein Arm schon angekündigt hat, ist nun Gewissheit. Das Schlafzimmer ist leer. Nur ich und meine säuberlich gefalteten Klamotten, die auf einem samtüberzogenen schwarzen Polstersessel neben dem Bett liegen. Aber ich erspähe einen Zettel auf der Kleidung. Ich wickle mir die weiche Bettdecke um und versuche, aus dem Bett zu gelangen. Wie groß ist das Teil? Drei mal drei Meter oder was? Also eine Standardgröße ist das sicherlich nicht. Wenigstens ist es nicht rund. Dann müsste ich mich wirklich fragen, wo ich gelandet bin. Aber ein paar Fragen sollte ich mir auf jeden Fall stellen. Wie zum Henker bin ich bei Oliver Shaw im Bett gelandet? Was ist das für eine verrückte Fügung des Schicksals?

Endlich schaffe ich es aus dem Bett und laufe im Pinguin-Gang zu meinem Kleiderberg. Darauf liegt eine fein säuberlich geschriebene Notiz. Die Schrift ist wirklich makellos, und mir ist wohl bewusst, warum das so ist. Vor ein paar Jahren hat Oliver Shaw für eine Rolle die Kalligrafie erlernt und sich eine schönere Handschrift zugelegt. Augenscheinlich hat er diese Fähigkeit beibehalten. Eine schönere handgeschriebene Notiz habe ich in meinem ganzen Leben noch nicht gesehen. Direkt erscheint das Schwert von Gryffindor vor meinem inneren Auge: Es nimmt nur auf, was es stärkt. Eine gute Herangehensweise, die Oliver Shaw wohl auch beherzigt. Sobald ich einen Arm aus der Decke befreit habe, schnappe ich mir den Zettel und lese:

Guten Morgen Honey,

ich hole uns etwas zum Frühstücken. Das Bad befindet sich gegenüber vom Bett hinter der rechten Tür. Gönn dir eine Dusche und komm dann runter zu mir.

Oli

Oli. Dieser Name. Einfach nur Oli. Ich erinnere mich daran, dass wir uns darauf geeinigt hatten, dass ich ihn so nenne. Jo, nüchtern fällt mir das nicht mehr so leicht. Und Honey, der Name, den er für mich ausgewählt hat. Angeblich nur für mich. Ob das stimmt? Wir werden sehen. Laut meiner Recherchen ist er kein Schürzenjäger, aber natürlich wird einer wie er seine Affären haben. Und da fällt mir ein – ist er nicht mit Irina Baldwin zusammen? Fuck, bin ich der Seitensprung? Na ja, geschlafen habe ich ja nicht mit ihm. Aber mein Fall ist nicht unkritisch, denn als ich kurz unter mein Deckenkleid spähe, muss ich feststellen, dass ich nach wie vor splitterfasernackt bin. Es wird Zeit, mich anzuziehen. Um die Decke weiterhin um meinen Körper halten zu können, beuge ich mich nach vorne und ziehe meinen Deckenumhang bis zum Nacken hoch. In dieser Position kann ich meine Hände verwenden, ohne mich weiterhin am Stoff festklammern zu müssen. Zuerst falte ich den Notizzettel und lasse ihn in meiner Tasche, die ebenfalls auf dem Sessel liegt, verschwinden. Immerhin ist das ein handgeschriebener Brief von Oliver Shaw. Brief ist vielleicht zu viel gesagt und unterschrieben ist er mit Oli – aber trotzdem! Anschließend greife ich mir meine Klamotten und bewege mich langsam in gebückter Haltung Richtung Badezimmertür. Ein Glück, dass wir hier Fliesen und keinen Teppich haben. Meine Deckenschleppe gleitet brav über den Boden und lässt meinen Körper somit bedeckt. Fast an der Badezimmertür angekommen passiert es dann doch, und die Decke fällt runter. »Scheiße!«, murmle ich frustriert, drehe mich um und bücke mich nach ihr. Doch was ich sehe, ist nicht nur die Decke, sondern auch ein Fuß, der auf ihr steht. Mein Blick geht nach oben und landet in einem schelmisch grinsenden Gesicht. Und nicht nur das – Oli ist vollkommen angezogen. Er trägt eine schwarze Jogginghose und ein weißes T-Shirt.

»Was genau machst du da?«, will er mit hochgezogener Braue wissen. In vollkommene Schockstarre verfallen schaue ich ihn an. Mehrere Sekunden. Vielleicht sogar eine ganze Minute. Ich weiß es nicht. Als er den Kopf zur Seite neigt und meinen Körper zu mustern beginnt, drehe ich mich in Windeseile um und husche durch die erstbeste Tür. Oh mein Gott. Wie peinlich war das denn? Wo ist die selbstbewusste Nele, die in New York was reißen will, hin?! Vor Oliver Shaw macht sie sich schon mal ins Höschen. Saucool! Als ich die Tür hinter mir schließe, geht sofort ein angenehmes Licht im Raum an. Vor lauter Panik bin ich, wie kann es auch anders sein, durch die falsche Tür gelaufen. FUCK!

»Das ist übrigens mein Kleiderschrank«, höre ich ihn von draußen kichernd sagen.

Ja, DANKE! Habe ich jetzt auch gemerkt. Als ich nicht antworte, dringt seine Stimme erneut durch die Tür. »Ich bin wieder unten. Lass dir ruhig Zeit. Aber Finger weg von meiner Gürtelschnallen-Sammlung.«

Als ich höre, wie sich die Schlafzimmertür schließt, atme ich erleichtert aus. Okay – ich stehe nackt im Ankleidezimmer. Es könnte schlimmer sein. Und alter Falter – für so einen Schrank würden einige Frauen morden. Alle Wände sind mit offenen Schrankelementen versehen und die Anordnung ist einer Roomtour bei MTV Cribs würdig. Vor allem die beleuchtete Insel in der Mitte lässt mein Herz höherschlagen. Aber jetzt ist keine Zeit, um mich hier umzuschauen. Gürtelschnallen habe ich auf den ersten Blick nicht gesehen. Das war bestimmt ein Witz. Ich flitze aus dem Raum und direkt durch die andere Tür. Das Bad – hier wollte ich hin. Und um ehrlich zu sein, will ich hier für immer bleiben. Meine Güte, habe ich schon jemals in so einem Badezimmer gestanden? Hier sieht es aus wie in einer römischen Therme. Dazu der absolute Luxus. Die rechte Wand ist eine einzige Fensterfront, die eine phänomenale Aussicht auf den Central Park bietet. Das Schlafzimmer muss den gleichen Ausblick haben, aber bisher habe ich nicht darauf geachtet. Wie konnte mir das entgehen? Links an der Wand befindet sich ein riesiger Waschtisch, der locker von acht Leuten gleichzeitig benutzt werden könnte. Zwei goldverzierte Wasserhähne schmücken das Waschbecken aus Marmor. Alles hier drin wirkt warm und einladend. Die Fußbodenheizung ist perfekt eingestellt und lässt mich barfüßig alles in Ruhe erkunden.

Auf dem Waschtisch entdecke ich neben einem Hoodie und einer Leggings einen weiteren Notizzettel:

Honey,

schau mal, ob dir die Klamotten passen. Der Hoodie ist von mir. Die Hose habe ich mir mal versehentlich gekauft – ich dachte, es sei eine Laufhose für Männer. Ich hatte sie bisher nur einmal an, ich schwöre. Und keine Sorge, die Fenster sind von außen nicht einsehbar. Du kannst dich also so viel rekeln, wie du möchtest.

Oli

Ist es verrückt, dass ich seine kleinen handgeschriebenen Notizen jetzt schon liebe? Ich rieche an der Kleidung, die für mich bereitgelegt wurde, und stelle fest, dass sie nach frischer Minze und … was ist das … Gurke? riecht. Die Kombination wirkt beruhigend auf mich. Hätte ich doch nur noch ein frisches Unterhöschen. Aber egal. Dann gehe ich heute mal ohne. Das durchgeschwitzte von gestern ziehe ich bestimmt nicht mehr an. Im hinteren Teil des Badezimmers befindet sich eine überdimensionale ebenerdige Dusche. Sie ist so groß, dass keine Trennwände notwendig sind. Man merkt eigentlich nur durch die veränderte Fliesenfarbe, dass man sich innerhalb des Duschbereichs befindet. Rechts neben der Dusche steht auf einer Art Podest eine Badewanne, in der auch mehr als zwei Leute Platz haben und die natürlich mit diversen Düsen und Lichtern ausgestattet ist. Vielleicht bekomme ich ja noch mal die Chance, diesen Whirlpool auszuprobieren. Da ich meine Haare nicht waschen will, mir aber ein Haargummi fehlt, knote ich sie so zusammen, dass sie einen lockeren Dutt ergeben. Noch bevor ich mich unter die Regendusche stelle, schaue ich mich nach einem Handtuch um und werde in einer Nische in der Wand fündig. Hier liegen butterweiche zusammengerollte Handtücher. Es kommt mir vor, als wäre ich in einem Luxushotel abgestiegen. Nach gut zehn Minuten unter der Dusche und mehr als einem Waschlotion-Gang trete ich an den Waschtisch. Keine Ahnung, wie das hier mit der Lüftung läuft, aber trotz meiner ausgiebigen heißen Dusche ist nichts beschlagen. Auf der Ablage befinden sich eine verpackte Zahnbürste, Zahnpasta und eine Haarbürste. Andere Utensilien kann ich nicht sehen. Vielleicht hat Oli seine Sachen in den Schränken. Auch wenn ich eigentlich gerne alles erkunden will, mache ich es nicht. Das wäre ein zu krasser Eingriff in die Privatsphäre.

Nachdem ich meine Zähne geputzt, meine Haare gebürstet und mich schlussendlich noch um meine persönlichen Bedürfnisse gekümmert habe, schlüpfe ich in die bereitgelegte Kleidung. Die schwarze Leggings passt mir verblüffenderweise wie angegossen. Die weißen Tennissocken sowie der graue Hoodie sind aber eindeutig Männergrößen und mir viel zu groß. Trotzdem fühle ich mich ausgesprochen wohl darin. Auch ohne Unterhose. Mit einem auf meinem Kopf verknoteten Messy Bun und all meinem Hab und Gut mache ich mich in Richtung des verführerischen Kaffeedufts auf. Sobald ich aus der Schlafzimmertür trete, nehme ich die Exklusivität dieses Ortes noch einmal deutlich wahr. Im Schlafzimmer kam es mir so vor, als würde ich mich in einem Fünf-Sterne-Hotel befinden. Außerhalb wird jedoch klar, dass das gesamte Maisonette-Apartment einem Sterne-Resort gleicht. Hier im oberen Bereich gibt es neben dem Schlafzimmer noch einen weiteren Raum. Durch die offene Tür kann ich erkennen, dass es sich um ein Büro handeln muss. Ein Schreibtisch, eine Couchgarnitur sowie ein beachtliches Bücherregal sind aus meiner Perspektive zu sehen. Wie gerne würde ich durch die Büchersammlung stöbern.

Widerwillig setze ich mich in Bewegung und laufe die freischwebende Eichentreppe hinunter. Das ist ja lebensgefährlich. Wie bin ich hier heute Nacht volltrunken hochgekommen? Hoffentlich rutsche ich mit meinen Socken nicht aus und breche mir das Genick. Das wäre ein unwürdiger Abgang. Während ich die Stufen vorsichtig hinabsteige, fällt mir jedoch auf, dass sie mit einer Art Gripfläche versehen sind. Der Halt ist ausgesprochen gut und schlagartig fühle ich mich sicherer.

Unten angekommen finde ich mich in einem riesigen Wohnzimmer wieder. Flächenmäßig ist es locker so groß wie die gesamte Wohnung von Punita und mir. Die Möbel sind aus dunklem Eichenholz und die Couch ist eine große schwarze Eckledersofa-Variante. Typisch Mann. Mein absolutes Highlight sind jedoch die bodentiefen Fenster, die einem das Gefühl geben, über den Dingen zu stehen. Ich wette, dass die Terrasse einmal um das gesamte Apartment verläuft. In dieser Richtung sehe ich den Central Park und auf der anderen Seite kann ich bestimmt bis zum Ozean blicken. Bei klarer Sicht ist der Ausblick hundertpro noch phänomenaler als jetzt.

Oli muss in der Küche sein, die durch einen Türbogen vom Wohnraum getrennt ist. Ich gehe hindurch und staune nicht schlecht, als ich in einer Küche lande, die für Kochevents gebucht werden könnte. Neben einem massiven Esstisch und bequem aussehenden Drehstühlen ist eine schwarz-goldene Kücheneinrichtung auf über der Hälfte der Wohnfläche verteilt. Jeder Sternekoch träumt davon, in so einer Location arbeiten zu dürfen. Oli sitzt auf einem Barhocker an der Kochinsel, tippt auf einem Tablet und nippt dabei immer wieder an seiner Kaffeetasse. Mein Herz rutscht bei seinem Anblick etwa drei Stockwerke tiefer in meine Knie. So richtig glauben kann ich das Ganze hier noch nicht. Als ich ihn fast erreicht habe, dreht er sich langsam auf seinem Stuhl um und ich begrüße ihn mit einem selbstbewussten »Guten Morgen«. Er lächelt mich an, und ich merke, wie sich mein Selbstvertrauen wieder in Luft auflöst.

Er ist auch nur ein Mensch. Bleib locker, ermahne ich mich.

»Guten Morgen. Na, hast du die Dusche genossen? Mein Pullover steht dir ausgesprochen gut und von der Leggings fange ich am besten gar nicht erst an.«

Wohlig seufzend erwidere ich: »Oh ja! Was hast du bitte für ein Traumbad? Ich hätte darin noch Stunden verbringen können.«

»Tu dir keinen Zwang an. Du darfst dich gerne darin austoben.« Er steht auf, kommt auf mich zu und bleibt nur wenige Zentimeter vor mir stehen. Er ist so nah, dass ich aufsehen muss, um ihm in die Augen zu schauen. Er neigt sich zu mir herunter und ich rechne mit einem Kuss, weswegen ich meine Lippen schon leicht spitze. Er dreht jedoch ab und streift meine linke Wange nur ganz leicht mit seinen Lippen. Anschließend tritt er wieder einen Schritt zurück, schaut mir einige Sekunden in die Augen und läuft dann um die Kücheninsel herum. »Setz dich. Möchtest du einen Kaffee? Ich habe uns frische Bagels besorgt. Mit Frischkäse. Ich hoffe, du magst das.«

Während ich am Tresen Platz nehme, lasse ich ihn wissen, wie ich meinen Kaffee gerne trinke und dass Bagels ein Grund sind, warum ich in die USA gekommen bin. Er richtet uns zwei Teller mit buttrig riechenden Weizenringen und schenkt mir eine Tasse Kaffee ein. Sobald er sich neben mir hingesetzt hat, gönne ich mir den ersten Schluck des schwarzen Lebenselixiers. Wie erwartet ist auch der Kaffee ein absoluter Genuss. Oli beobachtet mich und wartet anscheinend auf mein Urteil.

»Wow. Der schmeckt himmlisch«, lobe ich ihn. »Die perfekte Kombination aus Bitterstoffen und Gewürzaromen.«

»Ich hatte gehofft, dass du das sagst. Kaffee zuzubereiten ist ein kleines Hobby von mir«, berichtet er stolz, bevor er selbst einen großen Schluck nimmt und anschließend in seinen Bagel beißt.

»Das merkt man definitiv. Der beste Kaffee, den ich bisher in New York bekommen habe«, merke ich an, reiße ein Stück von meinem Bagel ab und schiebe es mir in den Mund.

Während wir beide unser Frühstück genießen, beginne ich mit meiner Fragerunde. Zunächst mit unverfänglichen Fragen. »Wo genau befinden wir uns eigentlich? Also in welchem Stadtteil?«

Oli schaut mich an. »Wir sind in der Upper East Side, nur wenige Straßen vom Central Park entfernt. Bedenklich, dass du das nicht mehr weißt. Hätte ich gewusst, wie viel du schon getrunken hattest, hätte ich uns nur noch Wasser geholt.«

»Upper East Side. Hätte ich mir denken können. Aber gut, dann kann ich nach Hause laufen. Ich wohne in Lenox Hill.«

»Ich weiß. Das hast du mir bereits gestern erzählt. Da hast du eine echt gute Gegend erwischt.«

Oh stimmt, dieses Detail hatte ich ihm wirklich bereits gestern erzählt. Oh Mann. Bekomm dein vernebeltes Gehirn auf die Reihe, Nele! »Oh ja, da klingelt etwas. Sorry, falls ich mich wiederhole.«

»Ich war selbst am Ende nicht mehr ganz beieinander. Aber ich erinnere mich an alles, was du mir erzählt hast. Zum Beispiel auch daran, dass morgen dein Schauspiel-Unterricht losgeht und dass du mit mir die Szenen durchspielen willst.«

Mit weit aufgerissenen Augen starre ich ihn an. Habe ich wirklich die Dreistigkeit besessen, DEN Oliver Shaw für Schauspielproben anzuhauen? Jetzt denkt er doch sicherlich, dass ich nur irgendein verrückter Fan bin, der von ihm profitieren will.

Oli merkt, dass mir dieses Thema Unbehagen bereitet, und greift nach meiner Hand, die um die auf dem Tresen stehende Kaffeetasse gelegt ist. »Ganz ruhig. Es war eher mein Vorschlag. Ich würde dir sehr gerne helfen. Schick mir doch einfach die Szenen und ich bereite mich bis heute Abend vor.«

Erleichtert lächle ich ihn an. »Heißt das etwa, dass ich heute Abend wieder hierherkommen soll?«

»Genau das soll es heißen«, sagt er sanft und lächelt zurück. Oh Mann, dieses Lächeln wird noch mein Verderben sein.

Wir grinsen uns noch eine Weile an, bevor ich meine Hand aus seiner löse und mich wieder dem Bagel widme. Das Frühstück verläuft angenehm. Es kommt mir überhaupt nicht so vor, als hätten wir uns erst gestern Nacht kennengelernt. Alles fühlt sich so unbeschwert an.

Nach Kaffee Nummer zwei nehme ich all meinen Mut zusammen und frage nach Irina. »Eins musst du mir noch erklären, bevor es Zeit für mich wird, nach Hause zu gehen. Ich dachte, du bist mit Irina Baldwin zusammen?«

Oli lässt keine Regung erkennen, als er nüchtern antwortet: »Mach dir darum keine Sorgen. Ich bin Single. Was die Öffentlichkeit sich da zusammenreimt, hat wenig mit dem zu tun, was zwischen mir und Irina läuft. Sie wird dir keine Szene machen, wenn du wiederkommst.«

Damit gebe ich mich erst mal zufrieden. Ich habe schon oft gehört, dass Promis Beziehungsgerüchte nicht dementieren. So ist die Presse wenigstens beschäftigt. Vielleicht komme ich irgendwann selbst in den Genuss, so berühmt zu sein, dass es mir egal ist, was über meine Beziehungen geschrieben wird. Aber jetzt heißt es wirklich ab nach Hause. Mein Handy hatte ich seit einer Ewigkeit nicht mehr in der Hand und so langsam muss ich in die Realität zurückkehren. Mich erwarten sicherlich ein paar Nachrichten. Ich meine, ich war die ganze Nacht und den halben Tag nicht zu erreichen. Falls Nita sich schon von Paul losreißen konnte, macht sie sich bestimmt Sorgen. Auch Kelly schulde ich noch eine Erklärung. Immerhin hatte ich ihr versprochen, im Café vorbeizuschauen. Sobald ich die Wohnung von Oli verlassen habe, werde ich mich bei ihnen melden und auch meinen German-Freunden ein frohes neues Jahr wünschen.

Am Fahrstuhl angekommen gibt Oli mir eine Stofftasche mit meiner Kleidung darin. Ich bin zwar froh, dass ich die gemütlichen Klamotten nicht ausziehen brauche, stelle jedoch mit Erschrecken fest, dass ich in Tennissocken und High Heels den Heimweg antreten muss. Stylisch! Aber wenigstens passe ich mit den Socken in die Schuhe hinein. Barfüßig wollte ich nun wirklich nicht in der Stadt rumlaufen. Laut Maps ist es aber nur etwas über einen Kilometer, den ich zurücklegen muss. Das kriege ich hin. Aus einem Wandschrank holt Oli meine Jacke und hält sie mir auf. Ich schlüpfe hinein und drehe mich zu ihm um. Er greift nach dem Reißverschluss und zieht ihn hoch. Ich kann mich nicht daran erinnern, wann mir das letzte Mal jemand meine Jacke zugemacht hat. Aber ich mag es. Es fühlt sich irgendwie nach Geborgenheit an.

Nachdem das erledigt ist, zieht Oli mich am Zipper des Reißverschlusses zu sich heran. Ich schaue zu ihm auf. Sein Blick ist warm und zärtlich. »Du siehst unglaublich süß in diesem Aufzug aus.« Er drückt mir einen leichten Kuss auf die Lippen, lehnt sich etwas zurück und ergänzt: »Frohes neues Jahr, Honey.« Ohne auf meine Antwort zu warten, legt er seine Lippen auf meine. Diesmal jedoch weder sanft noch kurz. Es ist ein leidenschaftlicher Kuss, der mich erbeben und vollkommen in Oli verlieren lässt. Seine Zunge streicht über meine Unterlippe und ohne groß darüber nachzudenken, öffne ich den Mund für ihn. Unsere Zungen fangen sofort an, wild umeinander zu tanzen. Unsere Bewegungen passen perfekt zueinander, und wie von unsichtbaren Fäden gezogen, drehen sich unsere Köpfe im synchronen Rhythmus. Am liebsten würde ich hier den ganzen restlichen Tag stehen und ihn küssen.

Mir entfährt ein leises Stöhnen, woraufhin Oli den Kuss abrupt beendet. »Du gehst jetzt besser. Ansonsten kann ich für nichts garantieren. Es kostet mich gerade all meine Kraft, dich nicht ins Schlafzimmer zu zerren.«

Ohne auf seine Anspielung einzugehen, drücke ich ihm noch einen zarten Kuss auf die Lippen und sage. »Frohes neues Jahr, Oliver Shaw.«

Neujahr

Ich halte fest: Gestern habe ich in einer der exklusivsten Locations Silvester gefeiert, bin meinem Idol Oliver Shaw begegnet und schlussendlich mit ihm nach Hause gegangen. Wenn ich jetzt noch morgen nach meiner Schauspielstunde direkt eine Rolle bekomme, bin ich höchstwahrscheinlich in irgendeinem verrückten Paralleluniversum gelandet. Anders ist das alles nicht zu erklären. Ich habe mich auf meinem Sitzsack in meine Bettdecke eingekuschelt und versuche die Bilder in meinem Kopf zu sortieren. Immer wieder sehe ich mich an Oliver Shaw gedrückt. Ist das wirklich passiert? Werden wir uns heute Abend wirklich wiedersehen? Nachdem ich von ihm losgelaufen war, ist mir aufgefallen, dass wir gar keine Nummern ausgetauscht haben. Auch eine genaue Uhrzeit haben wir nicht festgelegt. Vielleicht war das ja auch alles nur Geschwätz und ich höre nie wieder etwas von ihm. Ich hoffe es nicht. Ich mochte die Dynamik zwischen uns. Aber seien wir mal ehrlich. Ich kenne ihn gar nicht. Die letzten zwölf Stunden könnte er auch einfach nach einer Beschäftigung und einer netten Gesellschaft für die Nacht gesucht haben. Doch mit unserem Gespräch heute Vormittag hat er mir wirklich das Gefühl gegeben, dass da etwas zwischen uns ist. Aber wie soll er mich oder ich ihn erreichen? Sicher war das eine einmalige Sache. Vielleicht sollte ich mich damit gleich abfinden. Zu Hause angekommen musste ich feststellen, dass Nita nicht daheim war. Sie hatte mir schon heute Morgen eine Nachricht geschickt, in der stand, dass sie den ganzen Tag mit Paul unterwegs sei, die ich aber erst nach meiner Ankunft zu Hause gelesen habe. Anscheinend wurde ich nicht vermisst, da ich nicht wie erwartet Messages erhalten habe, die in irgendeiner Form Sorge um mich vermittelten. In Hamburg hätten die üblichen Verdächtigten, nämlich Andre, meine Mom und Lea, schon eine Vermisstenanzeige aufgegeben. Hier, in meinem neuen Leben, scheint es etwas anders zu laufen. Finde ich gut. Ich antwortete Nita, dass ich ihr viel Spaß wünsche und heute Abend vermutlich auch unterwegs sei. Kelly habe ich angerufen, da ich eine Entschuldigung über Handy nicht angemessen fand. Sie hat total lässig reagiert und mir mehrmals gesagt, dass es keinen Grund gäbe, sich schlecht zu fühlen. Ich solle einfach vorbeikommen, wenn es irgendwann passt. Also alles gut an dieser Front. Mom, Lea, Sarah und Andre habe ich jeweils eine kurze Sprachnachricht zukommen lassen, in der ich ihnen ein tolles neues Jahr wünschte und meinte, dass ich mich nach der Schauspielstunde bei ihnen melden würde.

Ich will mich gerade wieder meinem Gedankenkarussell widmen, als es mir plötzlich wie Schuppen von den Augen fällt. Warum denke ich erst jetzt daran? Oh Mann, keinen Alkohol mehr für mich! Hat Oliver Shaw meine zahlreichen Nachrichten an ihn gesehen? War das alles überhaupt kein Zufall? Völlig panisch öffne ich die Instagram-App und suche den einseitigen Nachrichtenverlauf auf seiner offiziellen Seite. OH MEIN FUCKING GOTT – hinter meiner letzten Nachricht blitzt wirklich unten rechts das kleine Wort »gesehen« auf. Mich hält es nicht mehr im Sitzkissen und ich springe mit dem Handy in meiner Hand auf. Er hat meine Nachrichten gesehen. Das kann doch kein Zufall sein? Oder hat er sie erst nach der letzten Nacht gelesen? Kann ich irgendwie nachvollziehen, wann er die Nachrichten gelesen hat?! Ich starte sofort eine Google-Suche, indem ich wie wild auf meinem Handy herumtippe. Auf die Schnelle kann ich keine Anleitung finden, die mir zeigt, wie ich erkennen kann, wann meine Messages gelesen wurden. Er wird sein Konto ja auch nicht selbst führen, oder? Vielleicht war es gar nicht er, sondern ein Mitarbeiter, der nur versehentlich in mein Fenster geklickt hat. Es gibt so viele Möglichkeiten, dass ich wohl niemals herausfinden werde, ob und wann er die vielen Ausführungen von mir gelesen hat. Ich stehe schon kurz davor, all meine Nachrichten zu löschen, doch dann halte ich inne. Nein! Ich habe mir so viele Gedanken zu seinen Filmen von der Seele geschrieben. Ich weigere mich, diese einfach zu löschen. Sie bleiben, wo sie sind. Falls er sich noch mal bei mir meldet, bleibt mir wohl nichts anderes übrig, als ihn direkt darauf anzusprechen.

Wie aufs Stichwort summt mein Handy. Eine neue Nachricht von einem unbekannten Account. Der Name des Users ist Oli_Trolli_2.0. Bevor ich die Message öffne, schaue ich mir die Bilder des Profils an, die mir irgendwie bekannt vorkommen. Alle Schwarz-Weiß-Aufnahmen, die ich schon so oft auf dem Account von Oliver Shaw betrachtet habe, sind hier zu finden. Auf dem Profilbild, das ebenfalls schwarz-weiß ist, sieht man einen Mann von hinten vor einer Fensterfront stehen. Die Couch links im Bild erkenne ich. Es ist das Ecksofa aus seinem Apartment. Das ist das Profil von Oli. Ich öffne die Nachricht und lese sie.

Honey,

wie konnten wir vergessen, unsere Nummern auszutauschen?! Unser Abschiedskuss hat mich anscheinend echt aus dem Konzept gebracht. Ich hole dich um 19 Uhr ab. Wie ist deine genaue Adresse? Lenox Hill ist mir klar ... ;-)

Unter der kurzen Message steht zwar kein Name, aber ich bin mir sicher, dass es sich um Oli handeln muss. Die Anspielung darauf, dass ich Lenox Hill zweimal erwähnt habe, hätte es nicht mal gebraucht. Ich überlege mir kurz eine Antwort, weiß aber, dass ich auf jeden Fall den Abend mit ihm verbringen will. Daher fällt es mir nicht schwer, die richten Worte zu formulieren

Oli,

Diesen Effekt haben Küsse mit mir immer ;-)

19 Uhr klingt gut. Die Adresse lautet 1410 York Avenue. Was machen wir denn? Will wissen, was ich anziehen soll ...

Sobald ich meine Nachricht gesendet habe, wird sie mir als gelesen angezeigt, und ich sehe, dass er bereits eine Antwort tippt.

Diesen Effekt möchte ich später noch mal genauer untersuchen. Dann bin ich um 7 Uhr bei dir. Komm direkt runter, da ich dich mit dem Auto abhole. Zieh an, was du möchtest, es darf ruhig locker sein. Wir werden uns nur in meiner Wohnung aufhalten.

Warum holt er mich dann mit dem Auto ab? Bei der kurzen Entfernung lohnt sich das ja gar nicht. Aber okay. Mal sehen, was auf mich zukommt. Seine Andeutung übers Küssen lässt beim nochmaligen Lesen meine Kehle austrocknen. Ich will ihn auch wieder küssen. Mit hüpfendem Herzen lasse ich mich auf mein Bett fallen und antworte kurz.

Geht klar. Ich bin dann unten. Bis später.

»Ich freue mich« habe ich wieder gelöscht, da es mir zu aufdringlich vorkam. Er überrascht mich, als er noch mal zurückschreibt.

Ich freue mich!
Und schick mir noch die Szenen für deinen Kurs. oli_trolli@olivershaw.com

Er freut sich! Yeah. Ich mich auch, Oli! Sage ich mir vor, schreibe es aber nicht. Ich sende die Szenen für den morgigen Schauspielunterricht mit dem Kommentar »Sehr seriöse E-Mail-Adresse« an ihn und schalte anschließend die Musik in meinem Zimmer ein. Ich habe noch gut drei Stunden, bis ich abgeholt werde. Eigentlich wollte ich noch etwas schlafen, aber ich bin jetzt so aufgedreht, dass an Schlafen nicht zu denken ist. Während das aktuelle Album von Harry Styles mein Zimmer beschallt, gehe ich alle einstudierten Konversationen für den Abend mit Oli noch mal durch. Ich will mich ja nicht blamieren, und seine Meinung zu meinem schauspielerischen Können ist mir sogar wichtiger als der morgige Unterricht.

*

Um exakt 18:50 Uhr stehe ich in der Lobby unseres Gebäudekomplexes. Und habe Angst. Pure Angst! Ich betrachte mein Spiegelbild in dem Wandspiegel, den irgendein kluger Mensch hier angebracht hat. Ich finde es wirklich hilfreich, dass man vor dem Rausgehen noch mal kurz sein Erscheinungsbild checken kann. Obwohl ich innerlich panisch bin, sieht mein Gesicht nicht danach aus. Ich habe leichtes Make-up aufgelegt, da die letzte Nacht nicht spurlos an mir vorübergegangen ist. Unter meiner langen offenen Jacke trage ich eine gemütliche Kombination aus einer schwarzen Lederimitat-Leggings und einem langen altrosafarbenen Pullover. Dazu goldene Creolen und mehrere Ringe. Meine frisch gewaschenen gelockten Haare fallen mir über die Schultern. Um den Knoten in meinem Magen loszuwerden, schließe ich kurz die Augen, atme dreimal tief durch und drehe mich in Richtung Ausgang. Ganz optimistisch habe ich in meinen beigefarbenen Shopper-Bag einen Kulturbeutel sowie Wechselkleidung eingepackt. Natürlich so, dass es nicht gleich sichtbar ist, da ich nicht so wirken will, als würde ich mich selbst zu ihm einladen. Aber etwas Vorbereitung kann ja nicht schaden. Seine geliehene Kleidung von heute Morgen habe ich nicht mitgenommen. Ich will sie behalten und hoffe, dass er nicht danach fragen wird.

Auch wenn ich etwas zu früh bin, trete ich nach draußen. Ein starker Wind bläst durch die Straße und die kalte Luft kühlt meinen Körper schlagartig runter. Was aufgrund der Hitze, die sich in der letzten Stunde in mir ausgebreitet hat, vielleicht gar nicht schlecht ist. Ich stehe noch keine Minute in der Kälte, da geht die Beifahrertür eines mattschwarzen Mercedes auf. Keine Ahnung, was das für ein Modell ist, aber es ist ein gewaltiger Kasten, der eher nach Luxussafari als nach Stadtschlitten aussieht. Oli streckt sich über die Beifahrerseite zur offenen Tür und ruft: »Nele, ich bin's. Hüpf schnell ins Auto. Es ist viel zu kalt.«

Nele – mein Name aus seinem Mund gefällt mir sogar noch besser als der Kosename, den er für mich hat. Ich setze mich in Bewegung und klettere in das hohe Fahrzeug. Im Auto ist es warm und es riecht nach der Minz-Gurken-Kombi, die ich als Oli-Geruch bereits identifiziert habe. Ich verstaue meine Tasche im Fußraum vor mir und will mich gerade anschnallen, als Oli sich zu mir rüberlehnt. Er greift über mich hinweg nach dem Gurt und schnallt mich fest. Perplex schaue ich ihn an, als er vor meinem Gesicht verharrt. »Hey Honey, du siehst hübsch aus.«

Eigentlich wollte ich ihn gerade zurechtweisen, da ich selbst in der Lage bin, mich anzuschnallen, doch seine Worte bremsen meinen schnippischen Kommentar aus. Stattdessen sage ich viel zu leise: »Hey Oli, vielen Dank.« Was Besseres will mir in diesem Moment einfach nicht einfallen.

Er lächelt leicht. Ich spüre, dass sich meine Zähne in meine Unterlippe drücken, als er meinen Mund fixiert. Ich neige mich nach vorn, um ihn zu küssen, als er auf meine linke Wange zusteuert. Ein halber

Mund-, halber Wangenkuss beendet unseren kläglichen Versuch des Hallo-Sagens. Wir lachen beide, und Oli ergreift die Gelegenheit, indem er mir seine Hände an die Wangen legt. Er schaut mich mit einem breiten Grinsen an, bevor er den Kopf neigt und mich küsst. Es ist ein flüchtiger Kuss, der leider viel zu schnell endet. Etwas enttäuscht lehne ich mich im Sitz zurück und beobachte, wie Oli sich anschnallt. Er nimmt sein Handy aus der Mittelkonsole und reicht es mir. »First things first. Speichere bitte deine Nummer ein.«

Als ich ihm das Handy abgenommen habe, schaltet er den Motor an. Es muss sich um ein E-Fahrzeug handeln, da es keinen Mucks von sich gibt. Nur aufgrund des aufleuchtenden Displays weiß ich, dass es gestartet wurde. Mir unbekannte rockige Musik geht leise an, als ich anfange, meine Nummer einzuspeichern. Oli beobachtet mich von der Seite ohne loszufahren. Nachdem ich auf Speichern gedrückt habe, gebe ich ihm sein Handy zurück, woraufhin wenige Sekunden später mein Handy in der Tasche klingelt. »Jetzt hast du auch meine Nummer«, sagt Oli, bevor er sein iPhone wieder in die Ablage legt.

»Danke«, erwidere ich etwas unbeholfen.

»Dann kann es ja jetzt losgehen«, sagt Oli, während sich das Auto in Bewegung setzt.

»Und was machen wir genau?«, frage ich neugierig.

Oli legt seine rechte Hand auf meinem Knie ab und dreht die Handfläche nach oben. Will er etwa, dass ich meine Hand in seine lege? Als ich nicht reagiere, wackelt er auffordernd mit den Fingern. Irgendwie eine süße Geste. Und da ich nichts gegen Händchenhalten habe, lasse ich meine Hand in seine gleiten. Sobald er meine Berührung spürt, verschränkt er seine Finger mit meinen. Ich schaue ihn an und warte geduldig darauf, dass er meine Frage beantwortet. Er scheint mit unsere Sitzposition zufrieden zu sein und erklärt: »Wir holen uns in einem superguten Restaurant etwas zu essen und fahren dann zu mir. Ich hätte dich zwar wirklich gerne ausgeführt, aber wegen der Feiertage ist die Stadt voller Touristen und da ist es für mich nicht so einfach, unerkannt essen zu gehen. Ich will nicht, dass du morgen in irgendeinem Schmierblatt zu sehen bist.«

Heißt das etwa, dass er nicht mit mir gesehen werden will? Wie immer scheint er meine Gedanken lesen zu können. »Das heißt nicht, dass ich nicht mit dir gesehen werden will. Es bedeutet nur, dass ich einen schönen Abend ohne eine Paparazzi-Meute mit dir verbringen will.«

Angespannt lächelnd widerspreche ich. »Das habe ich auch gar nicht angenommen. Für mich ist es okay, wenn wir bei dir essen.« Zumindest der zweite Teil meiner Aussage ist nicht gelogen. »Außerdem finde ich es ganz schön, durch die Straßen von New York zu fahren. Da lerne ich meine neue Heimat besser kennen. In der U-Bahn sehe ich ja davon leider nichts.«

»Ich zeige dir gerne die besten Ecken von New York«, bietet er an. »Ich lebe schon so lange hier und kenne die Stadt echt gut, auch wenn ich meistens inkognito unterwegs bin.«

Es ist bestimmt nicht einfach, immer und überall erkannt zu werden, denke ich mir.

»Die ersten Jahre bin ich unglaublich viel mit dem Auto in der Stadt rumgefahren«, fährt Oliver fort. »So konnte ich alles in Ruhe erkunden, ohne dass mich jemand angesprochen oder Fotos von mir gemacht hat. Ich bin bestimmt schon durch jede Straße hier gefahren.«

»Ich fahre auch gerne mit dem Auto durch die Gegend. Manchmal sogar ohne wirkliches Ziel. Vor allem nachts, wenn nicht mehr so viel los ist, kann man wunderbar abschalten und die Gedanken schweifen lassen. Ich glaube, ich hatte die besten Gespräche mit Freunden bei Autofahrten.«

Oli schaut kurz zu mir rüber. »Das klingt vielversprechend. Wir haben noch ausreichend Zeit, bevor wir das Essen abholen müssen. Lass uns etwas durch die Straßen fahren.«

Die Idee gefällt mir. »Klingt gut. Können wir vielleicht an der Schauspielschule vorbeifahren? Ich würde mir gerne anschauen, wo sie sich genau befindet.«

»Klar, machen wir. Das liegt sogar auf dem Weg.«

Mittlerweile ist es fast 21 Uhr, als wir in die Tiefgarage bei Oli fahren. Er hat sein Versprechen gehalten und mir tolle Orte in der Stadt gezeigt. Der Verkehr war erträglich und die Atmosphäre während unserer Spritztour ungezwungen. Er hat fast die ganze Zeit meine Hand gehalten, und ich muss zugeben, dass es sich richtig schön angefühlt hat. Einige Plätze, die er mir gezeigt hat, werde ich in den nächsten Tagen noch einmal aufsuchen. Vor allem der St. Catherine's Park sah vielversprechend aus. Tagsüber sind hier bestimmt viele Menschen mit ihren Kindern unterwegs. Hier werde ich diese Woche vorbeischauen und die Umgebung zu Fuß erkunden.

Unser Essen befindet sich im Kofferraum. Es war ein etwas ungewöhnlicher Abholvorgang, da wir zum Hintereingang des Restaurants gefahren sind und Oli kurz drinnen angerufen hat. Der Chefkoch höchstpersönlich hat uns nach einem kurzen Plausch mit Oli den Wärmebehälter in den Kofferraum geladen und uns einen guten Appetit gewünscht. So routiniert, wie alles gelaufen ist, scheint Oli öfter seine Bestellungen so abzuholen. Was genau wir essen werden, weiß ich jedoch noch nicht. Auch meine Rateversuche waren bisher ohne Erfolg. Nach der zehnten Spekulation meinte Oli nur, dass ich ihm vertrauen soll und es mir ganz bestimmt schmecken wird. Irgendwie stehe ich drauf, wenn mich jemand darum bittet, dass ich ihm Vertrauen schenken soll. Also habe ich locker gelassen.

Wir steigen aus dem Auto und Oli holt unser spätes Abendessen aus dem Kofferraum. Da es sich bei seiner Wohnung um das Penthouse handelt, fahren wir mit dem Fahrstuhl direkt von der Garage in seine Wohnung. Oben angekommen sind wir uns einig, dass wir gleich essen wollen. Ich bin ausgehungert und ihm geht es nicht anders.

Nachdem ich kurz im Gästebad verschwunden bin, gehe ich zielsicher in die Küche. Ein vertrauter Geruch steigt mir in die Nase und mir läuft das Wasser im Mund zusammen. »Trüffelspaghetti? Ist das dein Ernst? Ich liebe Pasta in Trüffelsoße. Woher weißt du das?«

Oli ist gerade dabei, unsere Teller anzurichten, wobei er sich äußerst viel Mühe gibt. »Gute Intuition?«, antwortet er.

Ich stoße ein Schnauben aus. »Jaaaaa, genau! Jetzt mal ehrlich. Woher wusstest du das?«

Er läuft mit unseren Tellern an mir vorbei und stellt sie auf den Esstisch. »Ehrlich gesagt? Internetrecherche.«

Ich denke an meine Instagram-Seite und ein Bild, das ich vor einigen Monaten gepostet habe. Darauf war die beste Trüffelpasta in Hamburg zu sehen. Daher weiß er es also. Da ich wohl keine bessere Gelegenheit bekomme, um ihn zu fragen, ob er meine Nachrichten gelesen hat, nehme ich all meinen Mut zusammen. »Du hast also meine Instagram-Seite angeschaut. Good to know. Bist du dabei auch über etwas anderes gestolpert?«

Oli schlendert zu einem Küchenschrank, holt zwei Wein- und zwei Wassergläser heraus und antwortet mit dem Rücken zu mir gewandt: »Womöglich bin ich das. Willst du Wein zum Essen? Ich habe einen ausgesprochen leckeren Chardonnay da.«

»Wein klingt gut«, sage ich so neutral wie möglich, wobei meine Wangen zu glühen beginnen. Er hat meine zahlreichen Nachrichten also gelesen. Oh mein Gott. Ich würde am liebsten im Boden versinken. Sicherlich denkt er jetzt, dass ich eine Vollmeise habe. Aber was soll dann das Ganze hier? Wenn er weiß, dass ich quasi in die »Verrückte-Fangirl-Schublade« gehöre, warum lädt er mich dann ein? Außerdem stellt sich immer noch die Frage, wann er meine Nachrichten gelesen hat? Bevor oder nachdem wir uns kenngelernt haben?

Wie paralysiert nehme ich am Tisch Platz. Oli hat uns inzwischen den Wein sowie Wasser eingeschenkt und sitzt mir gegenüber. Er erhebt das Weinglas und schaut mir mit einem intensiven Blick in die Augen. Mit einem leicht tauben Gefühl nehme ich ebenfalls mein Glas und warte ab. »Auf deine Beobachtungsgabe und deine Leidenschaft für meine Filme«, sagt er und prostet mir zu. Nun hat sich der Taubheitsschleier voll und ganz über mich gelegt, und ich kann mich weder bewegen noch etwas erwidern.

Unbeirrt stößt Oli sein Glas an meins und nimmt anschließend einen kleinen Schluck. Ich sehe, dass sich sein Mund bewegt, höre aber nur Rauschen. War ich in meinem Leben jemals so peinlich berührt wie jetzt? Macht er sich gerade auf eine total kranke Art und Weise über mich lustig? Soll ich vielleicht einfach gehen? Eine Berührung an meiner immer noch in der Luft hängenden Hand schreckt mich auf. Gut, dass ich das Glas nicht fallen lasse. Oli nimmt mir mein Weinglas ab und stellt es sicher auf den Tisch. Er steht auf, kommt zu mir herum und kniet sich hin. Seine Hände umfassen meine Kniekehlen und drehen mich in seine Richtung. Die Bewegung meines Körpers bringt das Störgeräusch in meinen Ohren zum Verstummen, und ich höre wieder, was er sagt. »Das war ein dummer Witz. Sorry. Ich wollte dich nicht bloßstellen, sondern nur die Situation etwas auflockern. Entschuldige bitte.« Seine Handflächen liegen schwer auf meinen Oberschenkeln, und ich starre ihn entgeistert an. »Bitte. Ich wollte unseren Abend nicht ruinieren. Sag doch etwas.«

Um meine Stimme zu testen, räuspere ich mich erst. »Ich war gerade nur etwas schockiert. Mir war bis eben nicht bewusst, wie peinlich mir das Ganze sein würde.«

»Dir muss gar nichts peinlich sein. Deine Meinung zu den Filmen ist toll. Du hast wirklich ein Auge dafür. Es tut mir leid, dass ich dir gerade so ein Scheißgefühl vermittelt habe.« Oli schlingt seine

Arme um meine Taille und legt seinen Oberkörper halb auf meinen Beinen ab. Sein Kopf liegt in meinem Schoß.

Aus einem Reflex heraus fahre ich mit den Händen durch seine Haare und kraule sanft seinen Kopf. »Schon okay. Ich dachte wirklich für einen Moment, dass du mich bloßstellen willst. Deshalb habe ich wohl etwas übertrieben reagiert.«

»Du hast nicht übertrieben reagiert. Ich habe nicht nachgedacht und mich wie ein Arschloch verhalten.«

Ich streiche noch ein paarmal durch sein dichtes Haar, bevor Oli sich aufrichtet und kleinlaut fragt: »Alles wieder gut zwischen uns? Sind wir cool?«

Gute Frage – sind wir wieder cool? Mit Sicherheit kann ich sagen, dass ich mich besser fühle und meinen Körper wieder unter Kontrolle habe. Es bleiben aber noch viele Fragen offen, weswegen ich verhalten sage: »Alles gut. Jetzt lass uns bitte essen und mich ein paar Fragen stellen.«

Oli lächelt mich an, erhebt sich und nimmt auf seinem Stuhl Platz. »Lass es dir schmecken, Honey.«

Wir beginnen uns die Pasta in den Mund zu schaufeln, und bis wir unsere Teller leer geputzt haben, bleiben die Gesprächsthemen unproblematisch. Wir reden über die Szenen, die ich ihm zugesendet habe, und er lässt mich seine Meinung zu jeder einzelnen wissen.

Nachdem wir den Tisch abgeräumt haben, ziehen wir ins Wohnzimmer um. Unsere Gläser stehen frisch aufgefüllt auf einem kleinen Tisch vor dem Sofa und Oli hat mir eine Decke aus der Truhe neben dem in die Wand integrierten Kamin geholt. Der Ofen ist an und hüllt den Raum in ein angenehmes Licht. Das Soundsystem spielt leise Hintergrundmusik, während Oli sich auf der Couch niederlässt. Die Decke liegt über meinen Schenkeln, und als Oli ebenfalls darunter schlüpft, berühren sich unsere Beine. »Du hast vorhin gesagt, dass du noch Fragen hast. Was willst du wissen?«

Mich beschleicht ein ungutes Gefühl, das ich aber so gut es geht abschüttle. Jetzt oder nie. »Dass du meine Nachrichten gelesen hast, ist mir jetzt klar. Und auch wenn du sagst, dass es mir nicht peinlich sein muss, ist es aber so. Ich habe mich zu dem Zeitpunkt auf meinen Umzug vorbereitet und wollte schauspielerisch noch eine Schippe drauflegen. Aus diesem Grund habe ich zur Vorbereitung alle deine Filme geschaut. Schon nach dem ersten wollte ich mich mit jemandem austauschen. Da gerade niemand verfügbar war, habe ich angefangen, meine Gedanken an dein Profil zu senden. Mir war immer klar, dass dies niemand lesen wird. Aber es hat mir geholfen, meine Wahrnehmungen zu ordnen. Dass ich jetzt mit Oliver Shaw auf einer Couch sitze, hätte ich niemals gedacht. Und wenn ich dich hier so sehe, fühlt es sich auch nicht so an, als würde ich mit der Person aus den Filmen zusammen sein. Verstehst du, was ich meine?«

Sobald ich geendet habe, fällt mir auf, dass ich viel zu schnell gesprochen habe. Meine Worte kamen nur so herausgesprudelt. Hoffentlich hat er mich überhaupt verstanden.

Oli rückt näher zu mir heran und legt seine Hand auf mein Bein unter der Decke. Seine Berührung wirkt direkt beruhigend auf mich und ich entspanne mich etwas. »Ich verstehe, was du meinst«, sagt er. »Ich weiß, dass du nicht geplant hast, mich jemals zu treffen. Deine Texte behandeln ja ausschließlich die Filme, die du dir angeschaut hast. Sie haben auf mich wie eine Art Kritik gewirkt. Ich finde wirklich, dass du ein Talent hast, die schauspielerischen Qualitäten der Akteure einzuschätzen. Es wirkte keinesfalls stalkermäßig auf mich. Wenn es so gewesen wäre, hätte ich mich dir nie genähert.«

Ich hole tief Luft. »Meinst du damit, dass du meine Nachrichten gelesen hast, bevor wir uns auf der Vernissage gesehen haben?«

»Ja, das meine ich – gut kombiniert, Sherlock.«, erwidert er zwinkernd. »Es war kein Schicksal, dass wir uns dort begegnet sind. Ich wollte dich kennenlernen«, fährt er ungezwungen fort. Ihm scheint dieses Geständnis überhaupt nicht peinlich zu sein.

Ich hingegen spüre, wie ich rot anlaufe. Er wollte mich kennenlernen? Mich. Wow. »Warum wolltest du mich persönlich treffen? Du hättest mir doch einfach zurückschreiben können.«

»Das ist nicht meine Art. Ich hatte gesehen, dass du nach New York ziehst, und wusste, dass ich die Gelegenheit, dich zu treffen, schon bekommen werde. Und siehe da – gestern war es so weit.«

Also habe ich es meinem offenen Instagram-Account zu verdanken, dass ein Oliver Shaw wusste, wo ich mich herumtreibe. Wobei er es bestimmt auch auf anderem Weg herausgefunden hätte. Irgendwie schmeichelt mir das. Oder sollte ich mir lieber Sorgen darüber machen? Ich entscheide mich für Schmeicheln und will von ihm wissen, was er sich davon erhofft hat, mich zu treffen.

»Ich wollte die Frau hinter den detailreichen Rezensionen kennenlernen. Deine filmische Auffassungsgabe ist außergewöhnlich. Dabei kommst du noch nicht einmal aus der Branche. Ich war wirklich begeistert und habe viel darüber nachgedacht.«

Oliver Shaw macht mir Komplimente zu meinen Filmskills – ich bin geflasht. »Vielen Dank, dass du das sagst. Es freut mich, dass dir meine Meinung gefallen hat.«

Er beugt sich zum Couchtisch und greift nach unseren Gläsern. Als wir beide eines in der Hand haben, prostet er mir zu. »So, und jetzt ein Toast, der dich nicht in ein Trauma stürzt. Auf deine wundervollen Nachrichten, die uns heute hier zusammengebracht haben.«

Wir stoßen an und nehmen beide einen ordentlichen Schluck des wirklich guten Weißweins.

*

»Wie kannst du mir das antun? Du sagtest, dass du mich liebst! Von ganzem Herzen! War das alles gelogen?«, schreie ich Oliver Shaw an, als ich vor ihm mit stampfenden Schritten und in die Luft gerissenen Armen auf und ab laufe. Er erhebt sich von der Couch und versucht meinen Arm zu ergreifen. Ich ziehe ihn jedoch hastig weg. »Fass mich bloß nicht an. Wo warst du den ganzen Tag? Bei ihr? Habt ihr euch einen schönen Familientag auf eurer Yacht gemacht? Und jetzt willst du wieder in mein Bett kommen? Niemals!«

»Liebste, beruhige dich. Es ist nicht so, wie es scheint …«

Ich falle ihm ins Wort. »Nicht so, wie es scheint? Du bist verheiratet und sagst mir nichts. Ich bin mir ziemlich sicher, dass ich weiß, worum es hier geht.«

Wieder versucht er, mich am Arm festzuhalten. Diesmal lasse ich es zu und drehe mich mit zornigem Blick zu ihm. »Mein Schatz, alles, was ich dir gesagt habe, ist wahr. Ich liebe dich! Meine Ehe ist am Ende. Und das schon sehr lange. Ich will mit dir zusammen sein!«

Ich lache höhnisch auf. »Dass ich nicht lache! Du willst mich nur als deinen Betthasen. Wir sind seit Monaten zusammen und von einer Ehe hast du mir nie etwas gesagt. Hätte ich euch beide nicht zufällig gesehen, würde ich nichts davon wissen. Ich habe mich so in dir getäuscht. Ich schäme mich!« Ich reiße mich los, setze mich auf die Couch und vergrabe meinen Kopf zwischen den Knien.

»Du musst mir glauben. Ich liebe dich. Ich werde sie verlassen. Du bist die eine Frau für mich. Ich möchte nur mit dir zusammen sein.«

Ich schluchze auf und verdrücke sogar einige Tränen, bevor ich wieder aufschaue.

Oliver hat sich vor mich hingekniet und schaut mich verzweifelt an. »Ich wollte dir den Kummer ersparen. Sobald ich mich von ihr losgesagt habe, hätte ich dir alles erzählt. Ich schwöre es!«

Ich schaue Oli mehrere Sekunden in die Augen. Die Tränen laufen weiter heiß über meine Wangen. »Wie kann ich dir glauben, wenn ich dich erst bei der Lüge ertappen muss, um die Wahrheit zu erfahren?«

Oli greift nach meinen in meinem Schoß liegenden Händen. »Ich liebe dich, mein Schatz. Nur dich. Das musst du doch spüren.«

Ich weiß, dass seine Worte nur gespielt sind, trotzdem fühlt es sich verdammt echt an. Mann, ist der gut! Ich erwidere mit zitternder Stimme: »Ich liebe dich doch auch. Vielleicht bin ich eine Närrin, aber ich will dir glauben. Mein Herz will dir glauben. Mein Verstand sagt mir jedoch das Gegenteil.«

Oli steht auf und zieht mich mit hoch. Wir stehen eng zusammen und er flüstert mit tiefer Stimme: »Du bist alles für mich, mein Schatz. Ohne dich ist mein

Leben leer und farblos. Ich will dich. Und nur dich. Glaube mir doch bitte. Ich liebe dich.«

Ich schaue zu ihm auf und atme tief ein. Meine Lippen zittern und Oli greift mit einer Hand an meine Wange. Ich lege mich in seine Berührung und schließe kurz die Augen. Seine Hand auf meiner Haut fühlt sich so gut an. Mein Kopf passt perfekt in seine Handfläche. Ich öffne die Augen und schaue in das schönste Grün, das ich jemals gesehen habe. So kräftig und leuchtend, dass ich nicht mehr wegsehen will.

»Du bist wunderschön. Weißt du das?«, sagt Oli. Das gehört definitiv nicht zum Skript und ich weiß nicht, was ich darauf antworten soll. Machen wir noch weiter oder hören wir auf? Das Einzige, worauf ich mich aktuell fokussieren kann, ist der Blick von ihm und seine Hand an meiner Wange. Sein Daumen beginnt über meine Lippen zu streichen und meine Augen wandern zu seinem Mund. Er ist leicht geöffnet und seine Zunge benetzt seine Lippen. Von mir selbst schockiert berühre ich mit der Zunge seinen Daumen, bevor ich meinen Mund darum schließe. Oli lässt mich gewähren, und ich beginne mit der Zunge seinen Daumen zu umkreisen.

Als ich ihm wieder in die Augen schaue, sehe ich pures Verlangen, das direkten Zugang zu meinem Unterleib zu haben scheint. Ein bekanntes Ziehen in meinem Körper signalisiert mir, dass ich ebenfalls vor Lust vergehe. Oli zieht seinen Finger langsam aus meinem Mund und fährt damit erst über meine Unterlippe, dann über mein Kinn, meinen Hals hinunter und verharrt schließlich in der Kuhle zwischen meinen Schlüsselbeinen. Er öffnet die Hand und umschließt meinen Hals, sodass ich meinen Kopf nicht sinken lassen kann. Selbst wenn ich wollte. Was ich definitiv nicht will. Er berührt meine Lippen hauchzart mit seinen und sagt mit einer Stimme, die mir Gänsehaut auf den Armen beschert: »Ich will dich.«

Am liebsten würde ich JA schreien, aber meine Worte werden von einem ungezähmten Kuss verschluckt. Oli erobert mich förmlich und mir bleibt kaum Zeit zum Atmen. Aber wer will schon atmen, wenn er so geküsst wird? Ich erwidere den Kuss genauso wild. Mein Mund will ihn förmlich verschlingen, und ich kann gegen diesen Drang nichts ausrichten. Mein Kopf ist ausgeschaltet und mein Körper hat das Kommando übernommen. Unsere Zungen spielen miteinander, während Oli mit den Händen meinen Körper erkundet. Eine Hand fährt über die Wölbung meiner Brüste, die andere widmet sich den südlicheren Regionen. Sie umschließt meinen Po und schickt einen Stromstoß durch mich hindurch. Ich will seine Hände auf meiner nackten Haut spüren. Jetzt sofort. Als er merkt, dass ich mich aus meinem Pullover schälen will, gibt er mich für kurze Zeit frei und hilft mir, das viel zu warme Ding loszuwerden. Er fackelt nicht lange, zieht ebenfalls sein Shirt aus und macht sich daran, meinen BH zu öffnen. Meine vollen Brüste springen leicht nach vorne und ich sehe ihm an, dass ihm gefällt, was er sieht. Statt mich jedoch weiter zu küssen, drückt er mich mit beiden Händen auf meinen Hüften nach hinten, sodass ich mich auf die Couch setzen muss. Ohne etwas zu sagen, kniet er sich zwischen meine Beine, greift nach dem Bund meiner Leggings und beginnt sie nach unten zu ziehen. Um ihm dabei zu helfen, stemme ich mich auf meine Arme. Er zieht mir die Hose langsam aus. Erst befreit er eins meiner Beine, anschließend das andere. Meine Socken zieht er mir ebenfalls genüsslich aus. Er mustert mich von oben bis unten, und obwohl ich nur in einem schwarzen Slip vor ihm sitze, fühle ich mich selbstbewusst. Ich habe zwar keine Probleme mit meinem Körper, aber er gibt mir einfach ein Gefühl, das ich noch nie hatte. Seine gesamte Erscheinung sagt mir: »Ich begehre dich. Genau so wie du bist.«

Oli richtet sich zu mir auf und stützt die Arme links und rechts von mir ab. Er schaut mir in die Augen und schenkt mir ein Lächeln. Mein Herz zieht sich zusammen. Da ist es wieder. Dieses Lächeln. Sein Lächeln. Olis Lächeln. Ich fahre mit einer Hand durch sein Haar und er ergreift meine andere und fängt an, jeden einzelnen Finger zu küssen. Unsere Augen sind jedoch weiterhin miteinander verschmolzen. Als er schließlich meine Finger genug liebkost hat, kommt er noch dichter und beginnt meinen Hals mit heißen Küssen und sinnlichen Berührungen seiner Zunge zu bearbeiten. Mit jedem Kuss, jedem Lecken wird in meinem Körper ein Feuer entfacht. Ich bin ein lebendes Inferno. Und wenn ich nicht bald erlöst werde, befürchte ich, dass mein Leib schwerste Verbrennungen erleidet.

Meine Hand in seinen Haaren hat sich mittlerweile verselbstständigt und drückt seinen Kopf an die Stellen, an denen ich ihn haben will. Als er bei meinen Brüsten angekommen ist, halte ich es kaum noch aus. Er liest wieder meine Gedanken und streichelt mit der freien Hand meine rechte Brust. Die andere ist weiterhin auf das Sofa gestützt und hält ihn stabil. Ich streiche mit den Fingern seinen Arm hinunter und merke, wie sich seine Muskeln anspannen. Im selben Augenblick umschließt sein Mund meine rechte Brustwarze und saugt daran. Meine Nippel reagieren sofort und verhärten sich. Dann beginnt er, auch meine andere Brust mit den Fingern zu liebkosen, was mich laut aufstöhnen lässt. Das Gefühl ist so berauschend, dass ich meinen Kopf auf der Rückenlehne ablegen muss und in Richtung Decke stöhne. Meine Scham beginnt zu pulsieren und ich spüre die Feuchtigkeit in meinem Höschen. Oli küsst sich eine Spur zur anderen Brustwarze und lässt seine Hand über meinen Bauch nach unten wandern. Sobald sich sein Mund um den bis zum Anschlag empfindlichen Nippel schließt, drücke ich ihm meinen Unterkörper entgegen. Er kreist mit seiner Zunge um die harte Knospe und fährt mit seiner Hand in meinen Slip. Mit zwei Fingern streicht er über meine feuchte Mitte und stößt ein tiefes Knurren aus. Fuck, war das ein heißes Geräusch. Langsam lässt er seine Finger auf und ab gleiten. Ich drücke mich so gegen ihn, dass er mit Leichtigkeit in mich eindringen könnte. Mit einem kurzen Biss entlässt er meinen Nippel. Ich hebe den Kopf von der Lehne und schaue ihn an. Mit geschwollenen Lippen erwidert er meinen Blick. »Ich könnte dich sicherlich so kommen lassen«, sagt er rau. »Mit meinen Fingern in dir und meinem Mund an deinen Nippeln. Du bist so feucht.«

Seine Worte machen mich so an, dass ich den Kopf wieder auf die Ablage sinken lasse und als Antwort nur meinen Rücken durchdrücke. Oli kommt wieder etwas höher. Zeitgleich mit einem Kuss auf meinen Hals lässt er zwei Finger in mich gleiten. Das plötzliche Gefühl entlockt mir einen lustvollen Schrei. Oli stöhnt an meinem Hals und zieht seine Finger halb aus mir heraus, bevor er sie wieder in mich sinken lässt. Das wiederholt er mehrfach, ehe er anfängt, mit seinem Daumen meine Klitoris zu reiben. Er scheint ein Multitasking-Talent zu sein, da er von meinem Hals zu meinem Kinn wandert, dann meinen Mund erobert, während er mich gleichzeitig an den Rand des Orgasmus bringt. Ich wiederum weiß nicht, auf welche Stelle meines Körpers ich mich konzentrieren soll. Alles, was er macht, fühlt sich so gut an, dass mein Gehirn nicht weiß, worauf es sich fokussieren soll. Mehr als Stöhnen und Zittern kann ich nicht zurückgeben.

Je heftiger ich zwischen unseren Küssen atme, umso mehr spüre ich, dass Oli auf die Bremse tritt. Seine Finger sind zwar weiterhin in mir, aber ich nehme keine Bewegung mehr war. Auch sein Daumen hat aufgehört, meine empfindlichste Stelle zu streicheln. Er löst sich von meinem Mund. »Ich will dich auf meiner Zunge spüren, wenn du kommst. Willst du das auch?«, raunt er mir zu. Völlig schlaff schaffe ich es, trotzdem zu nicken. Im nächsten Moment nimmt Oli seine Hand aus meinem Schritt. Er zieht meinen Slip mit beiden Händen herunter und hilft mir, ihn loszuwerden. Dann schnappt er sich jeweils einen Knöchel und platziert meine Füße so auf der Couch, dass ich mit gespreizten Beinen vor ihm sitze. Plötzlich packt er mich kräftig an der Hüfte und zieht mich noch etwas runter. Meine Mitte ist nun in perfekter Position für ihn und die Freude auf das Bevorstehende lässt mich die Zähne in meine Unterlippe graben.

»Entspann dich!«, höre ich ihn sagen, bevor er seinen Mund auf meine Mitte legt. Wie vorhin, als er mit seinen Fingern in mich eingedrungen ist, schreie ich kurz auf. Angespornt von meinen Lauten lässt er seine Zunge auf und abgleiten. Seine Finger sind ebenfalls wieder im Spiel, und die Empfindungen sind so überwältigend, dass meine Hüfte versucht, sich davon wegzubewegen. Mit einem Arm um meine Hüfte geschlungen hält er mich jedoch in Position. Seine fähige Hand verbleibt in meinem Körper, als er seinen Kopf hebt. »Ich will, dass du meinen Namen sagst. Nein. Ich will, dass du ihn schreist. Vorher höre ich nicht auf.«

Das ist ein Eigentor. Ich will auch nicht, dass er aufhört. Aus dem Augenwinkel sehe ich, dass er mich noch einige Zeit beobachtet. Doch endlich spüre ich wieder seinen Mund auf mir. Seine Zunge umkreist meine Klitoris, während seine Finger immer wieder in mich hineinstoßen. Das Gefühl in meinem Bauch wird so stark, dass ich es nur durch heftiges Atmen und Stöhnen aushalten kann. Als er beginnt, heftig an meiner Knospe zu saugen, ist es vorbei. Ich halte es nicht mehr aus. Ich schreie seinen Namen laut heraus. Mehrmals, und ich meine, ein Grinsen zu spüren. Seine Zähne kneifen mich leicht und verstärken meinen Orgasmus noch. Ohne es zu wollen, wimmere ich seinen vollen Namen. Oliver Shaw. Oliver Shaw besorgt es mir gerade oral. Dieser Gedanke schickt mich in die vollkommene Unendlichkeit.

Ich bin noch im Endorphinrausch, als mir klar wird, dass ich sauber gemacht werde. Oli hat sich sein T-Shirt geschnappt und trocknet meine Scham behutsam ab. Anschließend fährt er mit der anderen Seite seines Shirts über seinen Mund. Er stellt meine Füße auf den Boden, steht auf und setzt sich neben mich. Ich rutsche ein Stück nach oben, sodass ich mich gemütlich anlehnen kann. Oli legt seinen Arm um mich und drückt mir einen Kuss auf die Schläfe. »Na? Wie geht's?«, fragt er mit einem wissenden Lächeln.

Wenn ich so aussehe, wie ich mich fühle, ist mein Haar verwuschelt, meine Mascara leicht verlaufen und mein Lächeln befriedigt, aber leicht verpeilt. »Ganz gut, und dir? Das muss äußerst unbequem sein«, gebe ich grinsend zurück und schaue auf seinen Schritt, der eine große Wölbung zum Vorschein bringt. »Das drückt sicherlich an der Hose«, füge ich noch hinzu.

»Oh ja, da hast du recht. Aber mir fallen da viele Lösungen ein. Bist du interessiert?«

»Mehr als das. Ich helfe gerne«, sage ich selbstbewusst.

Ich beuge mich bereits zu ihm rüber, als er aufspringt und mir seine Hand hinhält. »Ins Schlafzimmer. JETZT!«

Ich ergreife sie, lasse mich nach oben führen und freue mich meines Lebens, dass wir Frauen in der Lage sind, in kürzester Zeit mehrere Orgasmen zu haben.

Oben angekommen lassen wir das Licht aus. Die Jalousien sind noch nicht runtergefahren und die Lichter der Stadt verbreiten eine angenehme Atmosphäre. Wir sind mitten in der Großstadt, und trotzdem herrscht eine totale Stille im Schlafzimmer. Während ich Oli von hinten betrachte, überkommt mich Panik. Ich werde mit ihm schlafen. Mit Oliver Shaw. Ich stehe quasi nackt und bereit in seinem Schlafzimmer. Was geht eigentlich ab?

Oli klappt die Bettdecke nach hinten. »Mach es dir gemütlich. Ich bin gleich wieder da.« Er verschwindet ins Badezimmer und ich bleibe nervös zurück. Unten im Wohnzimmer war ich noch völlig entspannt. Wieso bin ich hier oben so hibbelig? Ich schlucke den Kloß in meinem Hals hinunter, lege mich auf meine Bettseite und ziehe die Decke hoch. Ähm? Meine Bettseite? Also die Bettseite, wo ich die letzte Nacht verbracht habe. Nicht meine! Reiß dich zusammen, Nele!

Oli kommt aus dem Bad und stellt sich ans Fußende des Bettes. »Wieso bedeckst du deinen schönen nackten Körper. Ist dir kalt?«

»Nein, nein. Das war vermutlich nur ein Reflex. Wenn man ins Bett steigt, deckt man sich zu.«

Er neigt den Kopf, zieht seine Hose und Boxershorts aus und erwidert: »Das werde ich dir schon noch abgewöhnen. Lieber drehe ich die Heizung um fünf Grad höher, als dich hier mit Decke liegen zu haben.«

Grinsend entgegne ich: »Das ist aber nicht sehr ökologisch.«

»Ach, das mache ich mit anderen Sachen wieder gut. Großmütterchen Erde wird es mir verzeihen.«

»Da habe ich meine Zweifel«, kontere ich und komme nicht darum herum, auf sein erigiertes Glied zu schauen. Kann ein Penis schön sein? Wenn ja, habe ich hier ein besonders ansehnliches Exemplar vor mir.

Oli bemerkt meinen Blick und sein Schwanz pulsiert sichtbar. Er greift nach dem Ende der Decke, hebt sie an und schlüpft darunter. Ich spreize die Beine, sodass er sich dazwischen legen kann. Sein Kopf taucht nicht auf, und ich spüre, dass er meine Brüste mit Küssen übersät. Durch die Decke hindurch höre ich dumpf: »Deine Möpse sind der Wahnsinn. Ich könnte mich stundenlang mit ihnen beschäftigen.« Er nimmt einen Nippel in den Mund und knabbert leicht daran. Mir entfährt ein leichtes Wimmern. Der Druck in meinem Innern baut sich wieder auf, und ich könnte schwören, dass ich schon wieder feucht werde. Nur davon!

Oli entlässt meine Brustwarze und ich vermisse seinen Mund innerhalb von Sekunden. Er passt einfach zu perfekt auf meine Brüste. Sein Gesicht taucht vor mir auf. Ich spüre, dass sein Penis nun an meinem Eingang liegt. »Du bist so feucht. Wenn ich meine Hüfte nur einen Millimeter nach vorne schiebe, bin ich endlich in dir.«

Auch wenn ich am liebsten meine Beine um ihn schlingen würde und ihn in mich drücken will, bleibe ich standhaft. »Kondom«, stöhne ich.

»Du hast recht«, flüstert er. »Lass mich nur noch ein bisschen hier verweilen. Du fühlst dich so gut an. Selbst wenn ich nicht in dir bin, spüre ich schon die Wärme deiner Muschi.«

Seine Worte bringen mich noch um. Ich stand schon immer auf Dirty Talk. Aber das hier? Zwischen uns? Ich komme schon fast nur von dem hier! CRAZY! Auch wenn ich ein Risiko eingehe, kann ich mich nicht zurückhalten. Ich lecke über seine Unterlippe und lasse meine Zunge in seinen Mund gleiten. Unsere Zungen sind schon so aufeinander abgestimmt, dass wir uns ganz automatisch so küssen, wie wir es gernhaben. Wild, ungezügelt. Ich spüre die Spitze seines Glieds minimal in mir und unterbreche unseren Kuss. »Kondom!«, sage ich mit Nachdruck.

Oli schwingt sich aus dem Bett, reißt dabei die Decke mit sich und lässt sie auf dem Boden liegen. Er rennt zu seinem Nachttisch auf der anderen Seite des Bettes, holt ein Kondom aus der Schublade und hat es so schnell übergezogen, dass ich es gar nicht mitbekomme. Er hüpft wieder ins Bett. Und ist im Handumdrehen wieder auf mir. Jetzt spüre ich seinen geschützten Schwanz an meiner Mitte. Okay, jetzt kann ich mein Gehirn ausschalten. Ich werde jetzt Sex mit Oliver Shaw haben. Oscar-Preisträger Oliver Shaw. Mein Herz schlägt schneller und ich versteife mich.

Oliver sieht meine Anspannung. Er legt sanft seine Stirn auf meine und flüstert: »Alles okay? Bist du noch hier?«

»Ja, sorry. Mir wird nur gerade bewusst, was hier geschieht.«

Oliver richtet sich etwas auf und schaut mich fragend an. »Dass wir Sex haben, fällt dir jetzt erst auf?«

Ich lächle ihn an. »Nein, du Idiot. Dass ich mit Oliver Shaw Sex haben werde!«

Oliver atmet aus, legt seine Stirn wieder auf meine und sagt: »Ich sehe hier keinen Oliver Shaw. Wiederum hat es dir Oli schon oral besorgt und will dich jetzt gerne ficken.«

Über diesen absurden Satz muss ich lachen und alle meine Ängste scheinen wie verflogen. »Dann fick mich, Oli!«, hauche ich.

Ohne auf eine zweite Aufforderung zu warten, dringt er mit einem Stoß in mich ein. Voll und ganz. Wir beide stöhnen im selben Moment laut auf. Ich spreize die Beine noch etwas weiter, und Oli zieht sich langsam aus mir zurück, nur um dann wieder mit voller Wucht in mich zu rammen. Mit jedem Stoß stöhnt er. Sein Kopf liegt mittlerweile in meiner Halsbeuge und er verbeißt sich in mich. Lustvoll, nicht schmerzhaft. Meine Nägel fahren seinen Rücken auf und ab. Immer wenn er den perfekten Punkt in mir trifft, vergrabe ich sie in seinem Rücken. Er atmet, stöhnt und knurrt wild an meinem Hals. Es facht mich an. Als ich meine Beine anwinkele, penetriert er dauerhaft die richtige Stelle, was mich laut und ungehalten stöhnen lässt. »Deine Geräusche machen mich verrückt. Ich kann nicht mehr lange. Fuck, du fühlst dich so gut an, Honey.«

Seine Worte bringen mich dem Höhepunkt immer näher und ich schlinge die Beine um seine Hüfte. Ich lasse die Hände zu seinem Po gleiten und drücke ihn bei jedem Stoß noch etwas mehr in mich. Als er mit einem immer schneller werdenden Rhythmus in mich stößt, sehe ich irgendwann nur noch Sternchen. Ich lasse die Beine wieder aufs Bett sinken und spanne sie an. Meine Zehen krallen sich in das Laken. Er grunzt laut. »Komm mit mir, Honey. Ich will es spüren!«

»Mehr! Mehr, Oli«, sporne ich ihn an, woraufhin er so weit es geht in mich hineinstößt. Schnell und hart. Als ich laut seinen Namen schreie, bin ich so weit. Die Welle des Orgasmus trifft mich hart und ich nehme nur nebenbei wahr, dass auch er den Höhepunkt erreicht hat. Mit völlig entspannten Muskeln bleibe ich regungslos liegen. Oli hat seinen Kopf auf meinem Schlüsselbein abgelegt und ich fange an, mit einer Hand seinen Nacken und mit der anderen seinen Rücken zu kraulen. Wir liegen in absoluter Stille da. Ich habe keine Ahnung, wie viel Zeit vergangen ist, als Oli zu mir aufschaut und sagt: »Das war unglaublich!« Er küsst mich intensiv, ehe er sich von mir runterrollt. Er streift das Kondom ab und steht aus dem Bett auf. Nach wenigen Sekunden im Bad kehrt er zurück. Er hebt die Decke vom Boden auf und legt sie behutsam über mich. Immer noch außerstande, irgendetwas zu sagen, lächle ich ihn einfach nur verträumt an. »Ich hole uns kurz Wasser von unten«, teilt er mir mit. »Bin gleich wieder da. Nicht einschlafen.«

Einschlafen? Als könnte ich jetzt einschlafen. Ja, mein Körper ist bis ins letzte Glied entspannt, aber an Schlafen ist erst einmal nicht zu denken. Ich will das, was wir eben gemacht haben, wiederholen. Am liebsten die ganze Nacht hindurch. In jeder erdenklichen Position.

Nach einer Weile kommt der nackte Oli zurück ins Schlafzimmer. Er hat meine Tasche, zwei kleine Wasserflaschen und unsere Kleidung dabei. »Ich habe unten noch kurz aufgeräumt und dachte, du möchtest deine Sachen hier oben haben.«

Wie zuvorkommend von ihm. Er ist wirklich ein toller Typ. Ich richte mich im Bett auf und nehme ihm eine Wasserflasche sowie meine Sachen ab. »Danke«, sage ich und nehme einen großen Schluck Wasser. Meine Tasche und meine Kleidung lege ich auf den Sessel, auf dem ich heute Morgen schon meine Sachen gefunden hatte. Oli läuft um sein riesiges Bett herum und legt sich neben mich. Sobald ich die Wasserflasche auf dem Nachttisch abgestellt habe, berührt er meinen Arm und zieht mich zu sich. Wir liegen eng umschlugen in der Mitte des Bettes, und ich schaue auf die Lichter der Stadt außerhalb unseres schönen Nests. Oli hat seinen Arm um mich gelegt und drückt mich an sich. Mein Kopf liegt auf seiner Schulter. »Das, was ich gesagt habe, war ernst gemeint. Das war unglaublich. Ich habe jede Sekunde genossen.«

Etwas überrascht über sein Geständnis schaue ich zu ihm auf. Er blickt an die Decke. »Es hat sich nach mehr angefühlt, Honey.« Mit diesen Worten neigt er den Kopf in meine Richtung und wir schauen uns tief die Augen.

Ich lächle ihn an und lege meine Hand an seine Wange. Diesmal drückt er sich hinein. »Geht mir auch so, Oli. Es war toll.«

Wir schauen uns noch eine Weile an und ich kann nicht sagen, wer den ersten Schritt gemacht hat. Diesmal ist es langsam und hingebungsvoll. Wir schlafen miteinander und kommen uns so nahe, wie ich schon lange niemandem mehr gekommen bin. Es geht über das körperliche Verlangen hinaus. Kurz vor einem weiteren Höhenflug höre ich Oli in meine Haare sagen: »Was machst du nur mit mir, Honey?«

In dieser Nacht versinken wir noch mehrere Male ineinander, bevor wir in vollkommener Tiefenentspannung beide in den Schlaf finden.

2. Januar

Oli hatte mitgedacht und die Rollläden irgendwann, nachdem ich eingeschlafen war, heruntergelassen. Ohne den Lichteinfall des Morgens haben wir bis 10 Uhr geschlafen. Wobei ich das letzte Mal um 6:18 Uhr auf die Uhr geschaut hatte. Nach dieser unglaublichen Nacht, in der wir abwechselnd Sex und tolle Gespräche hatten, bin ich mittlerweile in meine Wohnung zurückgekehrt. Ich muss in zwei Stunden in der Schauspielschule sein und will mich noch etwas ausruhen. Dass mein Körper vor Muskelkater überall schmerzt und ich an diversen Stellen wund bin, ist für mich kein Problem. Das war es definitiv wert. In nur zwei Tagen hat Oli es geschafft, dass ich nicht mehr ausschließlich das Ausnahmetalent vor mir sehe, sondern den wirklichen Menschen dahinter. Und was ich sehe, gefällt mir. Er kann unglaublich zärtlich sein, mir aber auch hemmungslos schmutzige Gedanken ins Ohr flüstern. Den Schauspieler Oliver Shaw liebe ich für seine Arbeit schon lange. Aber in die Person Oli könnte ich mich tatsächlich verlieben. Oh shit – mich hat es echt erwischt. Wenn ich daran denke, dass ich heute Abend wieder mit ihm verabredet bin, macht mein Herz gleich mehrere Hüpfer, als würde es bei einem Seilspringcontest mitmachen. So habe ich mich nicht mehr gefühlt, seit ich damals mit Andre in Teenie-Zeiten angebandelt habe. Es fühlt sich ähnlich an.

Nur irgendwie erwachsener. Wollte ich mich nicht voll und ganz auf meine Schauspielkarriere konzentrieren? Keine Typen war doch mal die Devise. Falls ich mich richtig erinnere. Aber es geht hier um Oliver Shaw – das hat ja im größeren Kontext etwas mit Schauspielerei zu tun. Auch wenn unsere gestrige Probe von Lust gekapert wurde, könnte er mir sicherlich helfen. Wir werden sehen.

Ich drehe mich auf meinem Bett vom Bauch auf den Rücken und schaue an die Decke. Heute haben wir einen Filmabend geplant. Oli hat vorgeschlagen, dass wir uns erst *The Astronaut* und anschließend seinen meiner Meinung nach schlechtesten Film *No Time* anschauen. Beide Filme hat er wohl schon ewig nicht mehr gesehen und will mit mir darüber sprechen. Nach meiner intensiven Vorabrecherche fühle ich mich ausreichend vorbereitet, um ihm meine Punkte zu diesen beiden Streifen zu erläutern. Ich freue mich sogar darauf. Endlich entwickelt sich mein Monolog zu einem Dialog. Seine Meinung dazu zu hören, wird sicher interessant.

Ich grübele noch darüber nach, ob ich meine Nachrichten zu diesen Filmen noch mal durchlesen sollte, als ich die Haustür höre. Punita ist daheim! Endlich! Wir haben uns schon so lange nicht mehr gesehen.

Ich springe auf und gehe in den Flur. »Nita! Da bist du ja. Ich habe dich schon vermisst!«

Nita läuft mir mit offenen Armen entgegen. »Nele! Mir kommt es vor, als hätten wir uns schon eine Ewigkeit nicht mehr gesehen. Zwei Tage in Folge nicht daheim geschlafen. Na, na, na, wen hast du dir denn da geangelt?«

Wir drücken uns kräftig, bevor ich mich wieder von meiner Mitbewohnerin löse. Mit einem anschuldigenden Blick kontere ich: »Bevor ich hier verhört werde, richte ich die Lampe mal lieber auf dich. Du und Paul? Wann ist das passiert?«

Nita zieht ihren Wollmantel aus und hängt ihn an die Garderobe. »Frag nicht. Ich schmachte ihn ehrlich gesagt schon lange an. Aber ich hätte nie gedacht, dass er auch auf mich steht. Aber die letzten Tage beweisen etwas anderes. Heute in der Uni haben wir natürlich so getan, als wäre nichts zwischen uns. Erst dachte ich, dass das sicherlich komisch wird, aber – wer hätte das gedacht – war es gar nicht.«

Ich lehne mich an meinen Türrahmen und verschränke die Arme. »Heißt das etwa, dass ihr es einfach so weiterlaufen lassen wollt, oder war es etwas Einmaliges?«

Nita beginnt, ihre Schuhe abzustreifen, und zieht dabei ihre Schultern fragend nach oben. »Keine Ahnung, was das jetzt genau heißt. Wir sind kein Paar oder so was. Aber einmalig war es auch nicht. Wir wollen schauen, wie es sich entwickelt.«

»Bekommt Paul dann keine Probleme? Immerhin ist er dein Professor.«

»Ich weiß, Nele. Danke für den Hinweis«, sagt sie leicht genervt. »Wenn alles läuft wie geplant, habe ich nur noch in diesem Semester einen Kurs bei ihm. Anschließend ist er dann lediglich eine Lehrkraft an meiner Uni, aber nicht mehr mein Professor. Das sollte es einfacher machen. Bis dahin daten wir lose und schauen, wo es hinführt.«

Ich hebe beschwichtigend die Hände. »Ich wollte dich nicht kritisieren. Ich hoffe nur, dass dabei nichts schiefgeht. Wenn du deinen Platz an der Kunstschule verlieren würdest, wäre das echt scheiße.«

»Um mich mache ich mir da weniger Sorgen. Die werden keinen zahlenden Studenten rauswerfen – eher einen Lehrer, der mit einer Studentin schläft. Das ist es, was mir Sorgen bereitet. Wir müssen sehr vorsichtig sein und sollten am besten nicht zusammen in der Stadt abhängen. Aber wir kriegen das schon hin. Ich habe ihn wirklich sehr gern.«

Nitas Worte sind ehrlich. Das sieht man ihr an. »Das freut mich für dich. Ihr bekommt das sicherlich hin«, beteuere ich ihr.

»Aber jetzt zu dir, Lady. Wo warst du?«, fragt sie.

»Ich kann dich leider nur mit der Kurzfassung versorgen, da ich gleich zum Schauspielunterricht muss. Aber lass uns doch noch einen schnellen Kaffee trinken.«

»Gute Idee. Ich will noch ein Gemälde fertigstellen und kann den Koffeinschub gebrauchen. Und du siehst auch aus, als hättest du nicht ausreichend Schlaf gehabt«, sagt sie mit einem schelmischen Grinsen.

Beim Kaffee erzähle ich meiner Freundin, wen ich auf der Party kennengelernt habe und meine Vorgeschichte dazu.

Nita steht mit offenem Mund vor mir. »Oliver FUCKING Shaw???? Du hast bei Oliver Shaw geschlafen? Und auch mit ihm? Verarschst du mich gerade?«

Ich muss über ihren fassungslosen Gesichtsausdruck lachen. »Nein, es ist mein Ernst. Ich habe die letzten beiden Nächte mit ihm verbracht und heute Abend bin ich wieder mit ihm verabredet. Oli ist ein richtig toller Kerl. Wirklich!«

»Oli??? Oh mein Gott, das klingt ja, als würdet ihr euch kennen. Du und ein OSCAR-PREISTRÄGER. Ist dir das eigentlich klar? Warum bist du so entspannt? Warum schreist und tanzt du nicht durch die Gegend?«

»Ja, wir kennen uns. Also, so gut, wie man sich eben nach zwei Tagen kennen kann. Und ich habe ihn nackt gesehen. Und er mich. Und ich schreie hier nicht rum, weil ich versuche, nicht zu sehr darüber nachzudenken. Er ist einfach nur Oli. Und nicht Oliver Shaw. Das sage ich mir immer wieder laut vor. Ansonsten würde ich den Drang verspüren, vor ihm wegzurennen. So viel Ehrfurcht habe ich vor ihm! Also sag bitte nicht mehr seinen ganzen Namen, sondern nenn ihn nur Oli. So wie ich. Das ist meine Geheimwaffe, um nicht auszurasten. Und jetzt muss ich los.«

»Du lässt so eine Bombe platzen und willst jetzt gehen? Ich habe eine Million Fragen. Du kannst jetzt nicht gehen!«, ruft Punita aus.

Schon in Richtung meines Zimmers laufend entschuldige ich mich bei ihr. »Sorry, aber ich will nicht zu spät kommen. Nach dem Kurs gehe ich direkt zu ihm. Morgen habe ich mehr Zeit. Da kann ich alle deine Fragen beantworten – außer sie sind Bullshit. Dann antworte ich dir nicht darauf.«

Nita will meinen Abgang nicht akzeptieren und läuft mir nach. »Dann sag mir wenigstens, wo er wohnt. Falls du nicht mehr wiederkommst und ich eine Vermissten-Anzeige aufgeben muss.«

Ich schnappe mir meine bereits gepackte Tasche, ziehe mir im Flur meine Jacke und Schuhe an und greife an die Türklinke, als ich mich noch mal zu Punita umdrehe. »Netter Versuch. Er wohnt in der Upper East Side. Mehr kriegst du nicht. Alles Weitere dann morgen. Und bitte erzähl keinem davon. Zum einen, weil er ist, wer er ist, zum anderen, weil ich erst mal schauen will, wo das Ganze hinführt.«

Ich öffne die Wohnungstür, während Nita mir hinterherruft: »Ich würde das niemals rumerzählen. Ist doch klar. Viel Spaß, hab dich lieb und pass auf dich auf!«

Bevor ich die Tür zuziehe, verabschiede ich mich. »Hab dich auch lieb. Bis dann, Nita.«

*

Ich stehe vor einem gepflegten Backsteinhaus, dessen Eingang von zwei großen, akkurat geschnittenen Topfbäumen und einem schirmartigen Pavillon umrahmt wird. Beim Verlassen heute Vormittag ist es mir nicht aufgefallen. Aber jetzt wirkt das Wohnhaus von Oli imposant und extravagant auf mich. Es fühlt sich an, als würde ich hier nicht hingehören. Auch wenn ich mit meinen hohen Stiefeln, dem olivgrünen Baumwollkleid und meinem schwarzen Steppmantel keinesfalls unangemessen gekleidet bin, versprühen meine Klamotten nicht den »Ich-bin-stinkreich«-Charme, den das Gebäude irgendwie von einem zu fordern scheint. Aber ich will ihn sehen. Also fuck you, Haus!

Erhobenen Hauptes laufe ich auf die Tür zu, die sich automatisch öffnet. Der Portier nickt mir zu, da er sich wohl noch an mich erinnert. Als ich in den Fahrstuhl steige, ist der Knopf für das Penthouse bereits gedrückt. Kann er das etwa von seinem Pult aus steuern? Bestimmt. Wenige Sekunden vergehen, bis sich die Türen schließen und ich in das oberste Stockwerk gefahren werde. Sobald ich oben angekommen bin, öffnen sich die Fahrstuhltüren und ich nehme Oli in Augenschein. Er trägt eine locker sitzende Jeans und ein weißes T-Shirt. Alles wieder ohne viel Schnickschnack. Er braucht aber auch nicht mehr. Er sieht einfach heiß aus. »Hey Honey«, sagt er ungezwungen, als ich auf ihn zulaufe.

Mir kommt nicht mehr als ein »Hey« über die Lippen, während er mich umarmt und mir einen flüchtigen Kuss auf den Mund drückt. Es fühlt sich schon so vertraut zwischen uns an. Krass. Er nimmt mir meine Tasche ab, stellt sie auf den Boden und hilft mir aus meiner Jacke. So ein Gentleman. Ich liebe das. Es sind so einfache Gesten, die aber seit Hunderten von Jahren die Frauenherzen höherschlagen lassen. So auch meins.

Sobald ich meine Stiefel ausgezogen habe, nimmt Oli meine Tasche in eine Hand und ergreift mit der anderen die meine. Er zieht mich ins Wohnzimmer und gleich die Treppe hoch. »Ich habe eine kleine Überraschung für dich.«

»Eine Überraschung?«, frage ich verblüfft.

»Nichts Großes. Schraub deine Erwartungen nicht zu hoch.«

Wir laufen durch das Schlafzimmer ins Bad, das in Kerzenlicht getaucht ist. Die Badewanne trägt eine Schaumkrone und ein herrlicher Lavendelduft liegt in der Luft. Oli dreht sich zu mir um und schaut mich an. »Ich dachte mir, dass dein Kurs sicher anstrengend war und du von letzter Nacht den ein oder anderen verspannten Muskel hast. Gönn dir doch ein Bad vor dem Essen. Was meinst du dazu?«

Leicht gerührt schaue ich ihn an. »Du hast mir ein Bad eingelassen? Und Kerzen aufgestellt? Wie süß ist das denn bitte? Ich liebe Baden!«

»Das hast du gestern erwähnt – daher die Idee. Mach es dir gemütlich. Ich bestelle unser Essen und sage dir Bescheid, wie lange es dauert. Ein ausgiebiges Bad dürfte aber drin sein.«

»Hast du denn keine Lust, mit mir zu baden?«, will ich wissen.

»Ich bin froh, dass du fragst. Sobald ich unsere Bestellung aufgegeben habe, komme ich zu dir. Ich werde Thailändisch ordern und uns einfach eine Auswahl kommen lassen.«

»Klingt gut.«

Oli verlässt das Badezimmer und schließt die Tür. Es ist wirklich unglaublich lieb, dass er an mich gedacht und mir ein schaumiges Bad eingelassen hat. Sobald ich meine persönlichen Bedürfnisse erledigt habe – wobei ich natürlich kurz die Tür abgeschlossen habe –, ziehe ich mich aus und lege mich in die Wanne. Die integrierten Schalen bringen einen in die beste Liegeposition und mein Kopf wird von einem Kissen gestützt. Das nenne ich gemütliches Baden. An der Wanne befindet sich eine Taste, auf der eine Musiknote zu sehen ist. Ich drücke sie, woraufhin eine entspannende Hintergrundmusik ertönt. Hier könnte ich gut und gerne für immer liegen.

Ich zucke zusammen, als ich Finger auf meinem Arm spüre. »Nicht erschrecken, Honey«, sagt Oli leise. Ich öffne die Augen und bin kurz verwirrt. »Du bist eingeschlafen. Das Wasser wird langsam kalt und unser Essen ist eben gekommen.«

Eingeschlafen? Was? Wie kann es sein, dass ich nicht mal gemerkt habe, dass meine Augen zugefallen sind. Die letzte Nacht hat mich wohl doch ganz schön viel Kraft gekostet. Ich lächle Oli wohlig an. »Sorry. Ich habe gar nicht gemerkt, dass ich so müde war. Der Schauspielunterricht hat mich echt gefordert und letzte Nacht … na ja, du weißt ja.«

»Oh ja, ich weiß, wovon du redest. Komm, ich helfe dir aus der Wanne. Willst du noch unter die Dusche springen?« Oli streckt mir seine Hände hin und ich greife sie und stehe auf. Langsam steige ich über den Wannenrand und stehe dann nackt vor dem voll bekleideten Oli. »Herrlich, wie sich der Schaum auf deiner Haut abgelegt hat. Mann, was könnte ich jetzt alles mit dir anstellen.«

Von seinem Blick und seinen Worten erregt antworte ich: »Dann mach es doch.«

Oli stößt ein fast unhörbares Knurren aus. »Lass mich ein guter Kerl sein und dir eine Pause gönnen. Dusch dich ab. Ich richte uns unten das Wohnzimmer für den ersten Film her.«

Etwas enttäuscht laufe ich die Stufen zur Dusche hinunter und schalte die Brause ein. Meine Haare spare ich wieder aus. Das würde jetzt zu lange dauern. Nicht das Waschen an sich, aber die ganzen Schritte danach. »Oli? Kannst du mir bitte ein Haargummi aus meinem Kulturbeutel geben? Außen ist ein Reißverschluss. Da müsste noch eins drin sein.«

»Gefunden«, sagt Oli und läuft wieder in meine Richtung. »Hier Honey. Und kein Grund zum Schmollen. Ich werde mich heute Nacht noch auf dich stürzen. Das kannst du mir glauben.« Mit einem Klaps auf den Hintern verabschiedet er sich von mir, und ich merke erst unter dem warmen Wasserstrahl, dass ich vor Vorfreude breit grinse.

Oli hat uns ein schönes Plätzchen auf dem Boden vor der Couch hergerichtet. Mit Decken, Kissen und dem zum Esstisch umfunktionierten Couchtisch sieht es aus wie in einem fancy-orientalischen Restaurant, in dem die Leute auf dem Boden sitzend essen. Gegenüber dem Ecksofa ist eine große Leinwand heruntergefahren. Diese habe ich bisher gar nicht bemerkt. Hoffentlich ist die Qualität gut. Wenn ich mich an meine ersten Pyjamapartys mit Freundinnen zurückerinnere, kommen mir in Bezug auf Leinwände eigentlich nur unscharfe Nintendo-Spiele oder schlecht gebrannte DVDs in den Sinn. Vermutlich haben wir dieses Qualitätsproblem heute nicht. Hoffentlich.

Oli kommt aus der Küche und trägt ein Tablett mit zahlreichen Schalen darauf. Er bemerkt, dass ich gerade die letzten Stufen heruntergelaufen komme.

»Perfektes Timing. Das Essen ist serviert und der Film eingelegt. Willst du etwas Bestimmtes zu trinken haben?«

»Wasser reicht. Danke. Das Essen riecht superlecker. Ich habe nach meinem Schläfchen einen Riesenhunger.« Um Oli mit den ganzen Schalen zu helfen, schließe ich schnell zu ihm auf und fange an, sie vom Tablett auf den Tisch zu stellen. Nachdem ich alles heruntergeräumt habe, lässt Oli das Tablett sinken, und ich trete direkt vor ihn. Auf Zehenspitzen strecke ich mich ihm entgegen und küsse ihn zärtlich. »Danke für das Bad. Es hat so gutgetan. Schade, dass ich eingeschlafen bin. Ich hätte gerne mit dir zusammen darin gelegen.«

Oli legt das Tablett auf der Couch hinter sich ab und dreht sich wieder zu mir. Er umschließt meine Taille und zieht mich an sich. »Immer gerne. Wir bekommen noch genügend Gelegenheiten, in der Badewanne zu chillen. Darum werde ich mich kümmern. Versprochen.« Er untermalt seine Aussage mit jeweils einem Kuss auf meine Wangen. Wenn er so zärtlich ist, würde ich am liebsten in ihn hineinschlüpfen. Um ihm so nah wie möglich zu sein. Etwas krank, aber so fühle ich nun mal.

Oli löst sich von mir, nimmt auf dem Boden Platz und klopft neben sich. »So, jetzt wird gegessen. Ich würde sagen, dass wir mit *The Astronaut* starten. Erst das Vergnügen und dann die Arbeit.«

Ich lächele ihn an. »Das ist okay für mich. Aber auch in dieser Reihenfolge wirst du meiner Kritik an *The Time* nicht entkommen. Ich muss nur noch kurz mein Handy aus meiner Jackentasche holen.«

Ich laufe in den Flur und krame in meiner Jacke. Neben der Tür fallen mir zwei riesige Pakete auf. Die waren vorhin noch nicht da. Meine Neugier gewinnt die Oberhand und ich schaue auf den Absender. Es handelt sich um die Galerie, in der wir Silvester gefeiert haben. Oli muss zwei Gemälde gekauft haben. Auch wenn ich damit zugebe, dass ich herumschnüffele, rufe ich ins Wohnzimmer: »Welche Werke hast du gekauft?«

Aufgeregt steht Oli plötzlich ebenfalls im Flur. »Was? Wie meinst du das?«

»Diese Pakete da. Die kommen doch aus der Galerie. Da können doch nur Kunstwerke drin sein«, antworte ich und zeige mit dem Finger darauf.

»Äh, ja. Ich habe zwei gekauft. Kunst ist immer eine gute Investition. Zumindest sagt das mein Kunstberater. Mein Interesse hält sich ehrlich gesagt in Grenzen.«

Oli hat einen Kunstberater? Überrascht und gleichzeitig auch wieder nicht, sage ich bettelnd: »Ich will sie sehen. Jedes Gemälde wurde genauestens von mir unter die Lupe genommen. Ich will wissen, für welche du dich entschieden hast.«

»Ach komm. Ist doch egal. Das Essen wird kalt.«

Mich quält der Hunger wirklich sehr, weswegen ich klein beigebe. »Okay, aber nach dem Essen will ich sie sehen. Ich bin gespannt, was dein Stil ist.«

»Da geht es weniger um meinen Stil und mehr um das Potenzial des Künstlers. Aber du kannst sie dir später anschauen.« Oli läuft schnellen Schrittes ins Wohnzimmer und setzt sich wieder hin. Es wirkt so, als hätte er das Gespräch absichtlich so abrupt beendet. Keine Ahnung, was das soll. Vielleicht hat er auch einfach Kohldampf.

Ich checke noch kurz meine Nachrichten auf meinem Handy. Morgen muss ich wirklich mal alle meine Freunde anrufen und auf den neuesten Stand bringen. Die letzten Tage habe ich das eher vor mir hergeschoben. Morgen mache ich das, verspreche ich mir innerlich.

Ich nehme neben Oli auf dem Boden Platz und versuche noch, eine bequeme Position zu finden, als er mich am Oberschenkel berührt. »Bevor wir den Film starten, will ich aber noch wissen, wie der Kurs war? Was hat der Schauspiellehrer zu dir gesagt?«

Auch wenn die Stunde durchwachsen war, bin ich eigentlich zufrieden. Wahrscheinlich muss ich mich erst noch an die Herangehensweise des Lehrers gewöhnen. Etwas verhalten antworte ich: »Ganz gut, würde ich sagen. Diesmal war es ja eine Gruppenstunde. So richtig aus der Masse hervorgestochen bin ich vermutlich nicht. Ich muss mich erst an das Konzept der Schule gewöhnen. In Deutschland haben wir es etwas anders gemacht. Aber es ist nicht schlecht. Ich bin auf die Einzelstunden gespannt. Da habe ich dann hoffentlich mehr die Möglichkeit, mich gut zu präsentieren.«

Oli beginnt sich Essen auf den Teller zu laden und sagt nüchtern: »Du solltest schon sehen, dass man dich wahrnimmt. Bei Castings wird nicht nur auf dein schauspielerisches Talent geschaut. Du musst auch bei dem Produzenten ankommen. Das geht nur, wenn man sich im Nachhinein noch an dich erinnert. Ausstrahlung und Charisma sind das A und O. Vor allem am Anfang. Sonst brauchst du erst gar nicht bei einer Audition aufzutauchen.«

Seine harschen Worte ziehen mich runter. Ohne zu antworten, fange ich ebenfalls an, mich mit dem Essen zu beschäftigen. Er scheint seine Worte noch mal Revue passieren zu lassen und fügt abschwächend hinzu: »Aber wie du sagst. Warte erst mal die Einzelstunden ab. Die bringen einen immer ein ganzes Stück weiter.«

Da ich keine Lust mehr habe, darüber zu sprechen, sage ich einfach: »Das werde ich. Dann starte mal den Film.«

Oli tut wie geheißen und das Intro von *The Astronaut* beginnt. Wie erwartet ist die Qualität auf der Leinwand einwandfrei. Kein Vergleich zu meinen bisherigen Erfahrungen. Innerhalb von Minuten bin ich im Film versunken. Auch wenn ich Oli überwiegend ignoriere, fällt mir dennoch auf, dass er mich immer wieder beobachtet. Der kann mich mal. Seine dumme Aussage zu meinem Unterricht hat mich geärgert und das darf er ruhig merken.

Sobald ich satt bin, schnappe ich mir zwei Kissen und eine Decke und mache es mir auf dem Sofa gemütlich. Ich habe ihn zwar nicht eingeladen, aber da es ja seine Couch ist, kann ich ihn schlecht runterschmeißen, als er sich neben mich legt. Ich halte trotzdem Abstand. Er muss meine Bad Vibes spüren. Doch er sagt nichts dazu.

Obwohl ich den Film schon mindestens achthundert Mal gesehen habe, ist das Ende nach wie vor aufwühlend für mich, und auch wenn ich versuche, meine Emotionen unter Kontrolle zu halten, fange ich an zu weinen. Wobei weinen untertrieben ist. Zusammenbrechen trifft es eher. Vorteil davon: Meine Wut über Oli ist verraucht, und da er sich als Kissen angeboten hat, liegt mein Kopf auf seinem Bauch. Es ist zwar keine beabsichtigte Rache, aber sein T-Shirt kann er danach auf jeden Fall wechseln. Es ist nass und schnoddrig, da mir nicht nur die Tränen in Strömen laufen. Wäre ich nicht so aufgewühlt vom Film, wäre es mir bestimmt peinlich. Aber so kann ich damit leben.

Zum Zeitpunkt des Abspanns habe ich mich wieder etwas gefangen und richte mich auf. Oli setzt sich neben mich und legt mir den Arm um die Schulter. »Das war intensiv. Du siehst echt fertig aus.«

Mit hochgezogenen Augenbrauen drehe ich den Kopf zu ihm. »Danke für das Kompliment.«

Er streicht mir mit dem Handrücken über die Wange. »Es ist schön, dass du so mitfühlen kannst. Das macht die Filmbranche aus. Es braucht Leute, die Gefühle sehen und für alle greifbar machen können. Auch wenn ich hier nicht heulend sitze, bin ich trotzdem ergriffen.« In seiner Stimme liegt eine Verletzlichkeit, die ich bisher nicht von ihm kenne. Es muss ihm wirklich nahegehen.

Ich lehne mich an ihn und ziehe die Nase unschön hoch.

»Du meintest, dass das dein Lieblingsfilm ist. Woran liegt das?«, will Oli von mir wissen.

Bevor ich antworte, denke ich kurz darüber nach. »Abgesehen davon, dass er meisterhaft gedreht ist und du schauspielerisch einen völlig neuen Maßstab gesetzt hast, ist es die Story, die mich so mitnimmt. Mein Vater ist vor über sechs Jahren an den Folgen eines Schlaganfalls gestorben.«

»Das tut mir leid«, sagt Oli leise.

»Er war noch einige Monate ein schwerer Pflegefall, bevor er erlöst wurde. Immer wenn ich diesen Film sehe, erinnern mich die Anfälle an meinen Dad und ich stelle mir die Frage zur Sterbehilfe. Hätte man ihm das Leid der letzten Monate ersparen können? Der Astronaut im Film beendet sein Leben, weil er weiß, dass es keinen anderen Ausweg gibt. Auch wenn am Ende andere Personen in der Raumstation eintreffen, heißt das ja nicht, dass man ihn hätte retten können. Er wusste das. Und hat seinem Leiden ein schnelles Ende gesetzt.«

Oli nimmt den Arm von meiner Schulter und fährt sich durch die Haare. »Das ist ein viel diskutiertes Thema, wozu jeder eine andere Meinung hat. Für mich würde ich aber auch so entscheiden. Wenn ich wüsste, dass ich mein Leben nicht mehr so leben könnte, wie ich will, würde ich es auch beenden. Und wenn ich dazu selbst nicht mehr in der Lage sein sollte, hoffe ich darauf, dass jemand in meinem Sinne entscheidet.«

Ich atme tief ein und stoße die Luft langsam wieder aus. »Das ist wirklich ein schwieriges Thema. Aber ich sehe es ähnlich wie du. Darf ich dich etwas Persönliches fragen?« Durch die Medien weiß ich, dass Oli seinen Vater früh an eine Krebserkrankung verloren hat.

»Du willst wissen, wie es bei meinem Vater war?«, sagt Oli prompt. »Wenn ich damals älter gewesen wäre und die Möglichkeit bestanden hätte, hätte ich ihn auch vorzeitig erlöst. Der Krebs hatte ihn erst vollkommen ausgezehrt und dann getötet. Es war grausam und menschenunwürdig.«

»Auch wenn wir mit unserer Meinung nicht alleine dastehen, sehen viele Menschen das anders«, sage ich nachdenklich, während ich ihm beruhigend über die Schulter streiche. »Ich glaube, das muss man erst bei einem geliebten Menschen erlebt haben, um es zu verstehen.«

Oli nimmt meine Hand von seiner Schulter und küsst sie. »Da hast du wahrscheinlich recht. Ich gehe kurz auf Toilette. Wollen wir danach mit Film zwei starten?«

»Klar. Ich verpacke solange die Reste und stelle sie in den Kühlschrank.«

Wir stehen gleichzeitig von der Couch auf und machen uns an unsere jeweilige Aufgabe. Happy darüber, dass Oli ebenfalls eine große Tupperware-Sammlung hat, verpacke ich alles ordentlich und räume es in den Kühlschrank. Jetzt nur noch das dreckige Geschirr in die Spülmaschine und ich bin zufrieden. Auf der Ablage liegen zwei Dokumente, die ich auf die andere Seite legen will, sodass sie nicht mit den dreckigen Tellern in Berührung kommen. Obwohl ich nicht absichtlich draufschauen will, nehme ich das Wort »Lieferschein« wahr und sehe das Logo der Galerie. Mein Blick wandert auf die Stückliste und da steht doch tatsächlich »Lila Amaryllis«. Er hat das Gemälde von Punita gekauft? Hä? Nie im Leben ist das ein Zufall.

Wie aufs Stichwort kommt Oli in die Küche. »Ich habe mal kurz die Fenster im Wohnzimmer aufgemacht. Der Essensgeruch war echt krass. Lassen wir sie mal fünf Minuten auf.« Als er sieht, dass ich den Lieferschein in der Hand habe, wirkt er plötzlich schuldbewusst. Zufall ist bei dem Blick eindeutig vom Tisch.

»Du hast das Bild von Punita gekauft? Meiner Mitbewohnerin? Was ist hier los? Das ist doch kein Zufall!« Oli wippt unruhig von einem Bein aufs andere, bleibt aber stumm. Ungeduldig will ich wissen, was das Ganze zu bedeuten hat. »Raus mit der Sprache. Was geht hier ab?«

Er hebt beschwichtigend die Hände und kommt auf mich zu. »Okay, aber halte mich bitte nicht für einen Psychopathen. Ich war nicht ganz ehrlich zu dir.«

Wer so was voranstellt, ist doch in der Regel ein Psycho, oder? Oli fährt fort. »Wie ich dir schon gesagt hatte, wollte ich dich kennenlernen. Es war aber nicht so, dass ich von der Gästeliste wusste, dass du dort sein wirst. Vielmehr war ich der Grund, warum du überhaupt eingeladen wurdest.«

What the fuck! Das ist auf jeden Fall Psychostoff vom Feinsten! Ich kenne nicht mal den Fachbegriff dafür. Wahrscheinlich eine Form von Stalking. »Du hast das Bild von Nita nur gekauft, um mich auf die Party zu bekommen?«

»Ja schon. Wobei ihre Bilder laut meines Kunstberaters wirklich gut sind. Sie hätte es in der Branche so oder so zu etwas gebracht. Mit meinem Kauf habe ich das nur beschleunigt.«

»Das war Nitas bisher größter Triumph und er beruht auf einer Lüge! Weißt du, wie sie sich fühlen wird, wenn sie das rausfindet? Weißt du, wie ich mich fühle? War das alles ein krankes Spiel für dich?«, schreie ich ihn entrüstet an.

»Was?! Nein, natürlich nicht. Ich mag dich und genieße die Zeit mit dir. Ich spiele kein Spiel. Und deine Freundin muss das ja nie erfahren. Das Bild wurde offiziell von meinem Kunsthändler gekauft. Er hat einen guten Namen in der Branche und würde diesen nicht wegen so was riskieren. Die Gemälde von Punita scheinen wirklich gut zu sein.«

Überfordert damit, wie ich auf all das reagieren soll, mache ich dicht. Ich muss mir erst mal darüber klar werden, wie ich dieses ganze arrangierte Schauspiel finde. Was soll diese erneute Lüge? Warum hat er das nicht direkt aufgeklärt?

Wütend laufe ich an Oli vorbei und die Treppe hoch. Oli kommt mir nach. »Was machst du?«

»Wonach sieht es denn aus? Ich hole meine Sachen.« Im Schlafzimmer angekommen nehme ich mir meine Tasche und gehe ins Bad. Sobald ich meinen Kulturbeutel eingepackt habe, will ich wieder aus dem Bad stürmen, aber Oli versperrt mir den Weg. »Wo willst du denn jetzt hin? Lass uns doch bitte darüber reden und es aus der Welt schaffen.«

Empört erhebe ich meine Stimme. »Wann hättest du mir denn davon erzählt? Wenn ich das Bild hier irgendwo hätte hängen sehen, oder was hast du damit vor?«

»Es gab keinen Grund, dir davon zu erzählen. Warum auch? Was hätte es denn geändert? Ich mag dich und du magst mich. End of the story. Wenn diese Idioten es gleich richtig gemacht hätten, wäre es jetzt gar nicht hier und du hättest es niemals zu Gesicht bekommen!«, brüllt er zurück.

»Wie meinst du das? Wo soll es denn hin?«

»Zu meiner Mutter. Falls du es noch nicht bemerkt hast, passt dieses Blumenbild eher weniger in mein Apartment. Bei meiner Mom wiederum macht es sich sicher gut.«

Ich plustere mich vor ihm auf. »Weißt du, wo es auch toll aussah? Im Wohnzimmer von Punita und mir! Da ziert jetzt nur noch ein großer grauer Staubfleck unsere Wand. Du hast mir mein Lieblingsgemälde genommen! Und dabei willst du es nicht mal! Und jetzt lass mich durch!«

Oli gibt mir den Weg frei, folgt mir aber die Treppe hinunter in den Flur. »Nele, komm schon. Fahr mal wieder runter. So schlimm ist das Ganze doch gar nicht.«

»Für dich vielleicht nicht! Ich komme mir gerade einfach nur megaverascht vor. Ich brauche jetzt etwas Zeit zum Nachdenken.«

Nachdem ich Mantel und Stiefel angezogen habe, überprüfe ich, ob ich alles habe. Da fällt mir ein, dass mein Handy noch im Wohnzimmer liegt. Ich drücke den Knopf für den Fahrstuhl und stampfe ins Wohnzimmer, um mein Telefon einzupacken. Wieder im Flur angekommen steht Oli mit gesenktem Blick da. Als ich an ihm vorbeilaufen will, greift er nach meinem Arm. »Bitte geh nicht. Bitte«, sagt er so leise, dass ich mir nicht sicher bin, ob er es wirklich gesagt hat.

Ich schaue ihm ins Gesicht und bin schockiert. Innerhalb der letzten paar Minuten haben sich dunkle Ringe unter seinen Augen gebildet und sein Blick wirkt glasig. Legt er hier gerade eine Show hin oder ist das ernst? Nicht mein Problem, denke ich mir. Soll ihm sein Fehlverhalten ruhig bewusst werden. »Lass mich bitte los. Ich gehe jetzt!«, sage ich forsch.

Sofort nimmt Oli die Hand von meinem Arm und ich gehe weiter. Im nächsten Moment gehen die Türen des Fahrstuhls auf. Gott sei Dank. Das macht meinen Abgang leichter. Ich betrete die Kabine und halte den Atem an. Oli sieht aus wie ein Häufchen Elend. Ich fühle mit ihm und bin fast so weit, ihm Trost anzubieten. Zu meinem Glück beginnt sich die Fahrstuhltür in dem Moment zu schließen und nimmt mir die Entscheidung ab. Kurz bevor sie ganz zugeht, höre ich Oli mit völliger Verzweiflung in der Stimme sagen: »Bitte Nele, geh nicht.«

Mir bricht fast das Herz. Aber da muss er jetzt durch! Bei der Fahrt nach unten denke ich über das eben Geschehene nach. Zorn kocht wieder in mir hoch und lässt mir Tränen übers Gesicht kullern. Was glaubt dieser Arsch eigentlich, wer er ist? Und dann behauptet er noch, dass ich überreagiere. Pah! Der kann mich mal! Meine Stiefel klacken laut, als ich den Eingangsbereich durchquere. Der Portier ist weg, was mir eine gekünstelte Verabschiedung erspart. Ich verlasse das Backsteingebäude und laufe in Richtung meines Viertels. Mein Handy klingelt und ich hole es aus der Jackentasche. Es ist Oli. Ich drücke ihn weg und laufe unbeirrt weiter. Kurz darauf erhalte ich eine Nachricht von ihm.

Es tut mir leid. Bitte komm zurück.

Da er gesehen haben muss, dass ich die Nachricht geöffnet habe, ruft er direkt wieder an.

Diesmal lasse ich es einfach lautlos weiterklingeln. So schnell vergebe ich ihm nicht. Dass er mich angelogen hat, nervt mich zwar tierisch, was jedoch viel schwerer auf mir lastet, ist seine Aussage, dass ich das Gemälde nie gesehen hätte, wenn es bei seiner Mutter gewesen wäre. Zwischen uns hat es sich so echt angefühlt. So als könnte sich eine wirkliche Beziehung anbahnen. Und dann teilt er mir de facto mit, dass wir niemals an den Punkt kommen werden, wo wir unsere Eltern kennenlernen. Das fuckt mich gerade richtig ab. Warum macht er die ganze Zeit einen auf supertollen Typen, wenn er anscheinend doch nur auf das eine aus war? Was stimmt mit den Kerlen nicht? Er ist Oliver Shaw. Auch wenn es nicht sonderlich ehrenhaft von mir ist, aber ich hätte so oder so mit ihm geschlafen. Da hätte er sich das ganze romantische Geplänkel auch sparen können.

Ich komme viel zu schnell bei meiner Wohnung an und entschließe mich deshalb, noch eine weitere Runde zu drehen. Die Straßen sind belebt und ich fühle mich auch alleine absolut sicher.

Nach 28.000 Schritten hatte ich meinen Trainingsring mehrfach geschlossen und war bereit in meine Wohnung zurückzukehren. Oli hat nicht locker gelassen und immer wieder angerufen. Irgendwann wurde es mir zu bunt und ich habe kurz per Textnachricht geantwortet:

Hör endlich auf anzurufen. Ich melde mich, wenn ich mit dir reden will.

Daraufhin war dann endlich Ruhe. Nun liege ich in meinem Bett. Trotz des langen Spaziergangs bin ich hellwach. Um nicht nachdenken zu müssen, schnappe ich mir meinen E-Reader Simon und lese, bis ich letztendlich doch einschlafe.

Februar

Nach zwei Tagen wurde mir klar, wie bescheuert ich mich aufgeführt hatte. Im Prinzip war ja nichts Schlimmes passiert, und meine Verbindung zu Oli erschien mir wichtiger, als an irgendeinem unnötigen Groll festzuhalten. Nita würde ich im Dunkeln lassen und nichts von ihrem Gemälde erzählen, das Oli nur gekauft hatte, um mich auf dieser Party anzutreffen. Für meine Mitbewohnerin hatte sich ja alles zum Guten gewendet. Sie konnte die Aufmerksamkeit einiger Galerien auf sich ziehen, und mit Paul läuft es seither auch wie geschmiert. Also gab es doch eigentlich kein Problem?

Womit ich jedoch nicht gerechnet hatte, war, dass Oli auf meine Nachrichten, Anrufe und anderen Versuche, mit ihm in Kontakt zu treten, nicht reagieren würde. Ich wurde geghostet. Seit nunmehr vier Wochen habe ich nichts mehr von ihm gehört. Na ja, bis auf das Paket, das ich einige Tage nach unserem Streit erhalten habe. Es muss sich um das Gemälde von Punita handeln. Ich habe es bisher aber nicht ausgepackt und in meinem Zimmer unter dem Bett versteckt. Wozu hat er mir das geschickt? Soll das etwa ein Abschiedsgeschenk sein? Nein! Dazu bin ich bisher nicht bereit. Ich verstehe die Welt nicht mehr. War ihm mein Wutausbruch zu viel gewesen? Es waren zwei verdammte Tage, an denen ich mich nicht gemeldet habe. Hat er in diesen achtundvierzig

Stunden schon beschlossen, mich loszulassen? Unsere Verbindung war also doch nicht so intensiv, wie ich dachte, wenn er mich direkt fallen lässt. Ich könnte mich selbst ohrfeigen! War mein Plan nicht, mich voll und ganz auf die Schauspielerei zu fokussieren? Und was mache ich? Ich hüpfe direkt mit dem ersten Typen, der mir ein paar Komplimente macht, ins Bett und verliere mein Herz an ihn. Wie dumm kann man bitte sein?

Ich beiße in mein Schokocroissant und ertränke es anschließend in meinem Mund mit Kaffee. Mir ist bewusst, dass viele Menschen diese Konsistenz als ekelhaft empfinden. Ich hingehen liebe das Gemisch aus luftigem Teig und Kaffee in meinem Mund. Eine der wenigen Dinge, die mir aktuell Freude bereiten. Als ich den Kopf hebe und Richtung Bartresen schaue, erblicke ich Kelly, die gerade dabei ist, eine Porridgebowl für einen Gast anzurichten. Natürlich dürfen die beiden Kirschen obendrauf nicht fehlen. Seit ich abserviert wurde, bin ich mindestens einmal am Tag im Cherry. Das kleine Café hat es mir wirklich angetan. Auch wenn ich eigentlich kein Kirschentyp bin, finde ich das Designkonzept des Ladens ansprechend und ausgewogen. Es wirkt nicht kitschig, sondern gemütlich. Die kirschroten Sessel laden dazu ein, lange im Laden zu verweilen und es sich gut gehen zu lassen. Jedes Gericht und Getränk wird mit frischen Kirschen geschmückt und in dem kleinen Raum hängen diverse Kirschengemälde.

Mein liebstes Accessoire ist jedoch die leuchtende Kirsche über der Bar. Die Lampe rundet das Bild super ab und verbreitet ein angenehmes Licht im Café. Nur an Kelly sind mir teilweise zu viele Kirschen auf einmal. Heute trägt sie zum Beispiel ein langes Baumwollkleid, auf das lauter kleine Kirschen gedruckt sind. Außerdem Kirschen-Ohrringe und einen Kirschring. Ganz schön viel. Aber gut. Das ist nun mal ihr Style. Und sie ist einer der sympathischsten Menschen, die ich bisher in New York kennengelernt habe. Gut, ich habe noch nicht viel erlebt. Das ganze Oli-ignoriert-mich-Ding hat mich echt aus der Bahn geworfen. Mein Schauspielkurs läuft schleppend, und ich habe das Gefühl, dass die anderen mich für ein naives Dummchen aus Deutschland halten. Auch auf der Arbeit ist es eher zäh. Daniel hat sich bisher noch nicht blicken lassen und beschränkt unsere Beziehung auf E-Mails und kurze Arbeitsanweisungen per Chat. Bis auf ein paar Small Talks mit Kollegen auf meinem Stockwerk habe ich noch keinen richtigen Anschluss gefunden. Das Schlimmste dabei ist, dass ich weiß, dass es an mir liegt. Ich bin mit meinen Gedanken einfach woanders und kehre immer wieder zu meinem letzten Treffen mit Oli zurück. Ich würde zu gerne verstehen, was passiert ist. Auf seinem privaten Instagram-Profil hat er nichts mehr gepostet, und auch auf seinem offiziellen Account wurden die letzten Wochen nur alte Fotos hochgeladen. Keine Ahnung, wo er ist oder was er macht. Fakt ist jedoch, dass er kein Interesse mehr an mir hat. Meine Nachrichten sind alle als ungelesen gekennzeichnet, und ob er jemals meine Sprachnachrichten auf seiner Mailbox angehört hat, ist ungewiss.

Kelly tritt an meinen Tisch heran. »Nele, Bunnylein. Ich kann es langsam nicht mehr ertragen, dich so zu sehen. Wo ist deine Euphorie hin? Du lebst jetzt in der tollsten Stadt der Welt. Zeig das mal!«

Ich schaue zu Kelly auf. »Ich weiß. Ich gönn mir noch einen Tag Trübsalblasen. Ab morgen geht's wieder bergauf. Versprochen!«

Kelly lächelt mich mitleidig an und gießt mir dampfenden Kaffee in meine leere Tasse. Ohne ein weiteres Wort geht sie zum nächsten Tisch. Sie hat recht, denke ich mir. Es ist an der Zeit, weiterzumachen. Das Kapitel Oliver Shaw sollte ich abschließen. Aber heute will ich mir wirklich noch einen Depri-Tag gönnen. Der Vormittag ist eh schon vorbei und meine nächste Schauspielstunde ist erst morgen. Hier muss ich auf jeden Fall noch eine Schippe drauflegen. Bisher konnte ich meinen Lehrer noch nicht von mir überzeugen. Auch die ersten Castings verliefen im Sande. Ich war aber auch nicht wirklich bei der Sache. Immer wieder sind meine Gedanken zu Oli gewandert. Das hört jetzt auf. Ich nehme mein Handy und mache mir einen Step-by-step-Plan. Das hilft mir in der Regel immer, meinen Flow wiederzufinden. Ich trage ein:

Step 1
Badzeit (Haarkur, Gesichtsmaske, rasieren und Nägel lackieren)
Step 2
Gute Musik auflegen und depressive Stimmung wegtanzen
Step 3
Schauspielunterricht vorbereiten
Step 4
Gesundes Abendessen
Step 5
Yoga & Lesen
Step 6
Früh ins Bett gehen

Das klingt nach einem Plan, der mich wieder in die Realität zurückholen dürfte. Scheiß auf Oliver Shaw. Scheiß auf Januar! Februar wird mein Monat! Gerade als ich mein Handy wegpacken will, klingelt es und ich sehe seinen Namen auf dem Bildschirm. Ich schaue mich im Raum um. Ist das ein fucking Joke? Er ruft in dem Moment an, als ich endlich mit ihm abgeschlossen habe? Wut kocht in mir hoch. Aber ich bin kein Angsthase. Mit Groll im Bauch nehme ich angepisster denn je den Anruf entgegen. »Was willst du?!«

Kurze Stille am anderen Ende. Gut so. Soll er nur wissen, wie sauer ich bin. Eine mir unbekannte Frauenstimme antwortet: »Honey? Spricht da Honey?«

Honey? Was soll das denn? Wieso verwendet diese Frau meinen Spitznamen, und warum ruft sie mich von Olis Handy aus an?

Immer noch wütend antworte ich: »Wer ist da?«

Wieder kurze Stille und ein tiefer Atemzug. »Mein Name ist Elli. Ich bin die Mutter von Oliver Shaw. Spreche ich mit Honey?«

Seine Mutter? Was geht denn hier ab? Was soll das? Völlig perplex bestätige ich: »Ja. Aber mein Name ist Nele. Warum rufen Sie mich an? Und warum von Olis Nummer?«

»Entschuldige bitte. Ich kenne deinen richtigen Namen nicht. Du warst nur unter Honey im Handy meines Sohnes eingespeichert.«

Er hat mich als Honey eingespeichert? Typisch! Der richtige Name ist für die kurze Affäre, die wir hatten, ja irrrelevant. Verdammter Penner! Noch etwas angepisster antworte ich: »Okay. Und was wollen Sie von mir?«

Die Mutter von Oli zieht die Nase hoch und sagt mit leiser Stimme: »Oli hatte einen Unfall und liegt seit vier Wochen im Krankenhaus. Er ist vor zwei Tagen aus dem Koma erwacht und hat mich gebeten, dich anzurufen.«

Sofort überkommt mich ein schlechtes Gewissen. Ich habe soeben eine Frau angepöbelt, deren Sohn im Krankenhaus ist und im Koma lag. Fuck. Ich bin so ein Arsch! »Was? Was ist passiert?«

»Er hatte einen Autounfall, bei dem er in den Hudson River gefahren ist. Er konnte gerade noch gerettet werden, hat aber schwere Verletzungen und innere Blutungen davongetragen. Kannst du ins Krankenhaus kommen? Es ist das Mount Sinai Hospital.«

»Aber natürlich!«

Nachdem ich das Gespräch mit Olis Mutter beendet habe, kann ich nicht glauben, was sie mir eben erzählt hat. Oli hatte zwei Tage nach unserem Streit einen Autounfall und liegt seither im Krankenhaus in Manhattan. Das Paket, das ich erhalte habe, muss er kurz vor dem Unfall verschickt haben. Oh mein Gott. Das ändert natürlich alles! Ich packe mein Zeug zusammen und laufe zur Bar, um meine Rechnung zu bezahlen.

»Bunny? Ist alles okay? Du bist ja kreidebleich«, sagt Kelly besorgt.

Da ich keine Zeit für Erklärungen habe, bitte ich um die Rechnung und sage: »Ich erkläre es dir später. Ich muss los.«

*

Nach mehr als einer Stunde komme ich endlich im Krankenhaus an. Ich hatte etwas Zeit, um meine Gedanken zu ordnen, und habe mich tatsächlich an einen Artikel über den Unfall vor einigen Wochen erinnert. Natürlich wurde dabei nicht erwähnt, wer der Fahrer war. Auch wurde nicht darauf eingegangen, wie es zu dem Unfall kam. Aber das ist jetzt erst einmal irrelevant. Ich will zu Oli. Will wissen, wie es ihm geht. Er hat mich nicht vergessen.

Im großen Eingangsbereich des Krankenhauses ist es hektisch und laut. Etwas überfordert trete ich an den Empfangstresen und frage nach Oliver Shaw. Die Dame schaut mich missmutig an und lässt mich wissen, dass hier kein Oliver Shaw liegt. Ich frage mich gerade, ob ich im richtigen Krankenhaus bin, als mein Handy wieder klingelt. Diesmal ist es eine unbekannte Nummer. »Hallo?«, sage ich ins Telefon.

»Hallo Nele, hier spricht Elli. Bist du schon da?«

»Ja, bin ich. Aber ich scheine falsch zu sein, da mir gesagt wurde, dass Oli nicht hier ist.«

»Du bist richtig. Ich sehe dich und hole dich gleich ab. Bleib, wo du bist.«

Das Gespräch wird beendet und ich stehe verwirrt inmitten der großen Halle. Woher weiß sie, wie ich aussehe? Wir haben uns noch nie gesehen.

»Nele?«, höre ich hinter mir eine Stimme. Ich drehe mich um und sehe eine Frau mit prachtvollen weißen Dreadlocks. Als ich mich ihr nähere, erkenne ich sie. Auf Bildern habe ich Elizabeth Shaw schon oft gesehen. In Wirklichkeit sieht sie aber noch viel schriller aus. Doch obwohl ihr Outfit bunt und ausgefallen ist und somit eher Freude versprüht, ist in ihrem Gesicht ihr wahrer Gemütszustand zu erkennen. Sie scheint völlig ausgelaugt zu sein und hat bestimmt seit Tagen nicht mehr richtig geschlafen oder gegessen. Unter ihren schönen Augen liegen dunkle Schatten, ihre Wangenknochen stehen hervor und ihre Lippen wirken rissig.

»Ich bin so schnell gekommen, wie ich konnte«, begrüße ich sie. »Entschuldigen Sie bitte, dass es doch so lange gedauert hat, Mrs Shaw.«

»Nenn mich doch bitte Elli. Komm, ich bringe dich zu Oliver.«

Ich folge Elli, und als wir im Fahrstuhl sind und in den vierten Stock fahren, scheint sie sich etwas zu entspannen. »Die Heimlichtuerei muss leider sein. Keiner darf wissen, dass mein Sohn hier liegt. Ansonsten gäbe es hier einen Riesenmedienauflauf«, erklärt sie mir. »Aus diesem Grund wurde dir am Empfang gesagt, dass hier kein Oliver Shaw liegt. Nur wenige wissen, dass er hier ist, und das soll auch so bleiben.«

»Verstehe«, antworte ich knapp.

Oben eröffnet sich mir eine völlig neue Welt. Auf den Gängen herrscht absolute Ruhe, und ich frage mich, ob wir auf einer Art Intensivstation sind. Elli klärt mich ungefragt auf. »Das hier ist ein spezieller Trakt für berühmte Leute. Das Krankenhaus hat ebenfalls kein Interesse daran, dass sich hier Paparazzi reinschleichen und die Abläufe durcheinanderbringen. Daher gibt es ein spezielles Stockwerk, auf dem nur autorisiertes Personal Zutritt hat.«

Wir erreichen eine große Sicherheitstür, die mit einer Zugangskarte von Elli geöffnet wird. »Ich würde gerne noch mit dem Arzt sprechen«, teilt sie mir mit. »Wenn du willst, kannst du schon zu Oliver gehen. Er dürfte wach sein. Du musst jedoch wissen, dass er sehr schwach ist und sein Gehirn starke Verletzungen erlitten hat. Er kann nicht sprechen, und bis auf seine Finger der rechten Hand hat er keine Kontrolle über seinen Körper.«

Erschrocken schaue ich Elli an. »Was? Das hast du bisher nicht erwähnt. Wie hat er dir dann mitgeteilt, dass du mich anrufen sollst?«

Elli legt ihre Hand besänftigend auf meine Schulter. »Ich wollte dich nicht beunruhigen und es dir erst sagen, wenn du hier bist. Entschuldige bitte. Wir haben einen Weg gefunden, wie er sich mitteilen kann. Er zeigt mit seinen Fingern auf ein Alphabet und kann so kommunizieren. Er hat das Wort Honey und Handy gezeigt. Ich habe eins und eins zusammengezählt und deine Nummer in seinem Mobiltelefon gefunden. Bitte verzeih mir, dass ich es dir nicht schon am Telefon gesagt habe. Ich komme gleich nach. Er liegt im zweiten Zimmer auf der rechten Seite.«

Elli läuft in die entgegengesetzte Richtung und lässt mich mit meinen neu gewonnen Informationen allein. Ich bin derart sprachlos, dass ich mich nicht bewegen kann. Erst mal ein- und ausatmen und das eben Gehörte verarbeiten. Ich schaue den langen Korridor entlang und wünsche mir, dass Lea oder meine Mutter um die Ecke gebogen kommen. Sie wüssten, was zu tun ist. Ich weiß gerade gar nichts mehr. Vor einer Stunde hatte ich Oli noch abgeschrieben und jetzt stehe ich hier im Flur eines grell beleuchteten Krankenhauses und besuche ihn. Der Geruch von Desinfektionsmitteln steigt mir in die Nase und mir fällt wieder ein, wieso ich Krankenhäuser nicht mag. Mein Vater lag viel zu lange in einem. Die Erinnerungen belasten mich zu sehr. Hoffentlich ergeht es Oli nicht so wie ihm.

Um nicht noch mehr Zeit mit meinen Gedanken zu vergeuden, laufe ich den Gang entlang. An der zweiten Tür rechts angekommen stocke ich, bevor ich mich überwinde und anklopfe, auch wenn ich weiß, dass Oli mich nicht hereinbitten kann. Nach zwei Sekunden des Wartens öffne ich die Tür und betrete das Zimmer. Olis Gesicht ist in die andere Richtung gedreht. Falls er die Augen geöffnet hat, schaut er aus dem Fenster auf eine große Tanne, von der Eiskristalle hängen. Als ich auf sein Bett zulaufe, sehe ich viele Schläuche und Geräte um ihn herum. Einige scheinen mit seinem Körper verbunden zu sein. Da er jedoch zugedeckt ist, kann ich es nicht richtig erkennen. Im Zimmer ist es bis auf die Geräusche der Geräte ruhig. Ein Monitor zeichnet seine Werte auf. Nach der Linie zu urteilen, scheint sein Herzrhythmus stabil zu sein. Das typische Piepen, das man aus Serien oder Filmen kennt, höre ich nicht. Vielleicht ist der Ton auf lautlos gestellt, da einige Patienten sicherlich davon genervt sind. Das Kopfteil von Olis Bett ist aufgestellt, weswegen sein Oberkörper aufgerichtet ist. Je näher ich seinem Bett komme, umso weniger weiß ich, was ich sagen soll. Da es mir aber so vorkommt, als hätte er mich bisher nicht wahrgenommen, sage ich einfach: »Hallo Oli.«

Ich nehme ein Zucken an seinem Ohr wahr. Um ihm zu ersparen, dass er den Kopf drehen muss, gehe ich um sein Krankenbett herum und stelle mich in sein Blickfeld. Erschrocken von seinem Anblick versuche ich die Fassung zu bewahren. Sein Gesicht ist eingefallen und grau. Er hat tiefe, dunkle Augenringe und schaut mich mit leerem Blick an. Generell wirkt sein Körper unter der Decke viel dünner als noch vor wenigen Wochen. Sein rechter Arm, den ich genauer sehen kann, sieht schmal und zerbrechlich aus. Mein Gott. Was wochenlanges Koma aus einem Menschen machen kann.

Um ihm kein schlechtes Gefühl zu vermitteln, rede ich weiter. »Ich bin so froh, dass es dir den Umständen entsprechend gut geht. Ich wusste nicht, dass du einen Unfall hattest. Sonst wäre ich natürlich früher zu dir gekommen. Es tut mir alles so leid, Oli.«

Er sieht mich einfach nur an. Keine Regung in seinem Gesicht. Nur ein leichtes Zucken seiner rechten Hand zeigt mir, dass er mich verstanden hat.

Oli schaut auf einen Stuhl, der sich neben seinem Bett befindet. Anscheinend soll ich darauf Platz nehmen. Bevor ich mich hinsetze, ziehe ich jedoch meine Jacke und meinen Schal aus. Ich lege sie zusammen mit meiner Tasche auf die Couch, die gegenüber des Bettes vor einer kahlen Wand steht. Anschließend ziehe ich den Stuhl so heran, dass ich nah bei Oli sitzen kann. Wir schauen uns eine Weile an, bevor ich zu sprechen beginne. »Es tut mir alles so leid. Ich habe mich echt bescheuert benommen. Das wurde mir recht schnell klar, und ich habe versucht, dich zu erreichen. Als ich nichts mehr von dir gehört habe, dachte ich, dass du nichts mehr mit mir zu tun haben willst. Ich habe bisher nicht einmal das Paket geöffnet, das du mir geschickt hast. Ich war so dumm. Es tut mir unendlich leid. Du musst schnell wieder gesund werden.«

Olis Gesichtsausdruck wirkt plötzlich angestrengt und mir fällt auf, dass er seine Hand zu mir rüber bewegen möchte. Ich nehme sie in meine und ziehe sie ein Stück weiter zu mir. Als ich sie loslassen will, spüre ich einen leichten Druck, der mir sagt, dass ich sie dort liegen lassen soll. Oli hat wirklich kaum Kraft, aber er zeigt mir deutlich, dass er meine Hand in seiner haben möchte. Da sich ein dicker Kloß in meinem Hals bildet und ich nicht weiß, was ich sagen soll, schaue ich Oli einfach nur an. Ich versuche, alle meine Gefühle für ihn in meinen Blick zu legen, um ihm zu zeigen, was er mir bedeutet und dass ich bei ihm bleiben werde. Egal, was kommt. Auch Oli blickt mich einfach nur an. Unser Moment wird unterbrochen, als seine Mutter und ein Arzt den Raum betreten. Sie schaut auf unsere Hände und lächelt mich leicht an. Der Arzt stellt sich kurz vor, aber meine Aufmerksamkeit ist wieder auf Oli gerichtet. Keine Ahnung, wie er heißt und was für einen Titel er hat. Es ist mir auch egal.

Elli stellt sich neben mich und spricht Oli an. »Schatz, der Arzt hat die Auswertungen der letzten Tests und würde sich gerne mit uns unterhalten. Soll Nele hierbleiben?«

Oli blinzelt einmal mit beiden Augen. Nach einer kurzen Pause sagt Elli: »Okay, das heißt ja.« Sie blickt zu mir. »Wir haben einmal für Ja und zweimal für Nein ausgemacht.«

Okay. Wenn er will, dass ich bleibe, dann tue ich das.

Der Arzt ergreift das Wort. »Mr Shaw, leider bestätigen die Tests unseren ersten Verdacht. Ihr Gehirn wurde bei dem Unfall schwer verletzt und es haben sich Blutgerinnsel gebildet. Außerdem sind einige Regionen ihres Gehirns nicht mehr aktiv. Unter anderem wurde das Sprachzentrum schwer getroffen. Zudem sind viele Bereiche, die Bewegungsabläufe steuern, irreparabel geschädigt. Wir müssen die Gerinnsel schnellstmöglich entfernen und danach schauen wir, inwieweit wir durch ein Reha-Programm ihre bisherigen Fähigkeiten zurückerlangen können. Ich möchte Ihnen nichts vormachen. Das wird kein leichter Weg. Und er wird entsprechend lang. Aber ich glaube fest daran, dass wir eine gewisse Lebensqualität für sie zurückgewinnen können. Aber ich möchte sie so schnell wie möglich operieren, sodass wir die Gefahr eines Schlaganfalls minimieren können. Ich beraume die OP für heute Abend an.«

Oli dreht mit aller Kraft seinen Kopf in Richtung des Arztes und blinzelt zweimal für Nein.

»Nein?«, fragt der Arzt. »Wir haben keine Zeit, Mr Shaw. Wir müssen die Blutungen in ihrem Gehirn stoppen, ansonsten könnte noch mehr beschädigt werden. Sie könnten sterben. Das muss Ihnen bewusst sein.«

Oli drückt mehrmals hintereinander meine Hand und schaut auf das ausgedruckte Alphabet. Elli reicht es mir und ich lege es unter seine Hand. Oli streckt seinen Zeigefinger aus und zeigt nacheinander die Buchstaben, die er mitteilen will. Als er fertig ist, kommen die Wörter OP und morgen heraus. Was wohl heißen soll, dass er sich erst morgen operieren lassen möchte. Als Elli intervenieren will, blinzelt er unablässig, was seine Entscheidung unterstreichen soll. Nachdem der Arzt ihm noch einmal alle Risiken aufgezählt hat, verlässt er resigniert das Zimmer. Elli bleibt kurz bei uns, entschließt sich dann aber doch, noch mal mit dem Doktor zu sprechen.

Sobald wir alleine sind, erhebe ich meine Stimme. »Was machst du da?! Du musst dich operieren lassen. Du willst doch wieder gesund werden. Das geht nur mit einer Operation. Du hast den Arzt doch gehört. Dein Zustand ist lebensbedrohlich!«

Als Antwort bekomme ich nur wieder ein zweimaliges Blinzeln. Richtig sauer weise ich Oli zurecht. »Was soll der Scheiß, Oli. Willst du etwa sterben?«

Oli sieht mir lange in die Augen, bevor er einmal blinzelt. Ich entziehe ihm meine Hand und schaue ihn aufgebracht an. »Spinnst du, oder was? Du bist am Leben! Du hast einen Unfall überlebt! Wie kannst du jetzt aufgeben wollen?«

Oli gibt einen gequälten Laut von sich. Es klingt eher nach einem verletzten Tier als nach einem Menschen und ich kann meine Tränen nicht mehr zurückhalten. Sein Versuch, sich zu verständigen, geht mir durch Mark und Bein, und ich werde dieses Geräusch wohl nie mehr vergessen. Das Zimmer wirkt plötzlich viel kleiner, und ich kann nicht mehr richtig atmen.

Ohne Oli anzuschauen, sage ich: »Ich schnappe kurz frische Luft«, und verlasse das Zimmer. Sobald ich die Tür hinter mir geschlossen habe, schluchze ich laut auf. Ich kann nicht glauben, was er mir eben gesagt hat. Er möchte nicht mehr weiterleben? Was soll das? Er hat überlebt? Sieht er das nicht?

Aus dem Augenwinkel sehe ich eine Gestalt auf mich zukommen. Es ist Elli, die mich, sobald sie mich erreicht hat, in eine feste Umarmung zieht. »Keine Sorge. Er wird sich operieren lassen. Dafür sorge ich. Glaub mir!«, flüstert sie in mein Ohr.

Sobald wir uns nach mehreren Minuten voneinander gelöst haben und meine Tränen versiegt sind, sagt Elli: »Setz dich doch ein bisschen raus. Die frische Luft bewirkt Wunder. Ich bleibe bei Oli, bis du wiederkommst. Nimm dir alle Zeit, die du brauchst.« Sie drückt mir die Zugangskarte für die Etage in die Hand. »Hier, nimm die mit.«

»Danke«, sage ich, bevor ich mich auf den Weg Richtung Ausgang mache.

Als ich aus der Tür trete, fällt mir auf, dass ich ohne meine Jacke gegangen bin. Draußen ist es kalt und windig, was meinen Plan zerstört, mich auf einer Bank niederzulassen. Um nicht zu erfrieren, aber trotzdem einen klaren Gedanken fassen zu können, drehe ich eine Runde um den Block. Die kalte Luft füllt meine Lungen, und ich habe das Gefühl, wieder freier atmen zu können. Wieso will er sich nicht operieren lassen und sich die Chance auf Heilung nehmen? Aber was bedeutet in seinem Fall Heilung? Der Arzt sprach von einer gewissen Lebensqualität. Was bedeutet das? Wirklich zuversichtlich klang das nicht. Kann er jemals wieder sprechen? Gehen? Oder gar etwas selbstständig machen? Leider klang es nicht danach. Das hat Oli bestimmt auch so aufgefasst. Aber das kann doch nicht sein, oder?

Da ich mich wieder einigermaßen gesammelt habe, will ich den Arzt aufsuchen und mir seine Prognose anhören. Glücklicherweise läuft er mir auf der Station über den Weg. Ich halte ihn etwas schroff an, da ich seinen Namen nicht gehört habe. »Herr Doktor. Mein Name ist Nele. Sie haben mich im Zimmer von Oliver Shaw gesehen.«

Der Arzt nickt. »Ja, ich weiß. Was kann ich für Sie tun?«

»Sie sprachen vorhin von Lebensqualität. Was genau meinten Sie damit?«

Ich merke, dass ihm die Antwort nicht leicht über die Lippen geht. »Das kommt darauf an, wie schnell und wie gut wir die Blutgerinnsel in den Griff bekommen. Mr Shaw scheint alles gut zu verstehen, was bedeutet, dass sein Gehirn diesbezüglich wenig Schaden davongetragen hat. Leider sind andere Bereiche schwer in Mitleidenschaft gezogen worden. Inwieweit er sich ins Leben zurückkämpfen kann, liegt zum Teil an ihm, zum Teil an seinem Körper. Ich will Ihnen nichts vormachen. Er wird nie wieder so sein wie früher, aber die Dinge stehen gut, dass er sich zu einem gewissen Teil artikulieren kann. Was jedoch die Motorik angeht, sind seine Chancen eher gering. Sein rechter Arm könnte leider sein einziger wirklich beweglicher Teil bleiben.«

Auch wenn ich mir schon gedacht hatte, dass es nicht gut steht, hatte ich mir mehr erhofft. Oli wird ein Pflegefall bleiben. Und das vermutlich für den Rest seines Lebens. Seine Passion, die Schauspielerei, wird er nicht mehr ausüben können.

Dr. wie auch immer lächelt mich mitleidig an und verabschiedet sich anschließend von mir. Wie gelähmt stehe ich noch eine Weile auf dem Gang. Kann ich die Entscheidung von Oli verstehen? Ich weiß es nicht. Ich würde nicht so handeln. Aber darf er das nicht selbst entscheiden? Wer bin ich, ihm diese Entscheidung abzusprechen. Ich gehöre weder zu seiner Familie, noch bin ich seine Partnerin. Bis vor wenigen Stunden hatte ich vier Wochen nichts von ihm gehört. Hätte er mich angerufen, wenn der Unfall nicht passiert wäre, oder ist das nur meine Wunschvorstellung. War das gesendete Gemälde ein Abschied oder eine Entschuldigung? Ich weiß es nicht.

Hinter mir öffnet sich die Tür zu Olis Zimmer und Elli kommt heraus. »Da bist du ja. Wäre es für dich in Ordnung, wenn ich kurz nach Hause fahre? Ich müsste dringend duschen und mich umziehen.«

»Aber klar. Ich bleibe bei ihm. Leg dich doch ruhig noch ein paar Stunden hin. Du siehst abgespannt aus. Ich bleibe bei Oli, bis du wieder hier bist.«

»Wirklich? Das wäre sehr nett. Ein paar Stunden zu Hause würden mir sicher wieder etwas Energie geben. Er will sich nach wie vor heute nicht operieren lassen. Wenn ich wieder da bin, führe ich diese Diskussion weiter.«

Ich nicke leicht. »Okay. Bis später, Elli.«

»Danke, Nele. Ich hoffe, wir lernen uns bald besser kennen. Bis dann. Wenn die Frühschicht anfängt, bin ich spätestens zurück.«

»Klar, nimm dir so viel Zeit, wie du brauchst, ich bin hier.«

Ich kehre zurück in Olis Zimmer. Sein Kopf ist in meine Richtung gedreht und es kommt mir vor, als hätte er meine Rückkehr herbeigesehnt. Ich setze mich wortlos auf den Stuhl neben seinem Bett. Er dreht langsam den Kopf und wir schauen gemeinsam aus dem Fenster. Mittlerweile ist es dunkel geworden, und auf dem kleinen Tisch neben meinem Stuhl brennt eine Lampe. Das Licht ist warm und vertreibt nach und nach die Kälte aus meinem Körper. Oli wackelt mit den Fingern. So wie er es das eine Mal in seinem Auto gemacht hat. Als ich ihn mit hochgezogenen Augenbrauen anschaue, blinzelt er einmal. Seine Finger bewegen sich weiter, und ich kann nicht mehr widerstehen. Ich lege meine Hand in seine und er drückt sie leicht. Meinen Kopf lege ich neben seinen, lasse ihn jedoch nicht aus den Augen. Er mich auch nicht.

Dic Stunden vergehen in völliger Stille. Nur das leichte Klopfen am Fenster, wenn die Tannenzweige durch den starken Wind an die Fensterscheibe gedrückt werden, erinnert mich an den Ort, an dcm ich mich befinde. Als ich auf mcin Handy schaue, ist es 00:28 Uhr. Ich muss eingeschlafen sein. Oli hat jedoch die Augen offen. Ob er geschlafen hat, kann ich nicht sagen.

»Was geht in deinem Kopf vor?«, frage ich ihn leise.

Er drückt meine Hand und schaut zum Alphabet. Ich halte es ihm hin und sein Finger erschafft das Wort »Entschuldigung«.

Ich schaue ihn an. »Du musst dich für gar nichts entschuldigen. Ich habe mich blöd verhalten, und für deinen Unfall kannst du ja nichts. Es gibt nichts zu entschuldigen.«

Oli sieht mich lange an, bevor er einmal blinzelt. Ich interpretiere es als danke und lege meinen Kopf auf unsere Hände. Oli streicht zart über meine Wange, bevor er wieder mehrmals meine Hand drückt. Ich schaue auf und sehe, dass er erneut das ABC fixiert.

»Möchtest du mir noch etwas sagen?«, frage ich.

Sein Blinzeln beantwortet meine Frage und ich halte ihm das Blatt hin. Sein Finger fährt nacheinander über die Buchstaben und tippt zweimal auf die Zeichen, die er mir mitteilen will.

A - S - T - R - O - N - A - U - T.

Ich schaue ihn fragend an und er blinzelt wieder. »Astronaut?«, will ich wissen.

Er bestätigt und sein Blick fällt auf etwas hinter mir. Ich drehe mich langsam um und sehe, was er meint. Er schaut auf einen Mülleimer, der sich neben der Couch befindet. Im Eimer liegt eine Plastiktüte. Ich bin vollkommen erstarrt, denn ich verstehe, was er von mir will.

Oli drückt erneut meine Hand, viel fester als davor. Wieder und wieder. Und als ich mich zu ihm umdrehe, blinzelt er mit Nachdruck andauernd einmal. Nicht schnell zweimal hintereinander, sondern immer nur einmal. Als wolle er mir meine Gedankengänge bestätigen. Hyperventilierend versuche ich Luft in meine Lungen zu bekommen. Scheitere aber an mir selbst.

Oli fährt mit seinem Zeigefinger über meinen Handrücken, und als ich mich auf diese Bewegung konzentriere, öffnen sich meine Lungenflügel wieder. Endlich strömt Sauerstoff in meinen Körper. »Das kannst du nicht von mir verlangen!«, flüstere ich benommen.

Oli blickt mich durchdringend an und seine Nasenflügel blähen sich. Er blinzelt wieder ein Mal und drückt meine Hand. Da all meine Kraft aus meinem Körper zu strömen scheint, lege ich den Kopf wieder auf unseren Händen ab. Meine Tränen laufen über unsere Finger und durchnässen die Decke darunter. Aber das ist mir egal. Ich weine bitterlich und führe einen innerlichen Kampf. Hatte ich mir nicht immer wieder die Frage gestellt, ob es nicht besser gewesen wäre, das Leid meines Vaters früher zu beenden? Hatte ich mir nicht immer wieder vorgeworfen, dass wir ihn haben vor sich hinvegetieren lassen? Kann ich es diesmal besser machen?

Nach einer Ewigkeit schaue ich wieder zu Oli auf. Wir blicken uns lange an und er streift meine Hand. Meine Entscheidung ist gefallen. Auch wenn es mich vielleicht zerstört, werde ich diesmal nicht untätig herumsitzen. Ich stehe auf, ziehe mir meinen Schal und meine Jacke an. Nehme meine Tasche und greife mir den Mülleimer. Als ich ihn auf dem ausziehbaren Tablett auf dem Rollcontainer abgestellt habe, schaue ich Oli an. Wieder zwinkert er einmal. Ich nehme seinen rechten Arm und führe ihn zum Mülleimer. Er greift mit zwei Fingern die Tüte und hält sie fest. Anschließend stülpen wir die Tüte über seinen Kopf, ohne dass meine Hand damit in Berührung kommt. Als die Plastiktüte Olis Kopf umschließt, platziere ich seine Finger so, dass er die Fäden der Tüte zuziehen kann. Ich trete zwei Schritte zurück und wie bei unserer ersten Begegnung spielt sich alles nur noch in Zeitlupe ab. Durch die milchige Tüte kann ich seine Augen nicht mehr erkennen. Um mich zu verabschieden, greife ich seine Hand. Er drückt sie, und ich sage: »Ich glaube, ich bin in dich verliebt.« Er streicht ein paarmal über meinen Handrücken, bevor er meine Hand loslässt. Ich gehe langsam und unter Tränen zur Tür. Ich drücke den Arztknopf, der nun von außen anzeigt, dass in diesem Zimmer gerade eine Untersuchung stattfindet. Bevor ich gehe, schaue ich noch einmal zu Oli, der gerade die Schnüre der Plastiktüte festzurrt. »Von nun an bist du überall bei mir«, flüstere ich und verlasse den Raum.

Am nächsten Morgen

Ich bin stundenlang mit der Subway durch die Gegend gefahren. Ich hatte mich davor gefürchtet, nach Hause zu gehen. Daheim wäre alles, was passiert ist, Wirklichkeit gewesen. In der U-Bahn wirkte alles weit weg, und dieses Gefühl wollte ich mir eine Zeit lang bewahren, bevor ich mich der Realität stelle. Ich habe Oliver Shaw zum Selbstmord verholfen. Das habe ich getan. Und damit muss ich nun leben. Auch über die Konsequenzen habe ich bei den monotonen Geräuschen der Bahn, dem ständigen Auf- und Zugehen der Türen und der sich wiederholenden, unverständlichen Durchsagen nachgedacht. Kurz nachdem ich eingestiegen war, habe ich Elli eine Nachricht geschrieben:

Oli & ich haben uns wegen der OP gestritten. Ich bin nach Hause gegangen.

Das erschien mir richtig. Auch um zu zeigen, dass ich nicht da war, als er es getan hat. Über alles andere muss ich mir noch Gedanken machen. Aber mein Kopf fühlt sich leer an. Mittlerweile sitze ich in meinem dunklen Zimmer auf meinem Sitzsack. Ruhe – das ist das, was ich brauche. Ich bin froh, dass Punita nicht da ist und ich keine Halbwahrheiten erzählen muss. Sie ist bestimmt über Nacht bei Paul geblieben und geht von dort aus direkt zu ihrem aktuellen

Kunstkurs. Sehr gut. So verbleiben mir noch einige Stunden der dringend benötigten Einsamkeit. Elli wird schon bald bei mir anrufen und mich voller Trauer ins Krankenhaus bitten. Auch ich werde voller Trauer sein. Auch wenn ich in diesem Moment nichts zu fühlen scheine. Es war die richtige Entscheidung, rede ich mir immer wieder ein. Er wollte so nicht leben und das ist sein gutes Recht. Dad wäre über diese Entscheidungsfreiheit froh gewesen. Oli hatte nun dieses Privileg und ich habe ihm dabei geholfen. Keine Reue. Es war richtig.

Um mich abzulenken, mache ich mir in der Küche einen Kaffee. Als ich am Nicht-Balkon stehe und nach draußen schaue, bemerke ich, dass es bereits hell geworden ist. Nach Wochen kalter, nasser und düsterer Tage scheint der erste Frühlingstag anzubrechen. Es ist heller als gewöhnlich und ich bin mir sicher, dass keine Wolke am Himmel zu finden ist.

Ich nehme mir meinen Kaffee und kehre in mein Zimmer zurück. Sobald ich mein Getränk halb geleert habe, stelle ich meine Tasse auf den Nachttisch und knie mich vor mein Bett. Bereit, endlich das Paket zu öffnen, das mir Oli vor Wochen geschickt hat. Als ich es hervorgeholt habe, suche ich außen nach einem Brief oder Ähnlichem. Nichts zu finden. Hoffentlich hat er mir noch etwas dazugelegt. Sobald ich mit einer Schere die Paketbänder durchgeschnitten habe, öffne ich hastig den Karton. Wie erwartet handelt es sich um die lilafarbene Amaryllis von Punita.

Ich werde wohl doch nicht darum herumkommen, ihr zu sagen, wer ihr Kunstwerk in Wirklichkeit gekauft hat. Ich betrachte die Blume noch eine ganze Weile und verliebe mich wieder neu in dieses Bild. Es ist wunderschön. Und ich bin froh, dass ich nun etwas habe, was mich an Oli erinnert. Als ich das Gemälde aus der durchsichtigen Schutzfolie befreie, fällt ein Kuvert zu Boden. Er hat mir einen Brief dazugelegt. Erleichtert hebe ich den Umschlag auf, setze mich auf mein Sitzkissen und hole den Brief aus dem Umschlag. Olis Handschrift ist wie immer makellos und ich beginne zu lesen.

Liebe Nele,

es tut mir alles so unendlich leid. Unser letztes Gespräch ist nicht so verlaufen, wie ich es mir vorgestellt hatte, und ich verstehe nun, warum du so sauer geworden bist. Rückblickend könnte ich es vielleicht anders machen, aber ich bin dennoch froh, dass wir uns persönlich kennengelernt haben. Glaub mir, wenn ich sage, dass ich unsere Zeit wirklich genossen habe. Wenn ich in meinem Leben an einem anderen Punkt wäre, hättest du mich vielleicht sogar retten können. Leider ist dieser Zeitpunkt aber schon lange überschritten. Das weiß ich nun mit Gewissheit. Mach dir bitte keine Vorwürfe. Alles, was passiert, hat rein gar nichts mit dir zu tun. Du hast mir meine letzten Tage versüßt und zu etwas Besonderem gemacht. Ich weiß, es klingt abgedroschen – aber es liegt nicht an dir, sondern ausschließlich an mir. Bitte sei mir nicht böse. Auch wenn ich nicht mehr da sein werde, wenn du diese Zeilen liest, möchte ich dir etwas mit auf deinen Weg geben. Du gehörst in die Film-Branche! Auf jeden Fall. Dein Talent ist bemerkenswert, aber vielleicht nicht so, wie du denkst. Ich glaube, du könntest eine unglaublich fähige Regisseurin werden. Da sehe ich dich und dein Können. Falls du das Gefühl hast, mir etwas schuldig zu sein, dann bitte ich dich, diesen Weg weiterzuverfolgen. Im Herbst startet das neue Semester an der Filmhochschule. Bitte geh dorthin und lass dich ausbilden. Ich werde für alle Kosten aufkommen. Mach dir darüber keine Sorgen. Ich will dir nicht vorschreiben, was du tun sollst, aber wenn es das Filmbusiness für dich sein soll, ist das dein Weg. Da bin ich mir sicher.

Ich kann mir vorstellen, dass du nicht verstehst, was hier vor sich geht. Aber das musst du auch nicht. Es geht mir schon viele Jahre so und ich habe für mich beschlossen, dass ich nicht mehr weitermachen möchte. Nach jedem Hoch kommt ein Tief. Du warst mein letztes Hoch und nun bin ich wieder im tiefsten Tief.

Vergiss bitte nicht, dass dich keine Schuld trifft. Hätte ich mich vielleicht früher in dich verliebt, wäre alles anders. Aber so ist es nicht. Bitte behalte mich in guter Erinnerung.

Mit voller Liebe,
Oli

Mein Kopf kann das Gelesene nicht verarbeiten. Erst nachdem ich den Brief noch zweimal gelesen habe, verstehe ich langsam die Zusammenhänge. Meine Glieder fühlen sich taub an. Mein Herz rast in meiner Brust. »Das war kein Unfall!«, sage ich mir laut vor. »Das war kein Unfall!«

Ich kann nicht richtig atmen. Es ist, als würde etwas schwer auf meiner Brust liegen. Panik überkommt mich. Was habe ich getan? Ich greife nach meinem Handy und rufe die einzige Person an, die mir helfen kann. Auf die ich mich schon immer verlassen konnte und die weiß, was zu tun ist. Das Freizeichen ertönt und mir kommt es endlos vor, bis ich endlich die erlösende Stimme höre.

»Nele? Es ist mitten in der Nacht. Hast du die Zeitumstellung vergessen?!«

»Andre«, jammere ich.

ENDE.

Danksagung

Wir haben es geschafft!
Ich habe meinen ersten Roman veröffentlicht und du hast meinen ersten Roman gelesen! Ich danke dir dafür und hoffe, dass du gut entertaint wurdest.
Dass mein erstes Buch für dich verfügbar ist, war ein langer Weg. Aber keineswegs im negativen Sinne! Jeder einzelne Schritt wurde von mir genossen. Trotzdem bin ich nun froh, dass es geschafft ist.

Auf meiner Reise zu meinem ersten Roman haben mich viele Leute begleitet.
Jede einzelne Unterhaltung, sei es face-to-face, am Telefon oder als Nachricht, haben mir den Auftrieb gegeben, um dieses Projekt nicht fallen zu lassen. Zu sehen, dass es mir durchaus zugetraut wird eine Geschichte zu schreiben, hat mich beflügelt. Und das, obwohl noch nie jemand etwas von mir gelesen hatte. Ich danke euch für diesen Vertrauensvorschuss in mich und meine kreative Ader!

Ganz besonders bedanken muss ich mich bei meinen Testlesern – Vio, Lisa, Laura, Melanie & Ecki. Ihr wart die ersten Personen, die meine Story gelesen haben und die mir ganz offen und ehrlich sagen sollten, ob ich mich in mir täusche. Und Gott sei Dank, habe ich mich, laut euch, nicht getäuscht. Ich danke euch allen für eure Zeit und euer Feedback. Es hat mir geholfen Dinge zu sehen, die mir selbst nicht aufgefallen wären. Ich bin so froh, dass ich mit euch Freunde an meiner Seite habe, denen ich voll und ganz vertrauen kann. Ihr werdet immer das Vorrecht auf kommende Bücher haben! Ich werde euch das wirklich nie vergessen! Danke! Danke! Danke! Jeder einzelne von euch hatte tolles Feedback für mich! Ihr habt den wesentlichen Anteil daran, dass ich entschieden habe dieses Buch auch ohne Verlag an meiner Seite zu veröffentlichen. Egal was die Zukunft bringen wird, was kommt oder nicht kommt, ihr wart der ausschlaggebende Punkt für mich! Danke!

Einen weit weniger großen Anteil an meiner Entscheidung hatte mein Ehemann Nico (Niggo).
Auch wenn du immer erst mal verhalten auf meine Ideen reagierst – ach Quatsch, was rede ich hier – du gehst immer erst mal vom Schlimmsten aus – danke ich dir trotzdem. Du weißt, dass mich deine negative Art null motiviert, trotzdem hältst du an dieser eisern fest! Da ich Mrs Positiv bin, brauche ich jemanden, der mich ab und zu mal ausbremst. Es klingt komisch, aber ich danke dir, dass du meine persönliche Bremse bist. Ich wäre bestimmt ohne dich schon öfter mit Vollgas gegen die Wand gefahren. Deine Meinung ist mir wichtig, und auch wenn ich diese oft abwinke und dir sage, dass du mir nicht alles schlechtreden sollst, beeinflusst mich dein negativer

Input doch im positiven Sinne und dafür liebe ich dich von ganzem Herzen!

Ein weiterer Dank muss an meine Lektorin Andrea gehen. Vielen Dank, dass du dir die Zeit für meinen Roman genommen und dich voll und ganz darauf eingelassen hast. Deine Änderungen und Kommentare waren super wertvoll für mich und haben mein Buch auf ein anderes Level gehoben. Vielen Dank!

Auch ein wichtiger Teil war für mich das Buchcover. Hier hat Alexander Kopainski wirklich tolle Arbeit geleistet. Ich danke dir für die gelungen Umsetzung meiner Ideen. Ich liebe den Oscar-Astronauten sehr!

Das allergrößte Danke geht jedoch an dich! Den Leser dieses Buches! Ich danke dir dafür, dass du mein erstes Buch gelesen hast! Ich hoffe, dass du noch weitere Bücher von mir lesen möchtest! Ich verspreche dir, dass ich noch viele tolle Ideen habe und nach und nach veröffentliche. Über eine Rückmeldung von dir würde ich mich sehr freuen! Wie du weißt, ist dies mein Debüt-Roman, weswegen Rezensionen besonders wichtig sind. Falls du also Zeit & Lust hast, würde ich mich über eine Rezension von dir freuen! Aber es reicht auch schon aus, wenn du einfach über mein Buch redest! Erzähl gerne jedem davon, wenn es dir gefallen hat!

Um immer zu wissen an was ich gerade arbeite und was so ansteht, kannst du mich gerne auf Instagram begleiten.
Account: yanni_ghost

Ich hoffe, wir sehen uns wieder!
Yanina

Über die Autorin

Yanina Geist ist 1991 in Schwetzingen geboren und lebt mit ihrem Mann und ihrer Tochter in Brühl. Die Leidenschaft für Bücher hat sie spät entdeckt, weswegen auch ihre Schreibkarriere erst mit Anfang dreißig begonnen hat. Sie liebt es, dramatische Geschichten zu schreiben und begeistert ihre Leser mit unvorhersehbaren Wendungen.